사라진 밤

KB193229

HARLAN COBEN

사라진 밤

할런 코벤 HARLAN COBEN 지음

노진선 옮김

🙂 문학수첩

평생 내 삶의 중심이 되어준
앤에게 이 책을 바친다

작가의 말

뉴저지주 교외에서 살던 어린 시절, 우리 마을에는 모르는 사람이 없는 괴담 두 개가 있었다.

하나는 철제 대문이 설치되어 있고 무장 경비원들이 지키는 으리으리한 대저택에 악명 높은 마피아 두목이 살고 있으며, 그 저택 뒤뜰에 소각로가 있는데 거기서 시체를 태운다는 내용이었다.

이 책을 쓰게 된 영감을 받은 두 번째 괴담은 마피아 두목의 저택 근처 초등학교 인근에 '출입 금지' 표지판이 있고 가시철조망이 둘러진 지역이 있는데, 거기에 핵탄두를 탑재한 나이키 미사일을 발사하는 관제소가 있다는 것이다.

어른이 된 후에 나는 두 괴담이 모두 사실이었다는 것을 알게 되었다.

데 이 지 는 몸에 착 달라붙는 검은 원피스를 입었다. 가슴이 어찌나 파였는지 아무리 지루한 철학책이라도 이해할 수 있을 정도로 집중력을 발휘하게 하는 옷이었다.

그녀는 바 테이블 맨 끝에 앉아 있는 표적을 찾아냈다. 가는 세로줄무늬 회색 양복을 입었는데, 흠, 나이가 아버지뻘이었다. 어쩌면 그래서 더 까다로울 수 있지만 아닐 수도 있다. 나이 든 남자들은 상대하기 전에는 모른다. 몇몇 남자, 특히 최근에 이혼한 남자들은 잔뜩 꾸미고서 자기에게 아직도 성적 매력이 있다는 사실을 증명하려고 안달한다. 애초에 성적 매력과는 거리가 먼 사람들인데도.

애초에 성적 매력과 거리가 먼 사람일수록 더욱 그런다.

데이지가 느긋하게 실내를 가로지르는 동안 그녀의 맨 다리를 지렁이처럼 기어다니는 남자들의 시선이 느껴졌다. 바 테이블 끝에 이르자 데이지는 필요 이상으로 요염하게 표적의 옆 스툴에 앉았다.

점쟁이 집시가 수정 구슬을 바라보듯 표적은 자기 앞에 놓인 술잔을 들여다보고 있었다. 데이지는 남자가 돌아보기를 기다렸지만 남자는 움직이지 않았다. 데이지는 잠시 남자의 옆모습을 뜯어봤다. 수북한 턱수염은 희끗희끗했고, 너무 커서 가짜처럼 보이는 주먹코는 할리우드에서 실리콘을 넣어서 만드는 특수 분장을 연상시켰으며, 삐죽삐죽 자란 장발은 대걸레를 엎어놓은 듯했다.

재혼했고, 그마저 두 번째로 이혼할 가능성이 높을 거라고 데이지는 짐작했다.

데일 밀러—표적의 이름이었다—는 위스키가 든 술잔을 부드럽게 들어 올리더니 마치 다친 새라도 되는 양 양손으로 감쌌다.

"안녕하세요." 데이지가 머리카락을 어깨 뒤로 넘기며 인사했다. 숱하게 연습한 동작이었다.

밀러가 데이지 쪽으로 고개를 돌리더니 눈을 똑바로 바라보았다. 데이지는 그의 눈이 가슴으로 내려가기를 기다렸다. 이 원피스를 입으면 여자들도 그런다. 하지만 밀러는 계속 데이지의 눈을 바라보았다.

"안녕하시오." 밀러가 대답하더니 다시 술잔으로 고개를 돌렸다.

원래 데이지는 표적이 된 남자들이 추근대도록 내버려 두는 편이다. 그것이 그녀의 성공 전략이다. 이렇게 인사하고 미소를 지으면 남자들은 으레 술을 한잔 사 줘도 되겠느냐고 묻는다. 뻔하다. 하지만 밀러는 그녀와 시시덕거릴 기분이 아닌 듯했다. 그는 잔에 든 위스키를 연거푸 오랫동안 들이켰다.

술을 많이 마시는 건 좋은 징조다. 일이 쉬워질 테니까.

"내가 도와줄 일이라도 있소?" 밀러가 물었다.

'건장하다'. 데이지는 밀러를 표현하는 단어가 그거라고 생각했다. 줄무늬 양복을 입었는데도 오토바이를 타고 다니는 건장한 베트남전 참전 용사 같은 분위기가 풍겼으며, 목소리는 굵고 허스키했다. 데이지의 눈에 이상하게 섹시해 보이는 그런 노년의 남자였다. 아마도 그녀의 못 말리는 부성애 결핍이 작용한 탓일 테지만. 데이지는 함께 있으면 든든해지는 남자가 좋았다.

그런 남자를 만난 지 너무 오래되었다.

'다른 각도로 접근해 봐야겠네.' 데이지는 생각했다.

"옆에 앉아도 될까요?" 데이지는 남자 쪽으로 몸을 내밀어 가슴골을 좀 더 드러내며 속삭였다. "저쪽에 있는 남자가……."

"당신을 괴롭혀요?"

다정하기도 하지. 그 말을 하는 데일 밀러의 태도는 지금까지 데이지가 만났던 수많은 머저리와 달리 마초 흉내를 내는 것처럼 느껴지지 않았다. 차분하고 사무적이고 예의 발랐으며, 심지어 그녀를 보호하고 싶어 하는 듯했다.

"아뇨, 아뇨……. 그런 건 아니에요."

밀러는 바 테이블 주변을 두리번거렸다. "그 남자가 누구요?"

데이지가 그의 팔에 손을 올렸다.

"별일 아니에요. 그냥…… 여기 당신 옆에 있으니까 마음이 놓여서요. 괜찮죠?"

밀러가 다시 그녀의 눈을 바라보았다. 주먹코는 얼굴과 전혀 조화를 이루지 못하지만, 저 날카로운 푸른색 눈동자를 보면 주먹코 따위는 눈에 들어오지도 않는다. "물론이오." 밀러는 그렇게 말하지만 경계하는 목소리다. "술 한잔 마시겠소?"

데이지에게는 이 정도 시작이면 충분하다. 그녀는 대화에 능숙했고, 남자들은 유부남이든 총각이든 이혼남이든 간에 그녀에게 기꺼이 속내를 털어놓았다. 데일 밀러의 경우에는 평소보다 시간이 좀 더 걸리기는 했지만—제대로 셌다면 네 잔을 마신 후였다—결국 자기보다 열여덟 살 어린 두 번째(역시나) 아내 클라라와 이혼을 앞두고 있다고 말했다. ("이렇게 될 줄 알았어야 했소. 정말 멍청했지.") 한 잔을 더 마신 후에는 자신에게 라이언과 시몬이라는 두 아들이 있는데 현재 양육권 분쟁 중이며, 금융업계에서 일한다고 했다.

데이지도 자기 이야기를 해야 했다. 원래 그런 법이다. 펌프에 마중물을 붓는 격이라고나 할까. 데이지에게는 이런 경우를 대비해서 준비해 둔 이야기가 있다. 물론 완전히 지어낸 것이지만 밀러의 태도 때문인지 이번에는 좀 더 사실을 덧붙였다. 그래도 여전히 사실대로 말하지는 않았다. 진실을 아는 사람은 렉스뿐이다. 렉스조차 다는 모르지만.

밀러는 위스키를 마셨고, 데이지는 천천히 보드카를 마셨다. 보드카가 가득 든 잔을 들고 두 번이나 화장실에 가서 세면대에 술을 버리고 수돗물을 채웠다. 그런데도 렉스에게 문자 메시지가 왔을 때는 약간 취기가 돌았다.

R?

'준비됐어(Ready)?'를 줄인 말이다.

"별일 없는 거요?" 밀러가 물었다.

"그럼요. 그냥 친구가 보낸 문자예요."

데이지는 렉스에게 '예스'를 뜻하는 'Y'를 보냈다. 이쯤 되면 그녀는 보통 남자들에게 조용한 곳으로 가자고 제안하고, 남자들은 대부분 얼씨구나 하고 그 제안을 받아들인다. 그 점에 관해서라면 남자들은 예외가 없다. 하지만 데일 밀러에게는 그런 직접적인 방법이 잘 먹힐 듯하지 않았다. 그렇다고 해서 밀러가 그녀에게 관심이 없어 보인다는 뜻은 아니다. 뭐라고 표현해야 할지 잘 모르겠지만, 그 이상의 관심인 듯했다.

"부탁 하나만 해도 될까요?" 데이지가 운을 뗐다.

밀러는 미소 지으며 말했다. "밤새 내게 부탁하는군."

살짝 혀가 꼬부라진 소리다. 잘됐다.

"차 있어요?" 데이지가 물었다.

"있는데 왜 묻지?"

데이지는 바 테이블 주위를 두리번거렸다. "저를, 음, 집까지 태워다 주시겠어요? 여기서 별로 멀지 않아요."

"물론이오. 잠깐 술이 깰 시간만 주면……."

데이지는 스툴에서 내려오며 그의 말을 잘랐다. "아, 괜찮아요. 그럼 그냥 걸어갈게요."

밀러가 허리를 편다. "잠깐, 뭐라고?"

"지금 바로 집에 가야 하거든요. 운전 못 하겠다면……."

"아니오, 아니오." 밀러는 가까스로 일어섰다. "지금 데려다주겠소."

"제가 괜히 귀찮게 하는 건 아닌지……."

"전혀 귀찮지 않소, 데이지."

빙고. 바에서 나가는 동안 데이지는 재빨리 렉스에게 문자를 보냈다.

OOW

'지금 가는 중(On Our Way)'이란 뜻이다.

그들이 하는 일을 가리켜 누군가는 사기나 협잡이라고 비난할 수도 있지만 렉스는 '정당하게' 버는 돈이라고 우겼다. 데이지가 생각하기에 정당한 일인지는 모르겠지만 그다지 죄책감이 들지는 않았다. 작전은 간단했다. 비록 동기는 복잡할지라도. 남자와 여자가 이혼 절차를 밟는다. 양육권을 두고 분쟁이 벌어진다. 양쪽 다 절박해진다. 아내 쪽에서—엄밀히 말하면 남편도 그들의 서비스를 이용할 수 있지만 지금까지는 늘 아내 쪽이었다—렉스를 고용해 이 피비린내 나는 싸움에서 이기게 해달라고 요청한다. 렉스는 어떻게 해야 할까?

남편을 음주 운전으로 체포하는 것이다.

남편이 양육자로서 부적합하다는 사실을 보여주기에 그보다 좋은 방법은 없다.

그런 원리다. 데이지의 임무는 두 가지다. 남자에게 음주 측정에 걸릴 정도로 술을 먹이고, 운전석에 앉히는 것. 경찰인 렉스가 그들이 탄 차를 세우고 남자를 음주 운전으로 체포하면, 짜잔, 그들의 고객은 앞으로 진행될 소송에서 매우 유리한 입장에 서게 된다. 지금 렉스는 두 블록 떨어진 곳에서 경찰차에 탄 채 그들을 기다리고 있을 터이다. 그날 표적인 남자가 어디에서 술을 마시든지 렉스는 지척에 있는 인적 없는 장소를 잘 찾아냈다. 목격자가 적을수록 좋은 법이다. 그들은 의심의 여지를 남겨두고 싶지 않았다.

남자의 차를 잡아 세우고, 체포하고, 다음 건수로 넘어간다.

데이지와 밀러는 비틀거리며 술집 문을 밀치고 나가 주차장으로 걸어갔다.

"이쪽이오. 저기 주차해 뒀소." 밀러가 말했다.

주차장 바닥에는 자갈이 깔려 있었다. 밀러는 발로 자갈을 차면서 데이지를 회색 도요타 코롤라로 안내했다. 자동차 열쇠를 누르자 차에서 나직하게 이중으로 삑 소리가 났다. 밀러가 조수석 쪽으로 가자 데이지는 어리둥절했다. 지금 나더러 운전하라는 건가? 맙소사. 그녀는 아니기를 바랐다. 아니면 남자가 생각보다 많이 취한 걸까? 후자일 가능성이 더 높다. 하지만 이내 그녀는 둘 다 아니라는 것을 깨달았다.

데일 밀러는 그녀를 위해 조수석 문을 열어주었다. 진짜 신사처럼. 진짜 신사를 만난 지가 너무 오래되어서 데이지는 그가 뭘 하려는지도 알지 못했다.

밀러는 차 문을 붙잡고 있었다. 데이지는 조수석에 올라탔고, 데일 밀러는 그녀가 제대로 앉을 때까지 기다렸다가 조심스럽게 차 문을 닫았다.

데이지는 죄책감이 들었다.

렉스는 그들이 하는 일은 불법이 아니며, 심지어 도덕적으로도 거리낄 것이 없다고 수차례 말했다. 첫째로 이 작전은 실패할 때도 있다. 남자들이 아예 술집에 안 가는 경우다. "그런 남자들은 떳떳하지." 렉스는 그렇게 말했다. "우리의 표적은 이미 밖에서 술을 마시고 있어, 안 그래? 넌 그냥 살짝 부추길 뿐이야. 그렇다고 해서 꼭 음주 운전을 하라는 법도 없잖아. 결국 그 남자가 선택하는 거야. 네가 그 남자 머리에 총을 겨누지도 않잖아."

데이지는 안전벨트를 맸다. 데일 밀러도 안전벨트를 매고는 차에 시동을 걸어 후진했다. 타이어 아래서 자갈이 우두둑 소리를 냈다. 주차 구역에서 벗어나자 밀러가 차를 세우고 잠시 데이지를 바라보았다. 데이지는 미소를 지었지만 오래가지 못했다.

"뭘 숨기고 있지, 데이지?" 밀러가 물었다.

데이지는 소름이 끼쳤지만 대답하지 않았다.

"틀림없이 당신에게 무슨 일이 생겼어. 얼굴에 다 쓰여 있다고."

달리 어떻게 해야 할지 몰라서 데이지는 웃어넘기려고 했다. "내 인생사는 아까 바에서 다 말했잖아요, 데일."

밀러는 계속 그녀를 바라보았다. 1초, 어쩌면 2초쯤. 하지만 데이지에게는 한 시간처럼 느껴졌다. 마침내 밀러는 앞을 바라보고 차를 몰았다. 그러고는 주차장에서 나올 때까지 한 마디도 하지 않았다.

"좌회전하세요. 그런 다음 두 번째 갈림길에서 우회전하시고요." 데이지는 그렇게 말하는 자신의 목소리가 긴장되었음을 알아챘다.

데일 밀러는 아무 말 없이 조심스럽게 우회전했다. 술을 너무 많이 마셨지만 경찰에 걸리고 싶지 않을 때 그러듯이. 차 안은 깨끗했고, 개인적인 물건은 전혀 없으며, 탈취제 냄새가 좀 심하게 났다. 밀러가 두 번째 갈림길에서 우회전했을 때 데이지는 숨을 죽이며 렉스가 탄 경찰차의 푸른 경광등 불빛이 보이고 사이렌 소리가 들리기를 기다렸다.

그녀는 이 순간이 늘 두려웠다. 상대가 어떻게 나올지 전혀 알 수 없기 때문이다. 달아나려고 한 남자도 있었다. 비록 다음 모퉁이까지 달려가기도 전에 소용없는 짓임을 깨달았지만. 욕을 하는 남자도 있었고, 우는 남자도 꽤 많았다. 후자가 최악이다. 방금 전까지만 해도 멋있게 추근대던 성인 남자가 갑자기 유치원생처럼 엉엉 운다. 그러면서 데이지의 몸을 계속 더듬어 대는 남자들도 있었다.

남자들은 심각한 일이 벌어졌음을 곧바로 깨닫고, 넋이 나간다.

데이지는 데일 밀러가 어떻게 나올지 예측할 수 없었다.

렉스는 타이밍을 기가 막히게 잘 맞추는 편이라, 마치 누가 신호라도 준 듯이 푸른색 경광등 불빛이 빙글빙글 돌아가기 시작하더니 뒤이어 사이렌 소리가 들렸다. 데이지는 밀러가 어떤 반응을 보일지 궁금해서 몸을 돌려 그의 얼굴을 빤히 바라봤다. 밀러는 내심 놀라거나 흥분했을지 몰라도, 얼굴에는 아무 감정도 드러나지 않았다. 오히려 차분하고 심지어 결연해 보이기까지 했다. 밀러는 점멸등을 켜더니 인도 옆으로 조심스럽게 방향을 틀어 완벽하게 정차했고, 렉스의 경찰차가 그 뒤에 멈춰 섰다.

이제 사이렌 소리는 멎었지만 푸른 불빛은 계속 돌아갔다.

데일 밀러는 기어를 중립에 둔 다음 데이지를 향해 몸을 돌렸다. 그녀는 어떤 표정을 지어야 할지 알 수 없었다. 놀란 표정? 딱하다는 표정? '어쩌겠어요'라는 의미로 한숨을 내쉬어야 할까?

"저런, 저런. 과거가 우리의 발목을 잡은 모양이오." 밀러가 말했다.

저 말과 그의 말투, 표정이 데이지를 불안하게 했다. 그녀는 렉스에게 서두르라고 외치고 싶었지만 렉스는 경찰이 늘 그러듯 여유 만만했다. 렉스가 차창을 두드리는데도 데일 밀러는 데이지에게서 눈을 떼지 않더니, 마침내 천천히 고개를 돌리고 차창을 내렸다.

"무슨 문제라도 있습니까, 경관님?"

"운전 면허증하고 자동차 등록증 좀 보여주시죠."

데일 밀러는 그 두 개를 건넸다.

"술 마셨습니까, 밀러 씨?"

"한 잔 정도요." 밀러가 대답했다.

저 대답만큼은 데일도 다른 표적들과 똑같았다. 그들은 늘 거짓말을 했다.

"잠시 차에서 내려주시겠습니까?"

밀러는 다시 데이지를 돌아봤다. 데이지는 그의 눈빛에 움츠러들지 않으려고 노력하며 시선을 피한 채 앞만 바라보았다.

렉스가 말했다. "선생님, 잠시 차에서……."

"물론이죠, 경관님."

데일 밀러는 문손잡이를 잡아당겼다. 실내등이 켜지자 데이지는 잠시 눈을 감았다. 밀러는 끙 소리를 내며 차에서 내렸고, 차 문을 열어두었다. 하지만 렉스가 손을 뻗어 차 문을 쾅 닫았다. 차창이 열려 있어서 데이지는 둘의 대화를 들을 수 있었다.

"음주 운전 테스트를 해야겠습니다, 선생님."

"그건 건너뜁시다."

"네?"

"그냥 음주 측정기를 부는 게 더 간단하지 않겠소?"

렉스는 그 제안에 깜짝 놀라서 밀러 너머에 있는 데이지를 힐끗 보았다. 눈이 마주치자 데이지는 어깨를 살짝 으쓱해 보였다.

"경찰차에 음주 측정기가 있죠?" 밀러가 물었다.

"있습니다, 네."

"그럼 당신이나 나나 저 아름다운 아가씨의 시간을 낭비하지 맙시다."

렉스는 망설이다가 대답했다. "알겠습니다. 여기서 기다리세요."

"물론이죠."

렉스가 경찰차 쪽으로 돌아서자 데일 밀러는 총을 꺼내 그의 뒤통수에 두 발을 쏘았다. 렉스는 힘없이 바닥으로 쓰러졌다.

그러자 데일 밀러가 데이지에게 총구를 겨눴다.

'저들이 돌아왔어.' 데이지는 생각했다.

'그 오랜 세월이 흐른 끝에 날 찾아낸 거야.'

CHAPTER
1

나 는 트레이—적어도 내 짐작으로는 그렇다—가 보지 못하도록 다리 뒤에 야구 방망이를 숨긴다.

트레이로 추정되는 남자가 몸을 건들거리며 내 쪽으로 걸어온다. 갈색 로션을 발라서 만든 가짜 구릿빛 피부, 앞머리를 길게 기르고 충을 많이 내서 자른 머리, 터질 듯한 이두박근에 띠를 두른 듯이 새겨진 아무 의미도 없는 부족 문신. 엘리는 트레이를 '순수 꼴통'이라고 불렀는데, 이놈은 그 단어에 정확히 부합한다.

그래도 확인은 해야지.

요 몇 년간 나는 상대가 내가 찾는 놈이 맞는지 알아내는 아주 멋진 연역적 추론법을 개발해 냈어, 리오. 잘 보고 배워둬.

"트레이?"

좆밥 새끼가 걸음을 멈추더니 눈살을 찌푸려 원시인처럼 한껏 멍청한 표정을 지으며 묻는다. "알아서 뭐 하게?"

"알아야겠다면?"

"뭐?"

나는 한숨을 쉰다. 내가 어떤 똥멍청이들을 상대하는지 봤지, 리오?

"방금 네놈이 '알아서 뭐 하게?'라고 했잖아. 마치 네가 트레이라는 사실을 밝히고 싶지 않다는 듯이. 내가 '마이크?'라고 불렀으면 넌 '사람 잘못 봤어, 형씨'라고 말했겠지. '알아서 뭐 하게?'라고 말했다는 건 네가 트레이라는 사실을 이미 인정한 거야."

놈의 어리둥절한 표정을 네가 봤어야 하는데.

나는 야구 방망이를 계속 숨긴 채 한 발짝 다가간다.

트레이는 흉내만 낸 가짜 깡패지만, 이제는 놈이 정말로 겁에 질려 있음을 느낄 수 있다. 놀랄 일도 아니다. 나는 저 새끼가 우쭐한 기분을 느끼려고 마음껏 두들겨 팰 수 있는 아담한 체구의 여자가 아니라 체격이 건장한 남자니까.

"용건이 뭐야?" 트레이가 묻는다.

나는 한 발짝 더 다가간다.

"얘기 좀 하지."

"무슨 얘기?"

나는 한 손으로 야구 방망이를 휘두른다. 그편이 제일 빠르기 때문이다. 야구 방망이는 채찍처럼 트레이의 한쪽 무릎을 갈긴다. 트레이는 비명을 지르지만 쓰러지지 않는다. 이제 나는 양손으로 방망이를 잡는다. 어린이 야구단에 있었을 때 자우스 코치님이 뭐라고 가르쳤는지 기억해, 리오? 방망이는 뒤로 잡아당기고, 팔꿈치는 들고. 그게 코치님의 주문이었어. 그때 우리가 몇 살이었지? 아홉 살, 열 살? 상관없어. 난 코치님께 배운 대로 방망이를 뒤로 힘껏 잡아당기고 팔꿈 치는 치켜든 자세로 방망이를 휘두르지.

방망이 중심부가 아까 때린 무릎을 다시 정통으로 갈긴다.

트레이는 총이라도 맞은 듯이 바닥으로 쓰러진다. "제발 그만 해……."

이번에는 도끼로 장작을 팰 때처럼 야구 방망이를 머리 위로 들어 올리고, 체중을 모두 실어 내려친다. 역시 같은 무릎을 겨냥한다. 야 구 방망이가 무릎과 부딪치는 순간 무언가 쪼개지는 듯한 느낌이 든 다. 트레이는 울부짖고, 나는 야구 방망이를 다시 들어 올린다. 이제 트레이는 무릎을 보호하려는 듯이 양손으로 감싼다. 알게 뭐야. 이왕 이면 확실히 해두는 편이 낫겠지?

이번에는 발목을 겨냥한다. 방망이가 목표물을 내려치는 순간 우지 끈 소리가 나며 발목이 부러지고, 계속되는 내 맹공격 속에서 완전히 으스러진다. 부츠로 마른 나뭇가지를 밟을 때 같은 소리가 난다.

"넌 내 얼굴 못 본 거야. 다른 사람한테 찍소리라도 하면 내가 돌아 와서 죽일 거다." 나는 트레이에게 말한다.

그러고는 대답을 기다리지 않고 자리를 뜬다.

아버지가 우리를 처음으로 메이저리그 야구 경기에 데려갔던 때 기 억해, 리오? 양키 스타디움이었지. 우리는 삼루수 쪽에 앉아 있었어. 경기 내내 야구 글러브를 끼고서 우리 쪽으로 파울 볼이 날아오기를 기대했지. 물론 그런 일은 없었어. 아버지가 햇볕 쪽으로 고개를 내밀 던 모습이 기억나. 레이밴 웨이페어러 선글라스를 끼고, 느긋한 미소 를 지은 채 말이야. 아버진 정말 멋졌어. 프랑스인이라서 야구 규칙은 전혀 몰랐지만—야구 경기 관람은 아버지도 처음이었지—상관하지 않았어. 쌍둥이 아들과 외출하는 날이었으니까.

아버지에게는 늘 그걸로 충분했어.

나는 세 블록 떨어진 세븐일레븐 옆 대형 쓰레기통에 야구 방망이를 버린다. 장갑을 끼고 있었으니 지문은 남지 않았으리라. 방망이는 몇 년 전 애틀랜틱시에 갔다가 차고 세일에서 샀기 때문에 내 물건이라는 사실을 알아내기란 불가능하다. 그렇다고 해서 경찰이 이 일을 수사할까 봐 걱정하는 건 아니다. 트레이 같은 전문적 머저리를 돕기 위해 경찰이 번거롭게 쓰레기통을 뒤지는 일은 없다. 드라마에서라면 모를까 현실에서는 동네 갱단끼리 싸움이 붙었거나 마약 거래가 틀어졌거나 도박 빚을 졌거나, 아무튼 저렇게 맞을 만한 이유가 있을 거라고 생각한다.

나는 주차장을 가로지른 다음 내 차를 향해 빙 돌아간다. 개나 소나 다 쓰고 다니는 브루클린 네츠 모자를 쓰고, 고개를 숙인 채 걷는다. 다시 한 번 말하지만 이 사건을 진지하게 받아들이는 경찰은 없을 것이다. 하지만 혹시라도 의욕 넘치는 신입 형사가 CCTV를 뒤져볼지도 모른다.

그러니 조심해서 손해 볼 일은 없다.

나는 차에 올라타 280번 주간 도로를 타고 곧장 웨스트브리지로 돌아간다. 휴대전화가 울린다. 엘리의 전화다. 마치 내가 방금 무슨 짓을 했는지 안다는 듯이. 깨끗한 양심의 화신. 나는 전화를 받지 않는다.

웨스트브리지는 미국인이 꿈에 그리는 교외 주택가로 언론에서 '가족 친화적'인 마을이라고 부를 만한 곳이다. 어쩌면 '부촌', 심지어 '상류층'이 모여 산다고 해줄 수도 있지만 '최상류층'이라고 말하지는 못하리라. 로터리 클럽에서 주최하는 바비큐 파티가 열리고, 독립 기념일 행진도 하며, 국제 키와니스 클럽에서 주최하는 축제도 펼쳐지고, 토요일 아침이면 농부들이 직접 판매하는 유기농 장터도 열린다. 아이들은 아직도 자전거를 타고 등교한다. 고등학교 미식축구 시합은 관객들로 가득하다. 특히 라이벌인 리빙스턴 고등학교와 경기가 있을 때면. 어린이 야구단도 여전히 인기 만점이다. 자우스 코치는 몇 년 전에 죽었지만 그의 이름을 딴 야구장이 있다.

나는 아직도 그 경기장에 들른다. 이제는 경찰차를 타고서. 그렇다, 내가 바로 경찰이다. 야구장 오른쪽 외야에서 눈에 확 띄던 네가 생각나, 리오. 넌 야구를 하고 싶어 하지 않았지만—이젠 그 사실을 알아—너 없이는 내가 야구팀에 들어가지 않으리라는 걸 알고 함께 가입했지. 마을 어르신들은 아직도 내가 주 준결승에서 기록한 노히트 경기를 이야기해. 넌 야구팀에 들어갈 실력이 되지 않았어. 그래서 어린이 야구단 관계자들은 널 통계 분석가라는 자리에 앉혔지. 날 기쁘게 해주려고 그랬던 것 같아. 당시에는 몰랐어.

넌 늘 나보다 똑똑하고 성숙했으니까 아마 알았겠지, 리오.

나는 집으로 들어가 진입로에 차를 세운다. 옆집에 사는 네드 월쉬—내 마음속에서는 늘 네드 플랜더스(애니메이션 〈심슨 가족〉에서 심슨 옆집에 사는 바른 생활 사나이—옮긴이)다. 왜냐하면 네드처럼 콧수염을 길렀고, 거부감이 들 정도로 명랑하기 때문이다—와 그의 부인 태미가 홈통을 청소하다가 내게 손을 흔든다.

"안녕, 냅." 네드가 인사한다.

"안녕, 네드. 안녕, 태미." 나도 대답한다.

나는 이렇게 다정한 사람이다. 멋진 이웃사촌. 이 마을에서 자녀가 없는 이성애자 미혼 남자란 헬스장의 담배만큼이나 희귀한 존재다. 그래서 나는 평범하고, 지루하며, 믿음직한 이웃이라는 인상을 주려고 열심히 노력한다.

위협적이지 않은 이웃.

5년 전에 아버지가 돌아가신 후로 마을 사람들은 날 '그' 미혼 남자, 그러니까 아직도 어릴 때 살던 집에 살면서 부 래들리(소설 《앵무새 죽이기》에 나오는 은둔자—옮긴이)처럼 마을을 살금살금 돌아다니는 남자로 생각하는 듯하다. 그래서 난 집을 최대한 깔끔하게 관리한다. 또 이웃들이 볼 수 있도록 환한 대낮에 나무랄 데 없는 데이트 상대를 우리 집에 데려가기도 한다. 설사 계속 사귈 마음이 없는 여자라고 해도.

그런 남자를 매력적인 괴짜나 동성애자로 생각하는 시절도 있었지만, 이제 이웃 사람들은 내가 소아성애자나 그 비슷한 부류가 아닐까 걱정하는 듯하다. 그래서 난 그런 두려움을 덜어주려고 최선을 다한다.

이웃 사람들은 대부분 우리 집안 사정을 알기 때문에 내가 왜 아직 그 집에 사는지 이해한다.

나는 여전히 네드와 태미에게 손을 흔들고 있다.

"브로디 야구 시합은 어땠어요?" 내가 묻는다.

사실은 전혀 관심 없지만 아까도 말했듯이 좋은 인상을 줘야 한다.

"8 대 1로 이겼어요." 태미가 대답한다.

"대단하네요."

"다음 주 수요일에 열리는 경기에는 꼭 오세요."

"좋죠."

그럴 바엔 차라리 찻숟가락으로 신장을 떼어내는 편이 덜 괴로울 테지만.

나는 좀 더 미소 짓고, 바보처럼 손을 흔든 뒤에 집 안으로 들어간다. 난 더 이상 우리가 쓰던 방을 쓰지 않아, 리오. 그날 밤—난 그 사건을 늘 '그날 밤'이라고 해. '동반 자살'이나 '사고사'라는 말은 받아들일 수 없고, '살인 사건'은 더더욱 그래. 비록 아무도 그 일을 살인 사건이라고 생각하지 않지만—이후로 난 우리가 쓰던 2층 침대를 도저히 볼 수가 없었어. 그래서 우리가 '아지트'라고 불렀던 아래층 방을 쓰기 시작했지. 진작 그랬어야 했어, 리오. 우리 침실은 초등학생 남자아이 둘이 쓰기에는 괜찮지만 고등학교 남학생 둘이 쓰기에는 너무 좁아.

하지만 그때는 전혀 개의치 않았어. 아마 너도 그랬을 거야.

아버지가 돌아가신 후에는 아버지가 쓰던 2층 침실을 써. 우리가 쓰던 방은 엘리가 서재로 바꿔줬어. 하얀 붙박이 가구들을 설치해서 '모던하고 도시적인 농가' 스타일로 바꿨다는데, 그게 무슨 뜻인지 아직도 모르겠어.

2층 침실로 올라가면서 셔츠를 벗는데 초인종이 울린다. UPS나 페덱스 배달원일 것이다. 미리 연락하지 않고 찾아오는 사람들은 그들뿐이다. 난 굳이 아래층으로 내려가지 않는다. 초인종이 한 번 더 울린다. 혹시 내가 서명이 필요한 물건이라도 주문했나? 그런 기억은 없다. 침실 창문 밖을 내려다본다.

경찰이다.

사복 차림이긴 해도 경찰은 늘 알아볼 수 있다. 자세 때문인지 옷차림 때문인지, 꼭 집어서 말할 수 없는 무언가 때문인지 모르지만 같은 경찰이라서 그런 건 아니다. 두 명인데 한 사람은 남자, 한 사람은 여자다. 혹시 트레이 때문인가 하는 의문이 들지만—논리적인 추론이지?—위장 경찰차를 힐끗 봤더니 펜실베이니아주 번호판이 달려 있다. 위장 경찰차는 한눈에 봐도 경찰 차량이라는 티가 나서 마치 양쪽 옆면에 스프레이로 '위장 경찰차'라고 적혀 있는 듯하다.

나는 얼른 회색 트레이닝 바지를 입고 거울에 비친 내 모습을 확인한다. 머릿속에 떠오르는 단어는 하나뿐이다. '멋지군.' 그것 말고 다른 단어도 떠오르지만 그냥 넘어가자. 나는 서둘러 계단을 내려가 문손잡이를 향해 손을 뻗는다.

그 문을 열면 어떤 일이 일어날지 전혀 몰랐어, 리오.

더구나 그게 너와 관련된 일일 줄은.

CHAPTER
2

아 까 말한 대로 경찰 두 명이다. 하나는 남자, 하나는 여자.

여자 쪽이 연상인데 50대 중반으로 보이고, 푸른색 재킷에 편한 신발을 신었다. 권총을 찔러 넣은 한쪽 옆구리가 불룩 튀어나와 재킷 모양새가 망가졌지만, 그런 걸 신경 쓸 사람으로는 안 보인다. 마흔 살쯤 되어 보이는 남자는 세련된 교감 선생님들이 선호하는 갈색 낙엽 색깔 양복을 입었다.

여자가 경직된 미소를 지으며 묻는다. "두매스 형사님?"

그녀는 날 '두매스'라고 부르지만, 사실 프랑스 성이라서 '뒤마'라고 해야 한다. 유명한 작가의 이름처럼. 리오와 나는 마르세유에서 태어났다. 여덟 살 때 처음 미국으로 건너와 웨스트브리지에 정착했을 때 새로운 '친구들'은 기발하게도 '뒤마(Dumas)'를 '덤 애스(Dumb Ass, '멍청이'라는 뜻—옮긴이)'라고 발음했다. 어른이 돼서도 여전히 그러는 녀석들이 있는데, 애초에 지지하는 정당이 나와 다르니까 상관없다.

나는 굳이 내 이름을 정정하지 않는다.

"뭘 도와드릴까요?"

"난 스테이시 레이놀즈 경위예요. 이쪽은 베이츠 경장이고요." 여자가 말한다.

조짐이 심상치 않다. 이들은 나와 가까운 누군가가 죽었다든가 하는 식의 비보를 전하려고 온 듯하다. 직업이 직업인지라 나도 유가족에게 여러 번 사망 통보를 했는데 그 일에 별로 소질은 없다. 하지만 불쌍하게 들릴지 몰라도, 내게는 경찰이 직접 찾아와 죽음을 알릴 정도로 의미 있는 사람이 없다. 유일하게 남은 사람은 엘리뿐인데, 그녀는 나와 같은 마을인 뉴저지주 웨스트브리지에 살지 펜실베이니아주에 살지 않는다.

나는 "만나서 반갑습니다"는 생략하고 곧바로 본론으로 들어간다. "무슨 일 때문에 그러시죠?"

"잠깐 들어가도 될까요?" 레이놀즈가 지친 미소를 지으며 말한다. "운전을 꽤 오래 했거든요."

"화장실도 급하고요." 베이츠가 덧붙인다.

"화장실 가는 건 나중에 하고 용건부터 말하시죠." 내가 말한다.

"짜증 낼 필요는 없잖아." 베이츠가 말한다.

"빙빙 돌려서 말할 필요도 없죠. 난 경찰이고, 당신들은 먼 길을 왔으니까 시간 끌지 맙시다."

베이츠가 날 노려본다. 나는 개무시한다. 레이놀즈가 험악한 분위기를 누그러뜨리려고 베이츠의 팔에 손을 올린다. 나는 여전히 개무시한다.

"당신 말이 맞아요. 유감스럽게도 나쁜 소식을 전하려고 왔어요."
레이놀즈가 말한다.

나는 잠자코 기다린다.

"우리 관할 구역에서 살인 사건이 발생했어요." 레이놀즈가 말을 잇는다.

"경찰이 죽었어." 베이츠가 덧붙인다.

그제야 관심이 간다. 살인 사건이 일어났고 경찰이 죽었다. 원칙적으로 모든 살인 사건은 동등하게 다뤄져야 한다. 경찰이 죽은 사건이라고 해서 더 중요하게 다뤄져서는 안 된다. 하지만 원래 세상은 원칙대로 돌아가지 않는 법이다.

"죽은 경찰이 누굽니까?" 내가 묻는다.

"렉스 캔턴요."

그들은 내가 어떤 감정이라도 드러내는지 지켜보지만 나는 아무 감정도 드러내지 않는다. 비록 안간힘을 쓰고 있지만.

"캔턴 경사를 아나요?" 레이놀즈가 묻는다.

"알았죠. 아주 오래전에." 내가 대답한다.

"캔턴 경사를 마지막으로 본 게 언제죠?"

나는 이들이 왜 날 찾아왔는지 계속 생각하는 중이다. "기억이 안나네요. 아마 고등학교 졸업식 때였을 겁니다."

"그 후로는 안 만났나요?"

"제가 기억하기로는요."

"그럼 만났을 수도 있군요?"

나는 어깨를 으쓱인다. "렉스가 모교 방문의 날 같은 행사에 왔을 수도 있죠."

"하지만 확실하지는 않다?"

"네, 확실히는 모르겠습니다."

"별로 슬프지 않은 모양이군."

"가슴으로는 피눈물을 흘리고 있습니다. 내가 좀 심하게 터프해서요."

"빈정거릴 필요는 없잖아. 동료 형사가 죽었는데." 베이츠가 말한다.

"시간을 낭비할 필요도 없죠. 렉스는 고등학교 동창일 뿐입니다. 졸업 후로는 만난 적이 없죠. 펜실베이니아주에 사는 줄도 몰랐습니다. 경찰이라는 것도 몰랐고요. 어떻게 살해됐습니까?"

"차량 검문 중에 총에 맞았어요." 레이놀즈가 대답한다.

렉스 캔턴. 물론 고등학교 때는 알고 지냈지만 렉스는 나보다 너랑 더 친했어, 리오. 네 패거리 중 하나였지. 학예회에서 너희 패거리가 립싱크하는 록 밴드로 차려입고 찍은 바보 같은 사진이 기억난다. 그때 렉스는 드럼을 쳤지. 앞니가 벌어져 있었어. 착한 아이 같았는데.

"본론으로 들어갈까요?" 내가 묻는다.

"무슨 본론 말이죠?"

진짜 짜증 나는군. "나한테 원하는 게 뭡니까?"

레이놀즈가 날 올려다본다. 그녀의 얼굴에 살짝 미소가 스친 듯도 하다. "짚이는 거라도 있나요?"

"없습니다."

"당신네 집 현관에 오줌 싸기 전에 화장실 좀 써야겠네요. 얘기는 그다음에 하죠."

나는 그들이 집 안으로 들어올 수 있도록 옆으로 비켜선다. 레이놀즈가 먼저 화장실에 들어가고, 베이츠는 폴짝폴짝 뛰면서 기다린다. 내 휴대전화가 울려서 보니 이번에도 엘리다. 나는 거부 버튼을 누르고, 시간 나는 대로 곧 연락하겠다는 문자를 보낸다. 수돗물 흐르는 소리가 나면서 레이놀즈가 손을 씻는다. 그녀가 나오자 베이츠가 들어간다. 오줌 소리 한번 요란하네. 방광이 터지기 직전이었나 보다.

우리는 거실로 들어가 자리에 앉는다. 거실도 엘리가 꾸며주었다. '여성 친화적인 남성용 동굴'이라는 분위기를 목표로 벽에 나무 패널을 덧대고 대형 텔레비전을 놓았지만, 바 테이블은 아크릴이고 인조 가죽으로 된 소파는 괴상한 연자주색이다.

"얘기해 보시죠."

레이놀즈가 베이츠를 바라본다. 베이츠가 고개를 끄덕이자 레이놀즈가 다시 날 바라보며 말한다. "지문이 나왔어요."

"어디서요?" 내가 묻는다.

"네?"

"렉스가 차량 검문을 하다가 총에 맞았다고 했잖습니까."

"그랬죠."

"그럼 렉스의 시신은 어디에서 발견됐죠? 경찰차에서? 거리에서?"

"거리에서요."

"그럼 지문이 정확히 어디에서 나왔죠? 거리에서?"

"어디인지는 중요치 않아요. 누구 지문인지가 중요하죠." 레이놀즈가 말한다.

나는 기다린다. 아무도 입을 열지 않자 내가 묻는다. "누구 지문입니까?"

"음, 그게 문제예요." 레이놀즈가 대답한다. "전과자 데이터베이스에 등록된 지문은 아니었어요. 전과가 없다는 얘기죠. 그런데도 데이터베이스에 등록이 되어 있었어요."

'모골이 송연하다'는 표현을 늘 듣기는 했지만 실감하기는 이번이 처음인 듯하다. 레이놀즈가 내 대답을 기다렸지만 난 그녀를 만족시키고 싶지 않다. 이제 이 공은 레이놀즈가 끌고 가야 한다. 그녀가 골대 앞까지 가져가도록 난 빠져 있을 것이다.

"데이터베이스에 지문이 남아 있는 이유는," 레이놀즈가 말을 잇는다. "10년 전 당신, 두매스 형사님이 '요주의 인물'이라면서 이 지문을 데이터베이스에 등록했기 때문이에요. 10년 전, 처음 경찰이 됐을 때 당신은 일치하는 지문이 나오면 알려달라고 요청했죠."

충격 받은 내색을 하지 않으려고 노력했지만 썩 잘해내지는 못한 듯해. 나는 그때를 회상해, 리오. 15년 전 달빛 속에서 그녀와 나란히 걸었던 여름밤을. 우리는 라이커 힐에 있는 공터까지 걸어가 담요 위에 누웠지. 물론 그때의 열기와 격렬했던 분위기, 순수한 성욕도 떠오르지만 그보다는 '그 이후'를 회상해. 나는 계속 숨을 헐떡이며 바닥에 등을 대고 누운 채 밤하늘을 올려다봤어. 내 가슴에는 그녀의 머리가, 내 배에는 그녀의 손이 놓여 있었지. 처음 몇 분간은 침묵을 지키다가 우린 이야기를 나누기 시작하고 이내 알게 되었어. 그냥 알게 돼. 이 여자와는 평생 이야기해도 질리지 않겠다는걸.

넌 신랑 들러리가 됐을 거야.

나 잘 알지? 난 많은 친구가 필요 없었어. 내겐 네가 있었어, 리오.

그리고 그녀가 있었지. 그러다가 널 잃었어. 또 그녀를 잃었고.

　이제 레이놀즈와 베이츠는 내 얼굴을 빤히 바라본다. "두매스 형사님?"

　나는 얼른 회상을 멈춘다. "그러니까 그게 모라의 지문이라는 겁니까?"

　"그래요, 네."

　"하지만 아직 모라는 못 찾았고요?"

　"네, 아직 못 찾았어요. 설명해 주실래요?" 레이놀즈가 말한다.

　나는 지갑과 집 열쇠를 집어 든다. "차에서 하겠습니다. 가시죠."

당 연 히 레이놀즈와 베이츠는 지금 당장 내게 질문을 퍼붓고 싶을 것이다.

"차에서요. 현장을 봐야겠습니다." 내가 우긴다.

우리 셋은 20년 전 아버지가 손수 벽돌을 깔아서 만든 진입로를 내려간다. 내가 앞장서고 두 사람은 서둘러 날 따라온다.

"당신을 데려가고 싶지 않다면요?" 레이놀즈가 말한다.

나는 걸음을 멈추고 손을 흔든다. "그럼 잘 가세요. 안전 운전하시길."

베이츠는 내가 정말 싫은 모양이다. "그쪽을 신문할 수도 있어."

"아, 그러세요? 그럼 한번 알아보시든가." 나는 뒤돌아서 다시 집 쪽으로 걸어간다.

레이놀즈가 내 코앞에 얼굴을 들이댄다. "우린 지금 경찰을 죽인 범인을 찾고 있어요."

"나도 마찬가집니다."

나는 아주 훌륭한 수사관이지만—사실이 그렇다. 여기서 굳이 겸손한 척할 필요는 없으리라—현장을 직접 봐야 한다. 사건에 연루된 사람들도 알고 있고, 저들을 도울 수도 있다. 어느 쪽이든 모라가 돌아왔다면 절대 놓칠 수 없다.

이런 사연을 레이놀즈와 베이츠에게 구구절절 이야기하고 싶지는 않다.

"차로 몇 시간 걸립니까?" 내가 묻는다.

"빠르면 두 시간요."

나는 환영한다는 듯 양팔을 벌린다. "그 시간 동안 차 안에서 날 독점하는 겁니다. 원하는 질문은 뭐든 할 수 있다고요."

베이츠가 얼굴을 찡그린다. 그 사실이 싫거나, 아니면 착한 경찰 역할을 하는 레이놀즈와 달리 나쁜 경찰 역할을 하는 데 너무 익숙해져서 자기도 모르게 그러거나. 어차피 저들은 내 말을 따를 것이다. 우리 모두 그걸 알고 있다. 다만 언제, 어떻게 따를 것이냐의 문제다.

레이놀즈가 묻는다. "집에는 어떻게 돌아올 건가요?"

"우린 콜택시가 아니라서 말이지." 베이츠가 덧붙인다.

"네, 돌아오는 차편. 지금 그게 제일 중요하죠." 내가 빈정거린다.

그들의 얼굴이 좀 더 심하게 일그러지지만 그뿐이다. 레이놀즈가 운전석에 타고 베이츠는 조수석에 탄다.

"문도 안 열어주는 겁니까?" 내가 말한다.

쓸데없이 상대의 신경을 건드리는 짓이지만 알 게 뭔가. 차에 타기 전에 나는 휴대전화를 꺼내 연락처 속 즐겨찾기 목록으로 들어간다.

운전석에서 레이놀즈가 '또 왜 저 지랄이야?' 하는 표정으로 날 바라본다. 나는 금방 끝난다는 뜻으로 검지를 들어 보인다.

엘리가 전화를 받는다. "여보세요."

"오늘 저녁에 못 가겠어."

나는 학대받는 여성들을 위해 엘리가 운영하는 쉼터에서 일요일 저녁마다 자원봉사를 한다.

"무슨 일 생겼어?" 엘리가 묻는다.

"렉스 캔턴 기억나?"

"고등학교 동창? 물론이지."

엘리는 두 딸을 둔 행복한 엄마이자 아내고, 나는 그 아이들의 대부다. 나와는 어울리지 않는 역할이지만 잘하고 있다. 엘리는 내가 아는 한 최고의 인간이다.

"펜실베이니아주에서 경찰이었대."

"비슷한 소문을 들은 거 같아."

"왜 내게 말 안 했어?"

"해야 돼?"

"아니."

"근데 렉스가 왜?"

"근무 중에 살해됐대. 차량 검문하다가 총에 맞았어."

"끔찍해라. 정말 안됐다."

누군가는 그냥 하는 말이지만 엘리에게서는 진심이 느껴진다.

"근데 그 일이 너랑 무슨 상관이야?" 엘리가 묻는다.

"나중에 알려줄게."

엘리는 왜냐고 따지거나 더 자세히 캐물으며 시간을 낭비하지 않는다. 내가 더 말하고 싶으면 말하리라는 걸 알기 때문이다.

"알았어. 필요한 거 있으면 전화해."

"나 대신 브렌다 좀 챙겨줘." 내가 말한다.

잠시 침묵이 흐른다. 브렌다는 두 아이의 엄마이자 쉼터에 거주하는 학대받은 여성이다. 폭력적인 개새끼 때문에 그녀의 삶은 깨어 있는 악몽이 되었다. 2주 전 뇌진탕을 일으킨 브렌다는 갈비뼈가 부러진 채 맨몸으로 도망쳐 엘리의 쉼터로 왔다. 그 후로는 너무 겁에 질려서 외출은 꿈도 꾸지 못했고, 쉼터 내부에 있는 실내 정원에 나가서 바람을 쐬는 일조차 불가능했다. 집에서 도망칠 때 아이들은 데리고 나왔지만 다른 물건은 하나도 가지고 오지 못했다. 몸을 자주 떨고, 언제 맞을지 모른다는 듯이 계속 움찔거린다.

나는 엘리에게 트레이라는 머저리가 며칠간 집을 비울 테니 오늘 밤에 브렌다가 집에 가서 물건을 제대로 챙겨올 수 있다고 말해주고 싶지만, 이 일은 엘리와 나 사이에서도 말하기가 조심스럽다.

내가 말하지 않아도 쉼터에서는 알아낼 것이다. 늘 그랬다.

"브렌다에게 다음 주에 가겠다고 전해줘."

"알았어." 엘리는 그렇게 말하고 전화를 끊는다.

나는 경찰차 뒷좌석에 혼자 앉아 있다. 차 안에서는 경찰차 특유의 냄새, 다시 말해 땀과 절망과 두려움의 냄새가 풍긴다. 레이놀즈와 베이츠는 내 부모라도 되는 양 앞좌석에 앉아 있다. 그들은 내게 곧바로 질문하지 않고 철저히 침묵을 지킨다. 나는 어이가 없어서 눈을 치뜬다. 지금 해보자는 건가? 나도 경찰이라는 걸 잊었나? 저들은 내가 지쳐서 먼저 말하기를, 무언가 털어놓기를 기다리는 것이다. 일부러 범인 혼자 취조실에서 기다리게 하면서 불안하게 만드는 것과 똑같다.

나는 저들에게 놀아나지 않을 작정이라서 눈을 감고 잠을 청한다.

그러자 레이놀즈가 날 깨운다. "이름이 정말 나폴레옹이에요?"

"네." 내가 답한다.

프랑스인 아버지는 그 이름을 싫어했지만 파리에 사는 미국인이던 어머니가 그 이름을 고집했다.

"나폴레옹 두매스?"

"다들 날 냅이라고 부르죠."

"참 별난 이름이네." 베이츠가 말한다.

"베이츠. 사람들이 당신에게 '미스터' 대신 '매스터(Master)'라는 호칭을 쓰지 않나요?"

"뭐라고?"

레이놀즈는 웃음이 나오려는 걸 참는다. 베이츠가 이 농담을 들어본 적이 없다니 믿기지 않는다. 그는 직접 "매스터 베이츠(Master Bates, 자위를 뜻하는 masturbate와 발음이 비슷하다—옮긴이)"라고 부드럽게 중얼거리더니 그제야 깨닫는다.

"정말 유치하군, 뒤마."

베이츠가 이번에는 내 이름을 정확히 발음한다.

"이제 말 좀 해봐요, 냅." 레이놀즈가 말한다.

"물어보세요."

"모라 웰스를 AFIS에 등록한 사람이 당신이죠?"

AFIS. 지문자동검색시스템(Automated Fingerprint Identification System)의 약자다.

"그렇다고 치죠."

"언제요?"

그들은 이 답을 이미 알고 있다. "10년 전에요."

"왜죠?"

"모라가 사라졌으니까요."

"확인해 봤는데 가족들은 모라의 실종 신고를 한 적이 없더군." 베이츠가 말한다.

나는 대답하지 않는다. 잠시 침묵이 감돌더니 레이놀즈가 입을 연다. "냅?"

별로 좋게 보이지 않을 것이다. 나도 알지만 달리 방도가 없다. "모라 웰스는 고등학교 때 내 여자 친구였습니다. 고등학교 3학년 때 내게 문자로 헤어지자고 하더니 모든 연락을 다 끊고 떠났죠. 난 모라를 찾아다녔지만 찾을 수가 없었고요."

레이놀즈와 베이츠는 눈빛을 교환한다.

"모라 부모님과 얘기해 봤나요?" 레이놀즈가 묻는다.

"모라 엄마요? 네."

"뭐라고 하던가요?"

"모라가 어디 있든지 네가 상관할 바가 아니니까 네 앞가림이나 잘하라고 하더군요."

"맞는 말이네." 베이츠가 말한다.

나는 미끼를 물지 않는다.

레이놀즈가 묻는다. "그때 몇 살이었죠?"

"열여덟요."

"그래서 모라를 찾아다녔고, 끝내 못 찾았군요."

"맞습니다."

"그다음에는 어떻게 했나요?"

대답하고 싶지 않지만 렉스는 죽었고, 모라는 다시 돌아왔을지 모른다. 뭔가를 얻으려면 뭔가 내놓아야 하는 법이다. "경찰이 됐을 때 모라의 지문을 AFIS에 등록했죠. 모라가 실종되었다는 내용의 보고서도 제출하고요."

"당신에게는 그럴 만한 법적 권한이 전혀 없어." 베이츠가 말한다.

"생각하기 나름이죠. 그런데 지금 규정 위반으로 날 잡으러 온 겁니까?"

"아뇨." 레이놀즈가 말한다.

"글쎄." 베이츠가 짐짓 의심스럽다는 투로 말한다. "당신은 여자에게 차였고, 5년 뒤에 규정을 어겨가면서까지 여자의 정보를 시스템에 등록했어. 여자랑 다시 잘해보고 싶은 마음이었던 거야?" 그리고는 어깨를 으쓱인다. "스토커가 따로 없군."

"꽤 소름 끼치는 행동이긴 해요, 냅." 레이놀즈가 덧붙인다.

저들은 분명 내 과거를 알고 있다. 하지만 다 알지는 못한다.

"그럼 당신 혼자서 모라 웰스를 찾아다녔나요?" 레이놀즈가 묻는다.

"그런 셈이죠."

"끝내 찾지 못했고요?"

"네."

"지난 15년간 모라가 어디 있었을지 짐작 가는 곳이 있나요?"

지금 우리는 고속도로를 달리며 서쪽으로 향하고 있다. 나는 이 일과 관련된 단서를 계속 모으려는 중이다. 렉스와 관련된 모라의 기억을 찾아본다. 그러다가 네가 생각나, 리오. 넌 그 둘과 친구였지. 거기에 무슨 의미가 있을까? 있을 수도 있고 없을 수도 있지. 우린 모두 같은 반이었고, 그래서 서로를 다 알고 지냈어. 하지만 모라가 렉스와 특별히 가까웠나? 렉스는 우연히 모라를 알아봤을까? 그렇다면 모라가 렉스를 죽였다는 뜻일까?

"아뇨, 없습니다." 내가 대답한다.

"이상하네요. 모라 웰스의 최근 행적이 전혀 없어요. 신용 카드도, 은행 계좌도, 세금을 낸 기록도요. 계속 알아보고는 있지만……."

"아무것도 안 나올 겁니다." 내가 그녀의 말을 자른다.

"당신도 알아봤군요."

질문이 아니다.

"모라 웰스가 언제 자취를 감췄나요?" 레이놀즈가 묻는다.

"제가 알기로는 15년 전에요."

CHAPTER

4

살 인 현장은 공항이나 기차역 부근에서 볼 수 있을 법한 짧은 거리
의 조용한 뒷길이다. 근처에 주택은 없고, 한때 잘나갔던 산업 지구
만 있다. 버려진 혹은 버려지는 수순을 밟고 있는 창고들이 드문드문
보인다.

우리는 경찰차에서 내린다. 목재로 대충 만든 바리케이드 서너 개
로 살인 현장을 막아두었지만, 차량은 그 옆으로 돌아서 지나갈 수 있
다. 지금까지 지나가는 차량은 한 대도 없었다. 나는 그 사실을 유념
한다. 차량 통행 거의 없음. 핏자국이 아직 지워지지 않은 채 그대로
남아 있다. 렉스가 쓰러져 있던 자리에는 분필로 그린 시체 보존선이
있다. 진짜 분필로 그린 저 선을 마지막으로 본 때가 언제인지 기억나
지 않는다.

"안으로 들어가서 봐야겠습니다." 내가 말한다.

"당신은 지금 수사관 자격으로 온 게 아냐." 베이츠가 퉁명스럽게

말한다.

"지금 싸우자는 겁니까, 아니면 경찰을 죽인 범인을 잡자는 겁니까?" 내가 묻는다.

베이츠가 실눈을 뜬다. "설사 범인이 당신 옛 애인이라고 해도?"

그렇다면 더더욱 잡아야지. 하지만 난 그런 생각을 입 밖으로 내지 않는다.

두 사람은 잠시 까다롭게 구는 척하더니 마침내 레이놀즈가 설명한다. "렉스 캔턴 경관은 오전 1시 15분경 이 근처에서 도요타 코롤라 한 대를 검문했어요. 음주 운전 때문이었을 거예요."

"렉스가 경찰서에 무선을 보냈겠군요."

"그랬어요, 네."

그게 규정이다. 차량을 검문할 때는 무전으로 알리거나 번호판을 조회해 도난당한 차량인지 혹은 운전자에게 전과가 있는지 등을 알아본다. 차주가 누군지도 알아낼 수 있다.

"그래서 차주가 누굽니까?" 내가 묻는다.

"렌터카였어요."

어딘가 찜찜하다. 하지만 이 사건에는 찜찜한 구석이 한두 군데가 아니다.

"대형 체인점은 아니죠?" 내가 묻는다.

"네?"

"렌터카 업체 말입니다. 허츠나 아비스 같은 데는 아니죠?"

"네, 샐이라는 소규모 업체였어요."

"내가 맞춰보죠. 공항 근처에 있고, 미리 예약할 필요가 없죠?"

레이놀즈와 베이츠가 시선을 교환한다. 베이츠가 묻는다. "어떻게 알았지?"

내가 그를 무시하고 레이놀즈를 바라보자 그녀가 말한다.

"메인주 포틀랜드에 사는 데일 밀러라는 남자가 빌렸어요."

"신분증은 훔쳤습니까, 아니면 위조했습니까?" 내가 묻는다.

두 사람은 다시 시선을 교환한다. "훔쳤어요."

나는 피를 만져본다. 이미 굳어 있다. "렌터카 영업장에 설치된 CCTV는요?"

"곧 자료를 넘겨받을 거예요. 하지만 접수 담당 직원 말로는 데일 밀러가 60대, 어쩌면 70대쯤 되는 노인이라고 했어요."

"차량은 어디서 발견됐습니까?"

"필라델피아 공항에서 800미터 떨어진 곳이오."

"지문은 몇 명이나 나왔습니까?"

"앞좌석에서요? 모라 웰스의 지문뿐이었어요. 렌터카 업체에서 차를 빌려주기 전에 청소를 꽤 철저히 했더라고요."

나는 고개를 끄덕인다. 트럭 한 대가 모퉁이를 돌아 우리 옆을 천천히 지나간다. 이 거리에서 처음으로 보는 차량이다.

"앞좌석요." 내가 말한다.

"네?"

"앞좌석에서 지문이 나왔다고 했는데 어느 쪽이었나요? 운전석? 아니면 조수석?"

이번에도 두 사람은 시선을 교환한다.

"둘 다요."

나는 도로, 그리고 분필로 그려진 시신의 위치를 바라보며 사건의 내막을 짜 맞춘다. 그러고는 몸을 돌려 그들을 마주 보고 묻는다. "당신들 가설은 뭡니까?"

"두 사람, 그러니까 한 남자와 당신 옛 여자 친구 모라가 차에 타고 있었어요. 캔턴 경관이 음주 운전 검사를 하려고 차를 세웠고요. 근데 무슨 이유에서인지 두 사람은 겁을 먹었어요. 패닉에 빠져서 캔턴 경관의 뒤통수에 두 발을 쏘고 달아났죠." 레이놀즈가 말한다.

"아마 남자가 쐈을 거야." 베이츠가 덧붙인다. "남자가 차에서 내려 총을 쏘고, 당신 옛 여자 친구는 운전석으로 자리를 옮겼겠지. 남자는 조수석에 올라타고. 그러면 왜 여자의 지문이 운전석과 조수석 양쪽에서 발견됐는지 설명돼."

"앞서 말했듯이 차량은 훔친 신분증으로 빌렸어요." 레이놀즈가 말한다. "적어도 남자에게는 숨길 게 있었다는 뜻이죠. 캔턴은 차량을 검문하면서 무언가 잘못됐다는 걸 깨달았고, 그래서 살해되었을 거예요."

나는 그들의 추리가 대단하다는 듯이 고개를 끄덕인다. 그 가설은 잘못되었지만, 아직 내가 더 나은 답을 내놓을 수 없으므로 괜히 적대감을 불러일으킬 필요는 없다. 저들은 내게 무언가를 감추고 있다. 내가 저들이라도 그랬으리라. 저들이 뭘 감추고 있는지 정확히 알아내야 하고, 그러려면 착하게 굴어야 한다.

나는 가장 매력적인 미소를 지어 보이며 묻는다. "블랙박스 좀 볼 수 있을까요?"

당연히 블랙박스가 제일 중요하다. 블랙박스에 전부 찍히지 않는 경우도 많지만 이 경우에는 충분히 찍혔으리라. 나는 그들의 대답을 기다린다. 그들은 얼마든지 내 요청을 거부할 수 있다. 하지만 이번에는 시선을 교환하는 그들의 분위기가 무언가 다르다.

둘 다 불편해 보인다.

베이츠가 말한다. "우리만 다그치지 말고 그쪽도 좀 털어놔 보시지."

매력적인 미소가 먹히질 않는군.

"당시 난 열여덟 살이었습니다. 고등학교 졸업반이었고, 모라는 내 여자 친구였죠."

"그러다가 헤어졌고. 그 얘긴 이미 했잖아." 베이츠가 말한다.

레이놀즈가 손짓하며 그를 진정시킨다. "그래서 어떻게 됐죠, 냅?"

"모라의 어머니. 당신들, 웰스 부인도 찾아냈죠? 그분은 뭐라고 하던가요?" 내가 묻는다.

"질문은 우리가 해, 뒤마." 베이츠가 대답한다.

하지만 이번에도 레이놀즈는 내가 돕고 싶어 한다는 사실을 이해한다. "모라의 어머니를 찾아냈어요, 네."

"그런데요?"

"몇 년 전부터 딸과 연락이 끊겼다고 하더군요. 모라가 어디 있는지 모른대요."

"웰스 부인과 직접 이야기했나요?"

레이놀즈는 고개를 젓는다. "우리와 말하기를 거부했어요. 변호사를 통해 공식적으로 입장을 전달했죠."

그러니까 웰스 부인이 변호사를 고용했군. "부인 말을 믿나요?"

"당신은요?"

"난 안 믿습니다."

저들에게 이 이야기까지 하고 싶지는 않지만, 모라에게 차인 후에 그녀의 집을 무단 침입한 적이 있다. 나도 안다. 멍청하고 충동적인 짓이었다. 아닐 수도 있고. 당시 난 동생을 잃은 데다 일생일대의 사랑까지 잃은 이중고로 혼란스러웠고, 어찌해야 할지 알 수 없었다. 아마 그래서 그런 짓을 했으리라.

무단 침입을 한 이유가 뭐냐고? 난 모라의 행방에 대한 단서를 찾고 있었다. 열여덟 살 고등학생이 탐정 놀이를 한 것이다. 단서는 별로 없었지만 욕실에서 모라의 물건 두 개를 훔쳤다. 칫솔과 유리잔. 당시에는 훗날 내가 경찰이 될 줄 전혀 몰랐지만 혹시 몰라서 그 물건을 잘 보관해 두었다. 왜냐고는 묻지 마라. 어쨌든 덕분에 경찰이 됐을 때 모라의 지문과 DNA를 시스템에 등록할 수 있었다.

아, 물론 들키기는 했다.

하필이면 경찰에게. 더 정확히 말하면 오기 스타일스 서장님에게.

너 오기 아저씨 좋아했지? 안 그래, 리오?

오기 아저씨는 그날 밤 이후로 내 멘토가 되었어. 내가 경찰이 된 이유이기도 하고. 아저씨는 아버지와도 친구가 되었지. 넌 아마 두 분이 술친구라고 했을 거야. 우리는 비극 속에서 유대감을 느꼈어. 비극은 우리를 가깝게 해줬지만—아저씨는 우리가 겪는 고통을 똑같이 겪었으니까—우리 사이에는 늘 고통이 있었지. 당근이자 채찍이 되는 관계, '달콤하면서도 쌉싸름하다'는 말은 바로 이런 의미일 거야.

"왜 웰스 부인의 말을 안 믿죠?" 레이놀즈가 묻는다.

"난 웰스 부인을 계속 감시했습니다."

"옛 여자 친구의 엄마를?" 베이츠는 못 믿겠다는 표정이다. "맙소사, 뒤마, 당신 진짜 제대로 된 골수 스토커로군."

나는 베이츠를 투명인간 취급한다. "웰스 부인에게는 가끔씩 일회용 전화기로 전화가 걸려 왔습니다. 적어도 예전에는 그랬죠."

"그걸 당신이 어떻게 알지?" 베이츠가 묻는다.

나는 대답하지 않는다.

"웰스 부인의 전화 기록을 조회할 수 있는 영장이라도 받았나?"

나는 대답하지 않고 레이놀즈를 바라본다.

레이놀즈가 말한다. "그게 모라의 전화라고 생각해요?"

나는 어깨를 으쓱인다.

"당신의 옛 여자 친구는 왜 그렇게 꽁꽁 숨어 있는 걸까요?"

나는 다시 어깨를 으쓱인다.

"짚이는 게 있을 텐데요." 레이놀즈가 말한다.

물론 있다. 하지만 아직 그 이야기까지 할 준비는 되어 있지 않다. 그 가설은 언뜻 들으면 너무 뻔한 동시에 불가능하다. 나도 받아들이기까지 오랜 시간이 걸렸다. 이미 두 사람, 오기 아저씨와 엘리에게 말했지만 둘 다 내가 미쳤다고 생각했다.

"이제 블랙박스를 보여주시죠." 내가 레이놀즈에게 말한다.

"아직 질문 안 끝났어." 베이츠가 말한다.

"블랙박스를 보여주세요." 내가 다시 말한다. "그걸 보면 이번 사건의 진상을 알아낼 수 있습니다."

레이놀즈와 베이츠는 이번에도 불편한 시선을 교환한다.

레이놀즈가 내게 다가온다. "블랙박스에는 아무것도 찍혀 있지 않았어요."

나는 깜짝 놀란다. 두 사람도 놀라워하는 표정이다.

"블랙박스가 꺼져 있었어." 마치 그걸로 설명이 된다는 듯 베이츠가 말한다. "그때 캔턴은 비번이었거든."

"아마 캔턴 경관이 껐을 거예요. 경찰서로 돌아가는 길이었으니까요." 레이놀즈가 말한다.

"근무 시간이 언제까지였습니까?"

"자정요."

"여기서 경찰서까지는요?"

"4.8킬로미터요."

"그럼 렉스는 자정에서 새벽 1시 15분까지 뭘 한 거죠?"

"캔턴 경관의 마지막 행적을 계속 조사 중이에요. 우리가 추측하는 바로는 그냥 늦게까지 순찰차를 타고 돌아다닌 것 같아요." 레이놀즈가 말한다.

"흔히 있는 일이야." 베이츠가 얼른 덧붙인다. "당신도 잘 알지? 이튿날 주간 근무가 있으면 순찰차를 집까지 가져가잖아."

"블랙박스를 꺼두는 것도 규정 위반이지만 다들 그렇게 하고요." 레이놀즈가 말한다.

나는 그 말을 믿지 않지만, 저들도 딱히 날 설득하려 하지 않는다.

베이츠의 벨트에 달린 휴대전화가 울리자 그가 전화기를 빼들고 옆으로 몇 발짝 걸어간다. 2초 뒤에 "어디?"라고 묻더니 잠시 침묵이 흐른다. 베이츠가 전화를 끊고 레이놀즈를 돌아보며 날 선 목소리로 말한다. "그만 가야겠어요."

그들은 버스 터미널에 날 내려준다. 주위가 어찌나 황량한지 바람에 굴러가는 회전초가 나타날 듯하다. 매표소에는 아무도 없다. 아예 표를 팔지 않는 것 같다.

두 블록을 걸어가니 러브 모텔이 나온다. 헤르페스의 쾌락과 불결함을 동시에 선사할 것 같은 모텔인데 이 경우에는 여러 면에서 논리적인 비유인 듯하다. 간판에는 시간당 대실 요금이 적혀 있고, 방마다 '컬러 TV'(요즘에도 흑백텔레비전이 비치된 모텔이 있나?)가 있으며 '테마 룸'을 제공한다고 적혀 있다.

"임질 스위트룸 주세요." 내가 말한다.

데스크 담당 직원이 어찌나 냉큼 열쇠를 던지는지 정말로 임질에 잘 걸리는 방을 주었을까 봐 겁이 난다. 방의 색채 배합은 너그럽게 보면 '시든 노란색'이라고 할 수 있지만 왠지 오줌 색에 가까워 보인다. 나는 시트를 벗기고, 최근에 파상풍 주사를 맞았으니 괜찮을 거라고 생각하며 용감하게 침대에 눕는다.

내가 모라의 집에 무단 침입한 사실을 알고도 오기 서장님은 우리집으로 날 찾아오지 않았다.

우리 집 진입로에 경찰차가 또 들어서는 모습을 보면 아버지가 쓰러질까 봐 걱정했던 것 같다. 나도 그 장면을 잊을 수가 없다. 마치 느리게 재생되듯이 모퉁이를 천천히 돌아서는 경찰차, 운전석에서 내리는 오기 아저씨, 사는 데 지친 듯한 아저씨의 걸음걸이. 이미 몇 시간 전 아저씨 인생은 박살 났고, 이제는 자신의 방문으로 인해 우리의 삶도 똑같이 되리라는 사실을 알고 있었다.

어쨌든 그래서 오기 아저씨는 모라의 집에 무단 침입한 일로 우리 아버지를 찾아가지 않고, 대신 학교로 가는 날 붙잡아 추궁했다.

"이 일로 널 체포할 생각은 없다만, 넌 그런 짓을 하면 안 돼."

"모라는 뭔가 알고 있어요."

"그렇지 않아. 모라는 그저 겁을 먹었을 뿐이야."

"모라와 얘기하셨어요?"

"날 믿어라, 얘야. 모라를 그냥 놓아줘."

그때도 그랬고, 지금도 난 아저씨를 믿는다. 그때도 그랬고, 지금도 난 모라를 놓아줄 수 없다.

머리 뒤로 손깍지를 끼고 천장을 바라본다. 어쩌다가 천장에 얼룩이 생겼는지 추측하지 않으려 한다. 오기 아저씨는 지금 노인 전용 데이팅 사이트에서 만난 노부인과 함께 힐턴 헤드 바닷가에 위치한 시파인 리조트에 있다. 그 시간을 방해하고 싶지 않다. 아저씨는 8년 전에 이혼했다. 오드리 아줌마와의 결혼 생활은 '그날 밤' 사건으로 큰 타격을 입었고, 그 후로 7년을 더 휘청거리다가 다행히 고통 없이 끝났다. 아저씨가 다시 데이트를 시작하기까지 꽤 오랜 시간이 걸린 터라 내 쓸데없는 추측으로 모처럼 찾아온 좋은 기회를 망치고 싶지 않다.

하루 이틀 후면 아저씨가 집에 돌아올 테니 그때까지 기다리자.

엘리에게 전화해서 내 정신 나간 가설을 털어놓을까 고민하는데 갑자기 문을 계속 쾅쾅쾅 두드리는 소리가 난다. 침대에서 내려와 문을 열어보니 제복을 입은 경관 둘이 서 있다. 둘 다 인상을 쓰고 있다. 부부는 닮는다고들 하는데 경찰 파트너도 마찬가지인 듯하다. 이 경우에는 둘 다 백인에 지나친 근육질 몸매이고 이마가 튀어나왔다. 나중에 다시 만나면 누가 누구였는지 분간하기 힘들 것이다.

"좀 들어가도 될까?" 경찰 1이 히죽거린다.

"영장 있습니까?"

"없어."

"안 되겠는데요."

"뭐가 안 된다는 거야?"

"당신들이 들어오는 거 말입니다. 안 된다고요."

"유감이네."

경찰 2가 날 밀치고 들어온다. 나는 그냥 내버려 둔다. 두 사람은 방에 들어오더니 문을 닫는다.

경찰 1이 또 히죽거린다. "쓰레기장이 멋있군."

재치 있는 모욕이랍시고 하는 말인가 보다. 내가 직접 꾸민 방도 아닌데.

"우리에게 숨기는 게 있다고 들었어." 경찰 1이 말한다.

"렉스는 우리 친구였지."

"그리고 경찰이었고."

"그리고 당신은 우리에게 숨기는 게 있고."

난 이런 일에는 참을성이 별로 없는 터라 총을 뽑아들고 두 사람 사이를 겨눈다. 두 경관의 입이 놀라서 O자가 된다.

"지금 뭐 하는……?"

"너희는 영장도 없이 내 방에 들어왔어."

나는 경찰 1, 그다음에는 경찰 2에게 총을 겨눴다가 다시 둘 사이를 겨눈다.

"너희 둘 다 쏴버리고 각자 손에 권총을 쥐어준 다음, 정당방위였다고 주장하는 편이 쉽겠지?"

"야, 미쳤어?" 경찰 1이 외친다.

그의 목소리에서 두려움이 묻어나자 나는 그쪽으로 몸을 돌린다. 그러고는 최대한 미친놈처럼 눈을 희번덕거린다. 나는 미친놈 행세를 아주 잘한다. 너도 알지, 리오?

"나랑 귀 싸움 할래?" 내가 묻는다.

"뭐?"

"네 친구는"—이 대목에서 경찰 2를 향해 고갯짓한다—"나가고, 너랑 나만 여기 남아서 문을 잠그는 거야. 권총은 내려놓고, 상대의 귀를 물어뜯은 사람만 이 방에서 나갈 수 있어. 어때?"

나는 경찰 1에게 몸을 내밀며 이로 물어뜯는 시늉을 한다.

"이 새끼 완전 또라이네." 경찰 1이 말한다.

"또라이 맛 좀 볼래?" 나는 이 연기에 너무 취해서 그가 내 제안을 받아들였으면 하는 마음까지 든다. "어때, 덩치야? 할래?"

그때 노크 소리가 나고, 경찰 1이 한걸음에 달려가 문을 연다.

스테이시 레이놀즈다. 나는 다리 뒤로 권총을 숨긴다. 레이놀즈는 동료들을 만나서 전혀 반갑지 않은 기색이다. 그녀가 노려보자 두 경관은 선생님에게 혼나는 학교 불량배들처럼 고개를 숙인다.

"너희가 왜 여기 있는 거야?"

"저희는 그냥……." 경찰 2가 운을 떼더니 어깨를 으쓱인다.

"나가. 지금 당장."

두 사람은 방에서 나가고, 그제야 레이놀즈는 내가 다리에 바짝 붙이고 있던 권총을 발견한다. "지금 뭐 하는 짓이에요, 냅?"

나는 권총을 권총집에 넣는다. "걱정 마세요."

레이놀즈가 고개를 젓는다. "하느님이 경찰에게 더 큰 페니스를 주셨다면 경찰은 일을 더 잘했을 거예요."

"당신도 경찰입니다." 내가 레이놀즈에게 상기시킨다.

"난 더욱 그렇죠. 따라와요. 보여줄 게 있어요."

래 리 앤드 크레이그스 바 앤드 그릴에서 일하는 바텐더 핼은 아련한 표정을 지으며 말한다.

"끝내주게 섹시한 여자였어요." 그러더니 눈살을 살짝 찌푸린다. "그 늙다리에게는 과분할 정도로 섹시한 여자였죠. 그건 확실해요."

래리 앤드 크레이그스 바 앤드 그릴에는 상호대로 바 테이블이 있지만 그릴은 어디에도 없다. 그렇고 그런 곳이다. 끈적거리는 바닥에는 톱밥과 땅콩 껍질이 수북이 쌓여 있고, 김빠진 맥주와 토사물 냄새가 섞인 악취가 바닥에서 스멀스멀 올라와 콧구멍을 가득 채운다. 굳이 화장실에 가보지 않아도 변기는 물이 안 내려가고, 정육면체 얼음이 가득 쌓여 있을 것이다.

레이놀즈가 먼저 질문하라는 뜻으로 내게 고개를 끄덕인다.

"여자가 어떻게 생겼던가요?" 내가 묻는다.

핼은 여전히 눈살을 찌푸리고 있다. "'섹시하다'는 말로 부족합니까?"

"빨간 머리인가요? 아니면 브루넷? 블론드?"

"브루넷이 갈색 머리죠?"

나는 레이놀즈를 힐끗 본다. "그래요, 헬. 브루넷이 갈색입니다."

"그럼 브루넷이네요."

"또 다른 건요?"

"섹시해요."

"네, 그 얘긴 이미 들었습니다."

"몸매가 아주……."

레이놀즈가 한숨을 쉬며 말한다. "그리고 남자랑 함께 있었고요. 맞죠?"

"남자에게 과분한 여자였어요. 그건 확실해요."

"이미 말했습니다." 내가 그에게 상기시킨다. "둘이 함께 왔나요?"

"아뇨."

"누가 먼저 왔죠?" 레이놀즈가 묻는다.

"영감탱이가요." 헬은 날 향해 고갯짓한다. "지금 형사님이 앉은 바로 그 자리에 앉았어요."

"어떻게 생겼습니까?" 내가 묻는다.

"60대 중반, 긴 머리, 덥수룩한 수염, 주먹코. 할리 데이비드슨을 타고 다닐 것처럼 생겼지만 실제로는 회색 양복에 흰 셔츠를 입고 푸른색 넥타이를 맸죠."

"남자는 기억하는군요." 내가 말한다.

"네?"

"남자는 기억하는데 여자는 기억을 못 하네요."

"그 여자가 검은 드레스를 입은 모습을 봤다면 당신도 다른 건 별로 기억이 안 날 겁니다."

"그러니까 남자가 여기 혼자 앉아서 술을 마셨다는 거죠?" 레이놀즈가 다시 본론으로 돌아가서 묻는다. "여자가 오기 전까지 혼자서 얼마나 있었죠?"

"모르겠네요. 20~30분?"

"그러다가 여자가 왔고, 그다음은요?"

"사람들의 시선이 다 그 여자에게 쏠렸습니다. 무슨 말인지 알죠?"

"압니다." 내가 말한다.

"여자는 바로 남자에게 다가가서 추근거렸어요." 핼은 UFO 착륙이라도 묘사하듯 눈을 휘둥그렇게 뜨고 말한다.

"둘이 이미 아는 사이였을 가능성은요?"

"아닐걸요. 그런 분위기가 아니었어요."

"그럼 어떤 분위기였습니까?"

핼은 어깨를 으쓱인다. "여자가 프로 같더라고요. 순전히 제 생각이긴 하지만요."

"여기 프로가 많습니까?"

핼이 경계하는 표정을 짓자 레이놀즈가 말한다. "매춘 단속하러 나온 거 아니에요, 핼. 경찰이 죽은 사건을 조사 중이라고요."

"가끔 옵니다, 네. 이 근처에 스트립 클럽이 두 군데나 있으니까요. 가끔씩 거기 아가씨들이 영업장 밖에서 장사를 하고 싶어 하거든요."

나는 레이놀즈를 바라보지만, 그녀는 이미 날 향해 고개를 끄덕이고 있다. "베이츠에게 그쪽으로 알아보라고 해뒀어요."

"전에 그 여자를 본 적 있습니까?" 내가 묻는다.

"두 번요."

"그걸 기억해요?"

핼은 양팔을 옆으로 벌린다. "대체 몇 번이나 말해야 알아들어요?"

"네, 섹시하다고요." 내가 핼 대신 말해준다. 나는 의심이 많은 성격이라서 이 '섹시하다'는 말만으로는 모라가 아닐 수도 있다고 생각한다. 비록, 음, 그 애매한 표현이 모라와 딱 맞기는 하지만.

"지난번에 봤을 때도 두 번 다 남자랑 나갔습니까?" 내가 묻는다.

"네."

나는 그 장면을 상상한다. 이 한심한 술집에 세 번이나 와서 세 번 다 남자랑 나갔다니. 모라. 나는 마음이 아프지만 참는다.

핼은 턱을 문지른다. "하지만 생각해 보니까 프로가 아닐 수도 있겠네요."

"왜 그렇게 생각하죠?"

"그런 타입이 아니었어요."

"그런 타입이 뭔데요?"

"예전에 판사가 포르노에 대해 했던 말과 같아요. 그냥 보면 압니다. 물론 그쪽 여자일 수도 있어요. 아마 그럴 거예요. 하지만 아닐 수도 있죠. 그냥 여자가 별종일 수 있다고요. 가끔씩 그렇게 섹시한 애 엄마들이 오기도 합니다. 행복한 가정에 세 아이를 둔 엄마인데 여기 와서 만난 남자랑 자러 가요. 모르겠어요. 그러니 별종이죠. 그 여자도 그런 부류일 수 있어요."

그것 참 위안이 되는군.

레이놀즈가 발로 바닥을 톡톡 두드린다. 그녀가 날 여기 데려온 데는 분명한 이유가 있다. 이런 질문이나 하자고 데려오지는 않았으리라.

이만하면 시간은 충분히 끌었다. 나는 어서 본론으로 들어가라고 그녀에게 고갯짓한다.

"알겠어요. 이 사람에게 비디오테이프를 보여주세요." 레이놀즈가 핼에게 말한다.

바 테이블에는 콘솔 안에 든 구식 텔레비전이 놓여 있다. 바에는 손님이 두 명인데, 둘 다 홀린 듯 앞에 놓인 술잔만 바라볼 뿐 다른 일에는 전혀 관심이 없다. 핼이 스위치를 누르자 텔레비전 화면이 켜진다. 처음에는 푸른 점들이 보이더니 30초 후에는 아무것도 안 보이고 심하게 지지직거린다.

"코드가 헐거워서요." 핼이 텔레비전 뒷면을 살피고는 다시 코드를 끼워 넣는다. 피복이 벗겨진 코드 반대쪽은 제니스 비디오 플레이어에 연결되어 있다. 비디오테이프 투입구가 부서진 터라 안에 들어 있는 낡은 테이프가 훤히 보인다.

딸칵 소리를 내며 재생 버튼이 들어간다. 화질이 너무 구려서 화면은 누리끼리하고 탁하고 초점이 안 맞는다. 주차장 전체를 보려고 카메라를 높이 설치한 탓에 제대로 보이는 게 하나도 없다. 차종과 색깔 정도만 구분할 수 있을 뿐 번호판은 전혀 읽을 수 없다.

"사장님은 비디오테이프 필름이 찢어질 때까지 녹화하고 또 하시거든요." 핼이 설명한다.

어련하실까. 아마 보험 회사에서 CCTV를 설치하라고 요구했을 테고, 사장은 가장 저렴한 방법으로 그 요구를 따랐으리라. 테이프가 힘겹게 돌아간다. 레이놀즈가 오른쪽 위에 보이는 자동차를 가리킨다. "저 차 같네요."

나는 고개를 끄덕인다. "빨리 감기 할 수 있습니까?"

핼은 내 말대로 한다. 구식 비디오 플레이어라서 화면 속 모든 게 빨리 움직이는 모습을 볼 수 있다. 모라와 노인이 술집에서 나오는 순간부터 핼이 다시 재생 버튼을 누른다. 두 사람은 우리를 등진 채 서 있다. 카메라가 너무 멀리 설치된 탓에 얼굴이 흐릿하다.

하지만 그때 여자가 걷기 시작한다.

그 순간 시간이 멈춘다. 가슴속에서 느릿하게 재깍 재깍 재깍 소리가 나더니 심장이 쾅 터지며 산산조각 난다.

저 걸음걸이를 처음 봤던 때가 기억나. 아버지는 알레한드로 에스코베도의 노래 〈캐스터네츠(Castanets)〉를 좋아했어. 기억나니, 리오? 당연히 기억날 거야. 그 노래에는 엄청나게 섹시한 여자를 두고 이렇게 말하는 가사가 나오지. "날 두고 가버리는 그녀의 모습이 더 좋아." 지금까지 난 그 말에 동의할 수 없었어. 모라가 어깨를 젖히고, 날 뚫어지게 바라보며 내게 곧장 걸어오는 모습이 더 좋았거든. 하지만 맙소사, 이제야 그 말이 무슨 뜻인지 알겠어.

쌍둥이 뒤마 형제는 고등학교 3학년 때 둘 다 사랑에 빠졌지. 나는 네게 오기 아저씨와 오드리 아줌마의 딸 다이애나 스타일스를 소개해 줬고, 일주일 뒤에 넌 내게 모라 웰스를 소개해 줬어. 여자와 데이트하고 사랑에 빠지는 일조차 우리는 함께했어. 그렇지, 리오? 모라는 네가 만든 괴짜 클럽 회원들과 어울려 다니는 아름다운 아웃사이더였지. 다이애나는 모범생 치어리더이자 학생회 부회장이었고. 다이애나의 아버지 오기 아저씨는 경찰 서장이자 우리 미식축구 팀의 코치였어. 아저씨가 축구 훈련 중에 자기 딸이 '더 나은 뒤마'와 데이트한다고 농담했던 일이 기억나.

적어도 난 그게 농담이었다고 생각해.

바보 같은 짓이라는 건 알지만, 그래도 가끔씩 그날 밤 사건이 없었더라면 어떻게 되었을까 생각해. 우린 고등학교를 졸업한 후에 어떻게 살지 구체적으로 얘기한 적은 없어, 그렇지? 너와 난 같은 대학에 진학했을까? 난 모라와 계속 사귀었을까? 넌 다이애나와……?

바보 같다.

레이놀즈가 묻는다. "어때요?"

"모라네요."

"확실해요?"

나는 대답하지 않고 계속 화면만 바라본다. 머리카락이 희끗희끗한 남자가 차 문을 열어주자 모라는 미끄러지듯 조수석에 올라탄다. 남자는 차 앞으로 돌아가 운전석에 탄다. 차는 후진으로 주차 구역에서 빠져나오더니 출구 쪽으로 간다. 나는 차가 사라질 때까지 화면을 뚫어지게 바라본다.

"둘이 얼마나 마셨습니까?" 내가 헬에게 묻는다.

헬은 다시 경계하는 표정이다.

레이놀즈가 이번에도 같은 방법으로 사건의 심각성을 일깨워 준다. "당신에게 법적 책임을 물으려는 게 아니에요, 헬. 이건 경찰이 살해된 사건이라니까요."

"네. 둘 다 꽤 마셨어요."

나는 그 말을 생각하며 정황을 이해하려 한다.

"아, 그리고 하나 더요." 핼이 덧붙인다. "여자 이름은 모라가 아니었어요. 그러니까 다른 이름을 썼어요."

"어떤 이름을 썼는데요?" 레이놀즈가 묻는다.

"데이지요."

레이놀즈가 걱정스러운 표정으로 날 바라보는데, 그게 이상하게 감동적이다. "괜찮아요?"

그녀가 무슨 생각을 하는지 안다. 지난 15년간 내가 그토록 집착했던 여자가 이렇게 거지 같은 술집을 들락거리고, 가명을 사용하며, 낯선 남자랑 눈이 맞아 나가는 것이다. 갑자기 실내에서 풍기는 악취를 참을 수가 없다. 나는 자리에서 일어나 핼에게 고맙다고 말하고는 서둘러 정면 출입문으로 향한다. 문을 열고, 방금 전 화면에서 본 주차장으로 걸어간다. 신선한 공기를 게걸스럽게 들이마신다. 하지만 내가 밖으로 나온 이유는 그 때문이 아니다.

나는 문제의 렌터카가 주차되었던 쪽을 바라본다.

레이놀즈가 뒤에서 다가온다. "왜 그래요?"

"남자가 모라를 위해 차 문을 열어줬습니다."

"그래서요?"

"비틀거리며 걷지도 않았고, 자동차 열쇠를 찾느라 주머니를 더듬거리지도 않았죠. 차 문을 열어주는 매너도 잊지 않았고요."

"다시 한 번 물을게요. 그래서요?"

"남자가 차를 몰고 이 주차장에서 나가는 장면 봤습니까?"

"네."

"급회전이나 급정차, 급발진도 없었습니다."

"그건 아무 의미도 없어요."

나는 걷기 시작한다.

"어디 가요?" 레이놀즈가 묻는다.

나는 계속 걷고, 레이놀즈는 뒤따라온다. "여기서 사건 현장까지 얼마나 떨어졌죠?"

레이놀즈가 망설인다. 아마 내가 무슨 말을 하려는지 이제야 깨달았기 때문일 것이다. "두 번째 갈림길에서 우회전요."

역시 짐작대로다. 술집에서 사건 현장까지 걸어가는 데 채 5분이 안 걸린다. 현장에 도착해서 술집을 돌아본 다음, 렉스가 쓰러졌던 자리를 내려다본다.

납득이 가지 않는다. 아직은. 하지만 점점 가까워지고 있다.

"렉스가 엄청 빨리 잡아 세웠군요." 내가 말한다.

"아마 술집을 감시하고 있었을 거예요."

"장담컨대 아까 그 비디오테이프를 돌려 보면 술에 취해서 비틀거리는 남자들 천지일 겁니다. 근데 왜 하필 그 두 사람을 잡아 세웠을까요?"

레이놀즈는 어깨를 으쓱인다. "나머지는 이 동네 사람들이었겠죠. 이 남자 자동차 번호판에는 렌트 회사 로고가 있잖아요."

"외지인을 노렸다?"

"당연하죠."

"그런데 우연히 옆자리에 렉스의 고등학교 동창이 타고 있었고요?"

바람이 거세진다. 머리카락 몇 가닥이 얼굴에 달라붙자 레이놀즈가 머리카락을 떼어내며 말한다. "그보다 더한 우연의 일치도 많이 봤어요."

"저도 그렇습니다."

하지만 이건 우연의 일치가 아니다. 나는 당시 상황을 그려본다. 내가 아는 사실부터 시작한다. 술집에서 만난 모라와 노인, 밖으로 나오는 두 사람, 차 문을 열어주는 남자, 주차장을 나서는 차량, 차를 잡아세운 렉스.

"냅?"

"알아봐 주셔야 할 게 있습니다." 내가 말한다.

샐 의 렌터카 영업장에 설치된 CCTV는 화질이 더 낫다. 나는 말없이 CCTV에 녹화된 화면을 바라본다. 다른 보안 카메라가 흔히 그렇듯, 이 카메라 역시 높은 곳에 설치되어 있다. 범죄자들은 그 사실을 알기 때문에 간단한 방법으로 카메라를 피한다. 데일 밀러의 도난당한 신분증으로 차를 빌린 이 남자는 야구 모자를 푹 눌러썼고, 얼굴을 계속 숙이고 있어서 이목구비를 제대로 확인하기가 불가능하다. 수염을 길렀다는 정도만 알아볼 수 있다. 그리고 다리를 절름거린다.

"프로네요." 내가 레이놀즈에게 말한다.

"왜 그렇게 생각하죠?"

"눌러쓴 모자, 고개 숙인 얼굴, 절름발이 흉내."

"흉내라는 걸 어떻게 아나요?"

"내가 모라의 걸음걸이를 아는 것과 같은 이치죠. 걸음걸이는 사람마다 다릅니다. 자신의 걸음걸이를 숨기면서 쓸데없는 것에 집중하게 만드는 가장 효과적인 방법이 뭘까요?"

"절름발이 흉내를 내는 거군요."

우리는 허름한 렌터카 영업장을 나서서 서늘한 밤공기 속으로 들어간다. 멀리서 담뱃불을 붙이는 남자가 보인다. 남자는 턱을 쳐든 채 길게 담배 연기를 내뿜는다. 아버지가 그랬듯이. 나는 아버지가 돌아가신 뒤로 담배를 피우기 시작했는데 이제 1년이 넘었다. 얼마나 미친 짓인지 안다. 아버지가 평생 담배를 피우다가 폐암으로 돌아가셨는데 그 끔찍한 죽음을 접하고 나서 담배를 피우다니. 난 그저 지금 저 남자처럼 담배와 단둘이 밖으로 나가는 게 좋았다. 어쩌면 그 점에 끌렸는지도 모른다. 담뱃불을 붙이면 아무도 내 곁에 오지 않는다.

"남자가 나이가 많은지도 확실치 않아요." 내가 말한다. "장발에 수염도 변장일 수 있고요. 많은 경우에 남자는 상대가 방심하도록 노인 행세를 합니다. 렉스는 노인을 상대로 음주 운전 검사를 하려고 차량을 세웠고, 따라서 방심했을 수 있습니다."

레이놀즈가 고개를 끄덕인다. "현재 전문가가 CCTV에 녹화된 화면을 이 잡듯이 뒤지고 있어요. 아마 좀 더 확실한 단서가 나올 거예요."

"그러겠죠."

"당신의 가설은 뭔가요, 냅?"

"아직 없습니다."

"그래도 뭔가 있죠?"

나는 남자가 담배를 깊이 빨아들였다가 콧구멍으로 연기를 내뿜는 모습을 지켜본다. 요즘 나는 친불 주의자다. 와인, 치즈, 프랑스식 억양, 그 모든 것을 좋아한다. 어쩌면 최근에 담배를 피우기 시작한 이

유도 그 때문인지 모른다. 프랑스인들은 담배를 피운다. 아주 많이. 물론 내가 친불 주의자가 된 데는 이유가 있다. 나는 마르세유에서 태어나 여덟 살 때까지 리옹에서 살았다. 와인에 대해서는 쥐뿔도 모르다가 느닷없이 휴대용 와인 케이스를 가지고 다니며 코르크 마개를 연인의 혀인 양 다루는 빡대가리들처럼 남에게 과시하기 위해서가 아니다.

"냅?"

"육감을 믿습니까, 형사님? 형사의 직감 말입니다."

"딱 질색이에요. 지금까지 내가 봤던 형사들의 바보 같은 실수는 전부 그⋯⋯." 이 대목에서 레이놀즈는 검지와 중지를 까딱거리며 작은 따옴표를 붙인다. "'육감'과 '직감'에서 비롯됐죠."

난 레이놀즈가 마음에 든다. 아주 많이. "내 말이 그 말입니다."

오늘은 힘든 하루였다. 야구 방망이로 트레이를 두들겨 팬 때가 마치 한 달 전 같다. 아드레날린을 모두 분출한 터라 지금은 녹초가 됐다. 하지만 아까도 말했듯이 난 레이놀즈가 마음에 든다. 어쩌면 그녀에게 빚을 졌을 수도 있다. 그러니까 말해줘도 되지 않을까?

"제게는 쌍둥이 형제가 있었습니다. 이름이 리오였죠."

레이놀즈는 잠자코 기다린다.

"알고 계신가요?" 내가 묻는다.

"아뇨. 알고 있어야 하나요?"

나는 고개를 젓는다. "리오에게는 다이애나 스타일스라는 여자 친구가 있었어요. 우린 모두 웨스트브리지에서 함께 자랐죠. 아까 당신이 날 데리러 온 마을 말입니다."

"좋은 곳이더군요."

"맞습니다, 네." 이 이야기를 어떻게 해야 할지 모르겠다. 앞뒤가 안 맞는 이야기라서 나는 계속 횡설수설한다. "고등학교 3학년 때 리오는 다이애나와 사귀었습니다. 그러던 어느 날 밤에 둘이 함께 나갔죠. 난 마을에 없었어요. 다른 마을에서 아이스하키 시합이 있었거든요. 파시패니 힐스 고등학교를 상대로요. 이런 것까지 기억한다는 게 우습지만 그날 난 두 골을 넣고 두 골을 어시스트했죠."

"대단하네요."

나는 내 과거를 향해 반쯤 미소 짓는다. 눈을 감으면 아직도 그 경기의 매 순간이 떠오른다. 내 두 번째 골이 결승골이었다. 페널티 때문에 우리 팀이 수적 열세에 몰리는 상황이었는데 내가 블루라인 직전에 퍽을 낚아채 왼쪽으로 달려간 다음, 골키퍼를 속여서 그의 어깨 너머로 백핸드 슛을 날렸다. 예전의 삶, 그 후의 삶.

'샐 렌터카'라는 글귀가 적힌 공항 셔틀 밴이 영업장 앞에 정차한다. 지친 여행자—차를 빌리러 올 때는 누구든 지쳐 보이기 마련이다—들이 차에서 쏟아져 내려 줄을 선다.

"그러니까 당신은 다른 마을에서 열리는 아이스하키 시합에 참가했고요." 레이놀즈가 재촉한다.

"그날 밤 리오와 다이애나가 기차에 치여 즉사했습니다."

레이놀즈가 손으로 입을 막는다. "세상에나."

나는 아무 말도 하지 않는다.

"사고였나요? 아니면 자살?"

나는 어깨를 으쓱인다. "아무도 모릅니다. 적어도 난 몰라요."

밴에서 마지막으로 내린 남자는 과체중의 회사원으로 바퀴가 부러진 대형 캐리어를 끌고 있다. 힘을 주느라 얼굴이 새빨갛다.

"공식적으로 결론이 어떻게 났나요?" 레이놀즈가 묻는다.

"사고사죠. 술과 마약에 취한 두 고등학생. 체내에서 알코올이 다량 검출됐습니다. 약물도요. 사람들은 그 선로 위를 걸어 다니곤 했습니다. 가끔은 바보처럼 무모한 짓도 하고요. 1970년대에도 한 학생이 선로를 뛰어넘으려다가 사망하는 사건이 있었죠. 어쨌든 학교 전체가 큰 충격에 빠져 그들의 죽음을 애도했습니다. 도덕군자인 척하는 수많은 언론에서는 둘의 죽음을 다루며 우리 사회에 경종을 울렸어요. 젊고 매력적인 고등학생, 약물, 음주, 우리 사회는 무엇이 잘못되었나. 잘 아실 겁니다."

"알죠." 레이놀즈는 그렇게 말하더니 다시 묻는다. "고등학교 3학년 때였다고요?"

나는 고개를 끄덕인다.

"그럼 당신이 모라 웰스와 사귀고 있었을 때잖아요."

제법이다.

"그럼 모라는 정확히 언제 사라졌죠?"

나는 다시 고개를 끄덕인다. 레이놀즈는 그게 무슨 뜻인지 알아차리고 묻는다.

"젠장. 그 일이 있고 며칠 후에요?"

"사나흘 뒤에요. 모라의 어머니는 내가 자기 딸에게 나쁜 영향을 미친다고 했습니다. 학생들이 술과 약에 취해 기차로 뛰어드는 이 끔찍한 마을에서 딸을 키우고 싶지 않다면서 모라를 기숙 학교로 전학시키려고 했어요."

"가끔씩 그러기도 하죠." 레이놀즈가 말한다.

"네."

"하지만 당신은 그 말을 안 믿는군요?"

"네."

"당신 동생이 여자 친구랑 죽던 날 밤에 모라는 어디 있었나요?"

"모릅니다."

레이놀즈는 그제야 이해한다. "그래서 아직도 모라를 찾는군요. 단지 그 마법의 가슴골 때문만은 아니었어요."

"그것도 간과해서는 안 됩니다."

"남자들이란." 레이놀즈가 그렇게 말하더니 내게 다가온다. "그러니까 당신은, 뭐냐, 모라가 동생의 죽음에 대해 무언가 안다고 생각하는 거예요?"

나는 아무 말도 하지 않는다.

"왜 그렇게 생각하죠, 냅?"

나는 손가락을 까딱거리며 따옴표를 붙인다. "'육감'과 '직감' 때문이죠."

CHAPTER
7

나 는 계속 살아야 하고 출근도 해야 하기 때문에 콜택시를 불러서 집으로 간다.

전화해서 상황을 묻는 엘리에게 만나서 말해주겠다고 하고, 우리는 내일 아침 암스트롱 다이너에서 함께 아침을 먹기로 한다. 난 휴대전화를 끄고 눈을 감은 채 집까지 가는 내내 잔다. 운전사에게 택시비를 주고, 오늘 밤에는 근처 모텔에서 자고 갈 수 있도록 좀 더 얹어 준다.

"아뇨, 집에 갈 겁니다." 운전사가 말한다.

나는 팁을 듬뿍 준다. 난 경찰치고는 꽤 부자다. 당연하다. 우리 아버지의 유일한 상속인이니까. 어떤 사람들은 돈이 모든 악의 근원이라고 주장한다. 그럴 수도 있다. 어떤 사람들은 돈으로 행복을 살 수 없다고 주장한다. 아마 사실일 것이다. 하지만 제대로 관리하면 돈으로 자유와 시간을 살 수 있고, 이 두 가지는 행복보다 훨씬 구체적이다.

자정이 넘었는데도 나는 차에 올라타 벨빌에 있는 클라라 마스 병원으로 향한다. 경찰 신분증을 보여주고 트레이의 병실이 몇 호인지 알아낸다. 병실 안을 훔쳐보니 트레이는 잠들어 있고, 한쪽 다리는 거대한 깁스를 한 채 공중에 매달려 있다. 방문객은 아무도 없다. 나는 간호사에게 신분증을 보여주며 트레이가 폭행당한 사건을 조사 중인 형사라고 말한다. 간호사는 트레이가 적어도 6개월은 못 걸을 거라고 말해준다. 나는 고맙다고 말하고 자리를 뜬다.

빈집에 돌아와 침대에 누워 천장을 바라본다. 가끔씩 미혼 남자가 이런 마을에서 혼자 사는 게 얼마나 이상한 일인지 잊어버리지만, 이제는 나도 이상한 사람 취급을 받는 데 익숙해졌다. 나는 미래에 대한 찬란한 가능성으로 시작되었던 그날 밤을 생각한다. 파시패니 힐스 고등학교와 겨룬 경기에서 이기고 돌아온 날, 나는 완전히 흥분한 상태였다. 경기장에는 아이비리그 대학에서 온 스카우터들도 있었다. 그중 두 명은 그 자리에서 내게 자기 학교로 오라고 제안했다. 아무리 좋은 소식도 네가 알기 전까지는 좋은 소식이 아니지, 리오. 그래서 아버지와 난 이야기를 나누며 기다렸어. 진입로에서 네 차 소리가 들리는지 한쪽 귀를 곤두세운 채 말이야. 우리 마을에 사는 아이들은 대부분 귀가 시간이 정해져 있었지만 우리 집은 예외였어. 가정교육이 너무 방만하다고 흉보는 사람들도 있었지만, 아버지는 그저 어깨를 으쓱이며 우리를 믿는다고 하셨지.

그래서 넌 10시, 11시, 자정이 돼도 집에 돌아오지 않았어, 리오. 새벽 2시가 다 돼서야 차 한 대가 진입로에 들어섰고, 난 현관으로 달려 나갔지.

하지만 물론 그건 네가 아니었어. 경찰차를 몰고 온 오기 아저씨였지.

이튿날 아침, 잠에서 깬 나는 오랫동안 뜨거운 물로 샤워하며 당분간 아무 생각도 하지 않으려 한다. 간밤에 렉스에 관한 새로운 사실은 전달받지 못했으니 괜한 추측으로 시간을 낭비하고 싶지 않다. 집을 나와서 암스트롱 다이너로 차를 몬다. 마을에서 제일 훌륭한 다이너를 찾고 싶다면 꼭 경찰에게 물어보라. 암스트롱 다이너는 일종의 혼합형 식당이다. 외관만 보면 복고풍의 전형적인 뉴저지주 다이너다. 크롬과 네온사인으로 꾸며졌고, 지붕에는 큼지막한 빨간색 글자로 '다이너'라고 적힌 간판이 달렸으며, 칠판에는 오늘의 특별 요리가 적혀 있고, 탄산음료 기기가 구비되어 있고, 인조 가죽으로 마감한 칸막이 좌석이 있다. 하지만 음식은 최신 유행을 따르며, 사회적 의식이 높아서 커피는 '공정 무역' 제품이고 식재료는 '농장 직거래'다. 비록 달걀을 '농장' 말고 달리 어디서 가져올 수 있는지 의아하기는 하지만.

엘리는 구석 자리에서 날 기다리고 있다. 내가 약속 시간을 언제로 잡든 엘리는 늘 먼저 나와 있다. 나는 맞은편 좌석으로 들어가 앉는다.

"좋은 아침!" 엘리가 늘 그렇듯이 지나칠 정도로 활기차게 말한다.

나는 움찔하고, 엘리는 그런 내 반응을 좋아한다.

그녀는 한쪽 발을 엉덩이 아래에 집어넣어 앉은키를 높인다. 엘리는 돌돌 말려 있는 에너지 덩어리라서 가만히 앉아 있을 때조차도 움직이는 듯하다. 그녀의 맥박을 재본 적은 없지만 움직이지 않을 때에도 심장 박동 수치가 100이 넘을 거라고 장담한다.

"누구 얘기부터 할까? 렉스, 아니면 트레이?" 엘리가 묻는다.

"누구?"

엘리가 날 보며 눈살을 찌푸린다. "트레이."

내 얼굴은 무표정하다.

"브렌다를 때린 남자 친구."

"아, 맞아. 그 친구가 왜?"

"누가 야구 방망이로 트레이를 두들겨 팼어. 앞으로 오랫동안 못 걸을 거야."

"아, 안됐네."

"그래, 네가 얼마나 마음 아파하는지 느껴져."

나는 하마터면 "트레이의 다리만큼이나 아파"라고 대꾸할 뻔하다가 참는다.

"덕분에 브렌다는 집에 가서 자기 물건과 아이들 물건을 챙겨 올 수 있었어." 엘리가 말을 잇는다. "마침내 잠도 잘 수 있게 됐고. 그래서 우리 모두 감사하고 있지."

엘리가 나를 빤히 바라본다.

나는 고개를 끄덕인 뒤 말한다. "렉스."

"뭐?"

"나한테 렉스 얘기부터 할지 트레이 얘기부터 할지 물었잖아."

"트레이 얘기는 방금 했지." 엘리가 말한다.

나는 그녀를 바라본다. "그럼 트레이는 그걸로 끝이야?"

"응."

"좋아." 내가 말한다.

구식 웨이트리스 유니폼을 입은 버니가 심하게 탈색한 머리카락 속에 연필을 꽂은 채 우리 테이블로 다가와 공정 무역 커피를 따라준다.

"늘 먹는 걸로?" 버니가 묻는다.

나와 엘리는 고개를 끄덕인다. 우리는 이 식당의 단골로 대개 달걀 반숙 샌드위치를 주문한다. 엘리는 사워도 빵 사이에 달걀 반숙 두 개와 흰 체다 치즈, 아보카도가 들어간 '기본형'을 선호하고, 나는 거기에 베이컨을 추가한다.

"이제 렉스 이야기를 해봐." 엘리가 말한다.

"사건 현장에서 모라의 지문이 나왔대."

엘리의 눈이 휘둥그레진다. 나는 지금까지 살면서 불행한 일을 충분히 겪었다. 이제는 가족도 없고, 여자 친구도 없고, 미래도 없고, 친구도 별로 없다. 하지만 이렇게 훌륭한 인간, 칠흑처럼 캄캄한 밤에도 순수한 선의가 환히 보이는 이 여자가 내 단짝이다. 생각해 보라. 엘리는 날 자신의 단짝으로 선택했고, 이는 내가 아무리 개떡 같은 인간이라고 해도 조금은 올바르게 살았다는 뜻이다.

나는 엘리에게 전부 이야기한다.

모라가 그동안 남자들과 술집에 들락거린 일을 말하자 엘리의 얼굴이 일그러진다. "맙소사, 냅."

"난 괜찮아."

엘리가 수상쩍다는 눈빛으로 날 바라본다. 평소라면 그런 눈빛을 받아 마땅하지만 지금은 아니다.

"모라가 남자를 유혹하려고 그런 건 아니야."

"그럼?"

"어떤 면에서는 더 나쁜 의도로 접근했을 수 있어."

"무슨 의도?"

나는 생각을 떨쳐낸다. 레이놀즈가 내게 연락해서 알려주기 전까지나 혼자 추측해 봐야 아무 소용없다.

"어제 나랑 통화할 때 모라의 지문이 나왔다는 사실을 알고 있었지?" 엘리가 묻는다.

나는 고개를 끄덕인다.

"네 목소리가 어딘가 이상했어. 고등학교 동창이 죽은 건 물론 충격적인 사건이지만 네 목소리는…… 어쨌든 그래서 내가 선수를 좀 쳤지." 엘리는 군인이 들고 다니는 더플백만큼 큼직한 가방에서 커다란 책을 꺼낸다. "알아낸 게 있어."

"그게 뭐야?"

"네 고등학교 졸업 앨범."

엘리가 포마이카 테이블에 앨범을 내려놓는다.

"너도 3학년 초에 앨범을 신청했지만 끝까지 찾아가지 않았어. 그럴 상황이 아니었지. 그래서 내가 대신 보관하고 있었어."

"15년 동안?" 내가 묻는다.

이번에는 엘리가 어깨를 으쓱한다. "내가 앨범 위원회 회장이었거든."

고등학교 때 엘리는 스웨터를 입고 진주 목걸이를 하고 다니는 고지식한 모범생이었다. 우리 반 대표였는데, 시험에서 낙제할 거라고 늘 징징거리다가 정작 시험을 보면 제일 먼저 답안지를 작성하고(그것도 전 과목 A로), 남은 시간에 숙제를 하는 여학생이었다. 심을 뾰족하게 다듬은 HB 연필을 혹시 몰라서 늘 여남은 개씩 가지고 다녔고, 노트는 보통 사람들이 학기 첫날에 필기한 것처럼 늘 깔끔하게 정돈되어 있었다.

"왜 이제 와서 그 앨범을 주겠다는 거야?"

"네게 보여줄 게 있어."

그제야 몇몇 페이지에 붙어 있는 핑크색 포스트잇이 눈에 들어온다.

엘리는 손끝에 침을 묻히더니 앨범 뒤쪽으로 페이지를 넘긴다. "우리가 리오와 다이애나를 어떻게 했을지 궁금했던 적 있어?"

"뭘 어떻게 해?"

"졸업 앨범에서 말이야. 학생회에서도 의견이 갈렸어. 그냥 다른 졸업생들처럼 알파벳 순서로 원래 자리에 싣자는 의견도 있었고, 아니면 앨범 뒤쪽에 '고인을 추모하며' 같은 코너를 따로 만들자는 의견도 있었지."

난 물을 한 모금 마신다. "정말로 그런 걸 의논했단 말이야?"

"넌 아마 기억 안 날 거야. 그땐 우리가 안 친했으니까. 하지만 내가 너한테 의견을 물어보기는 했어."

"기억나."

당시 난 엘리에게 관심 없다고 퉁명스럽게 쏘아붙였다. 아마 그보다 훨씬 거친 표현이었을 것이다. 리오가 죽었는데 앨범에 어떻게 실리든 무슨 상관인가.

"결국 학생회에서는 사진을 뒤로 빼서 추모하는 코너를 따로 만들기로 했어. 학생회 서기였던…… 신디 먼로 기억해?"

"응."

"걔가 항문 성교(anal)를 좋아했어."

"재수 없다(asshole)는 말이겠지."

엘리는 몸을 앞으로 내민다. "둘 다 같은 뜻 아냐?(asshole에는 '항문'이라는 뜻과 '재수 없다'는 뜻이 있는데 엘리는 'asshole'을 좀 더 점잖게 표현하려고 'anal(항문)'로 돌려 말했다. 하지만 'anal'을 사람에게 사용하면 '재수 없다'는 뜻이 아니라 '항문 성교를 좋아한다'는 뜻이 된다―옮긴이) 어쨌든 신디 먼로가 그랬어. 엄밀히 말해서 이 앨범의 메인 페이지는 졸업생들을 위한 것이라고."

"그러니까 리오와 다이애나는 졸업하기 전에 죽었다?"

"그래."

"엘리?"

"왜?"

"이제 그만 본론으로 들어가."

"반숙 샌드위치 두 개 나왔어." 버니는 그렇게 말하며 우리 앞에 접시를 놓아준다. "맛있게 먹어."

샌드위치 냄새가 코를 찌르며 내 위장을 움켜잡는다. 나는 양손으로 조심스럽게 샌드위치를 집어 들어 한 입 베어 먹는다. 노른자가 터지며 빵 속으로 스며든다.

이거야말로 암브로시아, 만나, 신들이 마시던 넥타다.

"내 이야기 들으면 입맛이 떨어질 텐데." 엘리가 말한다.

"엘리."

"알았어." 엘리가 앨범 뒤쪽의 페이지를 펼친다.

그러자 네가 나왔어, 리오.

내게 물려받은 재킷을 입고서 말이야. 비록 우리가 쌍둥이긴 해도 늘 내가 체격이 더 컸으니까. 내가 중학교 1학년 때 산 재킷일 거야. 넥타이는 아버지 거고. 넌 넥타이를 매는 데 서툴러서 늘 아버지가 대신 매줬지. 한껏 과장된 동작으로 말이야. 누가 삐죽 뻗은 네 머리카락에 기름을 발라 가라앉히려 한 모양인데 실패했어. 넌 웃고 있어, 리오. 그런 널 보니 나도 저절로 웃게 되네.

어린 나이에 형제를 잃은 사람이 내가 처음은 아냐. 쌍둥이 형제를 잃은 사람도 내가 처음은 아니고. 네 죽음은 당연히 천지가 무너질 일이었지만 그걸로 내 인생이 끝나지는 않았어. 나는 회복됐어. '그날 밤' 사건이 있고 2주 후에는 복학도 했고. 심지어 그다음 주 토요일에 모리스 놀스 고등학교를 상대로 아이스하키 경기도 했어. 다른 일에 정신을 팔 수 있어서 좋더라. 근데 너무 분노에 차 있었나 봐. 선수 하나를 유리벽에 처박아 버리다시피 밀치는 바람에 10분간 퇴장하라는 명령을 받았어. 너도 봤으면 좋아했을 거야. 물론 학교에서는 좀 시무룩했지. 서너 주 동안 다들 내게 관심을 쏟아부었지만 이내 시들해졌어. 내가 역사 시험에서 낙제하자 프리드먼 선생님은 친절하면서도 단호하게 네 죽음이 핑계가 될 수는 없다고 말해주셨지. 맞는 말이야. 삶은 당연히 계속되었어. 그것도 화가 나기는 했지만. 슬픔에 빠져 있으면 적어도 무언가를 가지고 있는 셈이야. 하지만 슬픔이 점점 사라지면 아무것도 남지 않아. 우린 계속 살아야 하는데 난 그러고 싶지 않았어.

오기 아저씨는 내가 그 사건의 시시콜콜한 부분에 집착하면서 다른 사람에게는 명백한 진실을 받아들이려 하지 않는 이유가 그 때문이라고 했어.

나는 네 얼굴을 바라봐. 마침내 입을 열자 약간 이상한 목소리가 흘러나와. "왜 이걸 보여주는 거야?"

"리오의 라펠을 봐."

엘리가 내 쪽으로 팔을 뻗어 사진 속 작은 은색 핀을 가리킨다. 나는 다시 미소 짓는다.

"CC클럽이야." 내가 말한다.

"CC클럽?"

나는 네가 얼마나 괴짜였는지 생각하며 계속 웃고 있어. "음모론 클럽(Conspiracy Club)."

"웨스트브리지 고등학교에 그런 클럽은 없었어."

"공식적으로는 없지. 비밀 클럽 같은 거야."

"그래서 넌 그 클럽을 알고 있었어?"

"물론이지."

엘리는 앨범을 가져가서 앞쪽으로 페이지를 넘기더니 내가 볼 수 있도록 다시 내 쪽으로 돌린다. 이번에는 내 졸업 사진이다. 나는 뻣뻣한 자세로 경직된 미소를 짓고 있다. 맙소사, 존나 병신같이 생겼네. 엘리가 아무것도 달려 있지 않은 내 라펠을 가리킨다.

"난 회원이 아니었어."

"그럼 또 누가 회원이야?"

"아까 말했듯이 그건 비밀 클럽이야. 원칙적으로 다른 사람에게 알리면 안 돼. 그냥 생각이 비슷한 범생이들끼리 모인 병신 같은 클럽……."

엘리가 다시 페이지를 넘기는 바람에 나는 말끝을 흐린다.

이번에는 렉스 캔턴의 졸업 사진이다. 스포츠머리를 하고 벌어진 앞니를 드러낸 채 미소 짓고, 마치 방금 누가 놀라게 하기라도 했다는 듯 고개를 갸웃 기울이고 있다.

"들어봐." 엘리가 말한다. "네게 렉스 이야기를 들었을 때 난 우선 앨범을 뒤져봤어. 그러다가 이걸 봤지."

엘리가 다시 가리킨다. 렉스의 라펠에도 조그마한 CC핀이 달려 있다.

"렉스가 그 클럽 회원인 거 알았어?"

나는 고개를 젓는다. "하지만 물어본 적도 없어. 말했듯이 이건 그애들만의 소규모 비밀 클럽이었어. 난 별로 관심이 없었고."

"네가 아는 또 다른 회원은 없어?"

"자기들이 그 클럽 회원이라는 사실을 말하면 안 되니까. 하지만……." 나와 엘리의 눈이 마주친다. "앨범에 모라 사진도 있어?"

"아니. 모라는 전학 갔으니까 사진을 싣지 않기로 했어. 모라도 회원이었어……?"

나는 고개를 끄덕인다. 모라는 2학년 말쯤 우리 마을로 이사를 왔다. 학교 활동에는 전혀 관심이 없는 듯한 이 엄청나게 섹시하고 쌀쌀맞은 여학생은 전교생에게 수수께끼였다. 주말이면 맨해튼에 가길 좋아했고, 유럽 배낭여행까지 다녀왔다. 속을 알 수 없고 신비로우며 위험한 일에 끌리는 타입으로, 대학생이나 선생님을 사귈 것만 같았다. 모라와 비교하면 우리는 너무 우물 안 개구리였다. 어떻게 모라와 친구가 됐니, 리오? 넌 내게 한 번도 말해주지 않았어. 어느 날 집에 돌아왔더니 너희 둘이 식탁에서 숙제를 하고 있었지. 난 내 눈을 의심했어. 네가 모라 웰스와 함께 있다니.

"다이애나 사진도 확인해 봤어." 엘리가 목멘 소리로 말한다. 엘리는 초등학교 2학년 때부터 다이애나와 단짝이었다. 그래서 엘리와 내가 친해진 것이다. 둘 다 슬픔에 잠겨 있었기 때문에. 난 리오를 잃었고, 엘리는 다이애나를 잃었다. "다이애나에게도 그 핀은 없었어. 만약 다이애나가 그 클럽에 들어갔다면 내게 말했을 거야."

"다이애나는 회원이 아니었을 거야. 리오와 사귀기 시작한 후에 가입했다면 모를까."

엘리가 샌드위치를 집어 든다. "좋아. 그럼 음모론 클럽은 뭐 하는 클럽이야?"

"이거 먹고 나서 잠깐 시간 좀 낼 수 있어?"

"응."

"그럼 산책하러 가자. 그편이 설명하기 더 쉬워."

"알았어."

엘리가 샌드위치를 한 입 베어 물자 노른자가 손으로 흘러내린다. 엘리는 냅킨으로 손과 입을 닦는다. "넌 이게 연관이 있다고 생각하는 거야? 그…… 일과 말이야."

엘리가 포크를 집어 들어 남은 노른자를 터트린다. "난 늘 리오와 다이애나가 사고로 죽었다고 생각했어." 그러더니 날 바라본다. "그래서 너의 그 설명이 뭐랄까, 터무니없다고 생각했지."

"그런 말 한 적 없잖아."

엘리는 어깨를 으쓱인다. "너한테는 미쳤다고 말해줄 사람보다 친구가 필요할 거라고 생각했어."

나는 뭐라고 대꾸해야 할지 몰라서 그냥 "고마워"라고 말한다.

"하지만 이제는……." 엘리가 깊은 생각에 잠겨 얼굴을 찡그린다.

"이제는 뭐?"

"우린 그 클럽에서 적어도 세 명이 어떻게 됐는지 알고 있어."

나는 고개를 끄덕인다. "리오와 렉스는 죽었지."

"그리고 15년 전에 사라진 모라는 우연히 렉스의 살해 현장에 있었고."

"게다가 졸업 사진을 찍은 뒤에 다이애나도 그 클럽의 회원이 됐을지 몰라." 내가 말한다.

"그렇다면 적어도 회원 셋이 죽은 셈이야. 다이애나가 회원이었든 아니었든 간에 이걸 순전히 우연이라고, 그러니까 셋의 운명이 어떤 식으로든 연결되지 않았다고 믿는 거야말로 터무니없어."

나는 샌드위치를 집어 들고 한 입 더 먹는다. 시선을 내리깔고 있지만 엘리가 날 바라보고 있음을 알 수 있다.

"냅?"

"왜?"

"난 돋보기로 졸업 사진을 다 살펴봤어. 다른 아이들의 라펠에도 그 핀이 달렸는지 다 확인했다고."

"핀을 달고 있던 애가 또 있었어?" 내가 묻는다.

엘리는 고개를 끄덕인다. "두 명 더 있었어."

CHAPTER
8

우 리 는 벤저민 프랭클린 중학교 뒤로 난 옛길을 오르기 시작한다. 학창 시절에 우리는 이 길을 '그 길'이라고 불렀다. 정말 기발하지 않은가?

"아직도 이 길이 있다니 믿기지 않아." 엘리가 말한다.

나는 한쪽 눈썹을 치켜세운다. "여기 자주 왔었어?"

"나? 한 번도 안 왔지. 여긴 품행이 방정하지 않은 애들을 위한 곳이었잖아."

"품행이 방정하지 않다고?"

"'불량' 학생이라거나 '반항아'라는 표현은 쓰고 싶지 않아서." 엘리가 내 팔에 손을 올린다. "넌 여기 자주 왔었지?"

"주로 3학년 때."

"술 마시러? 아니면 마약? 섹스?"

"셋 다." 나는 그렇게 대답하고는 슬픈 미소를 지으며 엘리 앞에서

만 할 수 있는 말을 덧붙인다. "하지만 술이나 마약에는 별로 관심 없었어."

"오로지 모라였구나."

두말하면 잔소리다.

중학교 뒤에 나무가 우거진 이곳은 학생들이 담배 피우고, 술 마시고, 약을 하고, 애인과 물고 빠는 장소다. 어느 마을에나 이런 곳이 한 군데씩 있기 마련이다. 웨스트브리지도 다른 마을과 다를 바 없다. 우리는 언덕을 오른다. 숲은 바람이 많이 불고, 깊다기보다 길게 펼쳐져 있다. 문명에서 멀리 떨어진 듯하지만 실은 도로에서 2, 3미터밖에 떨어지지 않았다.

"우리 마을의 데이트 코스지." 엘리가 말한다.

"응."

"데이트 이상을 하는 곳이지만."

역시 두말하면 잔소리다. 난 여기 오는 게 싫다. '그날 밤' 이후로 여기에 온 적이 없어, 리오. 꼭 너 때문은 아냐. 네가 죽은 곳은 마을 반대쪽에 있는 기차선로니까. 웨스트브리지는 꽤 커서 주민이 3만 명이나 되고, 초등학교 여섯 개가 중학교 두 개를 먹여 살리고, 두 중학교는 고등학교 하나를 먹여 살린다. 마을의 면적은 거의 39제곱킬로미터다. 여기서 리오와 다이애나가 죽은 곳까지 차로 족히 10분은 걸린다. 그것도 운 좋게 신호등에 걸리지 않는다면.

하지만 이 숲에 오면 모라가 생각난다. 그녀와 함께 있으면 내가 어떤 기분이었는지 기억난다. 모라와 헤어진 후로는 어떤 여자를 만나도 그런 기분을 느끼지 못했다는 사실이―그래, 얼마나 낯간지러운 소리인지 나도 안다—기억난다.

모라와의 육체적 관계를 말하는 거냐고?

당연하지.

날 저질이라고 불러도 좋다. 상관없다. 다만 변명하자면 육체는 감정과 얽혀 있고, 열여덟 살 소년이 그 여자와 함께 느꼈던 성적 쾌감은 단순히 기교나 새로움 때문이 아니다. 실험적인 시도나 노스탤지어 때문도 아니다. 훨씬 깊고 심오한 무언가가 있다.

하지만 난 그게 얼마나 개소리인지 인정할 수 있을 정도로 눈치가 빠르다.

"사실 난 모라를 잘 몰라. 걘 전학 왔잖아. 그게 언제였더라? 2학년 말이었던가?" 엘리가 묻는다.

"그해 여름이었지, 맞아."

"난 그 애가 좀 무서웠어."

나는 고개를 끄덕인다. 아까 말했듯이 엘리는 우리 반 대표였다. 졸업 앨범에는 엘리와 내가 함께 찍은 사진이 있는데, 우리가 '가장 성공할 것 같은 학우'로 뽑혔기 때문이다. 성공은 개뿔. 그 사진을 함께 찍기 전까지 우리는 서로를 잘 몰랐지만 난 늘 엘리가 바른 생활 소녀라고 생각했다. 우리 사이에 무슨 공통점이 있겠는가. 내 기억을 뒤져보면 저 사진을 찍은 후에 우리가 어떻게 친구가 됐고, 리오와 다이애나가 죽은 뒤로 어떻게 더 가까워졌고, 엘리가 프린스턴 대학교로 떠나고 나는 고향에 남은 뒤에도 계속 친구로 남은 과정을 찾아낼 수 있을 것이다. 하지만 지금 당장은 그런 세세한 일들, 다시 말해 우리가 서로에게서 슬픔 외에 무엇을 보고 가까워졌는지, 그때가 정확히 언제인지 기억나지 않는다. 난 그저 엘리와 친구라는 사실에 감사할 뿐이다.

"어른스러워 보였어." 엘리가 말한다. "모라 말이야. 세상 경험이 많은 것 같았지. 뭐랄까, 좀 섹시했어."

나로서도 부인하기 힘들다.

"어떤 여자들은 그냥 그래. 좋든 싫든 간에 하는 행동이 다 성적으로 유혹하는 듯이 보여. 여성 차별적인 발언인가?"

"약간."

"그래도 무슨 말인지 이해하지?"

"응."

"음모론 클럽의 다른 두 회원은 베스 래슐리와 행크 스트라우드야. 두 사람 기억해?"

기억한다. "둘 다 리오 친구였어. 넌 그 애들 알아?"

"행크는 수학 천재였지. 고등학교 1학년 때 미적분학 수업을 같이 들었는데, 나중에 학교 측에서 행크를 위한 커리큘럼을 따로 만들었어. 졸업하고 MIT에 갔을 거야."

"맞아." 내가 말한다.

엘리의 목소리가 심각해진다. "행크가 어떻게 됐는지 알아?"

"대충은. 마지막으로 소식을 들었을 때는 아직 이 마을에 살고 있었어. 미식축구 경기장 옆에서 길거리 농구를 하더라고."

"난, 그게 언제였더라, 6개월쯤 전에 기차역 근처에서 행크를 봤어." 엘리는 그렇게 말하더니 고개를 절레절레 흔든다. "큰 소리로 혼잣말을 하면서 가더라고. 끔찍했어. 정말 딱하지 않아?"

"그래."

엘리는 걸음을 멈추고 나무에 몸을 기댄다. "잠시 그 클럽의 회원들을 되짚어 보자. 편의상 다이애나도 회원이었다고 치고."

"좋아." 내가 말한다.

"그러니까 전부 합해서 여섯 명이야. 리오, 다이애나, 모라, 렉스, 행크, 베스."

나는 다시 걷기 시작하고, 엘리도 나와 함께 걸으며 말을 잇는다.

"리오는 죽었고, 다이애나도 죽었고, 렉스도 죽었어. 모라는 실종됐고, 행크는 음…… 뭐라고 해야 할까? 노숙자가 됐다고 해야 하나?"

"아니. 행크는 지금 에식스 파인스 병원에서 치료를 받고 있어."

"그럼 뭐냐, 정신이 온전치 못하다?"

"그렇다고 해두자."

"그러면 베스만 남네."

"베스에 대해 아는 게 있어?"

"없어. 베스는 대학에 진학하면서 이곳을 떠났고, 그 후로 다시는 돌아오지 않았어. 내가 동창회 회장이라서 베스에게 연락하려고 이메일 주소를 수소문했거든? 동창회나 모교 방문의 날에 초대하려고. 근데 연락처가 전혀 없었어."

"베스의 부모님은?"

"마지막으로 들었을 때는 플로리다로 이사하셨다고 했어. 그분들에게도 메일을 보냈지만 답장이 없었어."

행크와 베스. 두 사람과 이야기를 해야 한다. 그런데 정확히 무슨 이야기를 해야 하지?

"근데 지금 우리 어디 가는 거야, 냅?"

"금방 도착해."

나는 엘리에게 보여주고 싶다. 어쩌면 내가 직접 보고 싶은 것일 수도 있다. 나는 옛 기억을 찾아가는 중이다. 솔방울 냄새가 주위를 가득 채운다. 가끔씩 깨진 술병이나 빈 담뱃갑이 보인다.

이제 거의 다 왔다. 내 착각이지만―그 정도는 나도 안다―갑자기 주위가 조용해지는 듯하다. 마치 누가 숨죽인 채 멀리서 우리를 지켜보는 듯이. 나는 나무 앞에서 걸음을 멈추고 손으로 나무줄기를 쓸어내린다. 오래되어 녹슨 못 하나가 박혀 있다. 그다음에는 옆에 있는 나무로 가서 다시 손으로 나무줄기를 쓸어내린다. 여기에도 녹슨 못이 박혀 있다. 나는 머뭇거린다.

"왜 그래?" 엘리가 묻는다.

"난 한 번도 이 안쪽으로 들어간 적이 없어."

"왜?"

"여긴 제한 구역이었잖아. 이 못들 보여? 나무를 따라 표지판이 걸려 있었다고."

"'출입 금지' 같은 표지판?"

"빨간색으로 '출입 제한 구역 경고'라고 쓰여 있었어. 그 아래에는 깨알 같은 글씨로 무시무시한 말들이 잔뜩 적혀 있었고. 무슨 코드 번호에 따라 여기는 제한 구역이고, 이 구역에 있는 물건은 절대 가져가서는 안 되며, 사진을 찍어서도 안 되고, 몸수색을 당할 수 있다 어쩌고저쩌고. 맨 마지막에 이탤릭체로 이렇게 적혀 있었지. *법적으로 사살 가능함.*"

"정말로 그렇게 적혀 있었어? 사살 가능하다고?"

나는 고개를 끄덕인다.

"기억력 좋네."

나는 미소 짓는다. "모라가 그 표지판 하나를 훔쳐서 자기 방에 걸어놨거든."

"농담이지?"

나는 어깨를 으쓱인다.

엘리가 날 슬쩍 친다. "넌 나쁜 여자들을 좋아했어."

"아마도."

"지금도 그렇고. 그게 네 문제야."

우린 계속 걷는다. 표지판이 걸려 있던 곳을 지나 안쪽으로 들어가니 기분이 이상하다. 마침내 보이지 않는 방어막이 걷히고 우리가 안으로 들어갈 수 있도록 허락하는 듯하다. 50미터 전방에 가시철조망의 잔해가 보인다. 가까이 다가가자 덤불과 높이 자란 수풀 사이로 폐허가 된 허름한 건물이 보인다.

"고등학교 2학년 때 여길 주제로 보고서를 썼지." 엘리가 말한다.

"뭐에 대해서?"

"여기가 뭐 하는 곳이었는지 알지?"

안다. 하지만 엘리에게 직접 듣고 싶어서 대답하지 않는다.

"나이키 미사일 기지였어." 그녀가 말한다. "사람들은 안 믿었지만 원래 그런 곳이었지. 냉전 중에, 그러니까 1950년대에 말이야, 군에서는 우리 마을 같은 교외 주택가에 이런 미사일 기지를 설치했어. 농장이나 이런 숲속에 숨겨두었지. 사람들은 그저 풍문이라고 생각했지만 사실이었어."

주위가 고요해지고, 우리는 건물로 다가간다. 오래된 막사로 추정되는 건물들이 모여 있다. 나는 군인과 수송 차량, 발사대가 있었을 풍경을 상상한다.

"핵탄두를 탑재한 12미터 길이 나이키 미사일이 여기서 발사될 수도 있었어." 엘리는 손을 들어 눈가에 그늘을 만들더니 마치 아직도 미사일이 보인다는 듯이 위를 올려다본다. "여기서 다우닝가에 있는 칼리노의 집까지 채 100미터도 되지 않을 거야. 나이키 미사일은 소련의 미사일이나 비행기 공격으로부터 뉴욕을 보호하기 위한 용도였지."

남이 해주는 설명을 들으니 좋다. "나이키 미사일 프로그램이 언제 폐지됐는지 알아?" 내가 묻는다.

"1970년대 초반일걸."

나는 고개를 끄덕인다. "이 기지는 1974년에 폐쇄됐어."

"우리가 고등학생이 되기 25년 전이네."

"맞아."

"그래서?"

"그래서 사람들 대부분이, 그러니까 노인네들에게 물어보면 대다수가 이렇게 말할 거야. 여기가 비밀 기지라는 사실은 뉴저지주 북쪽에서 가장 유명한 비밀이었다고. 다들 이 기지의 정체를 알고 있었어. 한 노인의 말에 따르면 독립기념일 시가행진 때 실제로 미사일 풍선이 등장했대. 사실인지는 모르겠지만."

우리는 계속 걷는다. 왠지 모르게 기지 안에 들어가 보고 싶지만 녹슨 철조망이 철수하지 않고 버티는 노병처럼 아직도 기지를 지키고 있다. 우리는 철조망 앞에 서서 사슬 사이를 들여다본다.

"리빙스턴에 있던 나이키 기지는 현재 예술가들을 위한 공원이 됐어." 엘리가 말한다. "예전 막사는 예술가들이 사용할 수 있는 작업실로 변했지. 이스트 하노버에 있던 발사대는 헐리고 그 자리에 아파트를 지었어. 샌디 훅에 있는 또 다른 기지는 냉전 투어를 제공하는 관광지가 됐고."

우리는 철조망으로 몸을 내민다. 숲속은 쥐죽은 듯 고요하다. 새소리도, 나뭇잎이 바스락거리는 소리도 들리지 않는다. 그저 내 숨소리만 들린다. 과거는 그냥 사라지지 않는다. 여기서 무슨 일이 벌어졌든 그 일은 아직도 이곳을 떠돈다. 고대 유적지나 고택 또는 이런 숲속에 홀로 있으면 가끔씩 그걸 느낄 수 있다. 메아리는 잠잠해지면서 서서히 사라지지만 절대 완벽하게 고요해지지 않는다.

"그래서 이 나이키 기지는 폐쇄된 후에 어떻게 됐어?" 엘리가 묻는다.

"그게 바로 음모론 클럽이 알아내려고 했던 거야." 내가 대답한다.

CHAPTER
9

우 리 는 다시 엘리의 차를 세워둔 곳으로 돌아간다. 엘리는 운전석 문 옆에서 걸음을 멈춘 채 양손으로 내 얼굴을 감싼다. 엄마가 자식을 대하는 듯한 손길이다. 엘리 말고 다른 사람에게서는 이런 느낌을 받아본 적이 없다. 그 말이 얼마나 이상하게 들리는지 나도 안다. 엘리는 정말 걱정된다는 눈빛으로 날 바라본다.

"뭐라고 말해야 할지 모르겠다, 냅."

"난 괜찮아."

"어쩌면 잘된 일일 수도 있어."

"어떻게?"

"좀 오글거리는 말이기는 하지만, 그날 밤의 기억이 늘 네 주위를 맴돌잖아. 어쩌면 진실이 그 기억을 놓아줄지도 몰라."

나는 고개를 끄덕이고 차 문을 닫아준 다음, 차를 몰고 떠나는 엘리를 지켜본다. 내 차로 걸어가는데 휴대전화가 울린다. 레이놀즈다.

"어떻게 알았어요?" 레이놀즈가 묻는다.

나는 기다린다.

"렉스 캔턴 경관이 그 자리에서 적발한 음주 운전 건수가 세 건이나 더 있어요."

나는 좀 더 기다린다. 레이놀즈는 그 사실을 금방 알아냈을 것이다. 그녀에게는 아직 할 말이 더 남았고, 나는 그게 무슨 말일지 알고 있다.

"넵?"

정 이렇게 나가시겠다면 장단을 맞춰줄 수밖에. "세 건 다 남자였죠?"

"맞아요."

"그리고 세 남자 모두 이혼이나 양육권 소송 중이었고요."

"양육권 소송 중이었어요. 셋 다."

"아마 더 있을 겁니다. 다른 곳에서 적발했을 거예요."

"렉스의 음주 운전 적발 기록을 모두 조회해 볼게요. 시간이 좀 걸릴 거예요."

나는 차에 타고 시동을 건다.

"근데 어떻게 알았어요? 육감이나 직감이라는 말은 하지 말고요." 레이놀즈가 말한다.

"나도 확실히는 모르지만 렉스는 그 차가 술집에서 나오자마자 바로 불러 세웠습니다."

"그 주변을 정찰하고 있었을 수도 있잖아요."

"CCTV 봤잖아요. 화질이 개떡 같기는 해도 그 차가 좌우로 비틀거리거나, 느닷없이 멈추지 않는 건 똑똑히 볼 수 있었죠. 그런데도 왜 렉스는 그 차를 골랐을까요? 그것도 우연히 고등학교 동창이 동승한 차를? 우연의 일치라기에는 지나칩니다. 미리 짠 거예요."

"그래도 여전히 이해가 안 가요. 그러니까 이 남자가 렉스를 죽이려고 비행기까지 타고 왔다는 건가요?" 레이놀즈가 묻는다.

"아마도요."

"당신 전 여자 친구가 범인을 도왔고요?"

"아닐 겁니다."

"옛정 때문에 그렇게 말하는 건가요?"

"아뇨, 논리 때문입니다."

"설명해 봐요."

"바텐더 얘기 들었잖아요. 여자가 들어왔고, 남자와 술을 마시고, 남자를 취하게 해서 차에 태웠어요. 범인과 한패였다면 그런 단계를 거칠 필요가 없죠."

"작전의 일부일 수도 있죠."

"그럴 수도 있습니다." 내가 말한다.

"하지만 당신 생각이 더 일리가 있어요. 그러니까 당신은 모라가 렉스와 한패라고 생각하는 거죠?"

"네."

"범인과 짜고 렉스를 함정에 빠뜨린 게 아니라요."

"그래요."

"하지만 모라가 살인을 계획한 게 아니라면 지금 어디에 있죠?"

"모르겠습니다."

"범인이 모라에게 총을 겨누고 운전대를 잡으라고 강요했을 수 있어요. 공항이나 어딘가로 운전하라고 했을 수 있다고요."

"가능하죠."

"그다음에는요?"

"일단 거기까지만 하죠. 이젠 발품을 좀 팔아야 합니다. 양육권 소송 중이던 여자들이 그냥 렉스에게 다가가서 '이봐요, 우리 남편 평판을 떨어뜨려 주세요'라고 말하지는 않았을 테니까요."

"맞아요. 그 여자들이 어떻게 렉스를 고용했을까요?"

"아마 변호사를 통해서였을 겁니다. 그게 첫 번째로 알아봐야 할 일이에요. 아마 세 여자는 변호사가 같을 겁니다. 그게 누구인지 알아내서 렉스와 모라에 대해 물어봐야죠."

"보나마나 변호사는 법률자문 보호특례 제도(변호사나 의뢰인이 법률자문을 위해 작성한 서류 또는 이메일의 공개나 압수를 거부할 수 있는 제도—옮긴이)를 들먹이면서 협조하려고 하지 않을 거예요."

"그건 그때 가서 생각하죠."

"좋아요. 그럼 범인은 렉스에게 당했다가 복수의 칼을 꺼내 든 남자군요?"

그편이 제일 납득이 가지만 나는 아직 정보가 부족하다는 사실을 레이놀즈에게 상기시킨다. 음모론 클럽 이야기는 레이놀즈가 알아낸 사실들과 모순되기 때문에 하지 않는다. 렉스의 살인이 왠지 리오의 죽음과 연결되어 있을 거라는 어리석은 희망을 아직 버릴 수 없다. 연결되지 말라는 법도 없지. 레이놀즈 형사는 이 사건을 음주 운전 관점에서 수사할 것이고, 나는 계속 음모론 클럽 관점에서 수사할 수 있다. 그러려면 행크 스트라우드와 베스 래슐리를 찾아내야 한다.

하지만 무엇보다 오기 아저씨를 끌어들어야 한다.

난 더 기다릴 수 있다. 그 상처를 다시 벌릴 필요는 없다. 더군다나 지금은 아저씨 인생에서 장족의 발전이 이뤄지고 있는 시기다. 그러나 아저씨에게 무언가를 숨기는 건 내 스타일이 아니다. 내가 뭘 감당할 수 있고 없고를 아저씨가 결정할 수 없듯이, 나도 아저씨를 똑같이 존중해 줘야 한다.

그렇기는 해도 오기 아저씨는 다이애나의 아버지다. 쉽지 않을 것이다.

나는 80번 도로로 빠지면서 운전대에 있는 버튼을 누르고 휴대전화에 음성 명령을 내린다. "오기 아저씨에게 전화해." 세 번째 신호음이 울리자 아저씨가 전화를 받는다.

"안녕, 냅." 아저씨는 덩치가 큰 데다 상체가 크고 둥글어서 목소리가 듣기 좋게 걸걸하다.

"힐턴 헤드에서 돌아오셨어요?"

"어젯밤 늦게 돌아왔다."

"지금 집이세요?"

"응, 집이야. 무슨 일이냐?"

"근무 끝나고 잠깐 들러도 될까요?"

아저씨는 머뭇거리다가 대답한다. "그럼, 물론이지."

"잘됐네요. 여행은 어떠셨어요?"

"이따 보자."

아저씨는 그렇게 말하며 전화를 끊는다. 지금 혼자 계실까? 아니면 새로 사귄 여자 친구와 함께? 후자라면 좋을 텐데. 하지만 그건 내가 상관할 문제가 아니다.

오기 아저씨는 오크가 개발지에 세워진 붉은 벽돌 아파트에 산다. 이혼남들의 은신처라고 불러도 과언이 아닌 곳이다. 8년 전에 다이애나의 엄마인 오드리 아줌마와 헤어지면서 아저씨는 하나뿐인 자식을 키웠던 집을 떠나 '잠시' 이 아파트에 머물기로 했다. 몇 달 뒤에 오드리 아줌마는 아저씨에게 알리지도 않고 집을 팔아버렸다.

나중에 오드리 아줌마는 내게 말하길, 집을 판 것은 자신보다 오기 아저씨를 위한 결정이었다고 했다.

오기 아저씨가 문을 열어주자 그 뒤로 현관에 놓인 골프채가 보인다.

"힐턴 헤드는 어땠어요?" 내가 묻는다.

"좋았다."

나는 뒤쪽을 가리킨다. "골프채도 가져가셨어요?"

"와, 추리 실력이 대단한데."

"제가 워낙 겸손해서 그렇지 원래 이 정도라고요."

"골프채를 가져가긴 했지만 골프는 치지 않았다."

그 말에 난 미소 짓는다. "그럼 잘된 거예요? 그 여자분……."

"이본느."

"이본느." 나는 한쪽 눈썹을 치켜세우며 이름을 따라 말한다. "이름 좋네요."

아저씨는 내가 들어올 수 있도록 옆으로 비켜선다. "아무래도 우린 잘 안 될 것 같구나."

난 가슴이 철렁 내려앉는다. 이본느를 만난 적도 없지만 왠지 모르게 호탕하고 걸걸하게 웃으며 자신감 넘치는 노부인일 거라고 상상했다. 느긋하고, 재미있고, 매사에 감사하며, 호텔 근처 해변을 걸을 때면 오기 아저씨와 팔짱 끼기를 좋아하는 노부인. 나는 만난 적도 없는 사람을 잃은 듯한 기분이 든다.

나는 아저씨를 바라본다. 아저씨는 어깨를 으쓱인다.

"또 기회가 있겠지." 아저씨가 말한다.

"바닷속 물고기보다 많아요."

남자 혼자 사는 집이니 왠지 초라할 거라고 생각하겠지만 그렇지 않다. 아저씨는 마을에서 열리는 예술 박람회에서 그림 사는 것을 좋아한다. 또한 절대 한 그림을 같은 곳에 한두 달 이상 걸어두지 않는다. 유리문이 달린 참나무 책장에는 책이 빼곡히 꽂혀 있다. 아저씨는 내가 아는 사람 중에서 책을 가장 많이 읽는다. 책들은 그저 픽션과 논픽션이라는 간단한 카테고리로 나눠졌을 뿐 작가나 다른 무엇을 기준으로 해서 알파벳 순서로 꽂혀 있지 않다.

나는 자리에 앉는다.

"근무 끝났니?" 오기 아저씨가 묻는다.

"네. 아저씨는요?"

"나도."

아저씨는 여전히 웨스트브리지 경찰서 서장이고, 1년 뒤에 은퇴할 예정이다. 내가 경찰이 된 이유는 네게 일어난 일 때문이야, 리오. 하지만 아저씨의 조언이 없었다면 과연 경찰이 됐을지는 의문이야. 나는 이 집에 올 때면 늘 그러듯이 플러시 천을 씌운 의자에 앉는다. 아저씨는 고등학교 미식축구 주 선수권 대회—내가 출전했고, 아저씨가 코치를 맡았다—에서 1등으로 받은 트로피를 북엔드로 쓴다. 그것 말고 거실에 개인적인 물건, 사진이나 상패, 자격증 같은 것은 하나도 없다.

아저씨는 내게 와인 한 병을 건넨다. 2009년산 샤토 오 바이. 소매 가는 200달러 정도다.

"좋네요." 내가 말한다.

"따거라."

"아껴뒀다가 특별한 날에 마시세요."

오기 아저씨가 내 손에서 와인을 빼앗아 가더니 코르크 따개를 병 위쪽에 밀어 넣는다. "네 아버지가 우리에게 그렇게 말했을까?"

나는 미소를 짓는다. "아뇨."

아버지가 종종 들려주셨던 이야기가 있다. 증조할아버지는 특별한 날을 위해 최고의 와인을 아껴두셨다. 그러다가 나치가 파리에 쳐들 어왔을 때 살해되었고, 결국 그 최고의 와인은 나치가 마셨다. 이 이 야기의 교훈은 절대 아끼지 말라는 것이다. 어릴 때 우리는 늘 좋은 접시만 썼다. 침대에는 최고급 시트만 깔았고, 늘 워터포드 크리스털 잔에 물을 따라 마셨다. 아버지가 돌아가셨을 때 와인 저장실은 거의 비어 있었다.

"네 아버지는 더 고상한 표현을 썼지만, 난 그루초 마르크스의 말이 더 좋더구나."

"그게 뭔데요?"

"적당한 때가 오기 전까지는 와인을 마시지 않겠다. 자, 지금이 바로 적당한 때다."

오기 아저씨는 잔에 와인을 따르고, 한 잔 더 따라 내게 건넨다. 우리는 잔을 부딪친다. 나는 와인을 빙빙 돌려 냄새를 맡는다. 어느 것하나 튀지 않는다.

블랙베리와 자두, 블랙커런트 그리고—이상하게 들리겠지만 정말이다—연필을 깎고 난 후의 부스러기가 섞인 듯한 근사한 향이다. 한모금 마셔본다. 과즙이 풍부하고 잘 익었으며 신선하고 생생하다. 끝맛이 족히 1분은 간다. 굉장하다.

오기 아저씨는 내 반응을 기다린다. 나는 고개를 끄덕이고, 그걸로내 심정이 모두 전달된다. 우리는 아버지가 함께였더라면 앉아 있었을 자리를 바라본다. 아버지를 향한 그리움이 가슴 깊은 곳에서 절절하게 느껴진다. 아버지가 살아 계셨더라면 지금 이 순간을 사랑했으리라. 와인과 두 술친구의 존재를 음미했으리라.

아버지는 프랑스인들이 말하는 'joie de vivre'의 살아 있는 표본이다. 대충 번역하자면 '삶의 짜릿한 환희' 정도일 텐데 그 정의에는딱히 동의할 수 없다. 내 경험상 프랑스인들은 '느끼는 것'을 좋아한다. 일생일대의 사랑에 빠지거나 최악의 비극을 만났을 때, 그들은 뒤로 물러서거나 몸을 웅크려 방어적인 자세를 취하지 않는다. 그저 그경험을 최대한 받아들인다. 삶이 그들의 얼굴에 주먹을 날리려고 하면 턱을 쳐들고 그 순간을 음미한다. 전심전력으로 사는 것이다.

아버지도 그랬다.

그래서 난 아버지를 늘 실망시켜 드릴 수밖에 없었어, 리오.

그러니까 어쩌면 결정적인 대목에서 나는 친불 주의자가 아닌지도 몰라.

"그래, 할 말이 뭐냐, 냅?"

나는 렉스가 살해된 일, 그리고 모라의 지문이 발견된 일을 들려준다. 아저씨는 지나치다 싶을 정도로 신중하게 와인을 마신다.

나는 이야기를 마치고 기다린다. 아저씨도 기다린다. 경찰은 기다리는 법을 안다.

마침내 내가 입을 연다. "어떻게 생각하세요?"

아저씨가 자리에서 일어난다. "내 사건이 아니니 생각할 필요도 없지. 하지만 적어도 이제 넌 알았구나."

"뭘요?"

"모라에 대해서."

"많지 않아요."

"그래, 많지 않구나."

나는 아무 말도 하지 않고 와인을 한 모금 마신다.

"내 멋대로 추측해 보자면, 넌 이 살인 사건이 다이애나와 리오 사건과 어떻게든 연관이 있다고 생각하는 모양이구나."

"아직 거기까지는 아니에요."

아저씨는 한숨을 쉰다. "알아낸 게 뭐냐?"

"렉스는 리오와 친구였어요."

"아마 다이애나하고도 친구였겠지. 너희 모두 같은 반이었잖니. 우리 마을은 작으니까."

"더 있어요."

나는 가방에서 앨범을 꺼내고, 아저씨는 내게서 앨범을 받아든다.

"분홍색 포스트잇?"

"엘리가 붙였어요."

"그랬겠지. 이걸 왜 보여주는 거냐?"

내가 라펠 핀과 음모론 클럽에 대해 설명하는 동안 아저씨의 얼굴에 미소가 번진다. 내 이야기가 끝나자 아저씨가 묻는다. "그래서 네 가설은 뭐냐, 냅?"

나는 아무 말도 하지 않는다. 아저씨의 미소가 더 크게 번진다.

"이 음모론 클럽이 비밀 군사 기지에 얽힌 무시무시하고 엄청난 비밀을 알아냈다고 생각하는 거냐?" 아저씨는 그렇게 물으며 주문을 걸듯 손가락을 마구 움직인다. "다이애나와 리오가 제거되어야 할 정도로 끔찍한 비밀? 그게 네 가설이냐, 냅?"

나는 와인을 한 모금 더 마신다. 아저씨는 서성이면서 포스트잇이 붙어 있는 페이지로 넘긴다.

"그러다가 15년이 지난 지금에 와서 알 수 없는 이유로 렉스도 제거되고? 왜 당시에는 살려두었는지 알 수 없지만 아무튼. 갑자기 비밀 요원을 보내서 렉스를 처리한 거냐?"

아저씨가 말을 멈추고 날 바라본다.

"재미있으세요?" 내가 묻는다.

"약간."

아저씨가 분홍색 포스트잇이 붙은 다른 페이지를 펼친다. "베스 래슐리. 이 애도 죽었니?"

"아뇨, 아닐 거예요. 베스에 관한 정보는 아직 못 찾았어요."

아저씨는 미친 듯이 다음 페이지로 넘긴다. "아, 그리고 행크 스트라우드. 이 애는 여전히 우리 마을에 살지. 정신이 온전치 못하다는 건 인정한다만 그래도 아직 멀쩡히 살아 있어."

아저씨는 또 페이지를 넘기지만 이번에는 몸이 굳는다. 거실이 조용해진다. 나는 아저씨의 눈을 보며 여기 온 게 잘한 일인지 생각해 본다. 아저씨가 정확히 뭘 보는지는 모르겠지만 앨범 뒤쪽이라는 건 알 수 있다. 그러니 뭘 보고 있을지 짐작할 수 있다. 아저씨의 표정은 그대로지만 다른 것은 모두 변한다. 얼굴은 고통으로 일그러지고, 손은 살짝 떨리기까지 한다. 나는 위로의 말을 건네고 싶지만 지금은 말이 부록처럼, 불필요하거나 해롭게 느껴지는 순간일 뿐이다.

그래서 그냥 조용히 입을 다문다.

아저씨가 열일곱 살짜리 딸, 그날 밤 집에 돌아오지 않은 딸의 사진을 바라보는 동안 나는 기다린다. 마침내 아저씨가 입을 열었을 때는 가슴에 무거운 돌이 놓여 있는 듯하다.

"그냥 철없는 아이들이었다, 냅."

나도 모르게 와인 잔을 쥔 손에 힘이 들어간다.

"어리석고 미숙한 아이들. 술을 너무 많이 마신 데다 마약까지 했어. 어두웠고 늦은 시간이었지. 그 애들이 선로에 그냥 서 있었을까? 아니면 약에 취해 깔깔거리면서 기차가 오는 줄도 모르고 선로를 따라 달렸을까? 기차가 올 때 선로를 뛰어넘는 담력 겨루기 시합을 했을까? 1973년에 죽은 지미 리치오처럼? 모르겠구나, 냅. 나도 알고 싶다. 정확히 무슨 일이 있었는지 알고 싶어. 다이애나는 고통스럽게 죽었을까? 아니면 즉사했을까? 죽기 직전에 뒤돌아보며 자신의 삶이 곧 끝나리라는 걸 알았는지, 아니면 아무것도 모른 채 죽었는지 알고 싫어. 내 유일한 의무, 하나뿐인 의무는 다이애나를 보호하는 일이었다. 그런데 그날 밤에 순순히 외출을 허락하고서는 그 애가 무서웠을지 생각하다니. 그 애는 자기가 죽을 거라는 사실을 알았을까? 만약 알았다면 날 불렀을까? 아빠를 찾았을까? 어떻게든 내가 자기를 구해주기를 바랐을까?"

나는 움직이지 않는다. 움직일 수가 없다.

"넌 이 일을 조사할 거지?"

나는 간신히 고개를 끄덕인다. 그런 후에야 입이 떨어진다. "네."

아저씨가 내게 앨범을 건네더니 거실에서 나간다. "그럼 너 혼자 하거라."

CHAPTER
10

그 래 서 나는 혼자 알아본다.

에식스 파인스 병원에 전화하니 금세 행크의 주치의를 연결해 준다. "의료정보보호법은 알고 계시죠? 의사는 환자의 비밀을 지켜야 한다는 사실도요." 주치의가 말한다.

"네."

"그러니까 행크의 상태에 대해서는 한마디도 해드릴 수 없습니다."

"전 그냥 행크와 얘기하고 싶을 뿐입니다."

"행크는 외래 환자입니다."

"알고 있습니다."

"그럼 행크가 이 병원에 입원해 있지 않다는 것도 아시겠군요."

다들 어찌나 잘난 척인지. "선생님…… 죄송한데 성함이 뭐라고 하셨죠?"

"바우어요. 왜 물으시죠?"

"누가 날 가지고 노는지 알아두려고요."

정적이 흐른다.

"난 경찰이고 행크를 찾으려는 것뿐입니다. 행크가 있을 만한 곳을 아십니까?"

"아뇨."

"집 주소는요?"

"웨스트브리지의 사서함 번호만 알려줬습니다. 그리고 분명히 말씀드리죠. 행크는 1주일에 세 번에서 다섯 번씩 진료를 받으러 오는데 지난 2주 동안 병원에 오지 않았다는 사실은 규정상 알려드릴 수 없습니다."

2주. 닥터 바우어는 전화를 끊고, 나는 다시 전화하지 않는다. 내게는 다른 계획이 있다.

나는 웨스트브리지 고등학교 앞 미식축구 경기장 옆에 있는 농구장에 서 있다. 황혼 녘 아스팔트 위에서 통통 튀는 농구공의 아름다운 소리를 듣는 중이다. 내 앞에는 '길거리 농구'라는 이름의 아름다운 장면이 펼쳐져 있다. 이 시합에는 유니폼도 코치도 정해진 팀도 심판도 없다. 아웃오브바운즈의 기준이 흰색 선일 때도 있고, 철조망일 때도 있다. 시합은 자유투 라인 맨 끝에서 공격하는 팀의 선수가 같은 팀 선수에게 공을 던지며 "체크"라고 말하는 것으로 시작한다. 이긴 팀은 계속 남아 다음 팀과 시합하고, 파울은 스스로 선언한다. 다른 선수들이 친구일 때도 있고, 모르는 사람일 때도 있다. 좋은 직장에 다니는 사람도 있고, 간신히 입에 풀칠만 하는 사람도 있다. 키가 큰 사람, 작은 사람, 뚱뚱한 사람, 마른 사람, 다양한 신념과 종교를 가진 온갖 인종이 다 모여 있다. 머리에 터번을 쓴 남자도 있는데 여기에서는 전혀 문제가 되지 않는다. 오로지 농구를 어떻게 하느냐만 중요하다. 일부러 상대의 심기를 건드리는 말을 하는 사람도 있고, 그냥 침묵을 지키는 사람도 있다. 유치원에서는 부모들이 날짜를 정해서 아이들끼리 놀게 하고, 성인 스포츠 동호회에서도 정해진 날짜에 만나서 경기를 한다. 반면 이 길거리 농구는 멋지도록 무질서해서 아무 때나 만나서 경기하는 구식 방법을 따른다.

툴툴대는 소리가 들리고, 선수들이 편 가르기를 하더니 빠르게 뛰는 발소리가 들린다. 남자 다섯 명씩 두 팀으로 나누어 경기를 하고, 옆에서는 남자 셋이 자기들 차례를 기다린다. 새로 온 남자가 그들에게 다가가더니 "다음이 당신들 차롑니까?"라고 묻는다. 남자들은 고개를 끄덕인다.

선수들 절반은 나도 아는 얼굴이다. 고등학교 동창도 있고 이웃도 있다. 우리 마을 라크로스(끝에 그물이 달린 크로스라는 스틱으로 상대의 골에 공을 넣어 득점하는 경기—옮긴이) 프로그램을 운영하는 남자도 있다. 저들 중 대다수는 금융권에서 일하지만 고등학교 선생님도 두 명 눈에 띈다.

행크는 보이지 않는다.

10 대 1로 경기가 끝났을 때 내가 아는 키가 큰 남자가 주차를 하더니 차에서 내린다. 자기 차례를 기다리고 있는 네 남자 중 하나가 얼른 그를 가리키며 외친다. "마이런이 왔어!" 다른 남자들도 환호하며 마이런에게 소리를 지른다. 마이런은 수줍게 미소 짓는다.

"이게 누구야!" 한 남자가 외친다.

다른 사람들도 한마디씩 거든다. "신혼여행은 어땠어, 로미오?" "살이 타서 돌아오면 안 되지, 친구." "맞아, 실내에만 있었어야지. 내 말무슨 뜻인지 알지?" 그 말에 마이런이 대답한다. "그래, 처음엔 잘 몰랐는데 '무슨 뜻인지 알지?'라고 하니까 확실히 알겠다."

따뜻한 웃음과 축하 인사가 신랑에게 쏟아진다.

마이런 볼리타 기억해, 리오? 아버지가 마이런이 출전한 고등학교농구 시합에 우리를 데려갔잖아. 거장이 어떤지 보여주겠다면서. 마이런은 확고한 비혼주의자였어. 아니면 나만의 착각이었거나. 왜냐하면 최근에 케이블 뉴스 채널의 아나운서와 결혼했거든. 아직도 관람석에서 말하던 아버지의 목소리가 기억나. "거장의 경기를 본다는 건언제나 가치 있는 일이지." 그게 아버지의 철학이었어. 마이런은 아주잘 풀렸어. 듀크 대학에서 슈퍼스타였고 NBA 드래프트에서 1라운드에 뽑혔지. 그러다가 심한 부상을 입고 프로 진출이 좌절됐어.

아마 여기에도 교훈이 있을 거야.

하지만 이 농구장에서 마이런은 영웅이나 다름없어. 과거의 향수때문인지 뭔지는 모르겠지만 이해는 가. 마이런은 내게도 여전히 특별한 존재야. 이젠 우리 둘 다 성인인데도 마이런이 내게 관심을 보이면 살짝 겁이 나면서 행복하기까지 해.

나는 그에게 인사를 건네는 사람들 틈에 섞인다. 내 차례가 되자 나는 마이런과 악수하며 인사한다. "결혼 축하해."

"고마워, 냅."

"그래도 넌 날 배신한 나쁜 놈이야."

"긍정적으로 생각해. 이제 이 마을에서 가장 섹시한 미혼 남자는 너잖아." 마이런은 그렇게 말하더니 내 표정이 심상치 않은 걸 알았는지 날 옆으로 끌고 간다. "무슨 일이야?"

"행크를 찾고 있어."

"행크가 무슨 잘못이라도 했어?"

"그건 아닐 거야. 그냥 얘기 좀 하려고. 행크가 주로 월요일 저녁에 여기서 농구하는 거 맞지?"

"한 번도 빠진 적 없어. 물론 어떤 행크를 만나게 될지는 모르지만."

"무슨 뜻이야?"

"무슨 뜻이냐면, 음, 행크는 오락가락하잖아. 행동이 말이야."

"약 때문에?"

"약이든 화학적 불균형이든 뭐 때문이든. 하지만 나한테 물으면 안 돼. 난 한 달도 넘게 이 마을을 비웠어."

"신혼여행을 그렇게 오래 다녀온 거야?"

마이런은 고개를 젓는다. "그랬으면 좋지."

마이런은 내가 더 묻지 않기를 바라는 눈치고, 나도 더 캐물을 시간이 없다.

"그럼 행크를 제일 잘 아는 사람이 누구야?"

마이런이 턱짓으로 잘생긴 남자를 가리킨다. "데이비드 레이니브."

"정말?"

마이런은 어깨를 으쓱이더니 농구장으로 향한다.

행크와 데이비드 레이니브처럼 삶의 궤적이 정반대인 경우도 없을 것이다. 데이비드는 우리 고등학교 명예 학생회 회장이었고, 현재는 대형 투자 회사의 최고 경영자다. 몇 년 전 의회에서 거물급 은행가들을 들들 볶아댈 때 텔레비전에 나오기도 했다. 맨해튼에 펜트하우스를 소유하고 있지만, 고등학교 때 사귀었던 여자 친구 질과 결혼해 여기 웨스트브리지에서 아이들을 키운다. 이런 교외 마을에는 사교계 인사라고 할 만한 인물이 없지만—그저 남들이 하는 것은 다 하려고 애쓰는 정도에 가깝다—만약 있다고 한다면 데이비드가 첫 번째로 꼽히리라.

다음 경기가 시작되자 데이비드와 나는 농구장 반대편에 있는 벤치로 가서 함께 앉는다. 데이비드는 체격이 건장하고, 케네디 대통령과 켄 인형의 사생아처럼 생겼다. 턱 보조개가 있는 상원 의원 역할을 할 배우를 찾는다면 데이비드 레이니브가 제격일 것이다.

"지난 3주 동안 행크를 못 봤어." 데이비드가 말한다.

"이례적인 일이야?"

"매주 월요일과 목요일에는 빠짐없이 나오는 편이거든."

"행크는 어때?" 내가 묻는다.

"괜찮은 거 같아. 물론 정말로 괜찮지는 않지. 너도 무슨 뜻인지 알 거야. 저 중에는……." 데이비드는 농구장을 바라본다. "행크가 오는 걸 싫어하는 사람도 있어. 이상한 행동을 하고 샤워도 자주 안 하니까. 농구장 옆에서 대기 중일 때는 서성이면서 큰 소리로 떠들어 대기도 하고."

"뭐라고 떠들어 대?"

"말도 안 되는 소리지 뭐. 한번은 힘러가 참치 스테이크를 싫어한다고 막 소리를 질러댔어."

"나치 친위대장 하인리히 힘러?"

데이비드는 어깨를 으쓱인다. 농구장에서 눈을 떼지 않은 채 경기를 지켜본다. "행크는 소리를 지르고, 왔다 갔다 서성이고, 다른 사람들을 겁주지. 하지만 농구장에서는," 이 대목에서 데이비드는 미소를 짓는다. "다시 행크로 돌아가는 듯해. 잠시 동안 예전 행크가 되는 거야." 그러더니 날 돌아본다. "고등학교 때 행크가 어땠는지 기억하지?"

나는 고개를 끄덕인다.

"미워할 수 없는 녀석이었어." 데이비드가 말한다.

"맞아."

"완전 범생이긴 했어도 말이야. 행크가 선생님들 크리스마스 파티에서 장난친 일 기억해?"

"파티장에 있던 간식으로 그랬지?"

"응. 선생님들이 술을 진탕 마셨을 때 행크가 몰래 숨어들어서 다른 그릇에 담겨 있던 엠앤엠즈와 스키틀즈를 섞어버렸지."

"으, 끔찍해."

"……선생님들은 다들 취해 있었고, 그래서 아무것도 모르고 그걸 한 움큼 집었다가……." 데이비드가 웃음을 터뜨린다. "행크가 그 장면을 촬영해서 보여줬는데 진짜 웃겼어."

"이제 기억나."

"행크에게는 악의가 전혀 없었어. 원래 그런 애야. 그 애에게 그건 장난이라기보다는 과학 실험에 가까웠지." 데이비드는 잠시 침묵을 지킨다. 나는 그의 시선을 따라간다. 데이비드는 재빨리 점프해서 골대에 공을 던지는 마이런을 지켜보고 있다.

"행크는 정상이 아니야, 냅. 그건 행크 탓이 아냐. 행크가 여기 오는 걸 싫어하는 친구들에게도 난 그렇게 말해. 행크는 암에 걸린 것과 같다고. 암에 걸렸으니까 농구하러 오지 말라고 할 수는 없잖아. 안 그래?"

"맞는 말이야."

데이비드는 지나칠 정도로 열심히 경기를 지켜본다. "나는 행크에게 빚을 졌어."

"무슨 빚?"

"행크는 졸업하고 MIT에 입학했어. 너도 알지?"

"응."

"난 MIT 바로 옆에 있는 하버드에 다녔지. 정말 신났어. 그때 우린 친했거든. 그래서 1학년 때도 계속 만났지. 내가 차로 행크를 데리러 가서 함께 햄버거를 먹거나 파티에 갔어. 주로 우리 학교에서 열리는 파티였지만 가끔은 행크의 학교에서 열리는 파티에 가기도 했지. 행크는 그 애만의 방식으로 날 웃겼어." 데이비드의 얼굴에 미소가 떠오른다. "술을 마시진 않았지만 구석에 서서 사람들을 지켜보곤 했어. 그걸 좋아했지. 여자들도 행크를 좋아했고. 행크에게 끌리는 타입의 여자들이 있었어."

주위가 조용해지면서 농구장의 응축된 불협화음만 울려 퍼진다.

베일이 걷히듯 데이비드의 얼굴에서 미소가 서서히 사라진다. "하지만 행크는 변하기 시작했어. 너무 느린 변화라서 처음에는 알아차리지 못했지."

"어떻게 변했는데?"

"내가 데리러 가면 외출할 준비가 되어 있지 않았어. 아니면 기숙사 방을 나설 때마다 문을 두세 번씩 잠그고 또 잠그거나. 증상은 점점 심해졌지. 내가 데리러 가기로 했는데도 여전히 목욕 가운 차림이었어. 샤워를 몇 시간씩 하고 문을 계속 잠갔다 열기를 반복했지. 나는 행크에게 논리적으로 설명했어. '아까 문이 잠겼는지 이미 확인했으니까 그만해. 어차피 네 방에 훔쳐 갈 만한 물건도 없잖아.' 그랬더니 이번에는 기숙사에 불이 나지 않을까 걱정하더라. 공용 휴게실에 난로가 있었거든. 그래서 휴게실에 들러서 난로가 꺼졌는지 확인해야 했지. 행크를 데리고 나가려면 한 시간이 걸렸어."

데이비드가 말을 멈추고, 우리는 몇 분간 경기를 지켜본다. 나는 데이비드를 다그치지 않는다. 말하고 싶을 때 말할 것이다.

"어느 날 저녁에 케임브리지의 고급 스테이크 하우스에서 더블데이트를 하기로 했어. 행크는 버스를 타고 가겠다면서 자기를 데리러 오지 말라고 했지. 난 알았다고 하고, 여자애들만 식당으로 데려갔어. 내 기억이 정확하지 않을 수도 있어. 행크는 두 여자애 중에서 크리스틴 메가기에게 푹 빠져 있었어. 끝내주는 미인인 데다 수학 천재였지. 행크는 잔뜩 들떠 있었어. 어쨌든 그다음에 어떻게 됐는지 너도 짐작이 갈 거야."

"행크가 안 왔겠지."

"맞아. 그래서 내가 막 둘러댄 뒤에 여자애들을 집에 데려다줬어. 그런 다음에 행크의 기숙사로 가봤더니 행크가 그때까지도 문을 잠갔다 열었다 하고 있더라고. 멈추지를 않았어. 그러더니 날 비난하기 시작했지. '약속은 다음 주라고 했잖아'라면서."

나는 데이비드가 계속 말하기를 기다린다. 데이비드는 허리를 숙여 양손으로 머리를 감싸더니 한숨을 쉬고 다시 고개를 든다.

"난 대학생이었어. 어리고 한창 신이 나서 새로운 친구들을 사귀고 다녔지. 공부도 해야 했고, 내 삶이 있었어. 행크를 돌보는 건 내 책임이 아니잖아. 행크를 데리러 가는 일이 점점 성가셔졌어. 그래서 그 사건 이후로 행크를 만나러 가는 횟수가 줄었지. 너도 알 거야. 행크가 문자를 보내면 난 바로 답장하지 않았고, 우리는 서서히 멀어졌어. 만나지 않은 채로 한 달이 지나고, 한 학기가 지나고, 그다음엔……."

나는 아무 말도 하지 않는다. 데이비드에게서 흘러나오는 죄책감을 느낄 수 있다.

"그래서 저 친구들은," 데이비드가 농구장을 가리킨다. "행크가 괴짜라고 생각해. 행크가 오는 걸 싫어하지." 그러고는 자리에서 일어난다. "유감스러운 일이야. 하지만 행크는 원하면 언제든 여기서 농구를 할 거야. 우리랑 함께 농구할 거고, 우리는 행크를 환영할 거야."

나는 잠시 기다리고는 묻는다. "지금 행크가 어디 있을지 짚이는 곳이라도 있어?"

"아니. 우린 아직…… 사실상 말을 섞지 않아. 농구할 때만 제외하고. 행크와 나 말이야. 경기가 끝나면 다들 맥머피에 가서 맥주랑 피자를 먹어. 난 행크에게 함께 가자고 하지만 그럴 때마다 행크는 도망가 버려. 너도 행크가 산책하는 거 봤지?"

"응."

"매일 같은 길을 산책해. 같은 시간에. 행크는 아주 규칙적이야. 그게 도움이 되나 봐. 정해진 일과 말이야. 농구 시합은 대략 9시에 끝나는데 시합이 길어져도 행크는 9시가 되면 칼같이 떠나. 작별 인사도 설명도 없어. 알람 기능이 있는 낡은 타이멕스 시계를 차고 다니는데 9시가 되면 삑 소리가 나고, 행크는 농구장에서 뛰쳐나가. 설사 경기 도중이라고 해도."

"가족은? 지금 가족과 함께 살아?"

"어머니는 작년에 돌아가셨어. 웨스트 오렌지에 있는 낡은 아파트에 사셨지. 크로스 크리크 포인트 아파트. 아마 지금 아버지도 거기사실 거야."

"행크 부모님은 우리가 어릴 때 이혼한 줄 알았는데."

농구장에서 누가 비명을 지르며 바닥에 쓰러진다. 쓰러진 사람은 파울이라고 하는데 상대방은 그가 엄살을 부린다고 주장한다.

"우리가 초등학교 5학년일 때 이혼하셨지." 데이비드가 말한다. "이혼한 후에 행크 아버지는 서부 어딘가로 떠나셨어. 콜로라도주였을 거야, 아마. 어쨌든 행크 어머니가 병에 걸리면서 두 분이 화해하셨다고 들었어. 누구한테 들었는지는 기억 안 나."

마이런이 페이드어웨이슛으로 날린 공이 농구대에 부딪쳤다가 그물 속으로 떨어지면서 경기가 끝난다.

데이비드가 일어서며 말한다. "다음은 내 차례야."

"음모론 클럽이라고 들어본 적 있어?" 내가 묻는다.

"아니, 그게 뭐야?"

"고등학교 때 우리 반 아이들 몇몇이서 만든 클럽이야. 행크가 거기회원이었어. 내 동생도."

"리오." 데이비드는 고개를 저으며 말한다. "좋은 친구였는데. 아까워."

나는 그 말에 대답하지 않는다. "행크가 음모론에 대해 이야기한 적 있어?"

"응, 있었을 거야. 하지만 구체적으로 말한 건 없어. 원래 말이 안 되는 소리만 했으니까."

"혹시 저쪽 숲에 있는 길 이야기도 한 적 있어? 숲에 대한 이야기나."

데이비드는 걸음을 멈추고 날 바라본다. "옛날 군사 기지 말하는 거지?"

나는 대답하지 않는다.

"고등학교 시절에 행크는 그 기지에 집착했어. 입만 열면 그 얘기였지."

"뭐라고 했는데?"

"말도 안 되는 이야기들이었어. 정부가 거기서 LSD나 독심술 실험을 한다는 이야기."

너도 가끔씩 그런 일에 관심을 보였어. 안 그래, 리오? 하지만 집착하는 수준은 아니었지. 그냥 그런 이야기를 하면서 재미있어 하는 정도였지 정말로 믿지는 않았어. 네게는 그저 놀이에 불과했어. 하지만 어쩌면 내가 착각했는지도 몰라. 혹은 네가 다른 이유로 거기에 완전히 빠졌을 수도 있고. 행크는 정부의 거대한 음모가 있다고 생각했어. 모라는 아슬아슬한 요소와 미스터리, 위험한 일을 좋아했고. 내 생각에 리오, 넌 예전 스티븐 킹 소설에서처럼 숲을 가로지르는 모험을 하면서 친구들 사이에서 싹트는 의리를 좋아했을 거야.

"어이, 데이비드, 우리 시작할 준비됐어!" 한 남자가 외친다.

마이런이 말한다. "좀 기다려 주자고. 급하지 않으니까."

하지만 다들 경기할 준비가 된 채로 일렬로 서 있었고, 다른 사람을 기다리게 하지 않는 게 이쪽 규정이다. 데이비드가 날 바라보며 허락을 구한다. 나는 얘기가 끝났으니 가보라는 뜻으로 고개를 끄덕인다. 농구장을 향해 걸어가던 데이비드가 날 돌아본다.

"행크는 아직도 그 기지에 집착하고 있어."

"왜 그렇게 생각해?"

"행크가 아침마다 산책한다고 했지? 숲에 있는 그 길을 올라가는 게 산책의 시작이야."

CHAPTER

11

아 침 에 레이놀즈에게서 전화가 온다. "렉스를 고용한 이혼 전문 변호사를 찾아냈어요."

"잘됐네요."

"글쎄요. 사이먼 프레이저라는 변호사인데 거물급 로펌인 엘베, 버로쉬 앤드 프레이저의 거물급 파트너예요."

"프레이저에게 연락했습니까?"

"그럼요."

"분명 협조적으로 나왔겠군요."

"지금 빈정대는 거죠? 프레이저는 의뢰인과 변호사 간의 면책 특권과 거기에 함축된 법률자문 보호특례 제도 때문에 나와 이야기할 수 없대요."

나는 얼굴을 찡그린다. "정말로 '함축된'이라고 말했어요?"

"네."

"그렇게 재수 없게 말한 것만으로도 체포해야 해요."

"우리 마음대로 할 수 있다면야 그렇죠. 그의 고객을 찾아가서 면책 특권을 포기할 생각이 있는지 알아보려고요."

"프레이저에게 변호를 의뢰한 여자들 말입니까?"

"네."

"시간 낭비예요." 그 여자들은 렉스가 파놓은 함정 덕분에 양육권 소송에서 이겼으니 절대 그 사실을 인정하지 않을 것이다. 그 일이 불법 행위였다는 사실을 알면 전남편들이 양육권 소송을 재개할 수도 있다.

"그럼 다른 대안이라도 있어요?" 레이놀즈가 묻는다.

"사이먼 프레이저를 직접 찾아가는 편이 낫겠네요."

"그것도 시간 낭비일 것 같은데요."

"혼자 가도 됩니다."

"아뇨, 그건 별로 좋은 생각이 아니에요."

"그럼 함께 가죠. 당신 관할 구역이니까 당신은 경찰로서 찾아가고, 난……."

"……이번 일에 관심 있는 민간인 역할이라도 하려고요?"

"내가 원래 그런 역할 잘합니다."

"언제 갈까요?"

"가는 길에 두어 군데 들러야 하지만 점심시간 전에는 도착할 겁니다."

"근처에 오면 문자 줘요."

나는 전화를 끊고 샤워하고 옷을 갈아입는다. 시간을 확인한다. 데이비드 레이니브의 말에 따르면 행크는 매일 아침 정확히 8시 30분에 산책을 시작한다. 나는 벤저민 프랭클린 중학교의 교사 전용 주차장에 차를 세운다. 여기 있으면 시야를 가리는 장애물 없이 그 길이 잘 보인다. 8시 15분이다. 라디오 채널을 돌리다가 잠시 하워드 스턴 쇼를 듣는다. 이제 8시 30분이다. 나는 길에서 눈을 떼지 않지만 아무도 보이지 않는다.

행크는 어디 있지?

9시가 되자 그만 포기하고 두 번째 목적지로 간다.

엘리가 운영하는 쉼터는 학대받는 가족을 대상으로 한다. 나는 모리스타운의 조용한 거리에 있는 낡은 빅토리아 양식 임시 거처에서 엘리를 만난다. 구타당한 여성과 자녀 들이 학대를 피해 은신하는 공간이다. 다음 단계, 다시 말해 더 낫기는 하지만 결코 이상적이라고 할 수 없는 해결책을 생각해 낼 때까지.

이 일에는 큰 성과라고 할 만한 결과가 별로 없다. 그게 비극이다. 엘리가 하는 일은 숟가락으로 바닷물을 퍼내는 일과 비슷하다. 그런데도 엘리는 지치지 않고 매번, 매일 다시 바다로 걸어 들어간다. 남자들의 사악한 심성을 감당하지 못하면서도 작지만 값진 승리를 얻어낸다.

"베스 래슐리는 남편 성을 쓰더라고." 엘리가 말한다. "현재는 닥터 베스 플레처로 앤 아버에 살고, 심장 전문의야."

"어떻게 찾아냈어?"

"필요 이상으로 힘들었어."

"무슨 말이야?"

"고등학교 때 베스와 친했던 친구들에게 전부 연락했는데, 계속 연락하고 지내는 애가 하나도 없더라고. 깜짝 놀랐지. 베스는 꽤 사교적인 성격이었잖아. 다시 베스 부모님께 연락해서 동창회가 열릴 거니까 베스의 주소를 알려달라고 했지."

"그랬더니?"

"알려주지 않았어. 베스와 관련된 일이 있으면 자기들에게 메일로 알려달라고만 하더라."

이 일을 어떻게 받아들여야 할지 모르겠지만 좋은 징조는 아니다. "그래서 베스는 어떻게 찾아냈어?"

"엘런 메이거를 통해서. 그 애 기억해?"

"우리보다 1학년 후배 아냐? 수학 수업을 같이 들었을 거야." 내가 대답한다.

"맞아. 어쨌든 엘런이 휴스턴에 있는 라이스 대학을 다녔거든."

"그런데?"

"베스 래슐리도 같은 대학에 갔어. 그래서 엘런에게 라이스 대학 동창회 사무실에 전화해서 동문인데 베스에 대한 정보를 얻을 수 있는지 알아봐 달라고 했지."

기막힌 방법이라고 인정하지 않을 수 없다.

"어쨌든 엘런이 미시간 대학 병원에서 베스가 사용하는 개인 이메일 주소를 알아냈어. 나머지는 내가 약간의 구글 검색으로 알아냈고. 이게 베스의 사무실 번호야." 엘리가 내게 쪽지를 건넨다.

나는 마치 전화번호에 단서라도 적혀 있다는 듯이 쪽지를 바라본다.

엘리가 의자에 등을 기대며 묻는다. "행크를 찾아내는 일은 어떻게 됐어?"

"별로 진전이 없어."

"점점 더 복잡해지네."

"응."

"아, 그리고 가기 전에 마샤한테 들러. 너한테 할 말이 있대."

나는 엘리의 볼에 키스한다. 엘리의 동료 마샤 스타인의 사무실로 가기 전에 왼쪽으로 방향을 틀어서 계단을 올라가 2층으로 간다. 2층에는 임시 어린이집이 있다. 안을 들여다보니 브렌다의 막내딸이 색칠 공부를 하고 있다. 나는 복도를 계속 걸어간다. 문이 열린 브렌다의 방이 나오자 부드럽게 노크하고 작은 방 안을 들여다본다. 브렌다가 날 발견하고는 달려와 껴안는다. 이런 적은 처음이다.

브렌다는 아무 말 하지 않고, 나도 아무 말 하지 않는다.

브렌다가 내게서 몸을 떼고 날 올려다보며 고개를 살짝 끄덕인다. 나도 그녀에게 고개를 살짝 끄덕인다.

우린 여전히 아무 말도 하지 않는다.

다시 복도로 나가니 마샤 스타인이 기다리고 있다.

"안녕, 냅."

우리가 여덟 살에서 아홉 살이었을 때 고등학생이던 마샤는 우리의 베이비시터였다. 기억나, 리오? 날씬하고 예쁜 마샤는 발레리나이자 가수였고, 웨스트브리지 고등학교에서 공연하는 모든 연극의 주연이었다. 우린 당연히 마샤를 흠모했지만, 다른 사람들도 마찬가지였다. 마샤와 함께 있을 때 우리가 가장 좋아했던 놀이는 마샤의 연극 연습 도와주기였다. 우리는 마샤에게 대사를 읽어주곤 했다. 마샤가 고등학교 2학년이었을 때 아버지는 마샤가 출연하는 연극에 우리를 데려 갔다. 마샤는 〈지붕 위의 바이올린〉에서 아름다운 딸 호델 역이었다. 3학년 때 연극배우로서 마샤의 경력은 절정에 달해 〈메임〉에서 공식 주연을 맡았다. 리오는 그 연극에서 메임의 조카인 '어린 패트릭' 역을 맡았다. 아버지와 나는 그 연극을 네 번이나 봤고, 마샤는 당연히 매 번 기립 박수를 받았다.

그 시절 마샤는 야성적인 분위기에 잘생긴 딘이라는 남자와 사귀었다. 검은 폰티액 파이어버드 트랜스 AM을 몰고 다니는 남자였는데, 날씨가 덥든 춥든 스포츠 점퍼를 입고 다녔다. 등에 웨스트브리지 레슬링이라고 새겨진 점퍼는 몸통이 초록색이고 소매는 하얀색이었다. 마샤와 딘은 고등학교 졸업 앨범에서 '가장 인기 있는 커플'로 실렸고, 졸업하고 1년 뒤에 결혼했다. 그리고 얼마 지나지 않아서 딘은 마샤를 때리기 시작했다. 무지막지하게. 마샤는 아직도 오른쪽 눈이 푹 꺼졌고, 얼굴은 비스듬하게 틀어진 듯하다. 오랫동안 구타당한 부작용으로 코는 너무 납작해졌다.

10년이 지난 뒤에야 마샤는 도망칠 용기를 낼 수 있었다. 그녀는 종종 쉼터로 도망쳐 온 여자들에게 이렇게 말한다. "너무 늦게 용기를 낼 수도 있지만 결코 늦은 때란 없어요. 네, 모순되는 말이죠." 역시나 마샤가 베이비시터였던 또 다른 '아이'인 엘리와 힘을 모아 두 사람은 이 쉼터를 만들었다.

쉼터의 최고 경영자는 엘리다. 마샤는 앞에 나서는 걸 좋아하지 않는다. 현재 그들은 하나의 쉼터와 이런 임시 거처 네 곳을 운영한다. 보안상의 이유로 주소가 외부에 절대 공개되지 않는 거주지도 세 곳이나 소유하고 있다. 보안 시설이 꽤 잘돼 있지만 가끔씩 내가 도와주기도 한다.

나는 마샤의 볼에 키스한다. 마샤는 이제 아름답지 않다. 40대 초반이니 늙은 건 아니다. 환하게 빛나던 사람이 삶에 치여 빛을 잃으면 다시 회복되는 법이지만, 가끔은 그 빛이 영원히 사라져 버리기도 한다. 그건 그렇고, 마샤는 여전히 무대에 서는 걸 좋아한다. 웨스트브리지 커뮤니티 연극회에서는 5월에 〈지붕 위의 바이올린〉을 공연할 예정인데 마샤는 거기서 차이텔 할머니 역을 맡았다.

마샤가 날 옆으로 끌고 간다. "웃긴 게 뭔지 알아?"

"뭔데?"

"내가 너한테 트레이가 얼마나 괴물 같은 놈인지 말했더니 갑자기 트레이가 입원하게 됐어."

나는 아무 말도 하지 않는다.

"몇 달 전에는 네게 완다의 남자 친구가 완다의 네 살짜리 딸을 성폭행했다고 말했지. 그랬더니 그 남자가 느닷없이……."

"나 빨리 가봐야 해, 누나." 내가 그녀의 말을 자른다.

마샤가 날 바라본다.

"나한테 말 안 하면 되잖아. 그건 누나한테 달렸어."

"난 기도를 먼저 해."

"그렇게 해."

"하지만 기도가 효과가 없으면 너한테 말해."

"어쩌면 잘못 생각하고 있는지도 몰라."

"뭘?"

나는 어깨를 으쓱인다. "내가 그 기도의 답일 수도 있다고."

나는 양손으로 마샤의 얼굴을 감싸고 다시 볼에 키스한다. 그리고 는 그녀가 더 말하기 전에 서둘러 밖으로 나간다. 넌 아마 궁금할 거야, 리오. 법을 수호하겠다고 맹세한 경찰인 내가 어떻게 트레이에게 한 짓을 정당화할지. 정당화하지 않아. 난 위선자야. 우리 모두가 그렇지. 난 법을 믿고, 자력 구제를 별로 좋아하지 않아. 내가 가끔씩 하는 행동을 자력 구제라고 생각하지도 않아. 그저 세상은 술집과 같고, 난 술집에서 술을 마시다가 우연히 건너편에서 어떤 남자가 여자를 죽어라 패고 조롱하고 비웃는 모습을 봤을 뿐이야. 남자는 여자에게 한 번만 더 기회를 달라고 꼬드겨. 하지만 그래 봐야 루시가 찰리 브라운을 위해 럭비공을 잡고 있는 꼴(루시는 매번 장난치지 않겠다고 하지만 찰리 브라운이 럭비공을 차기 직전에 공을 치워버려 찰리를 넘어지게 한다—옮긴이)이지. 남자는 그런 헛된 희망을 주고서 또다시 잔인하게 여자의 얼굴을 뭉개버려. 아니면 이렇게 볼 수도 있어. 우연히 친구 집에 들렀는데 친구 애인이 친구의 네 살짜리 딸을 성폭행하는 장면을 본 거야.

너도 피가 끓지?

시간이 흐르고 거리를 둔다고 해서 과연 진정될까?

그래서 나는 덤벼들어. 그런 짓을 못 하게 해. 환상 따위는 없어. 난 법을 어기기로 선택했고, 만약 잡히면 대가를 치를 거야.

그럴듯한 정당화가 아니라는 건 인정해. 하지만 상관없어.

나는 펜실베이니아주 경계선을 향해 서쪽으로 차를 몬다. 당연히 사이먼 프레이저가 사무실에 없을 확률이 높다. 그렇다면 그의 집이나 그가 있을 만한 곳으로 찾아갈 것이다. 그를 못 만날 수도 있다. 날 만나지 않겠다고 거절할 수도 있다. 원래 수사가 그렇다. 내가 하려는 일이 엄청난 시간과 에너지 낭비처럼 보여도 계속해야 한다.

나는 운전하면서 널 생각해. 내 문제는 말이야, 태어나서 18년 동안의 추억이 모두 너와 얽혀 있다는 거야. 우린 처음에는 엄마의 자궁을, 나중에는 방을 함께 썼지. 사실 우린 모든 걸 공유했어. 난 너한테 전부 다 말했어. 전부 다. 하나도 빠짐없이. 민망하거나 부끄러워서 못할 이야기는 없었어. 왜냐하면 네가 여전히 날 사랑하리라는 걸 알았으니까. 다른 사람과의 관계에서는 약간의 겉치레가 있었지. 그래야만 하고. 하지만 너와 나 사이에는 없었어.

나는 네게 하나도 빠짐없이 모든 걸 말했어. 하지만 가끔씩 의문이 들어. 과연 너도 그랬을까?

넌 내게 비밀이 있었니, 리오?

한 시간 뒤 난 여전히 운전을 하면서 닥터 베스 플레처, 결혼 전 성은 래슐리인 동창의 병원으로 전화한다. 접수원에게 내 이름을 말하며 플레처 선생님과 통화하고 싶다고 했더니 지금 선생님이 자리를 비우셨다고 말한다. 그러고는 접수원 특유의 지치고 성가시다는 어조로 무슨 용건이냐고 묻는다.

"난 베스의 고등학교 동창입니다." 접수원에게 내 이름과 휴대전화 번호를 알려주고 최대한 다급한 어조로 덧붙인다. "꼭 베스와 통화해야 합니다."

접수원은 동요하지 않는다. "선생님께 전해드리죠."

"그리고 난 경찰입니다."

아무 말도 없다.

"지금 당장 닥터 플레처를 호출해서 중요한 일이라고 얘기해 주세요."

접수원은 그러겠다는 말도 없이 전화를 끊는다.

나는 오기 아저씨에게 전화한다. 첫 번째 신호음이 울리자 아저씨가 바로 전화를 받는다. "네."

"이 일에서 빠지고 싶어 하시는 거 알아요."

아저씨는 아무 말도 없다.

"하지만 순찰 경관들에게 행크 좀 찾아보라고 해주실 수 있어요?"

"어렵지 않지. 행크는 매일 똑같은 코스로 산책하니까."

"오늘 아침은 아니었어요."

나는 아까 산책로 옆에서 잠복했지만 행크를 보지 못했던 이야기를 한다. 또 어제저녁에 길거리 농구 시합을 보러 갔던 일도. 아저씨는 잠시 침묵을 지키다가 입을 연다. "행크가, 음, 아프다는 건 알고 있지?"

"네."

"그래서 행크에게 정확히 무슨 이야기를 듣고 싶은 거냐?"

"저도 모르겠어요."

좀 더 긴 침묵이 흐른다. 나는 이 침묵을 채우고 싶다. 아저씨가 그토록 묻어두려고 애썼던 일을 느닷없이 파헤쳐서 미안하다는 사과의 말로. 하지만 하나 마나 한 소리를 하고 싶지 않았고, 아저씨도 그런 말을 듣고 싶어 할 것 같지 않았다.

"순찰 경관들에게 행크를 찾아보라고 하마."

"고맙습니다." 나는 그렇게 말하지만 전화는 이미 끊겼다.

엘베, 버로쉬 앤드 프레이저 로펌은 밋밋한 고층 유리 빌딩들이 줄줄이 늘어선 단지의 밋밋한 고층 유리 빌딩 안에 있다. 사람들이 흔히 '컨트리클럽 캠퍼스'라고 비꼬아 부르는 단지다. 유럽의 공국보다 살짝 더 큰 주차 구역에 차를 세우고 나니 출입문 옆에서 날 기다리는 레이놀즈가 보인다. 그녀는 초록색 터틀넥 스웨터에 재킷을 입었다.

"사이먼 프레이저는 이 건물 안에 있어요." 레이놀즈가 말한다.

"그걸 어떻게 알죠?"

"당신에게 전화한 후로 계속 여기를 감시했어요. 아까 들어가는 걸 봤는데 나오는 건 못 봤어요. 차도 그대로 있고요. 그러니 사이먼 프레이저는 이 건물 안에 있다고 추론할 수 있죠."

"대단하시네요."

"내 실력이 너무 뛰어나다고 해서 기죽지 말아요."

건물 로비는 미스터 프리즈(배트맨에 등장하는 악당. 모든 것을 다 얼려버리고 몸이 극저온 상태를 유지하지 못하면 사망한다—옮긴이)의 은신처처럼 무채색이고 썰렁하다. 이 건물에는 로펌과 투자 회사 예닐곱 군데, 심지어 등록금만 엄청나게 비싼 사이비 대학까지 있다. 우리는 엘리베이터를 타고 6층으로 간다. 안내 데스크에는 깡마른 애송이가 앉아 있다. 며칠간 면도를 하지 않아 수염이 살짝 돋아 있고, 세련된 안경을 썼으며, 마이크가 달린 헤드폰을 끼고 있다. 그는 잠시 기다리라는 뜻으로 검지를 들어 보이더니 이윽고 입을 연다.

"무슨 일로 오셨죠?"

레이놀즈가 배지를 꺼낸다. "사이먼 프레이저를 만나러 왔습니다."

"약속을 잡으셨나요?"

순간적으로 난 레이놀즈의 입에서 "이 배지가 약속이죠"라는 말이 튀어나올 거라고 생각한다. 정말 그랬다면 실망했을 것이다. 레이놀즈는 약속은 하지 않았지만 프레이저 씨가 시간을 내주시면 매우 감사할 거라고 말한다. 깡마른 애송이는 버튼을 누르고 속삭이더니 우리에게 앉으라고 말한다. 우리는 의자에 앉는다. 잡지는 없고, 표면에 윤기가 흐르는 로펌 소책자들뿐이다. 소책자 하나를 집어 들고 뒤적이니 사이먼 프레이저의 사진과 약력이 나온다. 그는 평생을 펜실베이니아주에서 보냈다. 고향에서 고등학교를 졸업한 뒤 펜실베이니아주 서쪽에 있는 피츠버그 대학에서 학사를 공부하고, 한참 동쪽에 있는 펜실베이니아 대학에서 법학을 공부했다. '미국에서 인정받는 가족법 변호사'라고 한다. 그가 이런저런 모임에서 회장직을 맡고, 이런저런 책을 저술하고, 이런저런 단체에서 이사로 재직하고, 자신의 전공 분야에서 뛰어난 성과를 이뤄서 이런저런 상을 수상했다는 구절을 읽는 동안 나는 지루해서 눈앞이 흐릿해진다.

회색 타이트스커트를 입은 키가 큰 여자가 우리를 향해 느긋하게 걸어온다. "이쪽으로 오시죠."

우리는 여자를 따라 복도를 지나 회의실로 들어간다. 한쪽 벽 전체가 유리로 되어 있어서 멋진 전망이 눈에 들어와야 할 텐데, 기껏 주차장이 보일 뿐이다. 저 멀리 웬디스와 올리브 가든도 보인다. 기다란 테이블 중앙에는 회색 거미처럼 생긴 스피커폰이 있다.

기다린 지 15분이 지나자 키 큰 여자가 다시 들어온다.

"레이놀즈 경위님?"

"네, 전데요."

"3번 라인에 경위님께 걸려 온 전화가 대기 중이에요."

여자가 자리를 뜬다. 레이놀즈는 날 보며 얼굴을 찡그리더니 조용히 하라는 뜻으로 입술에 검지를 대고는 스피커폰 버튼을 누른다.

"레이놀즈입니다."

스피커폰에서 남자 목소리가 흘러나온다. "스테이시?"

"네."

"대체 사이먼 프레이저의 사무실에는 왜 간 거야?"

"사건 수사 중입니다, 서장님."

"무슨 사건?"

"렉스 캔턴 경관 피살 사건요."

"그건 카운티 소관으로 넘어가서 더는 우리 사건이 아니잖아."

몰랐던 사실이다.

"그냥 단서를 따라가는 중입니다."

"아니, 스테이시, 자넨 단서를 따라가는 게 아냐. 적어도 지방 판사 둘과 친구로 지내는 저명인사를 귀찮게 하고 있어. 판사님 두 분에게 전화가 와서 내 부하 형사가 현직 변호사를 괴롭히고 있다고 하셨네. 의뢰인과 변호사 간의 면책 특권 때문에 도와줄 수 없다고 이미 말한 변호사를 말이야."

레이놀즈는 '내 처지가 어떤지 알겠죠?'라고 말하는 눈빛으로 날 바라본다. 나는 알겠다는 뜻으로 고개를 끄덕인다.

"내가 계속 말해야 하나, 스테이시?"

"아뇨, 서장님, 알아들었습니다. 그만 가겠습니다."

"아, 그리고 판사님들 말로는 자네가 누구랑 함께 갔다던데 그게 누구……."

"그만 끊겠습니다."

레이놀즈가 전화를 끊는다. 마치 누가 신호라도 준 듯이 키 큰 여자가 우리를 안내하기 위해 회의실 문을 열고 들어온다. 우리는 자리에서 일어나 그녀를 따라 복도 끝으로 간다. 엘리베이터에 타면서 레이놀즈가 말한다. "일부러 여기까지 왔는데 미안하게 됐어요."

"네, 아쉽네요."

우리가 건물 밖으로 나가자 레이놀즈가 말한다. "나는 경찰서로 돌아가야겠어요. 서장님을 달래야죠."

"그래야겠네요."

우리는 악수를 한다. 레이놀즈가 뒤돌아 걸어가더니 내게 묻는다.

"곧장 웨스트브리지로 돌아갈 건가요?"

나는 어깨를 으쓱인다. "일단 점심이나 먹을까 합니다. 올리브 가든은 어떤가요?"

"몰라서 물어요?"

난 올리브 가든에 가지 않는다.

주차장에는 지정 주차 구역이 있기 마련이다. 나는 '사이먼 프레이저 변호사 지정 주차 구역'이라고 적힌 표지판을 찾아낸다. 그 자리에는 번쩍이는 빨간색 테슬라가 주차되어 있다. 저절로 눈살이 찌푸려지지만 그래도 그걸로 그를 평가하지 않으려고 한다. 왼쪽은 '벤저민 버로쉬 변호사'를 위한 주차 구역인데 마침 비어 있다.

잘됐군.

나는 내 차로 돌아간다. 가는 도중에 담배를 피우는 40대 중반 남자를 지나친다. 양복을 입고 결혼반지를 꼈는데 왠지 결혼반지가 마음에 걸린다.

"담배 피우지 마세요." 내가 남자에게 말한다.

이런 일이 있을 때마다 상대방은 늘 짜증과 황당함이 뒤섞인 표정으로 날 바라보는데 이 남자도 예외는 아니다. "뭐라고요?"

"이 세상에는 당신을 사랑하는 사람들이 있잖습니까. 그러니까 당신은 아프거나 죽으면 안 됩니다."

"남에 일에 참견 마쇼." 남자는 퉁명스럽게 대꾸하고는 담배꽁초를 바닥에 던진다. 마치 짜증 나는 물건이라도 된다는 듯이. 그러고는 발로 쿵쿵 소리를 내며 건물 안으로 들어간다.

그래도 난 마음 한구석으로 이렇게 생각한다. '누가 알아. 저게 저 남자의 마지막 담배가 될지.'

이런데도 사람들은 나더러 회의주의자라지.

난 건물 출입문을 바라본다. 사이먼 프레이저는 보이지 않는다. 얼른 차에 올라타 버로쉬 변호사의 주차 구역에 주차한다. 사이먼의 테슬라 운전석과 내 조수석이 10센티미터밖에 떨어지지 않도록 오른쪽으로 바짝 붙여서. 사이먼 프레이저는 차 문을 여는 건 고사하고 이 사이로 지나갈 수도 없다.

나는 기다린다. 기다리는 건 내 전공이다. 전혀 귀찮지 않다. 이번에는 감시할 필요도 없다. 사이먼은 서둘러 차에 올라탈 수도 없으니까. 그래서 가져온 소설책을 꺼내고, 좌석을 뒤로 끝까지 젖힌 다음 읽기 시작한다.

오래 읽지는 못한다.

12시 15분이 되자 건물에서 나오는 사이먼 프레이저가 백미러에 비친다. 나는 312페이지와 313페이지 사이에 책갈피를 끼우고 조수석에 책을 내려놓는다. 그리고 기다린다. 사이먼은 전화기에 대고 맹렬히 떠들어 대면서 자동차 쪽으로 다가온다. 전화기를 잡지 않은 손으로 주머니를 뒤져서 자동차 리모컨 열쇠를 꺼낸다. 조그맣게 삐빅 소리가 나면서 차 문의 잠금장치가 해제된다. 나는 좀 더 기다린다.

사이먼 프레이저가 걸음을 멈추는 걸로 보아 그제야 주차 상황을 파악한 듯하다. 차창 너머로 희미하게 "이게 뭐야?"라고 말하는 소리가 들린다.

나는 휴대전화를 귀에 대고 누군가와 통화하는 척하면서 다른 손으로는 차 문에 달린 손잡이를 잡는다.

"이봐요……. 어이, 당신!"

나는 사이먼 프레이저를 무시한 채 계속 통화하는 척한다. 열 받은 사이먼이 차 앞을 돌아 운전석으로 오더니 손에 낀 대학 반지로 운전석 차창을 툭툭 두드린다.

"이봐요, 여기에 주차하면 안 됩니다."

나는 사이먼 쪽으로 몸을 돌리고 전화기를 가리키며 지금 통화 중이라는 손짓을 한다. 그의 얼굴이 붉게 달아오른다. 사이먼 프레이저가 반지로 차창을 더 세게 두드린다. 나는 다시 문손잡이를 잡는다.

"야, 이 멍청아……."

내가 차 문을 재빨리 열자 사이먼은 차 문에 얼굴을 부딪치며 뒤로 쓰러진다. 그의 휴대전화가 손에서 날아가 보도에 퍽 떨어진다. 깨졌는지도 모르겠다. 사이먼이 미처 정신을 차리기 전에 내가 차에서 내려 말한다. "기다리고 있었어, 사이먼."

사이먼 프레이저가 무언가를 확인하듯이 손으로 얼굴을 만진다.

"코피는 안 나. 아직은."

"지금 협박하는 거요?"

"응, 그럴 수도 있지." 나는 그가 일어날 수 있도록 손을 내민다. "자, 내가 도와주지."

사이먼은 마치 내 손에 똥이라도 놓여 있다는 듯이 바라본다. 나는 미소를 지으며 '알게 뭐야, 씨발' 하는 미치광이 눈으로 그를 바라본다. 사이먼이 뒤로 약간 물러난다.

"난 당신이 변호사로 계속 일할 수 있게 해주려고 왔어, 사이먼."

"당신 누구요?"

"냅 둬마."

이 연극에서 내 의도는 사이먼이 혼란스럽고 어리둥절할 정도로만 겁을 주는 것이다. 이 남자는 매사를 통제하고, 자기가 정해둔 대로 일을 진행하며, 넓은 인맥을 동원해 전화 몇 통으로 문제를 해결하는 데 익숙한 사람이다. 정도를 벗어난 갈등이나 통제할 수 없는 상황에 익숙하지 않다. 잘만 하면 그 점을 이용할 수 있다.

"겨…… 경찰에 전화할 거야."

"그럴 필요 없어." 내가 양팔을 활짝 펴며 말한다. "내가 경찰이야. 뭘 도와줄까?"

"당신이 경찰이라고?"

"그렇다니까."

사이먼의 얼굴이 조금 더 붉어진다. "옷 벗고 싶어?"

"불법 주차 좀 했다고?"

"폭행했잖아."

"차 문으로 친 거? 그건 사고였어. 미안해. 하지만, 좋아, 경찰을 더 부르자고. 당신은 차 문을 연 죄로 내 옷을 벗길 수 있는지 알아봐. 난," 여기서 나는 엄지로 날 가리킨다. "당신의 변호사 자격을 박탈할 수 있는지 알아볼 테니까."

사이먼 프레이저는 여전히 바닥에 쓰러진 상태다. 내가 바짝 붙어서 내려다보고 있는 터라 사실상 내 도움 없이는 일어날 수 없다. 흔한 기 싸움이다. 나는 다시 손을 내민다. 그가 허튼 수작을 부린다면 —이 시점에서 충분히 가능하다—난 상대할 준비가 되어 있다. 사이먼은 내 손을 잡고, 나는 그를 일으킨다.

사이먼 프레이저는 몸에서 흙을 털어내며 "관둡시다"라고 말한다.

그러더니 저쪽으로 걸어가 떨어진 휴대전화를 집어 들고 마치 반려견을 다루듯 흙을 살살 털어낸다. 여기서도 깨진 액정이 보인다. 이제 어느 정도 나와 떨어지자 그가 나를 노려본다.

"내가 입은 손해는 당신이 다 보상해야 해."

나는 그에게 미소 짓는다. "싫은데."

사이먼은 자기 차를 보지만 내 차가 여전히 운전석을 막고 있다. 그가 머릿속으로 계산기를 두드리는 게 보인다. 조수석으로 들어가서 운전석으로 넘어갈 때의 장점과 단점을 계산하고 있으리라.

"내가 묻는 질문에 대답하면 이 일은 우리만의 비밀로 해주지." 내가 말한다.

"대답 안 하면?"

나는 어깨를 으쓱인다. "당신 경력을 끝장 낼 거야."

사이먼이 씩 웃는다. "그게 가능하다고 생각해?"

"장담은 못 하지, 솔직히. 하지만 그렇게 될 때까지 계속할 거야. 난 잃을 게 없어, 사이먼. 당신이," 이 대목에서 나는 손가락을 까딱거려 작은따옴표를 붙인다. "'옷 벗게' 해도 상관없다고. 난 미혼이고 사회적 지위도 없어. 요컨대, 다시 한 번 말하지만 잃을 게 없어."

나는 한 발짝 다가간다.

"반면에 당신에게는, 음, 가족이 있고 지켜야 할 명성이 있고 언론에서," 이번에도 난 손가락을 까딱거린다. "'지역 사회 평판'이라고 부르는 게 있지."

"당신은 날 협박할 수 없어."

"방금 했는데. 아, 그리고 무슨 이유로든 내가 당신 명성에 흠집을 내지 못한다면 언젠가 당신을 찾아가서 두들겨 패기라도 할 거야. 두고 봐. 옛날 방식으로 처리해 주지."

사이먼은 겁에 질려서 날 바라본다.

"내 동생이 죽었어, 사이먼. 동생을 죽인 놈을 알아내야 하는 데 당신이 방해가 된다고." 나는 한 발짝 더 다가간다. "내가 그런 일을 그냥 참을 사람으로 보여?"

사이먼이 헛기침을 한다. "렉스 캔턴 경관이 우리 로펌을 위해 한 일과 연관이 있는 거라면……."

"솔직히 말해서 그래."

"……그렇다면 난 도와줄 수 없어. 이미 설명했듯이 그건 변호사와 의뢰인 간의 면책 특권에 해당되는 일이라고."

"당신이 렉스를 고용해서 시킨 일이 범죄라면 얘기가 다르지."

정적이 흐른다.

"함정 수사라고 들어봤어?"

사이먼은 다시 헛기침을 하지만 이번에는 별로 확신이 없는 듯하다. "무슨 말인지 모르겠군."

"당신은 의뢰인이 소송에서 유리하도록 렉스 캔턴 경관을 고용해 전남편의 명성을 더럽혔어."

사이먼은 변호사 모드로 돌변한다. "첫째, 난 캔턴 경관이 한 일을 그런 식으로 표현하지 않겠어. 둘째, 제삼자로 하여금 상대방의 뒷조사를 시키는 건 불법도 비윤리적인 행위도 아니야."

"렉스 캔턴이 한 일은 뒷조사가 아니야, 사이먼."

"그렇다는 증거가……."

"당연히 있지. 피트 코윅, 랜디 오툴, 닉 바이스. 많이 들어본 이름이지?"

침묵이 흐른다.

"꿀 먹은 벙어리가 됐나, 변호사 양반?"

또다시 침묵이 흐른다.

"놀라운 우연의 일치로 이 세 남자 모두 렉스 캔턴 경관에게 음주 운전으로 체포됐어. 또 놀라운 우연의 일치로 당신은 사건 발생 당시 양육권 소송 중이던 이 남자들의 부인을 법적으로 대변하고 있었고."

나는 씩 웃는다.

"그게 범죄를 저질렀다는 증거는 아니잖아." 사이먼이 가까스로 대꾸한다.

"흠. 언론도 그렇게 생각할까?"

"그런 근거 없는 비방을 언론에 한 마디라도 흘리면……."

"옷 벗기겠다고? 이봐, 이제부터 내가 두 가지 질문을 할 거야. 당신이 솔직하게 대답하면 그걸로 끝이야. '냅 뒤마'라는 짧은 악몽은 끝나는 거지. 하지만 당신이 질문에 대답하지 않으면 난 신문사와 미국 변호사 협회를 찾아갈 거야. 또 내가 아는 사실을 페이스북이든 뭐든 요즘 아이들이 하는 SNS에 다 올릴 거라고. 알겠어?"

사이먼 프레이저는 대답하지 않지만, 축 처진 어깨로 봐서 내 협박이 먹혔음을 알 수 있다.

"자, 첫 번째 질문이야. 렉스가 음주 운전 함정을 꾸밀 때 함께 일했던 여자에 대해 아는 거 있어?"

"없어."

대답이 너무 빠르다.

"남자들에게 술을 많이 먹이려고 렉스가 여자를 고용한 건 알지?"

"남자들이야 술집에서 늘 여자들과 시시덕거리지." 사이먼 프레이저가 어깨를 으쓱이며 평소의 건들거리는 태도를 살짝 되찾는다. "법은 그들이 왜 술을 마시는지에는 관심이 없어. 얼마나 마시는지에만 관심이 있지."

"그래서 그 여자가 누구야?"

"몰라." 사이먼은 진실을 말하는 듯하다. "우리 로펌 쪽에서, 특히 내가 그런 시시콜콜한 사항까지 알고 싶어 할 거라고 생각해?"

아니. 알고 싶어 할 리가 없지만 그래도 물어볼 가치는 있었다. "두 번째 질문."

"마지막 질문이겠지." 사이먼이 대꾸한다.

"렉스 캔턴이 살해된 날 밤에 함정 수사를 하도록 렉스를 고용한 사람이 누구야?"

사이먼 프레이저는 머뭇거리며 곰곰이 생각하고, 나는 기다려 준다. 이제 그의 얼굴은 홍조가 가시고 납빛에 가까워진다.

"캔턴 경관이, 음, 우리 로펌을 위해 일하다가 살해됐다고 귀띔하는 거야?"

"귀띔하는 정도가 아닌데."

"그렇다는 증거가 있나?"

"범인은 애초에 그럴 목적으로 날아왔어. 공항 근처에서 차를 렌트하고, 그 술집으로 가서 렉스와 한패인 여자와 술을 마시면서 취한 척했지. 그리고 렉스가 나타날 때까지 기다렸다가 총으로 쏴서 죽인 거야."

사이먼은 이 말에 깜짝 놀란 듯하다.

"그야말로 범인이 판 함정이었어, 사이먼."

내가 이렇게 주차장에서 기다리다가 협박하는 지경까지 오지 말았어야 했다. 사이먼도 이제야 그 사실을 깨달은 모양이다. 그는 아까 차 문에 부딪혀 엉덩방아를 찧었을 때보다 더 멍한 표정이었다.

"알아보지."

"좋아."

"일단 점심부터 먹고." 사이먼은 그렇게 말하며 손목시계를 본다. "의뢰인과 약속이 있는데 늦었어."

"사이먼?"

그가 날 바라본다.

"점심은 건너뛰고 이름부터 알아내."

모라 생각은 하지 않는다.

거기에는 몇 가지 이유가 있다. 가장 명백한 이유는 당연히 눈앞의 사건에 집중하기 위해서다. 감정은 도움이 안 된다. 내가 이 사건에 매달리는 이유는 당연히 모라와의 개인적 관계 때문이지만, 그로 인해 판단력이 흐려지거나 내 바람 때문에 생각이 꼬여서는 안 된다.

한마디로 그저 모라가 살아 있기를 바랄 뿐이다.

희박하기는 해도 이 모든 일의 타당한 답을 찾아낼 가능성, 그리고 내가 모라와 다시 만날 가능성이 있다. 그 순간을 생각하면 내 마음은 늘 해서는 안 되는 상상을 한다. 그녀와 손을 잡고 오랫동안 산책하고, 이불 속에서 그보다 더 오랜 시간을 보내고, 그다음에는 아이들이 태어나고, 뒷마당 데크에 페인트를 다시 칠하고, 웨스트브리지 어린이 야구단에서 코치를 맡는 미래를 생각한다. 이게 얼마나 실없는 소리인지 나도 안다. 그래서 다른 사람에게는 절대 말하지 않을 것이다. 봤지, 리오? 네가 없으니까 이런 이야기를 할 사람도 없잖아.

죽은 동생에게 말하는 걸로도 모자라서 이런 상상까지 하다니.

우리는 사이먼 프레이저의 사무실에 앉아 있다. 키 큰 여자가 사이먼에게 파일을 건넨다. 파일을 펼친 사이먼의 얼굴에 무언가가 스친다.

"왜 그래?" 내가 묻는다.

"난 지난 한 달간 렉스 캔턴을 고용하지 않았어." 사이먼 프레이저가 고개를 들어 날 바라본다. 안도감에 휩싸인 표정이다. "그날 밤에 렉스를 고용한 게 누군지는 모르겠지만 난 아냐."

"이 로펌의 다른 사람이 고용한 거 아닐까?"

사이먼이 살짝 헛기침을 한다. "그러지는 않았을 거야."

"렉스는 오로지 당신을 위해서만 일했다?"

"그건 잘 모르겠지만 우리 로펌에서는, 음, 내가 시니어 파트너고 가족법을 담당한 유일한 변호사이기 때문에……."

사이먼은 문장을 끝맺지 않지만 난 다음 말을 짐작할 수 있다. 렉스는 '오로지' 사이먼을 위해 일했다. 다른 변호사들은 사이먼 프레이저의 사전 동의 없이 렉스를 고용할 엄두가 나지 않았을 것이다.

그때 내 휴대전화가 울린다. 발신지는 웨스트브리지 경찰서다. 나는 잠시 실례한다고 말하고 옆으로 비켜선다.

"여보세요?"

전화기 반대편에서 오기 아저씨의 목소리가 들린다. "왜 행크를 찾을 수 없었는지 알 것 같다."

CHAPTER

12

이 튼 날 아침 웨스트브리지 경찰서에 가니 오기 아저씨가 질 스티
브스라는 신입 경관과 함께 날 기다리고 있다. 나는 이 경찰서에서
순찰 경관으로 시작해 현재는 카운티와 이 마을을 위해 동시에 일하
는 일종의 혼합형 수사관이다. 아저씨는 날 이쪽 세계로 끌어들였고
또 승진하도록 도와주었다. 난 이 작은 마을의 경찰이자 큰 카운티의
수사관인 현재 내 상태가 좋다. 돈이나 명예에는 눈곱만큼도 관심이
없다. 괜한 겸손이 아니다. 지금의 내 직책에 만족한다. 사건을 해결
하고 공로는 다른 사람에게 넘긴다. 더 승진하거나 좌천되고 싶지도
않다. 대개 혼자서 일하고, 많은 사람을 빨아들이는 정치 싸움에는
끼어들지 않는다.

지금이 딱 좋다.

웨스트브리지 경찰서는 올드 웨스트브리지가 중앙에 있는 오래된
은행이다. 8년 전, 노스 엘름가에 첨단 기술을 도입한 새 경찰서를 지

었는데 폭풍우가 휘몰아치면서 침수되고 말았다. 수리 기간 동안 달리 갈 곳이 없어서 경찰은 한때 잘나갔던 웨스트브리지 저축은행 건물을 임대했다. 1924년에 그레코로만 양식으로 지어진 건물인데 대리석 바닥과 높은 천장, 짙은 갈색 참나무로 만든 은행 창구 같은 기본 구조는 그대로 두고 구식 금고는 유치장으로 사용한다. 의회에서는 경찰이 다시 노스 엘름가에 있는 경찰서로 이전해야 한다고 주장하지만 8년이 지난 지금까지 그 건물은 수리를 시작하지도 않았다.

우리는 예전에 은행장실이던, 2층에 있는 오기 아저씨의 사무실에 앉아 있다. 아저씨의 뒤쪽 벽에는 아무것도 없다. 그림도, 깃발도, 경찰 서장실이면 꼭 있기 마련인 상장이나 학위, 표창장도 없다. 책상에 사진도 없다. 외부인에게는 아저씨가 곧 다가올 퇴직을 대비해 짐을 반쯤 치워둔 걸로 보일 테지만 이 사무실은 원래 그렇다. 상장과 표창장은 자랑이고, 그림은 의도치 않게 자기 취향을 공유하게 된다. 사진은…… 음, 아저씨는 가족이 있을 때도 책상에 사진을 두지 않았다.

오기 아저씨는 책상 뒤에, 질은 노트북과 파일을 든 채 내 오른쪽에 앉아 있다.

"3주 전에 행크가 고소하려고 경찰서에 왔다는군. 여기 있는 질이 진술을 받았대." 아저씨가 말한다.

우리는 질을 바라본다. 그녀는 헛기침을 하더니 파일을 펼친다. "고소인은 경찰서에 도착했을 때 매우 흥분한 상태였습니다."

"질?"

오기가 부르자 그녀가 고개를 든다.

"형식적인 얘기는 건너뛰지. 여긴 격식 없는 자리니까."

질은 고개를 끄덕이고는 파일을 덮는다. "저도 행크를 자주 봤습니다. 우리 마을에서 행크는 유명하죠. 그래도 혹시 몰라서 기록을 뒤져 봤는데 행크는 이 경찰서에 한 번도 온 적이 없더군요. 음, 정정해야겠네요. 그러니까 자발적으로 온 적은 없었다고요. 행크가 난리를 칠 때 여기로 데려와서 서너 시간 잡아둔 적은 있었어요. 진정될 때까지요. 유치장에 가두지는 않고 그냥 아래층에 있는 의자에 앉아 있게 했더군요. 그러니까 본인이 누군가를 고소하려고 경찰서에 온 적은 처음이었습니다."

나는 빨리 본론으로 넘어가려고 질문을 던진다. "흥분한 상태였다고 했나?"

"전에도 행크가 소리 지르는 모습을 본 적이 있기 때문에 처음에는 그저 맞장구를 쳐줬습니다. 감정을 분출하고 나면 진정될 거라고 생각했거든요. 하지만 아니었어요. 행크는 사람들이 자기를 협박한다고, 자기에게 욕을 한다고 했습니다."

"무슨 욕?"

"정확히 말하지는 않았어요. 하지만 정말로 겁에 질린 듯했습니다. 사람들이 자기에 대한 거짓 소문을 퍼뜨린다고 했어요. 그러다가 간혹 선생님 같은 이상한 어조로 명예 훼손이 어떻고 중상모략이 어떻고 떠들어 댔죠. 마치 자기 스스로를 변호하는 변호사라도 되는 것처럼요. 모든 게 다 괴상했어요. 그러더니 제게 이 동영상을 보여주더군요."

질은 내 쪽으로 의자를 살짝 잡아당기더니 노트북을 연다.

"행크가 말을 제대로 하기까지 시간이 좀 걸렸지만 결국에는 이걸 보여줬죠." 질이 내게 노트북을 건넨다. 페이스북 계정에 화면이 정지된 동영상 하나가 올라와 있다. 무슨 화면인지는 잘 모르겠다. 나무에 달린 초록색 이파리들로 봐서 숲인 듯하다. 화면 위쪽을 봤더니 동영상이 올라온 웹사이트 이름이 적혀 있다.

"변태 망신 주기?" 내가 큰 소리로 읽는다.

"인터넷이잖니." 마치 그걸로 모두 설명된다는 듯이 아저씨는 그렇게 말하더니 의자에 등을 기대며 배 위에서 두 손을 깍지 낀다.

질이 재생 버튼을 누른다.

동영상은 흔들리는 화면으로 시작한다. 길고 좁은 데다 양쪽이 흐릿한 걸로 봐서 휴대전화를 세로로 들고 찍었다. 멀찍이 야구장 포수석 뒤에 홀로 서 있는 남자가 보인다.

"슬론 파크예요." 질이 말한다.

나도 이미 알아차렸다. 슬론 파크는 벤저민 프랭클린 중학교 옆에 있는 야구장이다.

화면이 흔들리더니 한 남자를 줌인한다. 그 남자는 당연히 행크다. 노숙자 같은 차림새로 면도도 하지 않았고, 헐렁한 청바지는 거의 하얀색이 될 정도로 물이 빠졌다. 단추를 채우지 않은 체크 셔츠 안에, 한때 하얀색이었으나 좀이 슬어(제발 그랬기를) 구멍이 뚫린 러닝셔츠가 보인다.

1, 2초 동안은 아무 일도 일어나지 않는다. 이윽고 카메라의 흔들림이 멎고 화면에 초점이 잡히더니 이 화면을 찍는 사람으로 추정되는 여자가 속삭인다. "저 더러운 변태가 내 딸 앞에서 성기를 노출했어요."

나는 오기 아저씨를 힐끗 본다. 아저씨는 무덤덤한 표정이다. 나는 다시 화면을 바라본다.

화면이 상하로 흔들리며 행크가 점점 커지는 것으로 보아 동영상을 찍는 여자가 행크에게 다가가는 모양이다.

"여기서 뭐 하는 거예요? 대체 무슨 짓을 하는 거죠?" 여자가 소리 친다.

행크 스트라우드는 이제 여자를 발견하고 눈이 휘둥그레진다.

"왜 아이들 앞에서 성기 노출을 해요?"

행크의 눈동자는 내려앉을 곳을 찾는 겁먹은 새처럼 이리저리 빠르게 움직인다.

"당신 같은 변태들이 우리 마을을 위험에 빠뜨리는데 대체 경찰은 뭘 하는 거죠?"

순간적으로 행크가 양손을 들어 눈을 가린다. 마치 보이지 않는 환한 빛에 눈이 부시다는 듯이.

"대답해요!"

행크가 잽싸게 도망친다.

카메라가 그를 쫓아간다. 바지가 흘러내리자 행크는 한 손으로 바지를 붙잡은 채 계속 숲으로 달려간다.

"이 변태에 대해 아는 게 있으면 댓글을 달아주세요. 우리는 아이들을 안전히 지켜야 합니다!" 동영상을 찍는 여자가 말한다.

화면은 거기서 끝난다.

나는 아저씨를 올려다본다. "전에도 행크 일로 항의한 사람이 있었나요?"

"사람들은 늘 행크 일로 항의하지."

"성기 노출 때문에요?"

아저씨가 고개를 젓는다. "그냥 행크가 지저분한 차림새로 마을을 돌아다니고, 냄새를 풍기고, 혼잣말을 하는 게 싫다는 불만이야. 너도 잘 알잖니."

나도 알고 있다. "하지만 성기 노출을 한다고 항의한 사람은 없었잖 아요."

"없었지." 아저씨가 턱으로 노트북을 가리킨다. "동영상 밑에 적힌 조회 수를 봐라."

나는 입이 딱 벌어진다. 조회 수가 무려 3,789,452회다. "와."

"SNS로 순식간에 퍼졌어요." 질이 말한다. "행크는 동영상이 올라온 다음 날 경찰서에 왔는데, 그때도 조회수가 이미 50만이었죠."

"행크가 원하는 게 뭐였지?" 내가 질에게 묻는다.

질은 입을 벌리고 그 질문을 생각하더니 입을 다문다. "그냥 무섭다고 했어요."

"경찰이 신변 보호를 해주기를 바랐나?"

"네, 그런 거 같아요."

"그래서 자넨 뭘 했지?"

아저씨가 날 말린다. "냅."

질이 자세를 바꾼다. "제가 뭘 하겠어요? 행크가 하는 말은 너무 애매모호했어요. 그래서 확실하게 협박을 받으면 다시 오라고 했죠."

"동영상을 누가 올렸는지 조사했나?"

"어, 아뇨." 질은 눈을 휘둥그렇게 뜨고 오기 아저씨를 바라본다.

"전 서장님께 보고서를 제출했습니다. 제가 조사를 더 했어야 하나요,
서장님?"

"아니, 잘했네, 질. 여기서부터는 내가 맡지. 노트북 두고 나가게.
고맙네."

질이 날 바라본다. 마치 그녀에게는 아무 잘못이 없다고 인정하는
식의 말을 내가 해줘야 한다는 듯이. 그 사건을 처리한 질의 방식을
비난하는 건 아니지만 그렇다고 그녀의 마음을 가볍게 해주고 싶은
생각도 없다. 그래서 난 질이 나가는 동안 침묵을 지킨다. 단둘이 남
게 되자 아저씨가 얼굴을 찡그린다.

"저 애는 신입이야. 작작 좀 해라."

"저 동영상을 찍은 사람은 행크가 중범죄를 저질렀다고 비난하고
있어요."

"그럼 날 탓하거라." 아저씨가 말한다.

나는 얼굴을 찡그리고 쓸데없는 말 말라는 듯이 손을 흔든다.

"내가 서장이야. 부하 직원이 내게 보고서를 제출했고, 난 그걸 좀
더 잘 살펴봤어야 했다. 누군가를 탓하고 싶니? 그럼 날 탓해."

그 말이 맞든 틀리든, 그건 내가 하려는 바가 아니다. "전 아무도 탓
하지 않아요."

나는 재생 버튼을 누르고 동영상을 한 번 더 본다. 그리고 세 번째
로 다시 본 뒤에 말한다.

"바지가 좀 헐렁하긴 하네요."

"바지가 흘러내렸을까?"

그럴 리 없다. 아저씨도 그렇지 않다는 걸 알고 있다.

"그 아래 댓글들 좀 읽어보렴." 아저씨가 말한다.

나는 스크롤을 아래로 내린다. "댓글이 5만 개가 넘는데 어떻게 읽어요."

"'베스트 댓글'을 누르고 몇 개만 읽어봐."

나는 아저씨 말대로 한다. 그리고 댓글을 읽을 때면 늘 그렇듯 인간에 대한 믿음이 곤두박질친다.

누가 녹슨 못으로 저 새끼 좀 거세했으면…….

저 변태를 사슬로 내 트럭 뒤에 매달아 질질 끌고 다니고 싶네…….

이거야말로 미국의 오점이다. 왜 저런 소.아.성.애.자.가 활개를 치고 다니는지…….

저 새끼 이름은 행크 스트라우드다! 웨스트브리지 스타벅스 주차장에서 오줌 싸는 거 봤다…….

왜 저런 변태 성욕자를 감옥에 처넣는 데 내 세금을 낭비해야 하지? 저런 놈은 어디 으슥한 곳으로 데려가서 개 패듯이 패야 해…….

저 새끼가 우리 집 앞마당을 지나가면 좋으련만. 새로 산 라이플을 어서 시험해 보고 싶다고…….

누가 저 새끼 바지 내리고 허리 숙이게 한 다음 뒤에서 박아라…….

감이 잡힐 것이다. 대부분의 댓글이 '누가 저 새끼 좀 ……해라'의 형태로 토르케마다(엄한 판결과 잔혹한 처벌로 유명한 스페인의 초대 종교 재판장―옮긴이)가 부러워할 정도로 기발하게 역겨운 고문 방법을 잔뜩 제시한다.

"대단하지?" 아저씨가 말한다.

"행크를 찾아야 해요."

"주 전체에 수배령을 내리마."

"행크의 아버지를 찾아가야 할지도 몰라요."

"톰?" 아저씨는 놀란 표정이다. "톰 스트라우드는 오래전에 이 마을을 떠났어."

"돌아왔다는 소문이 있던데요."

"정말이냐?"

"크로스 크리크 포인트 아파트에 있는 행크 어머니의 집에서 산다고 들었어요."

"흠."

"흠, 뭐요?"

"예전에 우린 꽤 친했단다. 톰과 나 말이야. 이혼 후에 톰은 와이오밍주로 이사 갔어. 샤이엔으로 말이다. 나랑 친구 두어 명이, 그러니까 틀림없이 20년 전일 거다, 샤이엔으로 찾아가서 톰과 함께 제물낚시 여행을 갔지."

"마지막으로 본 게 언제예요?"

"그 낚시 여행이었어. 너도 알잖니. 그렇게 멀리 떠나버리면 연락이 끊기기 마련이지."

"그래도요. 두 분이 꽤 친했다면서요."

나는 아저씨를 바라본다. 오기 아저씨는 그 말이 무슨 뜻인지 알고서 경찰서 1층을 내려다본다. 한가하다. 늘 그렇듯이.

"알았다." 아저씨는 한숨을 쉬며 그렇게 말하고는 문 쪽으로 걸어간다. "운전은 네가 하거라."

CHAPTER
13

몇 분간 차 안에는 정적이 감돈다.

나는 아저씨에게 무언가를 말하고 싶다. 아저씨가 그토록 애써서 덮으려고 한 일을 파헤쳐서 미안하다고 사과하고 싶다. 지금 당장 차를 돌려서 아저씨를 다시 경찰서에 내려주겠다고, 이 일은 전적으로 나 혼자 처리할 수 있다고 말하고 싶다. 내가 다이애나에 대해 한 말은 다 잊어버리고 이본느에게 전화해서 다시 만나보라고 말하고 싶다.

하지만 난 말하지 않는다.

대신 이렇게 말한다. "이제 제 가설은 앞뒤가 맞지 않아요."

"왜?"

"이 모든 일이 리오와 다이애나의 죽음과 연관이 있다는 게 제 가설이었어요. 가설이나 되는지 모르겠지만요."

시야 가장자리로 아저씨가 한풀 꺾이는 모습이 보인다. 나는 이야기를 계속한다.

"전 이 일이 음모론 클럽과 연관이 있을 거라고 생각했어요. 그 클럽의 회원으로 추정되는 여섯 명 중에서 리오와 다이애나……."

"다이애나가 회원인지는 확실치 않아." 아저씨가 퉁명스럽게 대꾸하고, 나로서는 그러는 아저씨가 충분히 이해된다. "앨범 속 사진에서도 그 우스꽝스러운 핀을 꽂고 있지 않았고."

"맞아요." 나는 조심스럽게 천천히 말한다. "그래서 '회원으로 추정되는'이라고 말한 거예요."

"알겠다."

"듣기 싫으시면……."

"그냥 네 가설이 뭐가 잘못됐는지만 말해줄래, 냅? 부탁이다."

나는 고개를 끄덕인다. 나이를 먹어가면서 아저씨와 나는 점점 동등한 관계가 되었지만 그래도 아저씨는 여전히 내 멘토다. 나는 다시 말한다. "회원으로 추정되는 여섯 명 중 리오와 다이애나는……."

"죽었지." 아저씨가 내 말을 자른다. "렉스도 그렇고. 남은 사람은 렉스의 살해 현장에 있던 모라와 서부에 산다는 그 심장 전문의……."

"베스 플레처, 결혼 전 성은 래슐리요."

"그리고 행크지." 아저씨가 말한다.

"행크가 문제예요."

"왜?"

"3주 전, 그러니까 렉스가 살해되기 전에 누가 행크의 동영상을 찍어서 올렸어요. 그 후에 행크는 실종됐고 렉스는 살해됐죠. 두 사건 간의 연관성이 보이지 않아요. 동영상을 올린 사람이 누구든 간에, 아마 학부모가 무턱대고 올렸겠죠, 그 사건이 나이키 기지나 음모론 클럽과 연결됐을 리는 없으니까요. 그렇죠?"

"그럴 것 같구나." 오기 아저씨가 오른손으로 턱을 문지른다. "내 의견을 말해도 될까?"

"말씀하세요."

"넌 이 일에 지나친 관심을 보이고 있어, 냅."

"아저씨는 지나치게 관심을 덜 보이고 있고요." 나는 반박한다. 아저씨에게 저런 말을 하다니 바보 같다.

아저씨는 화를 내며 내게 퍼부을 것이고, 나는 그런 대접을 받아 마땅하다. 그러나 예상과 달리 오기 아저씨는 큭큭 웃으며 이렇게 말한다. "너 아닌 다른 사람이 그렇게 말했다면 주먹으로 주둥이를 날렸을 거다."

"주제넘은 말이었어요. 죄송합니다."

"난 안다, 냅. 넌 모를지라도."

"무슨 말씀이세요?"

"네가 이 일에 매달리는 건 단지 리오와 다이애나 때문이 아니야. 모라 때문이지."

나는 뜨끔해서 가만히 앉아 있는다.

"모라가 도망치지 않았다면 넌 리오의 죽음을 잊을 수 있었을 거다. 물론 의문은 남았겠지, 나처럼. 하지만 너와 나에게는 다른 점이 있어. 우리가 어떤 답을 찾아내든, 설사 그로 인해 리오와 다이애나의 죽음에 대해 우리가 알고 있던 사실이 바뀐다 해도 내 인생은 달라지지 않아. 우리 딸의 주검은 여전히 그 묘지에서 썩어갈 거야. 하지만 너," 아저씨의 목소리에서 깊은 슬픔이 느껴진다. 아마도 날 향한 연민이리라. "너에게는 모라가 있어."

우리가 탄 차가 아파트 정문을 통과한다. 나는 아저씨의 말을 떨쳐 버리고 현재에 집중한다. 정신을 모은다.

사람들은 부동산 개발차 지어진 이런 아파트를 비웃곤 한다. 마음이 평온해질 정도로 똑같은 구조, 몰개성, 날림 공사, 지나치게 인위적인 풍경 때문이다. 하지만 난 성인이 된 후로 아파트에 사는 것을 계속 고려해 왔다. 매달 관리비만 내고 바깥일은 전혀 안 해도 된다는 점이 내게는 매력적이다. 나는 잔디 깎기를 싫어한다. 정원을 가꾸거나, 바비큐를 구워 먹거나, 집주인의 전형적인 통과의례에 해당되는 어떤 활동도 좋아하지 않는다. 내 집의 외관이 이웃집과 똑같아 보인다고 해도 전혀 상관없다. 나는 어릴 때부터 살았던 지금 집에도 별다른 애정이 없다.

내가 어디로 가든 리오는 날 따라올 것이다.

그런데도 왜 난 이사하지 않았을까?

정신과 의사가 이 사실을 알았다면 신나서 연구했을 테지만 내 대답은 그리 심오하지 않다. 아마 그 집에서 계속 사는 편이 더 쉬워서였으리라. 이사는 힘들다. 뉴턴의 운동 법칙대로다. 외부에서 가해지는 힘이 없을 때 물체는 현 상태를 유지한다. 그게 진짜 이유라고는 생각하지 않지만, 그나마 가장 그럴듯한 해석이다.

아파트 경비원은 야경봉 하나 없이 비무장 상태다. 나는 차에 탄 채 배지를 보여주며 톰 스트라우드 씨를 만나러 왔다고 말한다.

경비원은 배지를 열심히 보더니 다시 내게 건네준다. "스트라우드 씨도 두 분이 오는 걸 알고 계시나요?"

"아뇨."

"그럼 전화해서 손님이 왔다고 알려드려도 될까요? 그게 여기 규정이라서요."

나는 아저씨를 돌아보고, 아저씨는 고개를 끄덕인다. 나는 그렇게 하라고 말한다.

경비는 전화를 걸더니 통화를 마치고 우리에게 가는 길을 알려준다. 테니스장을 지나 두 번째 갈림길에서 왼쪽으로 돌아가라고. 그러고는 앞 유리창에 주차권을 붙여준다. 나는 고맙다고 인사한 뒤 차를 몰아 안으로 들어간다.

내가 주차하는 동안 톰 스트라우드는 열린 현관문 옆에 서 있다. 아버지에게서 아들의 모습이 보이니 기분이 이상하다. 저 남자가 행크의 아버지라는 사실에는 의심의 여지가 없지만, 두 사람은 기묘한 방식으로 닮았다. 스트라우드 씨는 당연히 행크보다 나이가 많지만 옷을 잘 차려입었고, 면도도 했고, 전반적으로 말쑥하다. 행크의 머리카락은 마치 과학 실험을 하다가 폭발 사고라도 있었던 듯이 삐죽삐죽 솟아 있다. 반면 스트라우드 씨는 희끗희끗한 머리카락을 뒤로 넘겨 한 치의 흐트러짐도 없이 완벽하게 가르마를 탔다.

우리가 차 문을 열고 내리는 동안 스트라우드 씨는 양손을 맞잡은 채 안절부절못하면서 눈을 약간 휘둥그렇게 뜨고 있다. 나는 오기 아저씨를 흘깃 본다. 아저씨도 알아차린 듯하다. 스트라우드 씨는 우리가 나쁜 소식, 최악의 소식을 들려주러 왔다고 생각하는 것이다. 물론 우리 둘 다 그런 소식을 전해준 경험이 있고, 받아본 경험도 있다.

스트라우드 씨가 비틀거리며 한 발짝 내딛는다. "오기?"

"행크가 어디 있는지 알 수가 없어서 왔네." 아저씨가 말한다.

아들이 죽지 않았다는 걸 알게 된 그의 얼굴에 안도감이 흘러넘친다. 스트라우드 씨는 내게 눈길도 주지 않은 채 아저씨에게 다가간다. 그리고 양팔을 벌려 옛 친구를 껴안는다. 아저씨는 고통스러워서 움찔거리듯 잠시 머뭇거리다가 긴장을 풀고 친구를 껴안는다.

"다시 만나서 반갑네, 오기."

"나도 그래, 톰."

포옹이 끝나자 오기 아저씨가 묻는다. "행크가 어디 있는지 아나?"

스트라우드 씨가 고개를 저으며 말한다. "잠깐 들어오게나."

스트라우드 씨는 프렌치 프레스로 커피를 내린다.

"도리스는 캡슐 커피 머신을 좋아했지만 난 그걸로 내린 커피를 마시면 플라스틱 맛이 나는 것 같더라고." 그는 내게, 그다음에는 오기 아저씨에게 커피를 건넨다. 한 모금 마셔보니 맛이 기가 막히다. 아니면 내 친불 주의 성향이 다시 발휘된 것일 수도 있고. 아저씨와 나는 작은 주방에 놓인 스툴에 앉아 있고, 스트라우드 씨는 계속 서서 이 건물과 똑같이 생긴 건물을 마주 보는 창문을 내다본다.

"도리스와 난 행크가 열 살 때 이혼했네. 우리 둘, 도리스와 나는 열다섯 살 때부터 사귀었어. 너무 어렸지. 대학을 졸업하기도 전에 결혼했고, 결국 난 아버지 밑에서 일하게 됐네. 아버지는 목재 화물 운반대에 쓰이는 못과 스테이플러 심을 제작했어. 내가 어릴 때 아버지 공장은 뉴어크에 있었는데 폭동이 일어나면서 해외로 이전했지. 내 업무는 세상에서 가장 지겨운 일이었어. 적어도 그때는 그렇게 생각했네."

나는 오기 아저씨를 바라본다. 못 말린다는 듯이 눈을 치뜰 거라는 예상과 달리 아저씨는 스트라우드 씨가 계속 떠들게 하려고 열심히 듣는 척하거나, 정말로 옛 친구의 이야기에 귀를 기울이고 있다.

"어쨌든 30대의 나는 내가 하는 일이 싫었고, 공장의 재정 상태도 좋지 않았어. 활짝 펴보지도 못하고 지는 기분이었지. 불행했고…… 모든 게 내 탓이었네. 이혼 말이야. 한계에 도달해서 마음이 식으면 그 후로는 계속 멀어질 뿐이지. 도리스와 난 싸웠고, 서로를 미워하기 시작했어. '배은망덕한' 내 아들 행크도 날 미워했지. 그러니 그 두 사람이 어떻게 되든 알 게 뭔가. 난 멀리 떠났네. 새로운 도시에서 뒷마당에 사격장이 있는 낚시 용품 가게를 열었지. 행크를 보려고 서너 번 이곳으로 돌아오기도 했지만 그 녀석은 날 봐도 그저 뚱한 표정이었어. 눈엣가시였지. 그러니 굳이 만나러 올 필요도 없었네. 난 재혼했지만 오래가지 못했어. 그 여자는 날 떠났고, 이번에는 자식도 없으니 이혼은 식은 죽 먹기였지. 사실 우리 둘 다 백년해로하리라고는 생각한 적……."

스트라우드 씨가 말끝을 흐린다.

"톰?"

"말하게, 오기."

"그런데 왜 돌아왔나?"

"난 샤이엔에서 살았네. 내가 하고 싶은 일을 하면서 말이야. 그런데 도리스가 전화해서 암에 걸렸다고 하더군."

이제 스트라우드 씨의 눈에 눈물이 고인다. 나는 오기 아저씨를 바라본다. 아저씨의 눈에도 눈물이 고일 듯하다.

"난 가장 빠른 비행 편으로 이곳에 돌아왔네. 그 후로 도리스와 한 번도 싸우지 않았어. 과거 얘기는 하지 않았고, 지난 일을 파헤치지도 않았지. 심지어 내가 왜 돌아왔는지도 이야기하지 않았네. 난 그냥 다시 여기로 들어와서 살았어. 이해가 안 갈 거야."

"이해가 되네." 오기 아저씨가 말한다.

스트라우드 씨는 고개를 젓는다. "너무 낭비하면서 살았어. 평생을."

잠시 침묵이 흐른다. 나는 다음 이야기를 듣고 싶지만 지금은 내가 나설 때가 아니다.

"우리는 건강한 6개월과 별로 건강하지 못한 6개월을 보냈네. '좋은' 시기라거나 '나쁜' 시기였다고 말하고 싶지는 않아. 옳은 일만 한다면 다 좋은 시기니까. 무슨 말인지 알지?"

"그럼. 알다마다." 아저씨가 말한다.

"난 행크에게 도리스의 임종을 지키게 했네. 우리 둘 다 그녀의 곁에 있었지."

오기 아저씨가 자세를 고쳐 앉는다. 나는 꼼짝하지 않는다. 마침내 스트라우드 씨가 창밖에서 시선을 거둔다.

"자네에게 연락했어야 했어, 오기."

오기 아저씨는 고개를 젓는다.

"연락하고 싶었네. 정말이야. 연락하려고 했는데……."

"설명할 필요 없네, 톰." 아저씨는 헛기침을 한다. "행크가 이 집에 온 적 있나?"

"응, 가끔씩. 원래 이 집을 팔 생각이었네. 그 돈을 행크 명의의 신탁 계좌에 넣어주려고 했지만 이 집이 행크에게 안정감 비슷한 걸 주는 듯하더군. 나는 그 애를 돕고 싶네. 가끔은…… 가끔은 행크도 멀쩡해. 그래서 더 힘들어하는 것 같아. 자신이 살 수도 있던 삶을 슬쩍 보고는 곧바로 빼앗기니 말이야."

스트라우드 씨가 처음으로 내게 눈을 돌린다. "자넨 행크의 동창인가?"

"그렇습니다, 네."

"그럼 이미 알고 있겠군. 행크는 아파."

나는 고개를 살짝 끄덕여 보인다.

"사람들은 그게 병인 줄 모르고 행크가 달라지길 바라네. 그런 증상을 극복하거나 거기서 벗어나거나 하는 식으로 말이야. 하지만 그건 두 다리가 부러진 사람에게 들판을 가로질러 전력 질주하기를 바라는 것과 같지. 불가능한 일이야."

"행크를 마지막으로 본 게 언제인가요?" 내가 묻는다.

"서너 주 전일세. 하지만 원래 규칙적으로 찾아오진 않았어."

"그래서 행크가 안 오는데도 걱정하지 않으셨나요?"

그 말에 스트라우드 씨가 헛기침을 한다. "걱정되기도 하고, 아니기도 했네."

"무슨 뜻이죠?"

"무슨 뜻이냐 하면, 걱정된다고 해도 달리 어쩔 도리가 없었다는 뜻일세. 행크는 성인이네. 우리 집에 자주 오는 것도 아니고. 설사 내가 경찰에 신고한다고 해도 자네들이 찾아줬을까?"

굳이 대답할 필요도 없다. 답은 뻔하다.

"행크가 동영상을 보여주던가요? 야구장에 있는 행크를 누가 촬영한 동영상 말입니다."

"동영상?"

나는 휴대전화를 꺼내 동영상을 재생한다.

재생이 다 끝나자 스트라우드 씨가 손으로 이마를 짚는다. "맙소사……. 이걸 누가 올렸나?"

"저희도 모릅니다."

"저기, 내가…… 모르겠네……. 내가 행크를 찾는 실종자 신고 같은 걸 할 수 있나?"

"할 수 있습니다." 내가 대답한다.

"그럼 신고하겠네. 오기?"

아저씨가 고개를 들어 스트라우드 씨를 바라본다.

"내 아들을 찾아주게."

아저씨는 머리를 천천히 끄덕인다. "최선을 다하겠네."

우리가 떠나기 전에 스트라우드 씨는 전 부인이 행크를 위해 마련해 둔 방으로 우리를 안내한다.

"행크는 절대 이 집에서 지내지 않아. 내가 돌아온 후로는 이 방에 들어간 적도 없을 거야."

문이 열리자 퀴퀴한 냄새가 풍긴다. 우리는 방에 들어가 맞은편 벽을 바라보고, 나는 몸을 돌려 오기 아저씨의 반응을 살핀다.

그 벽은 흑백 사진과 신문 기사 스크랩, 한창 사용 중일 당시의 나이키 미사일 기지를 하늘에서 찍은 사진들로 뒤덮여 있다. 대부분 옛

날 자료들로 사진은 모퉁이가 말려 있고, 신문 스크랩은 담배 얼룩이 진 이처럼 누렇게 바랬다. 나는 최근 기사 혹은 인터넷에서 못 본 자료가 있는지 훑어보지만 특별한 것은 보이지 않는다.

우리가 벽을 바라보는 것을 알아차리고 스트라우드 씨가 말한다. "그래, 행크는 저 오래된 군사 기지에 꽤 집착했던 것 같아."

나는 다시 한 번 오기 아저씨를 바라보지만, 이번에도 아저씨는 아무 반응도 보이지 않는다.

"행크가 한 번이라도 이 기지에 대해 얘기한 적이 있나요?" 내가 묻는다.

"무슨 얘기?"

나는 어깨를 으쓱인다. "아무거나요."

"다 말이 안 되는 소리였어."

"그러니까 그 말이 안 되는 소리가 뭐였나요?"

스트라우드 씨가 오기 아저씨를 바라본다. "자넨 이 기지가 그 일과 연관이……."

"아니." 오기 아저씨가 말한다.

스트라우드 씨가 날 돌아본다. "행크는 그저 그 기지에 대해 큰 소리로 떠들어 댔네. 자네도 잘 알 거야. 거기서 비밀스런 일이 벌어지고 있다, 그들은 악마다, 인간 정신을 실험하고 있다, 이런 소리지." 스트라우드 씨의 얼굴에 슬픈 미소가 번진다. "웃기는 일이야."

"뭐가요?" 내가 묻는다.

"음, 웃기다기보다는 역설적이지. 아까 말했듯이 행크는 저 기지에 정말로 집착했네. 어릴 때부터 말이야."

스트라우드 씨는 잠시 머뭇거리고, 오기 아저씨와 나는 침묵을 지킨다.

"어쨌든 도리스는 행크의 말이 맞을지도 모른다고 농담하곤 했네. 정말 저 기지에 아무도 모르는 실험실이 있고, 거기서 이상한 실험을 했을지도 모른다고. 어쩌면 어느 저녁에 기지 근처를 걸어가던 어린 행크가 나쁜 놈들에게 붙잡혔고, 그들이 뇌에 뭔가 이상한 짓을 하는 바람에 지금 행크가 저렇게 됐을지 모른다고 말일세."

방 안에 정적이 흐르고, 스트라우드 씨는 웃어넘기려고 한다.

"도리스는 그저 농담으로 한 말이었네. 씁쓸한 농담이었지. 자식에게 그런 일이 생기면 지푸라기라도 붙잡고 싶은 심정이니까. 안 그런가?"

CHAPTER

14

데 버 라 케런 교장은 임신 중이다.

임신을 알아차리는 건 무례한 짓이지만, 그녀는 어디로 보나 자그마한 몸집에 배만 불룩 튀어나왔다. 게다가 오렌지색 옷을 입고 있는데, 일부러 호박처럼 보이려고 작정하지 않고서야 왜 저렇게 입었는지 알 수 없다. 케런은 의자 양쪽을 잡은 다음 약간 힘겹게 몸을 일으킨다. 난 일어날 필요 없다고 말하지만 그녀는 벌써 반쯤 일어난 터라 가속도를 멈추고 다시 의자에 안전하게 앉히려면 기중기와 인부들을 대동해야 할 듯하다.

"8개월째예요. 요즘에는 다들 '임신하셨어요?'라고 물어보면 실례거나 큰일 난다고 생각하길래 미리 말해주는 거예요."

"잠깐만요, 임신하셨어요?" 내가 묻는다.

케런이 반쯤 미소 짓는다. "아뇨, 볼링공을 삼켰어요."

"전 비치볼인 줄 알았는데."

166

"재미있는 분이시네요, 냅."

"첫 아이인가요?"

"네."

"잘됐네요. 축하합니다."

"고마워요." 케런이 내 쪽으로 다가온다. "저한테 마법이라도 거셨나요?"

"제가 어쨌길래요?"

"어찌나 입담이 좋으신지 이미 임신하지 않았으면 지금 임신할 판이에요. 그래, 뭘 도와드릴까요, 냅?"

우린 서로 잘 아는 사이는 아니지만 같은 웨스트브리지 출신이고, 학교 교장과 경찰은 잦은 마을 모임에서 마주칠 수밖에 없는 사이다. 케런 교장은 기우뚱거리며 복도를 걸어가기 시작한다. 나는 나도 모르게 그녀의 걸음을 흉내 내려는 걸 참으면서 함께 걷는다. 복도는 수업 중인 학교의 복도가 그렇듯이 적막하다. 여기는 우리가 다닐 때와 별로 달라지지 않았어, 리오. 딱딱한 타일이 깔린 바닥, 복도 양쪽에 늘어선 사물함, 딕슨 연필의 그 노란색으로 칠해진 벽. 가장 큰 변화는, 사실 변화도 아니지만, 원근감이야. 나이를 먹으면 학교가 더 작아 보인다고들 하는데 사실이더라. 옛 기억이 떠오르지 못하게 하는 것도 바로 그 원근감일 거야.

"행크 스트라우드 일로 찾아왔습니다." 내가 그녀에게 말한다.

"재미있네요."

"뭐가요?"

"당신도 알겠지만 학부모들은 늘 행크에게 불만이거든요."

나는 고개를 끄덕인다.

"하지만 요 몇 주 동안은 행크를 못 봤어요. 그 동영상 때문에 무서워서 숨었나 봐요."

"그 동영상을 아십니까?"

"우리 학교에서 일어나는 일은 다 알려고 노력하죠." 그녀는 교실 문에 달린 작은 사각형 유리창 안쪽을 들여다보고, 다음 문으로 이동해 또 유리창 안쪽을 들여다본다. "하지만 그와 별개로 그 동영상은 미국 사람 절반이 알고 있을걸요?"

"행크가 성기 노출을 하는 걸 본 적이 있습니까?"

"봤다면 경찰에 신고하지 않았겠어요?"

"그러니까 안 봤다는 뜻이군요."

"안 봤다는 뜻이죠."

"행크가 그런 짓을 했을 거라고 생각하십니까?"

"성기 노출요?"

"네."

우리는 계속 걷는다. 케런은 다른 교실을 들여다보다가 교실에 있는 누군가와 눈이 마주쳤는지 손을 흔든다. "행크를 생각하면 두 가지 마음이 들어요." 한 학생이 모퉁이를 돌아서 나오다가 우리를 보더니 우뚝 멈춰 선다. 케런 교장이 묻는다. "어디 가니, 캐시?"

캐시의 시선이 우리를 피해 사방으로 떠돈다. "교장 선생님을 만나러 가는 길이었어요."

"알았다. 교장실에서 기다리렴. 곧 갈게."

캐시는 주눅 든 하인처럼 발을 질질 끌며 우리를 지나간다. 나는 케런을 바라보지만 이건 내가 상관할 일이 아니다. 그녀는 벌써 다시 걷고 있다.

"행크를 생각하면 두 가지 마음이 든다고 하셨습니다." 다시 본론으로 돌아가기 위해 내가 말한다.

"저쪽 공용지는 일반인에게 개방되어 있어요." 케런이 말한다. "법적으로 그렇게 정해졌죠. 행크도 다른 사람 못지않게 저곳을 이용할 권리가 있어요. 매일 조깅하면서 저기를 지나다니는 사람들이 있어요. 키미 코니스버그도 그중 한 명이고요. 당신도 봤죠?"

키미 코니스버그는, 더 적절한 표현을 찾을 수가 없어서 솔직히 말하자면 우리 마을에서 제일 섹시한 아줌마인데 넘치는 성적 매력을 동네방네 자랑하고 다닌다. "누구요?"

"왜 이래요. 매일 아침 키미는 몸에 착 달라붙는 스판덱스 운동복을 입고 가슴을 출렁출렁 흔들어 대면서 조깅하죠. 내가 조금만 이상한 사람이었으면 키미가 사춘기 남학생들의 관심을 끌려고 그런다고 말하고 다녔을 거예요."

"이상한 사람이 아니라 정직한 거죠."

"들켰네요. 이 마을은 아주 위선적이고 방어적이죠. 이해해요. 그 때문에 사람들이 아이를 키우려고 여기로 이사 온다는 것도 알고요. 아이들을 안전하게 보호하기 위해서죠. 아야!" 케런이 한 손을 배 위에 올린다. "나도 우리 학생들이 안전하길 원해요. 하지만 과잉보호를 한다는 생각도 들어요. 그건 건강하지 않죠. 난 어릴 때 브루클린에서 자랐어요. 얼마나 험하게 자랐는지는 말하지 않을게요. 다만 매일 길거리에서 행크 같은 사람을 여섯 명은 볼 수 있었죠. 그런 사람들을 통해 학생들은 측은지심을 배울 수 있어요. 행크는 경멸해야 할 대상이 아니라 인간이라고요. 서너 달 전에 아이들은 행크가 이 학교를 다녔다는 사실을 알아냈어요. 그래서 그중 한 애가, 코리 미스티슨이라고 아세요?"

"그 집안을 알죠. 좋은 사람들입니다."

"맞아요, 우리 마을에서 오래 살았죠. 어쨌든 코리가 행크의 졸업 앨범을 구했나 봐요." 케런은 말을 멈추고 날 돌아본다. "당신이랑 행크랑 이 학교 동창인가요?"

"네."

"그럼 당신도 알겠네요. 아이들은 충격을 받았어요. 행크에게도 자기들과 똑같은 시절이 있었다는 걸 알게 된 거죠. 합창단에서 노래하고, 과학 박람회에서 우승하고, 심지어 반에서 보석 같은 학생이었다는 사실을요. 그걸 알고 아이들은 생각하게 됐죠."

"누구라도 그렇게 될 수 있다는 걸 알았겠군요."

"맞아요." 케런은 두 발짝 내디딘다. "젠장, 요즘은 늘 배가 고파요. 그러다가 뭘 먹으면 또 배가 아프고요. 임신 8개월째는 죽을 맛이에요. 지금은 세상 모든 남자가 다 꼴 보기 싫어요."

"명심하죠. 아까 두 가지 마음이 든다고 하셨습니다."

"네?"

"행크를 생각하면 두 가지 마음이 든다고요. 그럼 두 번째 마음은 뭐죠?"

"아." 케런이 부푼 배를 앞세운 채 다시 걷기 시작한다. "난 정신 질환자에게 부당한 낙인을 찍는 건 딱 질색이에요. 당연히 그렇죠. 하지만 행크가 학교 근처를 어슬렁거리는 것도 싫어요. 행크가 위험한 사람이라고 '생각하지' 않지만, 안전한 사람이라고 '확신하지'도 못해요. 이 문제에 있어서 너무 편견 없이 굴었다가 학생들을 위험에 빠뜨릴까 봐 걱정된다고요. 무슨 말인지 아시겠어요?"

나는 고개를 끄덕인다.

"그러니까 난 행크가 저기 서 있는 게 싫어요. 하지만 내가 싫다고 한들 어쩌겠어요? 난 마이크 잉가의 엄마가 승하차 금지 구역에 늘 불법으로 마이크를 내려주는 것도 싫어요. 리사 반스의 아빠가 리사의 미술 숙제를 도와주는 것도 싫고요. 성적표를 발송할 때마다 앤드루 맥대드의 부모가 교장실로 쳐들어와서 아이 성적을 올려달라고 조르는 것도 싫어요. 싫어하는 게 아주 많죠." 케런은 걸음을 멈추고 내 팔에 손을 올린다. "하지만 내가 제일 싫어하는 게 뭔지 알아요?"

나는 그녀를 바라본다.

"인터넷 마녀사냥이에요. 최악의 자구 행위죠. 행크는 가장 최근의 사례일 뿐이에요. 작년에 한 학생이 다른 학생 사진을 SNS에 올리면서 이런 글을 썼어요. '이 새끼가 내 아이폰을 훔쳐 갔는데 자기가 찍는 사진이 전부 내 클라우드에 올라온다는 걸 잊었나 보다. 제발 범인을 잡을 수 있도록 이 사진을 리트윗해 주세요.' 그 '새끼'라는 아이는 우리 학교 학생인 에번 오버였죠. 그 애를 아세요?"

"들어본 적이 없는 이름인데요."

"들었어야 할 이유가 없죠. 에번은 착한 학생이거든요."

"그 친구가 아이폰을 훔쳤습니까?"

"아뇨, 당연히 아니죠. 그게 바로 요지예요. 에번은 캐리 밀스와 사귀기 시작했는데 캐리의 전 남자 친구 대니 터너가 그 사실에 분개했죠."

"그래서 터너가 그 사진을 올렸군요."

"네. 하지만 난 그걸 증명할 길이 없어요. 그게 바로 인터넷 마녀사냥의 개통 같은 익명성이에요. 아까 우리가 만난 학생 봤죠?"

"당신이 교장실에 가 있으라고 한 학생요?"

"네, 캐시 개릿이에요. 6학년이죠. 겨우 6학년요, 냅. 몇 주 전에 캐시는 우연히 화장실에 휴대전화를 두고 왔어요. 다른 여학생이 그 전화기를 발견하고 가져갔죠. 그러고는 그걸로 자신의, 음, 은밀한 부위를 클로즈업으로 찍어서 캐시의 연락처에 있는 사람들에게 그 사진을 보냈어요. 부모님과 조부모님을 포함해서 모든 사람에게요."

나는 인상을 쓴다. "미쳤군요."

"누가 아니래요." 케런도 인상을 쓰더니 양손으로 허리 아래쪽을 짚는다.

"괜찮습니까?"

"8개월이라고요. 잊었어요?"

"아, 그랬죠."

"방광 위에 스쿨버스가 주차하고 있는 기분이에요."

"그 사진을 찍은 여학생을 잡았습니까?"

"아뇨. 용의자가 대여섯 명 있는데 모두 열두 살 소녀예요. 범인을 알아내는 유일한 방법은……."

나는 한 손을 든다. "더 말하지 않으셔도 됩니다."

"그 일로 캐시는 큰 상처를 받아서 매일 절 찾아와요. 저와 이야기를 나누고, 마음이 진정되면 다시 교실로 돌아가죠."

케런이 어깨 너머를 돌아본다. "그만 캐시에게 가봐야겠어요."

우리는 다시 교장실로 걸어간다.

"아까 인터넷 마녀사냥의 익명성에 대해 말했는데, 그렇다면 교장 선생님은 행크가 성기 노출을 했다고 믿지 않는다는 뜻인가요?"

"네. 하지만 제 요점을 잘 짚어주셨네요."

"요점이라뇨?"

"전 진실을 알 수 없기 때문에 진실을 몰라요. 그게 이런 미묘한 일의 문제점이죠. 모함이라고 치부하고 싶지만, 가끔은 그렇게 안 돼요. 행크는 성기 노출을 했을 수도 있고, 안 했을 수도 있어요. 한번 그런 얘기를 들으면 잊을 수가 없죠. 부당한 일이에요."

"행크의 동영상을 봤군요, 그렇죠?"

"네."

"혹시 그걸 누가 찍었는지 아나요?"

"다시 한 번 말하지만 내겐 증거가 없어요."

"증거는 필요 없습니다."

"증거도 없이 누군가를 비방하고 싶진 않아요, 냅. 그건 인터넷 마녀사냥과 다를 바 없어요."

우리는 교장실 앞에 다다른다. 케런은 날 보고, 난 그녀를 본다. 그러더니 케런이 한숨을 푹 내쉰다.

"하지만 이 이야기는 해줄 수 있어요. 마리아 핸슨이라는 8학년 학생이 있어요. 주소는 내 비서가 알려줄 거예요. 마리아의 엄마 수잰은 행크 일로 날 자주 찾아왔죠. 내가 법적으로 할 수 있는 일이 없다고 말했을 때 특히 더 화를 내더군요."

케런 교장은 유리창 너머로 캐시를 바라보며 눈물을 글썽인다.

"난 저 애에게 가봐야겠어요."

"알겠습니다."

"젠장." 그녀가 눈물을 닦더니 날 보며 묻는다. "다 닦였나요?"

"네."

"8개월이라서 호르몬이 통제가 안 돼요."

나는 고개를 끄덕인다. "딸입니까?"

케런이 미소 짓는다. "어떻게 알았어요?"

그녀는 뒤뚱거리며 교장실로 들어간다. 나는 유리창 너머로 케런이 캐시를 껴안고, 캐시가 그녀의 어깨에 기대어 우는 모습을 바라본다.

그러고는 수잰 핸슨을 찾으러 나선다.

CHAPTER
15

웨스트 브리지에는 빈민가가 없다. 만약 있다고 한다면, 그저 축구 장 절반 면적쯤 되는 지역이 해당될 것이다.

도심가 근처에 있는 포드 자동차 대리점과 딕 스포츠 용품점 사이 에 위치한 그곳에는 낡은 연립 주택들이 모여 있다. 모라와 그녀의 엄 마는 우리가 고등학교 3학년이 되기 직전인 여름에 그곳으로 이사 왔 다. 모라의 아버지가 전 재산을 몽땅 털어 달아나 버리자 두 모녀는 베트남 이민자 가족이 사는 집에서 방 두 개를 세내어 살았다. 모라의 엄마는 아르바이트를 서너 개씩 하면서 술을 잔뜩 마셨다.

핸슨 가족은 붉은 벽돌 저택 1층에 산다. 현관 계단을 올라가자 나 무판이 삐걱삐걱 신음한다. 초인종을 눌렀더니 정비공처럼 상하의가 붙은 작업복을 입은 거구의 남자가 문간에 나타난다. 오른쪽 가슴에 달린 주머니에 '조'라는 이름이 찍혀 있다. 조는 날 만나서 반갑지 않 은 듯하다.

"누구요?" 조가 묻는다.

나는 경찰 배지를 보여준다. 수잰 핸슨으로 추정되는 여자가 조의 뒤쪽에서 나온다. 내 배지를 보더니 눈이 커진다. 아마 아이에게 무슨 일이 생겼나 걱정돼서일 것이다. 나는 얼른 그들을 안심시킨다.

"아이는 아무 문제 없습니다."

조는 여전히 의심스럽다는 표정으로 아내를 막아서더니 실눈으로 날 바라본다. "용건이 뭡니까?"

나는 배지를 주머니에 집어넣는다. "아이들을 염려하는 몇몇 시민이 행크 스트라우드라는 남자를 고소했습니다. 그 사건을 조사 중입니다."

"내가 뭐래요, 조." 수잰으로 추정되는 여자가 그렇게 말하더니 남편 앞으로 나서면서 문을 열어준다. "들어오세요, 형사님."

우리는 거실을 통과해 부엌으로 들어간다. 수잰이 내게 식탁 의자에 앉으라고 권한다. 바닥에는 포마이카가 깔려 있고, 인조 목재로 만든 둥근 식탁과 하얀색 칠이 벗겨진 윈저 의자가 놓여 있다. 현관문 위에는 빨간 주사위로 숫자를 표시한 시계가 걸려 있는데 시계 위쪽에는 '멋진 라스베이거스'라고 적혀 있다. 식탁에는 빵가루가 흩어져 있다. 수잰은 한 손으로 빵가루를 식탁 가장자리로 쓸어 모으더니 다른 쪽 손에 받아 싱크대로 가져다 버리고 수돗물을 튼다.

나는 보란 듯이 볼펜과 수첩을 꺼낸다. "행크 스트라우드를 아십니까?"

수잰이 내 반대편에 앉는다. 조는 수잰 옆에 서서 한 손을 그녀의 어깨에 올려놓고는 마치 내가 물건을 훔치거나 자기 부인과 자러 왔다는 듯이 날 노려본다. "학교 근처를 어슬렁거리는 그 끔찍한 변태잖아요." 수잰이 대답한다.

"자주 보셨나 보군요."

"거의 매일요. 그 작자는 우리 딸 마리아를 포함해서 모든 여학생에게 추파를 던진다니까요. 마리아는 겨우 열네 살이라고요!"

나는 고개를 끄덕이며 다정한 미소를 지어 보인다. "그걸 직접 목격하셨나요?"

"아, 그럼요. 끔찍했죠. 그건 그렇고, 이젠 경찰이 개입할 때가 됐어요. 여기 주민들은 다들 열심히 일하고, 돈을 박박 긁어모아 이렇게 아름다운 마을로 이사를 왔다고요. 제 말은, 당신도 당신 아이가 안전하길 바라죠?"

"물론입니다."

"그런데 현실을 보세요. 웬 부랑자 하나가, 요즘에도 '부랑자'라는 말을 쓰나요?"

나는 미소를 지으며 양손을 펼쳐 보인다. "못 쓸 이유가 없죠."

"네, 부랑자요. 행크는 우리 아이들 주변을 얼쩡거려요. 이런 마을에 이사를 왔는데 매일 그런 놈팡이가, 이런 말을 쓰면 안 된다는 거 알지만 사실이 그런 걸요, 그런 놈팡이가 아이 근처를 얼씬거린다고 생각해 보세요. 아름다운 꽃밭에 핀 끔찍하고 거대한 잡초 같다니까요."

나는 고개를 끄덕인다. "그런 잡초는 뽑아야죠."

"내 말이 그 말이에요!"

나는 수첩에 무언가를 적는 척한다. "스트라우드 씨가 여학생들에게 추근거리는 것 이상의 행동을 한 적이 있나요?"

수잰이 무언가 말하려는데 조가 조용히 하라는 뜻으로 그녀의 어깨를 잡은 손에 힘을 준다. 나는 눈을 들어 조를 본다. 조도 날 바라본다. 그는 내가 왜 왔는지 알고 있다. 나는 조가 안다는 걸 알고, 조는 내가 안다는 걸 안다.

한마디로 게임은 끝났다. 아니면 이제 막 시작했거나.

"당신이 행크 스트라우드의 동영상을 올렸죠, 핸슨 부인?"

수잰이 이글거리는 눈으로 날 보더니 자신의 어깨를 잡고 있는 조의 손을 뿌리친다. "넘겨짚지 마세요."

"넘겨짚는 게 아니라 알고 있습니다. 이미 음성 분석을 마쳤고, 동영상을 최초로 유포한 인터넷 아이피 주소도 알아냈습니다." 나는 수잰이 내 말을 받아들일 수 있도록 잠시 뜸을 들인다. "두 조사 결과 모두 당신, 핸슨 부인이 동영상을 촬영하고 올린 것으로 밝혀졌습니다."

당연히 거짓말이다. 음성 분석을 한 적도 없고, 아이피 주소도 추적하지 않았다.

"만약 그랬다면 어쩔 겁니까?" 조가 묻는다. "아내가 그런 짓을 했다거나 안 했다는 말이 아니라, 설사 했다고 쳐도 그게 불법은 아니잖습니까. 안 그래요?"

"상관없습니다. 난 그저 무슨 일이 있었는지 알아내려고 왔을 뿐이니까요." 나는 그렇게 말하며 수잰의 눈을 똑바로 바라본다. 그녀는 잠시 눈을 내렸다가 다시 들어 날 본다. "당신은 행크의 동영상을 찍었습니다. 계속 부인하시면 제 성질만 돋우는 겁니다. 그러니까 본 대로 말해주세요."

"그 남자가…… 그 남자가 바지를 내렸어요." 수쟁이 말한다.

"언제요?"

"날짜를 묻는 건가요?"

"거기서부터 시작하는 게 좋겠죠, 네."

"아마 한 달 전이었을 거예요."

"방과 전인가요, 후인가요?"

"방과 전에요. 그때 그 남자를 봤어요. 전 매일 아침 7시 45분까지 차로 딸애를 학교에 데려다주고는 잠시 차에 앉아서 아이가 학교에 들어가는 모습을 지켜봐요. 이유는 잘 아실 거예요. 열네 살짜리 딸애를 그 아름다운 학교에 데려다주는데 길 바로 건너편에 소름 끼치는 변태가 얼쩡거리니까요. 왜 경찰이 아무런 조치도 취하지 않는지 이해할 수가 없어요."

"무슨 일이 있었는지 정확히 말해주십시오."

"말했잖아요. 그 남자가 바지를 내렸다고."

"따님이 걸어가고 있었습니다. 그런데 행크가 바지를 내렸군요."

"네."

"동영상을 보면 행크는 바지를 제대로 입고 있던데요."

"이미 바지를 끌어 올린 뒤였어요."

"그렇군요. 그러니까 행크가 바지를 내렸다가 다시 올렸군요."

"네." 수쟁이 왼쪽을 올려다본다. 왼쪽 위를 보면 거짓말을 하려는 거라고 했던가? 아니면 옛일을 회상하는 거라고? 기억이 안 나지만 상관없다. 어차피 그런 이론은 별로 신뢰하지 않으니까. "제가 휴대전화를 만지작거리는 걸 보더니 그자가 겁에 질려서 바지를 끌어 올렸어요."

"행크가 얼마 동안 바지를 내리고 있었습니까?"

"모르겠어요. 그걸 제가 어떻게 아나요?"

조가 끼어든다. "우리 아내가 초시계라도 들고 다니는 줄 아시오?"

"충분히 긴 시간이었어요. 그건 확실해요."

나는 농담이 나오려는 걸 꾹 참고 말한다. "그다음에는요?"

수잰은 어리둥절한 표정으로 날 본다. "그다음에라뇨?"

"행크가 바지를 내렸다가 올렸다." 나는 아주 무덤덤하게 말한다. "그게 다입니까?"

조는 그런 나를 못마땅해한다. "뭐라고? 그걸로 부족하다는 거요?"

"바지가 그냥 흘러내렸을 수도 있잖습니까."

이번에도 수잰은 식탁으로 시선을 떨어뜨렸다가 다시 내 쪽으로 들어 올린다. 이제 그녀의 입에서 거짓말이 나올 차례고, 역시나 그녀는 날 실망시키지 않는다. "그 남자가 바지를 내리더니 딸애에게 자기 걸…… 아무튼 그러고는 막 만지기 시작했어요."

아, 인간이란. 가끔은 너무 속이 뻔히 보인다. 난 이런 모습을 숱하게 봤어, 리오. 증인은 상대가 깜짝 놀라기를 바라면서 자기가 본 것을 말하지. 그러면 나는 수사관으로서 심드렁하게 반응해. 그럴 때 정직한 사람은 그냥 가만히 있어. 하지만 거짓말쟁이들은 이야기를 부풀려서 날 자기들처럼 분노하게 만들려고 해. '부풀려서'라고 했지만 실은 그냥 새빨간 거짓말이야. 자기 스스로도 제어가 안 되나 봐.

이젠 진실을 알았고 더는 여기서 시간을 낭비하고 싶지 않아. 본론으로 들어갈 때야.

보고 배워, 리오.

"거짓말을 하시는군요." 내가 말한다.

충격을 받은 수잰의 입이 정확히 O자가 된다.

조의 얼굴이 붉어진다. "지금 내 아내가 거짓말쟁이라는 거야?"

"'거짓말을 하시는군요'라는 말이 무슨 뜻인지 몰라요?"

만약 진주 목걸이를 걸고 있었다면 수잰은 그걸 움켜잡았을 것이다. "어떻게 감히 그런 말을!"

나는 미소를 짓는다. "부인이 거짓말을 한다는 걸 아는 이유는 조금 전에 마리아와 이야기했기 때문입니다."

그 말에 분노가 치솟는다.

"뭘 어쨌다고요?" 수잰이 소리 지른다.

"마리아가 솔직히 털어놓기까지 시간이 꽤 걸리긴 했지만, 결국에는 그런 일이 없었다고 인정했습니다."

둘 다 기절초풍할 듯한 표정이다. 그러면 안 되는데 나는 이 순간이 자꾸 즐거워진다.

"당신이 무슨 권리로 그런 짓을 하죠?"

"뭘 말입니까?"

"당신은 우리의 허락 없이 마리아와 이야기할 수 없어요. 옷 벗고 싶어요?"

나는 눈살을 찌푸린다. "왜 다들 그렇게 말하는 겁니까?"

"뭐라고요?"

"그 협박 말입니다. '옷 벗고 싶어요?' 텔레비전에서 봤나요?"

조가 내게 한 발짝 다가온다. "내 아내에게 그런 식으로 말하지 마."

"알게 뭅니까. 자리에 앉아요, 조."

조는 코웃음을 친다. "오, 무서워라. 경찰이라고 유세 부리는 거야?"

"또 그놈의 경찰 타령." 나는 한숨을 쉬며 배지를 꺼내 식탁을 가로질러 맞은편으로 보낸다. "경찰이 그렇게 부러우면 이거 가져요." 그러고는 벌떡 일어나 조의 코앞에 선다. "이제 계급장 떼고 붙어봅시다."

조가 뒤로 한 발 물러선다. 나는 한 발 다가간다. 조는 내 눈을 똑바로 보려고 하지만 금세 시선을 피하며 중얼거린다.

"그럴 가치도 없어."

"뭐라고요?"

조는 대답하지 않고 그저 식탁을 돌아 수잰 옆자리에 앉는다.

나는 수잰 핸슨을 노려본다. "사실대로 말하지 않으면 정식 수사팀을 꾸려서 부인을 기소할 겁니다. 연방 인터넷법 418번 항목을 위반한 두 가지 죄목으로요. 유죄가 인정되면 당신은 10만 달러의 벌금과 최대 4년 형을 선고 받을 수 있습니다."

나는 마구 지어낸다. 연방 인터넷법 같은 게 있을 리 없지. 하지만 구체적인 숫자까지 언급한 건 잘한 일이다.

"우리 마을에 그런 놈팡이가 있어서는 안 돼요! 당신들은 아무 조치도 취하지 않았을 거라고요!" 수잰이 우긴다.

"그래서 부인이 직접 나섰군요." 내가 말한다.

"그자는 학교 근처에 있으면 안 돼요!"

"그 사람에게도 엄연히 이름이 있습니다. 행크 스트라우드요. 그리고 현재 실종 상태죠."

"뭐라고요?"

"당신이 동영상을 올린 뒤로 그를 본 사람이 없어요."

"잘됐네요." 수잰이 말한다.

"왜죠?"

"그 동영상을 보고 겁을 먹었을 수도 있으니까요."

"그래서 속이 후련합니까?"

수잰은 입을 벌렸다가 다시 다문다. "전 그저 제 아이를 보호하려고 했을 뿐이에요. 그 학교 학생들을 보호하려고 했다고요. 정말이에요."

"이제 그만 실토하시죠."

수잰은 그렇게 했다.

자신이 날조 수준으로 상황을 '과장했다'는 점도 인정했다. 행크는 성기 노출을 한 적이 없다. 학교 행정처와 경찰의 무대응에 지치고 분노한 수잰 핸슨은 자신이 최선이라고 생각하는 조치를 취했다.

"그자가 끔찍한 짓을 저지르는 건 시간문제예요. 전 그저 그걸 막으려고 했을 뿐이라고요."

"훌륭하십니다." 나는 경멸을 가득 담아 대답한다.

수잰은 자신이 사는 마을이 이상적인 안식처가 되어야 한다고 믿었고, 그렇게 만들기 위해 현실을 왜곡해서 '쓰레기를 청소했다'. 행크는 그냥 쓰레기였다. 쓰레기차가 수거해 가도록 길에 버려서 더는 눈에 띄지 않고, 냄새도 안 나게 하는 편이 최선이었다. 수잰 핸슨에게 어쩌면 그렇게 매정하냐고 설교할 수도 있지만 그게 무슨 소용이 있을까? 우리가 열 살쯤이었을 때의 일이 기억난다. 아버지와 차를 타고 뉴어크의 빈민가를 지나가고 있었다. 이런 상황에서 부모들은 으레 아이들에게 창밖을 내다보라고, 그리고 너희들이 가진 것에 감사하라고 말한다. 하지만 우리 아버지는 달랐다. 그저 딱 한마디 했는데 그 말이 늘 내 마음에 남아 있다.

"사람에게는 누구나 꿈과 희망이 있단다."

사람을 만날 때면 난 늘 그 말을 기억하려 한다. 트레이 같은 개차반도 거기에 포함되냐고? 물론이다. 그놈에게도 꿈과 희망이 있다. 그건 좋다 이거야. 하지만 누군가의 꿈과 희망이 다른 사람의 꿈과 희망을 망가뜨린다면…….

또 나 자신을 합리화하고 있다. 나는 이 세상의 트레이 같은 족속에게는 관심이 없다. 그뿐이다. 어쩌면 관심을 가져야 할지도 모른다. 하지만 관심이 없다. 혹은 지나친 부정은 긍정이라니까 어쩌면 난 관심이 있는지도 모른다.

네 생각은 어때, 리오?

마침내 공기가 텁텁한 핸슨의 집에서 나오자 나는 심호흡을 한다. 조는 시위라도 하듯이—설사 일인 시위일지라도—현관문을 쾅 닫는다. 나는 모라가 살았던 집을 훑어본다. 모라는 날 저 집에 데려간 적이 없었고, 난 딱 한 번 들어가 봤다. 리오와 다이애나가 죽은 지 2주 쯤 됐을 때였다. 나는 몸을 돌려 길 건너편의 나무를 바라본다. 그때 저기 숨어서 기다렸다. 처음에는 베트남 이민자 가족들이 집에서 나왔고, 15분 뒤에는 모라의 엄마인 웰스 부인이 몸에 안 맞는 원피스를 입고 비척거리며 나왔다. 그녀는 사람들 사이를 이리저리 헤치며 버스 정류장으로 걸어갔다.

웰스 부인이 시야에서 사라지자 나는 집에 몰래 들어갔다.

아마도 이유는 자명할 것이다. 나는 모라의 소재를 알아낼 수 있는 단서를 찾고 있었다. 그전에 웰스 부인을 붙잡고 추궁했더니 모라는 사립학교로 전학할 거라고 했다. 내가 그 학교가 어디냐고 물었지만 부인은 말해주지 않았다.

"다 끝났어, 냅." 그렇게 말하는 웰스 부인의 입에서는 술 냄새가 진동했다. "모라는 새 출발을 했어. 그러니까 너도 그래야 해."

하지만 난 그 말을 믿지 않았다. 그래서 모라의 집에 몰래 들어갔다. 서랍과 찬장을 모두 뒤지고, 모라의 방에 들어갔다. 옷과 배낭이 아직 그대로 있었다. 모라가 따로 챙겨 간 물건이 있나? 없는 듯했다.

나는 내 스포츠 점퍼가 있는지 찾아봤다.

모라는 내가 아이스하키 팀 주장이고, 이 마을 사람들이 스포츠에 열광한다는 사실을 못마땅해하며 촌스럽다, 성차별주의나 다름없다고 비난했지만 내 스포츠 점퍼는 즐겨 입었다. 복고풍이라서 그랬을 것이다. 역설적이라고 해야 할까? 어쩌면 전혀 역설이 아닐지도 모른다. 모라는 애늙은이였으니까.

그래서 난 내 스포츠 점퍼를 찾아 방을 뒤졌다. 흰 소매가 달린 초록색 점퍼로 뒷면에는 두 개의 하키 스틱이 교차되어 있고, 앞면에는 내 이름과 '주장'이라는 글자가 찍혀 있다.

하지만 점퍼는 어디에도 없었다.

모라가 가져갔을까? 난 그게 늘 궁금했다. 왜 내 점퍼가 모라의 방에 없었을까?

이제 나는 모라의 집을 등진 채 먼 곳을 바라본다. 아직 몇 분의 여유가 있다. 내가 어디로 가고 싶은지 알고 있다. 길을 건너니 선로가 보인다. 선로 옆으로 걸으면 안 된다는 건 알지만 오늘은 모험을 해보고 싶다. 나는 선로를 따라 도심에서 벗어나 다우닝가와 코딩턴 테라스를 지나고, 파티장과 헬스장으로 개조한 창고와 낡은 공업 단지도 지난다.

이제 나는 도심에서 멀어져 웨스트브리지 기차역과 캐슬턴 기차역 사이에 있는 언덕에 올라와 있다. 깨진 맥주병들을 돌아 언덕 가장자리로 간다. 아래를 내려다보니 웨스트브리지 교회 첨탑이 보인다. 첨탑은 오후 7시가 되면 조명이 켜진다. 그러니 그날 밤에 너도 저걸 봤겠지? 아니면 술이나 마약에 너무 취해서 못 봤을까? 네가 재미 삼아 즐기던 술과 마약에 점점 깊게 빠져든다는 걸 나도 알고 있었어. 지금 생각해 보면 널 말렸어야 해. 하지만 당시에는 대수롭지 않게 여겼어. 다들 하고 있었으니까. 너, 모라, 우리 친구들 대부분이. 내가 동참하지 않은 유일한 이유는 훈련 때문이었어.

나는 다시 심호흡을 한다.

그러니까 무슨 일이 있었던 거야, 리오? 넌 왜 여기에 있었을까? 왜 나이키 기지 근처 숲에서 놀지 않고 웨스트브리지 건너편인 여기에 있었지? 다이애나와 단둘이 있고 싶었니? 음모론 클럽 친구들을 따돌리고 싶었어? 일부러 기지에서 먼 곳으로 왔던 거야?

왜 여기 있었니? 왜 이 선로에 있었어?

난 네가 아무 말이라도 하기를 기다리지만 넌 말이 없어.

난 좀 더 기다려. 곧 오리라는 걸 아니까. 하루 중 이 시간대에는 매 시간 기차가 운행돼. 마침내 웨스트브리지 기차역에서 기차가 출발할 때 울리는 호각 소리가 들려. 이제 곧이야. 선로에 서 있고 싶은 마음이 들기도 해. 아니, 여기서 죽고 싶지는 않아. 자살 충동이 들어서가 아냐. 네가 어떤 기분이었는지 알고 싶어서야. 그날 밤을 재구성해서 네가 정확히 어떤 일을 겪었는지 알고 싶어. 이제 나는 지평선에서 달려오는 기차를 바라봐. 선로는 금방이라도 분해될 듯이 진동해. 너도 발아래로 그 진동을 느꼈어? 다이애나도? 지금 나처럼 한쪽에 비켜서 있었니? 둘 다 첨탑을 내려다보다가 몸을 돌려서 기차가 지나가기 직전에 선로를 뛰어넘기로 했어?

이제 기차가 보여. 기차가 점점 다가와. 그날 밤에 너도 기차를 봤니? 소리를 들었어? 진동을 느꼈어? 틀림없이 그랬을 거야. 기차는 엄청난 괴력으로 선로를 짓이기니까. 난 한 발짝 더 물러나. 족히 10미터는 떨어져 있는데도 기차가 지나가는 동안 눈을 감고, 손을 들어서 얼굴을 가릴 수밖에 없어. 훅 하고 밀어닥치는 바람에 하마터면 뒤로 쓰러질 뻔해. 이 기차의 순수한 힘—질량 곱하기 속도—은 굉장해. 파괴적이면서 막을 수 없어.

머리는 마음과 마찬가지로 자기가 가고 싶은 곳으로 가. 그래서 난 강철로 된 기차 앞면이 인간의 살을 으스러뜨리는 장면을 상상하지. 마구 돌아가는 저 바퀴가 뼈를 갈아버리는 모습을 상상해.

나는 실눈을 뜨고 빠르게 지나가는 기차를 바라봐. 도무지 끝이 안 보여. 기차는 모든 걸 으스러뜨리고 휘젓고 갈아버리며 끝없이 이어질 듯해. 나는 기차를 똑바로 응시해. 초점이 잡히지 않아 흐리게 보이지만 상관없어. 눈에 눈물이 고여.

그날 밤의 사건 현장을 찍은 끔찍한 피투성이 사진을 봤지만 이상하게 아무 느낌도 없었어. 시신이 너무 심하게 훼손되고 형체를 알아볼 수가 없어서 기형의 밀랍 덩어리를 도저히 너나 다이애나라고 생각할 수 없었거나, 내 마음이 그렇게 생각하도록 허락하지 않았을 거야. 아마 후자였겠지.

마침내 기차가 지나가고 천천히 정적이 돌아오자 그제야 주위 풍경에 눈길이 가. 그 오랜 세월이 지난 지금도 난 단서와 증거, 그때 놓쳤을지 모를 무언가를 찾아. 여기 있으니 기분이 이상해. 무서운 건 당연하지만 그뿐 아니라 네가 숨을 거둔 곳에 있다는 게 왠지 옳고 신성한 일처럼 느껴지기까지 해.

나는 언덕을 내려가면서 휴대전화 메시지를 확인한다. 우리의 동급생 베스 플레처 겸 래슐리 박사에게서는 여전히 연락이 없다. 그래서 다시 그녀의 사무실로 전화한다. 접수원이 이리저리 핑계를 대자 난 좀 더 분명하게 용건을 말한다. 이내 다른 여자가 전화를 받더니 자기를 '실장'인 캐시라고 소개한다.

"플레처 선생님은 지금 전화를 받으실 수 없습니다."

"캐시, 누굴 바보로 압니까? 난 경찰입니다. 닥터 플레처와 통화해야 해요."

"메시지만 전해드릴 수 있어요."

"닥터 플레처는 어디 있습니까?"

"저도 몰라요."

"잠깐만요, 닥터 플레처가 어디 있는지 당신도 모른다고요?"

"제가 알 바 아니죠. 당신의 이름과 전화번호는 알고 있어요. 전하고 싶은 말이 더 있나요?"

한번 시작했으면 끝을 봐야 한다. "지금 받아 적을 수 있습니까, 캐시?"

"네."

"닥터 플레처에게 우리 친구 렉스 캔턴이 살해됐다고 전해줘요. 행크 스트라우드는 실종됐고, 모라 웰스는 잠깐 나타났다가 다시 사라졌다고요. 이 모두가 음모론 클럽 때문이라고 전해요. 그러니까 나한테 전화하라고요."

잠시 정적이 흐르더니 캐시가 묻는다. "L로 시작하는 로라인가요, 아니면 M으로 시작하는 모라인가요?"

한 치의 흔들림도 없다.

"M으로 시작하는 모라요."

"선생님께 전해드리죠."

캐시가 전화를 끊는다.

정말 짜증 나는군. 앤 아버 경찰서에 전화해서 베스의 집과 병원에 경찰을 보내달라고 부탁해야 할지 모른다. 나는 계속 걸으면서 모든 단서를 곱씹는다. 리오와 다이애나의 '사고', 렉스의 피살과 사건 현장에 있던 모라, 행크와 그 동영상, 음모론 클럽. 머릿속에서 이 사건들 간의 연관성을 찾아내어 선을 긋고 벤다이어그램을 그리려고 하지만 겹치거나 연결되는 부분이 전혀 보이지 않는다.

어쩌면 정말로 없을지도 모른다. 오기 아저씨도 그렇게 말할 것이다. 아저씨의 말이 맞을 테지만, 물론 그런 현실을 받아들인다고 해서 달라지는 것은 없다.

이제 앞쪽에 웨스트브리지 메모리얼 도서관이 보인다. 그러자 좋은 생각이 떠오른다. 도서관 앞면은 100년 전에 적벽돌로 지어졌다. 앞면을 제외한 나머지는 현대적이고 반질반질하다. 나는 지금도 도서관을 사랑한다. 새로 지은 컴퓨터실과 시간이 지날수록 누렇게 변해가는 책이 공존하는 그 혼합성이 좋다. 도서관에 가면 늘 성당과 분위기가 비슷하다는 생각이 든다. 도서관은 학문을 숭상하고, 책과 교육을 종교의 경지로 승격시키는 고요한 성소다. 어렸을 때 아버지는 토요일 아침마다 우릴 여기로 데려와서 아동/청소년 구역에 남겨두고 갔다. 얌전하게 행동하라고 단단히 일러두고서. 나는 수십 권의 책을 대충 훑어봤지만, 리오는 딱 한 권만 집어 들고—주로 어른을 위한 책—구석에 있는 빈백 의자에 앉아 다 읽곤 했다.

나는 두 층 아래에 있는 우중충한 지하로 내려간다. 거기는 옛날 도서관처럼 알루미늄 선반에 꽂힌 책들이 첩첩으로 이어져 있는데, 가벼운 마음으로 도서관을 찾는 사람들이 더는 흥미를 느끼지 않는 책들이 대부분이다. 숙제를 제대로 해 가는 학생들을 위한 소형 책상도 서너 개 구비되어 있다. 구석에 오래된 방이 있는데 문 옆에 달린 명판에 '마을 역사'라고 적혀 있다. 나는 머리를 내민 채 문을 두드린다.

제프 코프먼 박사가 고개를 들자 코끝에 걸쳐져 있던 돋보기가 떨어진다. 돋보기에는 줄이 달린 터라 바닥에 떨어지지 않고 그의 가슴에 두어 번 부딪힌다. 박사님은 목 바로 밑까지 단추를 채운 두툼한 니트 카디건을 입고 있다. 희끗희끗하고 부스스한 머리는 정수리가 벗겨지고 양옆에만 남아 있다. 마치 머리카락들이 두피에서 도망치려는 듯이.

"오랜만이구나, 냅."

"안녕하세요, 코프먼 박사님."

박사님은 눈살을 찌푸린다. 박사님은 우리가 웨스트브리지로 이사 오기 한참 전부터 도서관 사서이자 이 마을 역사가였다. 어릴 때 '박사님'이나 '선생님'으로 불렸던 권위 있는 어른은 내가 성인이 되었다고 해도 스스럼없이 이름을 부르기는 힘든 법이다. 나는 어수선한 사무실로 들어가 박사님께 벤저민 프랭클린 중학교 옆에 있는 오래된 나이키 미사일 기지에 대해 말해줄 수 있냐고 묻는다.

박사님의 눈이 반짝거린다. 그는 잠시 생각을 정리하더니 내게 책상 맞은편 의자에 앉으라고 권한다. 책상에는 옛날 옛적에 찍은 흑백 사진들이 어지럽게 널려 있다. 나는 혹시 나이키 미사일 기지를 찍은 사진이 있는지 훑어보지만 보이지 않는다.

박사님은 헛기침을 하고 곧장 본론으로 들어간다. "나이키 미사일 기지는 1950년대 중반 뉴저지주 곳곳에 건설됐지. 냉전이 한창이던 시기였어. 믿을지 모르겠다만 당시 학교에서는 핵폭탄이 떨어질 경우를 대비해서 학생들에게 책상 밑에 숨는 훈련을 시켰다. 그게 도움이 될 거라는 듯이 말이야. 여기 웨스트브리지에 있는 기지는 1954년에 지어졌지."

"교외 주택가 한복판에 이런 군사 기지를 짓는다고요?"

"물론이지. 안 될 게 뭐냐, 농장 한복판에도 지었는데. 당시 뉴저지주는 대부분 농장이었어."

"나이키 미사일의 용도가 정확히 뭔가요?" 내가 묻는다.

"그건 지대공 미사일이란다. 간단히 말해서 소련의 장거리 폭격기, 특히 Tu-95를 격추하기 위한 방공 미사일이었지. Tu-95는 재급유

할 필요 없이 9,656킬로미터를 비행할 수 있어. 미사일 기지는 뉴저지주 북부에 대략 열두 군데가 있었다. 샌디 훅에 아직 흔적이 남아 있으니 보고 싶다면 가보거라. 리빙스턴에 있던 기지는 어처구니없게도 예술인 마을이 되었지. 프랭클린 레이크스, 이스트 하노버, 모리스타운에도 미사일 기지가 있었어."

믿기 힘든 사실이다. "그 마을에 다 나이키 미사일이 있었다고요?"

"그래. 처음에는 길이가 더 짧은 나이키 에이잭스 미사일이었지. 하지만 그것도 9미터였어. 지하 발사장에 보관해 두다가 지상으로 올려 보냈지. 정비소에서 차를 수리할 때 위로 들어 올리듯이."

"이해가 안 되는데요. 어떻게 정부가 이런 걸 비밀로 할 수 있죠?"

"비밀로 하지 않았다. 적어도 처음에는."

박사님은 말을 멈추더니 의자에 등을 기대고 배 위에서 양손을 깍지 낀다.

"사실 기지가 처음 지어졌을 때는 다들 축하했어. 믿기 힘들겠지만 내가 일곱 살 때, 그러니까 1960년이었지, 내가 소속된 컵 스카우트에서 그 시설을 둘러보는 견학을 가기도 했다. 소련의 장거리 폭격기로부터 우리를 안전하게 지켜주는 미사일 기지가 동네에 있으니 밤에 두 발 뻗고 잘 수 있다고 선전했지."

"근데 그게 바뀌었나요?"

"그래."

"언제요?"

"60년대 초반에." 코프먼 박사님은 한숨을 쉬더니 자리에서 일어나 뒤에 있는 키 큰 서류 캐비닛을 연다. "그때 군에서는 나이키 에이잭스 미사일을 나이키 허큘리스 대형 미사일로 대체했지." 그러더니 서랍에서 사진 두 장을 꺼낸다. 측면에 US ARMY(미 육군)라고 표시된 무시무시한 하얀 미사일이 찍힌 사진이다. "길이가 12.5미터였어. 속도는 마하 3이니까 대략 한 시간에 3,700킬로미터를 이동하지. 사정거리는 120킬로미터."

박사님은 다시 의자에 앉아 책상에 양손을 올려놓는다. "하지만 나이키 허큘리스의 가장 큰 변화는, 그러니까 그들이 미사일의 존재를 비밀로 한 이유는 탄두 중량 때문이었다."

"그게 무슨 말이죠?"

"그 미사일에는 W31 핵탄두가 탑재됐지."

믿기 힘든 사실이다. "그러니까 핵무기가……?"

"바로 이 마을에 있었지, 그래. 핵탄두를 탑재한 미사일. 심지어 일촉즉발의 상황이 서너 번이나 있었다고 하더라. 언덕 위로 미사일을 옮기던 도중에 미사일 하나가 짐수레에서 미끄러져서 콘크리트 도로에서 박살이 나고, 탄두에 금이 간 거야. 연기가 피어올랐지만 물론 당시에는 아무도 그 일을 몰랐어. 모든 게 비밀이던 시절이었으니까. 어쨌든 나이키 프로그램은 1970년대 초반까지 진행됐지. 아마 웨스트브리지 관제소가 거의 마지막에 폐쇄됐을 거야. 1974년에."

"그다음에는요? 폐쇄된 후에 기지는 어떻게 됐죠?"

"1970년대에는 군과 관련된 것은 다 인기가 없었어. 베트남 전쟁도 끝나갔고. 그래서 기지는 그대로 남았고, 곳곳이 파손됐지. 결국엔 대부분이 팔렸어. 이를테면 이스트 하노버에 있는 미사일 포대에는 아파트가 지어졌지. '나이키 드라이브'라는 도로도 생기고."

"우리 마을에 있는 기지는 어떻게 됐나요?"

코프먼 박사님이 날 보며 미소 짓는다. "우리 기지는 좀 알쏭달쏭해졌어."

나는 그가 더 말하기를 기다린다.

박사님은 내게 몸을 기울이더니 진작 물어봤어야 할 질문을 던진다. "왜 갑자기 이 모든 일에 관심을 갖게 됐는지 물어봐도 되겠니?"

나는 지어내서 말하거나 딱히 관심이 있는 건 아니라고 하려다가, 사실대로 말해서 손해 볼 것 없다는 생각이 든다. "지금 수사 중인 사건과 관련이 있어요."

"어떤 사건인지 물어봐도 될까?"

"연결 가능성은 희박하지만, 오래전에 발생한 사건이죠."

코프먼 박사님이 내 눈을 바라본다. "혹시 네 동생이 죽은 사건이냐?"

헉.

나는 아무 말도 하지 않는다. 늘 침묵을 지키면서 상대가 침묵을 깨도록 유도하는 훈련을 받았기 때문일 수도 있고, 한편으로는 말문이 막혀서일 수도 있다.

"네 아버지와 난 친구였어. 그건 너도 알지?" 박사님이 묻는다.

나는 간신히 고개를 끄덕인다.

"그리고 리오는……." 박사님은 고개를 절레절레 저으며 의자에 등을 기댄다. 그의 얼굴이 약간 창백해진다. "리오도 기지의 역사를 알고 싶어 했지."

"리오가 박사님을 찾아왔나요?"

"응."

"언제요?"

"정확히는 모르겠구나. 아마 죽던 해에 서너 번 왔을 거야. 리오는 나이키 기지에 푹 빠져 있었어. 친구들도 데려왔지."

"친구들이 누구였는지 기억하세요?"

"아니, 미안하지만 모르겠다."

"그 애들에게 뭐라고 하셨죠?"

박사님은 어깨를 으쓱인다. "지금 네게 하는 이야기를 똑같이 해줬지."

머릿속이 빙빙 돌아간다. 다시 길을 잃은 기분이 든다.

"리오의 추도식에서 난 너와 악수했어. 아마 넌 기억이 안 날 거다. 조문객이 너무 많았고, 넌 어쩔 줄 모르는 듯하더구나. 그래서 네 아버지에게 말했지."

나는 깜짝 놀란다. "뭘요?"

"리오가 날 찾아와서 나이키 기지에 대해 묻고 갔다고 말이야."

"저희 아버지에게 말씀하셨다고요?"

"그래."

"아버지가 뭐라고 하시던가요?"

"고마워하는 것 같았다. 리오는 아주 총명하고 호기심이 많았지. 네 아버지는 그저 그런 말을 듣고 싶어 할 것 같았어. 리오의 죽음이 그 일과 연관이 있으리라고는 생각해 본 적이 없구나. 지금도 그렇고. 다만 너도 날 찾아왔다는 게 마음에 걸린다, 냅. 너 역시 바보가 아니니까." 박사님이 눈을 들어 나를 본다. "그러니 말해봐라. 두 사건이 연관이 있니?"

나는 그 질문에 대답하지 않고 이렇게 말한다. "이야기를 마저 들려주세요."

"알았다."

"나이키 프로그램이 종결된 뒤에 웨스트브리지 기지는 어떻게 됐나요?"

"공식적으로 말이냐? 농림부에서 인수했지."

"비공식적으로는요?"

"학창 시절에 나이키 기지에 가본 적 있니?"

"네."

"우리도 그랬다. 울타리에 뚫린 구멍으로 몰래 들락거렸지. 한번은 너무 술에 취한 바람에 군인이 지프차로 집까지 데려다주기도 했어. 아버지는 내게 3주간 외출 금지 명령을 내렸지." 옛 추억을 떠올리며 박사님은 살짝 미소 짓는다. "기지 안 어디까지 들어가 봤니?"

"깊이 들어가진 못했어요."

"바로 그거야."

"무슨 말씀이세요?"

"그 기지는 미사일 관제탑일 때보다 농림부 산하가 됐을 때 경비가 더 삼엄했다." 박사님은 고개를 갸웃한다. "왜 그랬다고 생각하니?"

나는 대답하지 않는다.

"생각해 봐라. 너한테 이렇게 텅 빈 군사 기지가 있어. 경비 시설도 이미 다 갖춰졌지. 만약 네가 대중 몰래 활동하고 싶어 하는 정부 단체인데 어떤 은밀한 작전을 시행하려 한다면⋯⋯. 등잔 밑이 어둡다는 전략을 이용하려는 FBI나 CIA 같은 정부 단체를 생각해 보거라. 전에 없던 일도 아니지. 오래된 몬탁 공군 기지를 둘러싼 여러 루머를 생각해 봐."

"무슨 루머요?"

"거기에 나치 과학자들을 숨겨두었다, 마인드 컨트롤이나 LSD 실험을 한다, UFO가 드나든다 같은 온갖 헛소문 말이야."

"그걸 믿으세요? 미국 정부가 웨스트브리지에 나치와 외계인을 숨겨놓았다고요?"

"저들은 이 마을에 핵무기를 숨겨두었어, 냅!" 이제 박사님의 눈동자가 번득인다. "그들이 다른 걸 숨겨놓았을지도 모른다고 생각하는 게 그리 심한 비약일까?"

나는 아무 말도 하지 않는다.

"나치나 외계인일 필요는 없어. 첨단 기술을 실험하고 있었을 수도 있지. 다르파(DARPA, 미 국방 고등 연구 사업국—옮긴이)의 실험이나 레이저, 드론, 날씨 조작, 인터넷 해킹 같은 거 말이다. 그 기지의 경비가 철저했다는 사실을 생각해 볼 때 그런 실험을 했을지 모른다는 가설이 그토록 터무니없을까?"

아니, 그렇지 않다.

이제 박사님은 자리에서 일어나 서성인다. "난 꽤 훌륭한 조사원이라서 당시 이 일을 꽤 깊이 파고들었지. 워싱턴 DC까지 가서 기록을 찾아볼 정도로. 내가 알아낸 바에 따르면 그 기지에서는 옥수수와 가축을 대상으로 한 전혀 위험하지 않은 연구가 진행되었더구나."

"그 얘길 리오에게 하셨어요?"

"리오와 그 친구들에게 했지, 응."

"몇 명이나 됐나요?"

"응?"

"리오와 함께 온 친구들이 몇 명이었나요?"

"대여섯 명? 기억이 안 나는구나."

"전부 남학생이었나요? 여학생도 있었나요?"

박사님은 생각에 잠긴다. "두 명 있었을 거야. 하지만 확실하진 않아. 한 명이었을 수도 있고."

"리오와 함께 죽은 사람이 있는 건 아시죠?"

박사님은 고개를 끄덕인다. "물론이지. 다이애나 스타일스가 리오와 함께 죽었지. 서장의 딸."

"다이애나도 리오와 함께 박사님을 찾아왔나요?"

"아니."

그 사실을 어떻게 받아들여야 할지 모르겠다. "제게 도움이 될 만한 정보가 또 있나요?"

"무슨 도움 말이냐, 냅?"

"박사님 말이 맞다고 치죠. 그 기지에서 일급비밀에 해당되는 일이 벌어지고 있었다고 쳐요. 그리고 리오와 그 친구들이 어떻게든 그걸 알아냈다고 쳐요. 그랬다면 아이들에게 무슨 일이 생겼을까요?"

이번에는 박사님이 대답하지 않는다. 그저 입을 딱 벌릴 뿐이다.

"알아낸 사실이 또 있나요, 코프먼 박사님?"

"두 가지뿐이다." 그는 헛기침을 하고 다시 자리에 앉는다. "기지에서 근무하던 사령관 한 명의 이름을 알아냈지. 앤디 리브스. 미시간주 출신 농업 전문가라는데 뒷조사를 해보니…… 좀 불확실했다고 해두자."

"CIA 요원이었나요?"

"정황상 그러긴 했어. 게다가 아직 뉴저지주에 살고."

"그 사람과 나이키 기지에 대해 이야기해 본 적 있으세요?"

"물어보기는 했다."

"그런데요?"

"그냥 지루한 농업 연구만 했다고 하더구나. 소와 작물의 숫자만 셌다고, 그렇게 말했어."

"또 알아낸 사실은 뭔가요?"

"기지가 폐쇄된 시점."

"그렇군요. 그게 언젠데요?"

"15년 전, 그러니까 네 동생과 오기의 딸이 시신으로 발견되고서 석 달 뒤였어."

주차해 둔 차로 걸어가면서 나는 오기 아저씨에게 전화한다.

"방금 코프먼 박사님과 얘기했어요."

얼핏 한숨 소리가 들린 듯하다. "잘했구나."

"옛날 기지에 대해 흥미로운 이야기를 하시던데요."

"그랬겠지."

"앤디 리브스라고 아세요?"

"안다."

나는 차를 몰아 마을을 가로지른다. "어떻게 아세요?"

"난 이 경찰서에서 거의 30년간 서장으로 지냈다, 잊었니? 리브스는 기지에서 농업 연구를 진행할 때 기지 담당자였어."

나는 여러 종류의 치킨 윙만 파는 새로 생긴 식당을 지난다. 냄새만 맡아도 혈관이 굳는 느낌이다.

"그 말을 믿으셨어요?" 내가 묻는다.

"뭘 믿어?"

"그 기지에서 농업 연구를 한다는 말이오."

"믿었다. 마인드 컨트롤 실험을 한다는 소문보다는 그 말을 훨씬 더 믿었지. 경찰 서장으로서 난 기지에 부임한 장교들을 다 알고 있었어. 내가 서장이 되기 전에는 내 전임자가 알고 있었고."

"코프먼 박사님 말로는 예전에 기지가 핵미사일 관제탑으로 쓰였다던대요."

"나도 그렇다고 들었다."

"그러다가 농림부로 넘어가면서 경비가 훨씬 강화되고, 거기서 무슨 일을 하는지 비밀로 했다더군요."

"코프먼에게 미안한 말이지만 과장이 심하구나."

"왜요?"

"처음에 나이키 기지는 주민들에게 개방되었어. 코프먼이 그 말도 하든?"

"네."

"그러니 핵미사일 기지가 되었다고 해서 느닷없이 그곳을 감추고 너무 쉬쉬하면 의심을 사기 마련이지. 핵미사일이 있는 동안 경비가 엄청나게 강화되긴 했지만, 보다 교묘하게 이뤄졌다."

"그럼 나이키 미사일 프로그램이 끝난 후에는요?"

"경비가 더 강화됐을 수도 있지만 그건 그냥 정상적인 업데이트 과정이야. 새로운 팀이 오면 당연히 더 최신 경비를 설치하지."

나는 웨스트브리지의 식당가라고 할 수 있는 오크가를 가로지른다. 차례로 일본 식당, 태국 식당, 프랑스 식당, 이탈리아 식당, 딤섬 가게, '캘리포니아 퓨전' 음식을 요리한다는 식당을 지난다. 그다음에는 은행들이 무더기로 등장한다. 은행이 왜 여기 있는지 알 수가 없다. 다들 현금 지급기만 사용할 뿐 은행을 이용하는 사람은 한 번도 본 적이 없다.

"앤디 리브스와 이야기해 보고 싶어요. 약속 좀 잡아주실래요?" 내가 오기 아저씨에게 말한다.

아저씨는 반발하리라 생각하지만, 내 예상이 빗나간다. "알겠다. 연락해 보마."

"절 안 말리실 거예요?"

"응. 넌 리브스를 만나야 할 것 같구나."

아저씨는 그렇게 말하고 전화를 끊는다. 차 문을 여는데 휴대전화가 울린다. 엘리의 전화다.

"어이." 내가 말한다.

"지금 쉼터로 와줘야겠어."

엘리의 말투가 심각하다. "무슨 일이야?"

"별일 아냐. 그냥 가능한 한 빨리 와줘. 알았지?"

"알았어."

엘리가 전화를 끊는다. 나는 차에 올라타 휴대용 경광등을 꺼낸다.

거의 쓴 적이 없지만 지금이 써야 할 때인 듯하다. 경광등을 자동차 지붕에 올리고 전속력으로 차를 몬다.

12분 만에 쉼터에 도착해 서둘러 건물 안으로 들어가 왼쪽으로 돈 다음 급히 복도를 지나간다. 엘리가 사무실 밖에서 날 기다리고 있다. 표정을 보아 하니 뭔가 중요한 일이 생겼다.

"무슨 일이야?" 내가 묻는다.

엘리는 대답 대신 사무실 안쪽을 가리킨다. 나는 문손잡이를 돌려서 문을 열고 안을 들여다본다.

사무실에는 두 여자가 앉아 있다.

왼쪽에 앉은 여자는 모르는 사람이다. 다른 한 명은…… 알아보는 데 약간 시간이 걸린다. 아주 멋지게 나이를 먹었다. 기대 이상으로. 지난 15년 세월이 그녀의 편이었던 모양이다. 그동안 술을 끊고 요가나 그 비슷한 운동이라도 했나? 어쨌든 그런 것처럼 보인다.

우리의 눈이 마주친다. 난 잠시 아무 말도 하지 않은 채 우두커니 서 있는다.

"결국 이렇게 될 줄 알았지." 그녀가 말한다.

나는 연립 주택들이 늘어선 거리 맞은편에 서 있던 때를 떠올린다. 몸에 안 맞는 원피스, 사람들 사이로 요리조리 걸어가던 그녀의 뒷모습. 린 웰스.

모라의 엄마다.

CHAPTER
16

나 는 시간을 낭비하지 않는다. "모라는 어디 있습니까?"

"문부터 닫아요." 웰스 부인의 옆에 앉은 여자가 말한다. 당근색 머리카락에 같은 색깔의 립스틱을 발랐다. 맞춘 듯한 회색 바지 정장에 프릴 달린 셔츠를 입었는데, 패션을 잘 모르는 내 눈에도 꽤 비싸 보인다.

"그렇게 말씀하시는 분은 누구죠?"

나는 뒤돌아 문을 향해 손을 뻗는다. 내가 문을 닫자 엘리가 얼른 고개를 끄덕인다.

"난 버나뎃 해밀턴이라고 해요. 린의 친구죠."

두 사람이 친구 이상이라는 느낌이 든다. 그러든 말든 난 전혀 상관없지만. 가슴이 어찌나 쿵쾅거리는지 저들의 눈에도 보일 것만 같다. 다시 웰스 부인을 돌아보며 같은 질문을 더 단호하게 던지려는데 무언가가 날 막는다.

'진정해.' 나는 날 타이른다.

물론 웰스 부인에게 묻고 싶은 질문이 백만 개는 되지만 가장 효과적으로 신문하려면 초인적인 인내심이 필요하다는 사실을 잘 알고 있다. 웰스 부인이 날 찾아온 것이지 그 반대가 아니다. 그녀가 날 찾아내고, 심지어 엘리를 중개인으로 삼았다. 내 집이나 사무실에 얼씬거릴 필요가 없고, 통화 기록도 남기지 않기 위해서다. 이 모두가 노력이 필요한 일이다.

그렇다면 결론은 뻔하다.

웰스 부인은 내게 원하는 게 있다.

그러니 난 그녀가 말하도록 내버려 둬야 한다. 내가 묻지도 않은 것을 털어놓게 해야 한다. 침묵을 지키자. 그게 내 평소 신조다. 개인적인 일이라고 해서 신조가 바뀌어야 할 이유는 없다. 그래서 난 침묵을 지킨다. 질문하지 않는다. 웰스 부인을 다그치지도, 무언가를 요구하지도 않는다.

'아직은 아냐. 천천히 생각해. 계획을 세워.'

하지만 한 가지 확실한 건 말이야, 리오, 웰스 부인은 이 사무실을 나서기 전에 모라가 어디 있는지 반드시 말하게 될 거야.

나는 계속 서서 그녀가 먼저 입을 열기를 기다린다.

마침내 웰스 부인이 침묵을 깬다. "형사가 날 찾아왔었다."

나는 아무 말도 하지 않는다.

"경찰이 피살된 사건에 모라가 연관됐을 수도 있다더구나." 내가 여전히 말이 없자 그녀가 다시 묻는다. "사실이니?"

나는 고개를 끄덕인다. 웰스 부인의 친구 버나뎃이 그녀의 손을 잡아준다.

"모라가 정말로 그 사건에 연관되었을 거라고 생각하니?" 웰스 부인이 묻는다.

"아마도요, 네."

웰스 부인의 눈이 좀 더 커진다. 그녀의 손을 잡고 있던 버나뎃의 손에 좀 더 힘이 들어간다.

난 빈정거리는 대답을 하려다가 꾹 참고 침묵을 지킨다.

"날 찾아온 형사는 이름이 레이놀즈라고 했어. 펜실베이니아주 어딘가에서 왔다고 했지. 네가 그 사건 수사를 돕고 있다던데."

웰스 부인은 질문하듯이 말하지만 이번에도 나는 낚이지 않는다.

"이해가 안 가는구나, 냅. 왜 다른 주에서 일어난 살인 사건을 네가 수사하고 있지?"

"레이놀즈 경위에게 누가 살해됐는지 들으셨나요?"

"못 들은 것 같구나. 그냥 경찰이 살해됐다고만 했어."

"렉스 캔턴입니다." 나는 웰스 부인의 얼굴을 주시한다. 아무런 변화도 없다. "그 이름을 들어본 적 있으세요?"

웰스 부인은 잠시 생각한다. "아니, 처음 듣는 것 같은데."

"렉스는 우리의 고등학교 동창입니다."

"웨스트브리지 고등학교?"

"네."

웰스 부인의 얼굴이 서서히 창백해진다.

인내심 따위는 집어치우자. 가끔은 기습 공격으로 상대를 놀래야 한다. "모라는 어디 있습니까?"

"나도 모른다." 웰스 부인이 말한다.

나는 오른쪽 눈썹을 치켜세우며 도저히 믿을 수 없다는 표정을 짓는다.

"정말이야. 그래서 널 찾아온 거다." 웰스 부인이 눈을 들어 날 바라본다. "네가 날 도와줬으면 해서."

"모라를 찾는 걸 도와달라고요?"

"그래."

나는 울컥해서 말한다. "전 열여덟 살 때 이후로 모라를 만난 적이 없습니다."

테이블 위에서 전화기가 울리지만 우리 모두 무시한다. 나는 버나뎃을 바라보지만 그녀는 웰스 부인에게서 눈을 떼지 않는다.

"제가 도와주길 바라신다면," 나는 경찰답게 차분하고 담담한 목소리로 말한다. 비록 심장 박동은 치솟고 있지만. "먼저 아는 대로 말해주셔야 합니다."

침묵이 흐른다.

웰스 부인이 버나뎃을 바라보자 그녀가 고개를 저으며 말한다. "이 사람은 우릴 도울 수 없어."

웰스 부인은 고개를 끄덕인다. "여기 온 건 실수였어." 두 여자가 자리에서 일어난다. "오지 말았어야 했어."

그러고는 문 쪽으로 걸어간다.

"지금 어디 가시는 겁니까?"

웰스 부인이 단호한 목소리로 말한다. "그만 가야겠다."

"안 됩니다."

버나뎃은 내 말을 무시하고 문 쪽으로 돌아간다. 나는 몸을 움직여 그녀를 가로막는다.

"비켜요." 버나뎃이 말한다.

나는 웰스 부인을 바라본다. "모라는 지금 곤경에 처해 있습니다."

"당신은 아무것도 몰라요."

버나뎃이 문손잡이를 향해 손을 뻗지만 나는 여전히 비켜주지 않는다.

"지금 강제로 우리를 여기에 잡아두겠다는 건가요?"

"네."

허풍이 아니다. 나는 성인이 된 후로 계속 답을 기다리며 살았고, 이제 그 답이 내 앞에 서 있는데 그냥 문을 열고 나가게 할 수는 없다. 하늘이 두 쪽 나도 안 된다. 웰스 부인이 사실을 다 털어놓을 때까지 난 부인을 여기에 붙잡아 둘 것이다. 불법적이든 비도덕적이든 무슨 수를 써서라도.

웰스 부인은 아는 사실을 내게 전부 말하기 전까지는 절대 저 문 밖으로 나갈 수 없다.

나는 움직이지 않는다.

미친놈처럼 눈을 희번덕거리려고 하지만 되지 않는다. 내 마음이 동요하고 있고, 아마 저들에게도 보일 것이다.

"이 사람은 믿을 수 없어." 버나뎃이 말한다.

나는 그녀를 무시하고 웰스 부인에게만 집중한다. 그러고는 말문을 연다. "15년 전, 전 하키 경기를 마치고 집에 돌아왔습니다. 그때 열여덟 살이었죠. 고등학교 3학년. 제게는 가장 친한 친구라고 할 수 있는 쌍둥이 동생이 있었습니다. 소울 메이트라고 생각했던 여자 친구도 있었고요. 전 식탁에 앉아서 동생이 돌아오기를 기다렸습니다……."

웰스 부인이 내 얼굴을 바라본다. 그녀의 얼굴에 딱히 무엇인지 알 수 없는 감정이 떠오르더니 눈에 눈물이 글썽거린다. "안다. 그날 밤 이후로 우리의 삶은 영원히 바뀌어 버렸지."

"린……."

웰스 부인이 버나뎃에게 조용히 하라고 손짓한다.

"대체 무슨 일이 있었습니까? 모라는 왜 도망쳤죠?" 내가 묻는다.

버나뎃이 퉁명스럽게 말한다. "당신이 말해주지 그래요?"

나는 그 대답을 듣고 어리둥절하지만 웰스 부인이 버나뎃의 어깨를 잡는다. "밖에서 기다려 줘."

"내가 옆에 있어야 해."

"냅과 단둘이 얘기해야 해."

버나뎃은 반대하지만 이건 그녀가 이길 수 없는 게임이다. 나는 문에서 살짝 옆으로 비켜선다. 혹시 몰라서 버나뎃만 빠져나갈 수 있을 정도로 조금만 문을 연다. 그러고는 마치 웰스 부인도 문틈으로 도망칠지 모른다는 듯이 그녀를 뚫어지게 바라본다. 하지만 부인은 도망치지 않는다. 마침내 버나뎃은 날 죽일 듯이 노려보면서 문틈으로 빠져나간다.

이제 모라의 엄마와 나만 남았다.

"자리에 앉자꾸나." 웰스 부인이 말한다.

"당시 모라와 내 사이가 어땠는지는 너도 알 거다."

웰스 부인과 나는 엘리의 책상 앞에 있던 의자 두 개를 돌려서 마주 보고 앉는다. 그제야 부인이 왼손에 낀 결혼반지가 눈에 들어온다. 그녀는 말하는 동안 계속 반지를 돌린다.

웰스 부인이 내 대답을 기다리기에 나는 "압니다"라고 대답한다.

"힘들었지. 내 탓이었어. 적어도 대부분은 그랬다. 나는 술을 달고 살았어. 미혼모가 돼서 내가 원하는 일을 할 수 없다는 것에 화가 났어. 대체 뭐가 하고 싶었는지도 모르겠지만. 그저 술이나 더 마시고 싶었겠지. 그리고 시기도 안 좋았어. 하필 모라가 사춘기였고, 그 애는 천성이 반항아였어. 물론 너도 잘 알 거다. 애초에 그래서 네가 그 애에게 끌렸으니까. 안 그러니? 그러니까 이 모든 게 합쳐져서……."

웰스 부인은 폭발했다는 뜻으로 두 주먹을 쥐었다가 손가락을 활짝 편다.

"우린 고군분투했다. 나는 두 군데서 동시에 일했지. 콜스 백화점에서 판매원으로 일하면서 베니건스에서 웨이트리스 일도 했어. 모라는 한동안 젠슨 반려동물 가게에서 아르바이트를 했고. 너도 기억하지?"

"네."

"그 애가 왜 그만뒀는지 아니?"

"개털에 알레르기가 있다나 그랬습니다."

웰스 부인이 살짝 미소를 짓지만 즐거워서 짓는 미소는 아니다. "마이크 젠슨이 자꾸 모라의 엉덩이를 만졌기 때문이야."

오래전 일인데도 온몸에 열이 확 오른다. "정말입니까?"

당연히 정말일 것이다. "모라는 네가 다혈질이라고 했어. 네게 사실

209

대로 말했다가는……. 어쨌든 그건 중요치 않아. 우린 그때 어빙턴에 살았지만 모라가 일하는 가게는 웨스트브리지에 있었지. 그런데 콜스 백화점에서 함께 일하던 여자가 나더러 좋은 학교가 있는 마을의 제일 싼 집으로 이사를 가라는 거야. '그래야 딸이 좋은 학교에 다닐 수 있어'라고 하더구나. 일리 있는 말이었지. 뭐니 뭐니 해도 모라는 아주 똑똑했어. 그래서 우린 그렇게 했다. 이사 가고 얼마 지나지 않아서 너희 둘이 만났고……."

웰스 부인은 말끝을 흐리더니 이렇게 말한다.

"자꾸 다른 이야기만 하는구나."

"그럼 그날 밤으로 건너뛰죠."

부인이 고개를 끄덕인다. "그날 밤에 모라는 집에 오지 않았어."

나는 움직이지 않는다.

"처음에는 몰랐단다. 난 야간 근무를 마치고 친구들을 만났지. 당연히 술을 마셨고, 새벽 4시가 되어서야 집에 들어갔어. 아마 4시가 맞을 거야. 정확히는 몰라. 기억도 안 나고. 모라의 방에 들어가 보지도 않았을 거야. 정말 훌륭한 엄마지? 하지만 들어가서 봤다고 해도 달라질 건 없었을 거야. 만약 방에 모라가 없는 걸 알았다면 내가 뭔가 다르게 행동했을까? 아닐 거야. 너희 집에서 자나 보다 했겠지. 아니면 맨해튼에 갔거나. 모라는 맨해튼에 있는 친구들을 만나러 자주 갔거든. 너랑 사귄 뒤로 뜸해지기는 했지만. 그러다 아침에 일어나 보니 모라가 없었어. 하지만 뭐 정오가 다 된 시각이었으니까 이미 나갔을 거라고 생각했지. 그게 가장 타당한 설명이잖니, 안 그래? 그래서 별다른 생각 없이 그냥 출근했단다. 난 베니건스에서 2교대로 일했는데

폐점 시간이 다 됐을 때 바텐더가 내게 전화가 왔다는 거야. 이상한 일이었지. 그 일로 매니저에게 혼나기까지 했어. 어쨌든 전화한 사람은 모라였어."

주머니 속에서 휴대전화가 진동하지만 나는 무시한다.

"뭐라고 하던가요?"

"난 걱정이 됐단다. 아까 말했듯이 그 애는 한 번도 직장으로 전화한 적이 없었으니까. 그래서 서둘러 전화를 받고 별일 없는지 물었지. 그랬더니 그 애가 '엄마, 나 잠깐 어디 좀 다녀올게. 누가 묻거든 이번 일에 너무 상심해서 전학 갈 거라고 말해'라고 했어. 그러고는 경찰에는 비밀로 하라고 하더구나." 웰스 부인은 숨을 깊이 들이쉰다. "근데 내가 뭐라고 했는지 아니?"

"뭐라고 하셨는데요?"

다시 슬픈 미소가 떠오른다. "약이라도 했냐고 물었어. 그게 내 도움을 바라고 전화한 딸에게 내가 제일 먼저 한 말이었다. '너 약이라도 했니?'라고 말이야."

"모라가 뭐라고 하던가요?"

"아무 말도 안 했어. 그냥 전화를 끊었지. 그 애가 내 말을 들었는지도 잘 모르겠다. 당시에는 이번 일에 너무 상심했다는 모라의 말이 무슨 뜻인지조차 몰랐어. 그 정도로 아무것도 몰랐단다, 냅. 네 동생과 스타일스 서장의 딸에게 생긴 일도 그때까지 몰랐어. 그래서 그냥 다시 하던 일로 돌아갔지. 웨이트리스 일로. 그때쯤에는 두 테이블의 손님들이 내가 오지 않는다고 투덜대고 있었어. 그러다가 바 맞은편 테이블의 주문을 받고 있는데, 그런 패밀리 레스토랑에는 사방에 텔레비전이 걸려 있는 거 알지?"

나는 고개를 끄덕인다.

"텔레비전에서는 주로 스포츠 중계가 나오는데 누가 뉴스 채널로 돌렸더라고. 그때 봤지……" 웰스 부인은 고개를 젓는다. "정말 끔찍했어. 앵커가 이름은 말하지 않더구나. 그래서 네 동생인 줄도 몰랐다. 그저 웨스트브리지 고등학생 두 명이 기차에 치였다고만 했어. 그제야 모라가 한 말이 조금 이해가 가더구나. 이 일로 상심해서 며칠간 마을을 떠나 있으려나 보다 했어. 어떻게 해야 할지 몰랐지만 내가 살면서 배운 것들이 몇 가지 있단다. 그중 하나는 너무 빨리 반응하지 말라는 거야. 난 똑똑한 여자가 아니야. 가끔씩 갈림길에서 A로 갈지 B로 갈지 선택해야 하면, 지형을 파악할 때까지 그냥 제자리에 남아 있어야 해. 그래서 난 차분하게 근무를 끝마쳤지. 아까 말했듯이 모든 게 이해가 됐어. 다만, 음, 경찰에게 비밀로 하라는 것만 제외하고. 그 부분이 걸렸지만 일하느라 너무 바빠서 오래 생각할 겨를이 없었어. 어쨌든 근무를 마치고 내 차로 갔지. 당시 막 사귀기 시작한 남자와 만나기로 되어 있었지만 약속을 취소하고 싶었어. 그냥 집에 틀어박혀 있고 싶더구나. 그래서 주차장으로 걸어갔지. 그 시각에 주차장은 거의 비어 있었어. 그런데 웬 남자들이 날 기다리고 있는 거야."

웰스 부인은 내 시선을 외면하더니 눈을 깜빡거린다.

"남자들요?" 내가 묻는다.

"네 명이었어."

"경찰이었나요?"

"자기들 말로는 그렇다고 하더구나. 내게 배지를 살짝 보여줬지."

"용건이 뭐였나요?"

"모라가 어디 있는지 알고 싶어 했어."

난 그 장면을 상상한다. 베니건스는 몇 년 전에 문을 닫아서 지금 그 자리에는 마카로니 그릴이라는 체인 레스토랑이 있지만 주차장은 그대로다.

"그래서 뭐라고 하셨어요?"

"모른다고 했지."

"그렇군요."

"그 사람들은 아주 공손했어. 대장으로 보이는 남자, 그러니까 내게 말을 거는 남자는 피부가 창백하고 속삭이듯이 말했어. 소름 끼치더구나. 손톱이 아주 길었어. 난 손톱 긴 남자는 딱 질색이야. 그 남자말이 모라는 아무 문제도 없다고 했어. 지금 자기들을 만나러 오기만 하면 다 해결될 거라고 했지. 아주 집요했어."

"하지만 부인은 모라가 어디 있는지 모르셨죠."

"그래."

"그래서 어떻게 됐나요?"

"그래서…….." 웰스 부인이 눈물을 글썽이더니 한 손을 들어 목을 감싼다. "이 부분을 어떻게 말해야 할지 모르겠구나."

나는 손을 뻗어 부인의 손을 잡는다. "괜찮으니까 말해보세요."

그때 사무실 안의 무언가가 바뀐다. 눈이 번쩍 뜨이듯 그걸 느낄 수가 있다.

"그다음에는 어떻게 됐나요, 웰스 부인?"

"그다음에는 어떻게 됐냐 하면…….." 그녀가 말을 멈추고 어깨를 으

쓰인다. "일주일 후가 됐어."

나는 잠시 말문이 막혔다가 입을 연다. "무슨 말인지 모르겠는데요."

"나도 마찬가지란다. 그다음에 기억나는 건 우리 집 뒷문을 두드리는 소리였어. 눈을 떴더니 내 방에 누워 있더구나. 누가 찾아왔는지 보려고 블라인드 사이로 내다봤지."

웰스 부인이 날 바라본다.

"너였어, 냅."

물론 나도 기억한다. 모라를 찾으려고 그 애의 집으로 가서 뒷문을 두드려 댔다. 리오가 죽은 후로 모라는 너무 끔찍한 일이다, 잠시 마을을 떠날 거라는 말만 남긴 채 연락이 없었다.

더불어 나와 헤어지겠다는 말도 남겼다.

"난 문을 열지 않았어."

"압니다."

"미안하구나."

나는 괜찮다는 뜻으로 손을 흔든다. "아까 일주일 후라고 하셨어요."

"그래. 그러니까 이튿날 아침이라고 생각하고 눈을 떴는데 일주일이 지나 있었어. 어떻게 해야 좋을지 모르겠더구나. 무슨 일이 있었는지 기억해 내려 했어. 가장 그럴듯한 설명은 술을 너무 마셔서 일주일동안 정신을 잃었다는 거야. 창백한 피부에 속삭이는 목소리의 남자는 내게 시간을 내줘서 고맙다고 말하고, 모라에게서 연락이 오면 알려달라고 말한 뒤에 떠났을 거야. 난 차를 타고 집에 와서 술을 진탕 마셨고." 부인은 고개를 갸웃한다. "그게 가장 그럴듯한 설명 아니니, 냅?"

실내 기온이 5도쯤 떨어진 듯하다.

"하지만 정말로 그랬던 것 같지는 않아."

"그럼 어떻게 된 걸까요?"

"창백한 피부에 속삭이는 목소리의 남자가 내게 무슨 짓을 한 거야."

귀에 조개껍질을 비벼대는 듯한 내 숨소리가 들린다. "이를테면요?"

"그들이 날 어딘가로 데려가서 모라의 소재에 대해 다시 물은 것 같아. 처음에 잠에서 깼을 때 그런 기억이 떠오르더라고. 끔찍한 기억. 하지만 꿈을 꿨을 때처럼 그 기억은 사라져 버렸어. 너도 그런 적 있지? 잠에서 깼을 때는 악몽이 기억나고, 절대 잊지 못할 거라고 생각하지만 이내 그 기억이 사라져 버린 적 말이야."

내가 "네"라고 대답하는 소리가 들린다.

"그와 비슷했단다. 악몽처럼 끔찍한 일이라는 건 확실한데 손을 뻗어서 기억해 내려고 하면 연기처럼 잡히지 않았어."

나는 그저 뭐라도 하기 위해, 충격을 완화하기 위한 방법의 하나로 고개를 좀 더 끄덕인다. "그래서 어떻게 하셨어요?"

"그냥……." 웰스 부인은 어깨를 으쓱인다. "콜스 백화점에 출근했어. 말도 없이 결근을 했으니 큰일 나겠구나 생각했는데 내가 전화로 병가를 냈다고 하더구나."

"부인은 그런 기억이 없고요?"

"응. 베니건스도 마찬가지였어. 내가 전화로 병가를 냈다고 했어."

나는 의자에 등을 기대고 이 이야기를 이해하려고 한다.

"난…… 난 편집증에 걸려버렸다. 계속 누가 날 따라온다고 생각했어. 신문을 읽고 있는 남자를 보면 날 감시하는 거라고 확신했지. 너도 우리 집에 자주 찾아오기 시작했어, 냅. 너한테 오지 말라고 쏘아 붙였지만 계속 그럴 순 없었어. 모라에게 자초지종을 듣기 전까지 나도 무언가를 해야만 했어. 그래서 그 애 말대로 했지. 너한테는 모라가 전학을 갔다고 거짓말을 했어. 웨스트브리지 고등학교에 연락해서 우리는 이사를 갈 거니까 모라의 학적부를 그쪽 학교로 보내달라고 했지. 학교 측에서는 별다른 질문을 하지 않았어. 당시에 충격을 받고 학교를 쉬는 애들이 많았던 모양이더라."

웰스 부인은 다시 손으로 목을 감싼다. "물 좀 마셔야겠다."

나는 자리에서 일어나 책상 뒤로 돌아간다. 창틀 아래 소형 냉장고가 있다. 왜 웰스 부인이 엘리를 통해 날 만나러 왔는지 궁금하지만 지금은 그보다 더 급한 문제들이 있다. 냉장고를 열고 깔끔하게 정렬된 생수병들 중에서 하나를 꺼낸다.

"고맙다."

웰스 부인은 그렇게 말하며 병뚜껑을 돌려서 연 다음, 오랫동안 물을 들이켠다. 뭐랄까, 알코올 중독자가 술을 마시듯이. "술은 끊으셨네요." 내가 말한다.

"한번 알코올 중독자는 영원히 알코올 중독자야. 하지만 그래, 마지막으로 술을 마신 지 13년이 됐다."

나는 그 정도면 성공했다는 뜻으로 고개를 끄덕인다. 그렇다고 부인이 내 인정을 바란 것은 아니지만.

"버나뎃 덕분이지. 그 사람이 내 기둥이야. 내가 바닥을 쳤을 때 버나뎃을 만났단다. 2년 전에 정식으로 결혼했고."

뭐라고 해야 할지 몰라서, 또 아까 하던 이야기로 돌아가고 싶기도 해서 난 그냥 이렇게 말한다. "그렇군요. 모라에게서 또 언제 연락이 왔나요?"

웰스 부인은 한 모금 더 마시고는 병뚜껑을 닫는다.

"며칠이 지나고 몇 주가 지났지. 전화벨이 울릴 때마다 난 깜짝 놀랐어. 누군가와 상의하고 싶었지만 누구에게 말하겠니? 모라는 경찰에 알리지 말라고 했고, 그 피부가 창백한 남자를 만난 뒤로는, 음, 아까 말했듯이 A로 가야 할지 B로 가야 할지 모를 때는 그냥 제자리에 있어야 해. 하지만 무서웠다. 악몽도 꿨지. 그 속삭이는 목소리가 내게 모라가 어디 있냐고 묻고 또 묻는 소리가 들렸어. 어떻게 해야 할지 모르겠더구나. 마을 전체가 네 동생과 다이애나의 죽음을 슬퍼하고 있었어. 하루는 다이애나의 아버지인 경찰 서장이 찾아왔지. 서장도 모라가 어디 있는지 알고 싶어 했어."

"그래서 뭐라고 하셨어요?"

"다른 사람에게 말한 대로 했지. 그 사고로 모라가 겁에 질려서 당분간 밀워키에 있는 내 사촌 집에 머물고 있다고. 그리고 학교도 옮길 거라고."

"정말로 밀워키에 사촌이 있나요?"

웰스 부인은 고개를 끄덕인다. "사촌에게는 모라가 거기 있는 걸로 해달라고 부탁해 뒀어."

"그럼 언제 다시 모라에게 연락이 왔나요?"

웰스 부인은 한 손으로는 하얀색 뚜껑을 잡고, 다른 손으로는 바닥을 받치고 있는 생수병을 내려다본다. "석 달 뒤에."

나는 충격 받은 내색을 하지 않으려고 애쓰며 우두커니 서 있다.

217

"그럼 석 달 동안……?"

"난 모라가 어디 있는지 전혀 몰랐어. 연락이고 뭐고 전혀 없었으니까."

난 할 말이 없었다. 그때 휴대전화가 다시 진동한다.

"얼마나 걱정했는지 모른단다. 모라는 똑똑하고 수완이 좋은 아이야. 하지만 난 어떻게 생각했는지 아니?"

나는 고개를 젓는다.

"난 모라가 죽었다고 생각했어. 피부가 창백하고 속삭이는 목소리의 남자가 그 애를 찾아내 죽였을 거라고. 진정하려고 했지만 사실 내가 할 수 있는 일이 아무것도 없었어. 경찰을 찾아간다 해도 무슨 말을 하겠니. 눈을 떠보니 일주일이 지나버렸다는 이야기를 누가 믿어주겠어. 그자들이 누구든 간에 모라를 이미 죽였거나, 내가 모라에 대해 동네방네 묻고 다니면 그자들이 모라를 찾아내 죽이도록 돕는 꼴이었어. 내가 어떤 상황이었는지 알겠지? 경찰에 알려봐야 모라에겐 도움이 안 돼. 모라는 혼자 힘으로 살아남거나 아니면……."

"아니면 죽는 거죠." 내가 말한다.

웰스 부인은 고개를 끄덕인다.

"그래서 결국에는 모라를 어디서 만나셨나요?"

"램지에 있는 스타벅스에서. 매장 뒤쪽에 있는 화장실에 갔더니 갑자기 모라가 내 뒤에 서 있더구나."

"잠깐만요, 먼저 모라가 전화해서 만나자고 한 게 아니고요?"

"응."

"그냥 불쑥 나타났다고요?"

"그래."

도무지 이해할 수 없다.

"그래서 어떻게 됐나요?"

"모라는 자기가 위험에 처했지만 괜찮을 거라고 했어."

"그리고요?"

"그게 다야."

"그 말만 했다고요?"

"응."

"부인은 아무것도 묻지……."

"물론 물었지." 웰스 부인이 내 말을 자르며 처음으로 언성을 높인다. "모라의 팔을 잡고 절박하게 매달렸어. 더 말해달라고 사정했지. 그동안 잘못한 일을 전부 사과했어. 모라는 날 껴안았다 밀어내고는 화장실에서 나가 뒤쪽으로 가더라. 나도 따라갔지만…… 넌 이해 못할 거야."

"그러니까 설명해 보세요."

"화장실에서 나왔더니…… 다시 그 남자들이 있었어."

나는 제대로 들은 게 맞나 싶어서 잠시 뜸을 들였다가 묻는다. "지난번 그 남자들요?"

"같은 사람이라는 말이 아니라……. 어쨌든 한 남자가 뒷문으로 나갔어. 난 내 차에 탔는데……."

"그런데요?"

웰스 부인이 고개를 들고 눈물을 글썽이며 한 손을 들어 다시 목을 감싸자 나는 가슴이 철렁 내려앉는다. "누군가는 내가 딸을 다시 만나고 스트레스를 받아서 또 술을 한바탕 마셨다고 생각할 거야.”

나는 다시 손을 뻗어 부인의 손을 잡는다. “이번에는 며칠 뒤에 깨셨나요?”

“사흘. 하지만 이젠 너도 알겠지?”

나는 고개를 끄덕인다. “모라는 이미 알았던 거군요.”

“그래.”

“모라는 그자들이 부인을 고문하리라는 걸 알았어요. 아마 약물을 이용했겠죠. 잔혹한 방법으로요. 하지만 부인이 아무것도 모르면…….”

“그자들을 도울 수가 없지.”

“그뿐만이 아닙니다.”

“무슨 말이지?”

“모라는 부인을 지킨 거예요. 무엇 때문에 도망을 치든 간에 만약 부인이 그 이유를 알면 부인도 위험해지니까요.”

“맙소사.”

나는 애써 정신을 집중한다.

“그래서 그다음에는요?”

“나도 몰라.”

“그날 스타벅스에서 모라를 만난 이후로 한 번도 만난 적이 없다는 말씀입니까?”

“아니. 여섯 번 더 만났다.”

“지난 15년간요?”

웰스 부인은 고개를 끄덕인다. “늘 갑작스럽게 만났지. 모라는 그저 자기가 잘 지낸다는 사실만 알려주고는 금방 가버렸어. 나와 이메일을 주고받을 수 있는 계정을 만들기도 했지만 실제로 메일을 주고받은 적은 없어. 우리 둘 다 계정의 비밀번호를 알고 있어서 서로 임시 저장함에 저장만 해뒀지. 익명을 유지하려고 VPN을 이용했어. 하지만 언제부턴가 모라는 그것도 너무 위험하다고 생각했지. 그리고 이상하게도 모라는 내게 할 말이 없었어. 나는 모라에게 내가 어떻게 사는지 말해줬어. 술을 끊고 버나뎃을 만난 일을. 하지만 모라는 자기가 어떻게 사는지 한마디도 하지 않았어. 내겐 고문이었지." 웰스 부인이 생수병을 꽉 쥔다. "그 애가 지금 어디에 있는지, 뭘 하는지 난 전혀 몰라."

내 휴대전화가 다시 진동한다.

이번에는 액정을 힐끗 봤더니 오기 아저씨 번호가 떠 있다. 나는 전화를 받는다.

"여보세요?"

"행크를 찾았다."

CHAPTER
17

행크가 열 살 때 했던 생일 파티 기억해, 리오?

그해는 생일 파티에서 레이저건과 너프건을 사용한 서바이벌 게임이나 운동 경기를 하는 게 유행이었어. 에릭 큐비의 생일에는 버블 슈트를 입고 실내에서 축구 시합을 했지. 알렉스 코언은 미니 골프 시합을 할 수 있는 쇼핑몰과 레인포리스트 카페에서 생일 파티를 열었어. 마이클 스토터의 생일 파티에서는 비디오 게임을 하고 3D 롤러코스터를 탔지. 우리는 의자에 묶였고, 스크린을 바라보는 상태에서 의자가 마구 흔들리자 정말로 롤러코스터를 탄 기분이었어. 넌 속이 울렁거린다고 했지.

행크의 생일 파티는 행크처럼 특이했어. 레스턴 대학교 과학 실험실에서 열렸는데, 우리는 렌즈가 두꺼운 안경을 쓰고 하얀 실험실 가운을 입은 남자의 지도를 받으며 이런저런 실험을 했지. 붕사 가루와 물 풀을 이용해서 슬라임을 만들기도 하고, 통통 튀어 오르는 폴리머

공과 대형 얼음 구슬을 만들기도 했어. 화학 반응과 불과 정전기를 이용한 실험도 했고. 파티는 내 예상보다 재미있었어. 나처럼 운동을 즐겨 하는 아이들도 좋아할 만한 과학 영재 세상이었지. 하지만 가장 선명한 기억은 한가운데 앉아 있던 행크의 얼굴이야. 행크는 꿈을 꾸는 듯한 눈을 크게 뜬 채 바보처럼 싱글벙글 웃고 있었어. 겨우 열 살이던 나도 행크가 얼마나 행복한지, 자기가 좋아하는 일에 얼마나 푹 빠져 있는지, 우리 중 누구도 저 정도로 행복했던 적이 거의 없다는 사실을 알 수 있었지. 겨우 열 살이던 나도—민망해서 내 입으로 직접 말할 수는 없었지만—마음 한편으로 행크를 위해 시간을 멈춰주고 싶었어. 그래서 실험을 하는 45분과 케이크를 자르고 먹는 15분보다 더 오랫동안 행크가 이 순간에, 이 실험실에, 친구들과 자기가 좋아하는 실험을 함께하면서 머물기를 바랐지. 지금 나는 그 생일 파티를 떠올려 봐. 그때 행크가 얼마나 순수하게 기뻐했는지, 그 후로 우리의 삶이 어떻게 바뀌었는지, 그때와 지금 사이에 어떤 일들이 있었는지, 바보처럼 싱글벙글 웃던 행복한 소년과 벌거벗고 여기저기 훼손된 채 죽어서 나무에 목을 매단 남자 사이에 어떤 연관이 있는지 생각해.

툥퉁 부어 기괴하게 썩어가는 얼굴에서도 여전히 그 생일 파티의 꼬마가 보인다. 신기하게도 어린 시절을 함께 보낸 사람에게는 그런 일이 가능하다. 지독한 악취에 다들 뒤로 물러서지만, 무슨 이유에서인지 나는 악취가 전혀 거슬리지 않는다. 시체라면 지금까지 숱하게 봤다. 행크의 벌거벗은 시체는 뼈를 다 뽑아버리고, 줄 하나에 매달린 마리오네트 같다. 상반신이 날카로운 칼에 베인 듯한 자상으로 뒤덮였지만 자꾸 주의를 끄는 것은 가장 눈에 띄는 상처다.

행크는 거세되었다.

내 양옆에는 두 상사가 서 있다. 한 명은 에식스 카운티 검사 로렌 뮤즈고, 다른 한 명은 오기 아저씨다. 우리 셋은 말없이 시신을 올려다본다.

뮤즈 검사가 날 돌아보며 말한다. "자넨 며칠 휴가를 낸다고 하지 않았나?"

"더는 아닙니다. 제가 이 사건을 맡겠습니다."

"자넨 피살자와 아는 사이잖아."

"아주 예전에요."

"그래도 안 돼." 뮤즈 검사는 몸집이 작지만 카리스마가 뚝뚝 떨어지는 듯한 여자다. 그녀가 언덕을 내려가는 남자를 향해 고갯짓한다. "매닝 형사가 맡을 거야."

오기 아저씨는 여전히 말이 없다. 아저씨도 살면서 시체라면 숱하게 봤지만 얼굴이 창백하다. 원래 살인 사건은 카운티 소관이다. 오기 아저씨가 담당한 웨스트브리지 경찰서는 도움만 줄 뿐이다. 내 업무는 둘 사이의 연결 고리 역할이다.

뮤즈 검사는 언덕을 돌아본다. "저기 진을 치고 있는 방송국 차량들 봤어?"

"네."

"왜 저렇게 많이 몰려왔는지 알아?"

알고 있다. "동영상 때문이죠."

검사는 고개를 끄덕인다. "한 남자가 디지털 자경주의로 인해 성범죄자로 밝혀졌지. 그 동영상은 조회수가 300만인가 400만이 됐고,

이제 그 남자는 숲속에서 나무에 매달린 채 발견됐어. 거기다 거세됐다는 사실까지 알려지면…….”

거기까지만 말해도 충분하다. 우리 모두 그 결과가 어떨지 알고 있다. 아주 난리가 날 것이다. 다시 생각해 보니 내가 이 사건을 맡지 않아 다행스러울 정도다.

앨런 매닝이 우리를 투명인간 취급하며 옆으로 지나간다. 그러고는 좌우로 살짝 흔들리는 행크의 시신 옆에 서서 과장된 동작으로 시신을 검사한다. 나는 매닝이 어떤 형사인지 안다. 삼류는 아니지만 그렇다고 일류도 아니다.

뮤즈 검사는 뒤로 한 발짝 물러서고, 오기 아저씨와 나도 그녀를 따라 뒤로 물러선다.

“서장님 말로는 자네가 동영상을 올린 엄마를 만났다던데.” 뮤즈 검사가 말한다.

“수잰 핸슨요.”

“그 여자가 뭐라고 하든가?”

“거짓말이었다고요. 행크는 성기 노출을 한 적이 없답니다.”

뮤즈 검사가 서서히 내 쪽으로 몸을 돌린다. “뭐라고?”

“핸슨 부인은 그저 행크가 학교 주변을 어슬렁거리는 게 달갑지 않았던 겁니다.”

“그런데 이제 행크 스트라우드가 죽었군.” 뮤즈 검사는 고개를 절레절레 흔든다.

나는 아무 말도 하지 않는다.

“멍청하고 무식한…….” 검사가 다시 고개를 흔든다. “그 여자를 기소할 수 있는지 알아봐야겠어."

나도 찬성하는 바다.

"핸슨 부인이 이 일에 연관됐을까?" 뮤즈 검사가 묻는다.

'아뇨.' 나는 속으로 그렇게 생각하고, 솔직하게 말하고 싶다. 매닝 형사를 잘못된 방향으로 이끌고 싶지는 않지만 사건 해결에 무엇이 최선인지 알고 있는데 그러려면 살짝 혼선을 줘야 한다. 그래서 이렇게 말한다. "매닝 형사가 이번 사건을 수사하는 데 좋은 출발점이 될 겁니다."

우리는 다시 시신을 올려다본다. 매닝 형사는 얼굴을 찡그린 채 시신 아래를 맴돈다. 마치 텔레비전 드라마에서 본 형사 흉내라도 내듯 과장되게 행동하는 터라 셜록 홈스처럼 거대한 돋보기라도 꺼내들 듯하다.

오기 아저씨는 여전히 시체에서 눈을 떼지 못한 채 말한다. "전 행크의 아버지와 아는 사이입니다."

"그럼 당신이 소식을 전해주는 게 좋겠네요." 뮤즈 검사가 말한다. "언론이 이미 몰려들었으니 빨리 알려줄수록 좋아요."

"제가 함께 가도 될까요?" 내가 묻는다.

뮤즈 검사는 '마음대로 해'라는 뜻으로 어깨를 으쓱인다.

오기 아저씨와 나는 언덕을 내려간다. 카운티 검시관이자 사람 좋은 프랑코 카데두가 막 도착한다. 그는 근엄한 표정으로 목례를 하며 우리를 지나간다. 사건 현장에서는 늘 매우 사무적인 사람이다. 나도 프랑코에게 목례하지만 오기 아저씨는 하지 않는다. 우리는 계속 걸어간다. 전신 작업복을 입고 수술용 마스크와 장갑을 낀 감식반 친구들이 서둘러 우리를 지나간다. 아저씨는 그들에게 눈길도 주지 않는다. 굳은 얼굴로 자신이 맡은 끔찍한 업무를 수행하려고 터덜터덜 걸어간다.

"앞뒤가 안 맞아요."

1, 2분쯤 지난 후에야 아저씨가 대답한다. "뭐가 말이냐?"

"행크의 얼굴요."

"그게 왜?"

"자주색도 아니고, 심지어 몸의 나머지 부분과 색깔이 달라요."

아저씨는 아무 말도 하지 않는다.

"그러니까 질식이나 목이 부러져서 죽은 게 아니에요."

"프랑코가 알아내겠지."

"하나 더 있어요. 그 냄새 말이에요. 단순히 산패된 냄새가 아니에요. 아저씨도 시신이 부패하기 시작한 거 보셨죠?"

아저씨는 계속 걸어간다.

"행크는 3주 전에 실종됐어요. 제 생각에는 그때 이미 죽은 거예요."

"그것도 프랑코가 알아내겠지."

"누가 시체를 발견했나요?"

"데이비드 엘러펀트라는 남자가 개를 산책시키다가 발견했어. 목줄이 풀린 개가 이쪽으로 달려와서 짖어댔다는구나."

"얼마나 자주 했답니까?"

"뭘 말이냐?"

"그 엘러펀트라는 남자가 여기서 개를 산책시키는 거요. 이 골짜기는 도심에서 좀 떨어지기는 했지만 심하게 외진 곳은 아니잖아요."

"모르겠구나. 그건 왜 묻지?"

"제 말이 맞는다고 쳐요. 행크가 3주 전에 죽었다고 쳐보자고요."

"그래."

"만약 행크의 시신이 3주 내내 나무에 매달려 있었으면 누가 진작 알아차리지 않았을까요? 하다못해 냄새라도 맡았을 거예요. 여긴 그렇게 인적이 드문 곳도 아니잖아요."

아저씨는 대답하지 않는다.

"아저씨?"

"듣고 있다."

"뭔가 이상해요."

마침내 아저씨가 걸음을 멈추더니 저 멀리 사건 현장을 돌아본다. "한 남자가 거세돼서 나무에 매달렸어. 당연히 뭔가 이상하지."

"그 동영상 때문이 아닌 것 같아요."

아저씨는 대답하지 않는다.

"음모론 클럽, 나이키 기지와 관련된 일이에요. 렉스와 리오, 다이애나와 관련된 일이라고요."

내 입에서 딸의 이름이 나오자 아저씨가 움찔한다.

"아저씨?"

아저씨는 몸을 돌려 다시 걷기 시작하더니 이렇게 말한다. "나중에."

"네?"

"나중에 얘기하자고. 지금은 톰에게 아들이 죽었다고 말해야 해."

스트라우드 씨는 자신의 손을 내려다본다. 그의 아랫입술이 떨린다. 우리에게 문을 열어준 이후로 그는 한 마디도 하지 않았다. 스트라우드 씨는 곧바로 알아차렸다. 우리의 얼굴만 보고 곧바로. 종종 있는 일이다. 누군가 애도 과정의 첫 단계는 부정(否定)이라고 했다. 하지만 삶이 산산이 부서지는 소식들을 직접 전해본 내 경험상, 현실은 그 반대다. 애도 과정의 첫 단계는 새로운 소식을 완벽하고도 즉각적으로 이해하는 것이다. 소식을 듣는 순간 망연자실해지고, 죽음은 절대 돌이킬 수 없으며, 그걸로 끝이라는 사실을 금세 깨닫는다. 내 세상은 산산이 부서졌고 우리는 절대 예전과 같은 사람이 될 수 없다. 이 모든 사실을 길어야 몇 초 안에 다 깨닫는다. 그 깨달음은 온몸을 흘러넘치며 우리를 압도한다. 가슴이 갈가리 찢기고, 무릎이 후들거린다. 온몸 구석구석이 항복하고 무너지길 원한다. 몸을 공처럼 둥그렇게 웅크리고 싶다. 갱도 속으로 끝없이 추락하고 싶다.

그때 부정이 끼어든다.

부정은 우리를 구원한다. 부정은 보호막을 펼친다. 부정은 창문에서 뛰어내리려는 우리를 붙잡는다. 우리의 손이 뜨거운 난로 위에 놓여 있다면, 부정이 그 손을 다시 끌어당긴다.

스트라우드 씨의 집으로 들어가는 동안 그날 밤의 기억이 밀려들고, 나는 마음 한편으로 그 보호막을 갈구한다. 따라가면 좋을 줄 알았는데 나쁜 소식을—리오가 죽던 날 밤에 그랬듯이 최악의 소식을—전하는 오기 아저씨를 보는 일은 예상보다 힘들다. 나는 눈을 깜빡거리고 어느새 스트라우드 씨는 우리 아버지가 된다. 아버지처럼 스트라우드 씨도 식탁을 내려다본다. 그도 역시 일격을 당한 듯이 움찔거린다. 오기 아저씨가 또 다른 아버지에게 자식이 죽었다는 소식을 전해주는 동안, 강하면서도 부드럽고 연민이 넘치면서도 무심한 아저씨의 목소리는 어떤 광경이나 냄새보다도 악몽 같은 기시감이 들게 한다.

두 남자는 부엌에 앉아 있다. 나는 오기 아저씨에게서 3미터 정도 떨어진 뒤쪽에 서 있다. 교체 선수로 출전할 준비가 되었지만 그래도 감독이 날 부르지 않으면 하는 심정이다. 다리에서 힘이 빠진다. 나는 사건의 단서들을 짜 맞춰보지만 생각하면 할수록 앞뒤가 맞지 않는다. 매닝 형사와 카운티 경찰이 주도하는 공식 수사는 틀림없이 그 화제의 동영상에 집중할 것이다. 그들에게는 간단한 사건으로 보이리라. 동영상이 입소문을 타고 화제에 올랐다, 대중이 분노했다, 누군가가 직접 나서서 문제를 해결했다.

깔끔하고 앞뒤가 맞아떨어진다. 어쩌면 정말로 그런지도 모른다.

또 다른 가설은 당연히 내가 수사할 것이다. 누군가 옛 음모론 클럽의 회원들을 죽이고 있다. 여섯 명으로 추정되는 회원들 가운데 네 명이 서른다섯 살이 되기 전에 살해됐다. 이런 우연의 일치가 또 있을까? 처음에는 리오와 다이애나가 죽고, 그다음에는 렉스가 죽고, 이제 행크가 죽었다. 베스는 어디에 있는지 모른다. 그리고 물론 모라가 있다. 그녀는 그날 밤에 무언가를 보고 영원히 도망 다니는 중이다.

다만 한 가지 사실이 걸린다.

왜 하필 지금일까? 그날 밤 어쩌다 그 여섯 명이 봐서는 안 될 것을 봤다고 치자. 설사 그들이 음모론 클럽의 회원이었다고 해도, 이 가설은 편집증적으로 들릴 수 있다. 하지만 일단 그렇게 가정해 보자.

그날 밤 여섯 명 모두 무언가를 봤다고.

아마 그들은 도망쳤을 테고, 리오와 다이애나만 악당들에게 잡혔겠지? 좋아, 계속해 보자. 그래서, 그다음은? 그들은 리오와 다이애나를 마을 반대편 선로로 끌고 가서 기차에 치여 죽은 것처럼 꾸몄다. 좋아. 다른 아이들은 도망갔다고 치자. 모라는 찾아내지 못했다. 다 말이 된다.

하지만 렉스와 행크와 베스는?

이 세 사람은 행적을 감추지 않았다. 고등학교를 계속 다녔고, 우리와 함께 졸업했다.

왜 나이키 기지의 악당들은 이들을 죽이지 않았을까?

왜 15년이나 기다렸다가 죽였을까?

그리고 우연이라는 말이 나와서 말인데, 왜 하필 악당들은 그 동영상이 화제가 된 시기에 행크를 죽였을까? 이게 말이 되나?

아니.

그렇다면 그 동영상은 이 일과 어떻게 얽혀 있을까?

난 무언가를 놓치고 있다.

마침내 스트라우드 씨가 울기 시작한다. 턱이 가슴에 닿고, 어깨가 흔들린다. 오기 아저씨가 팔을 뻗어 스트라우드 씨의 팔 위쪽에 손을 올린다. 그것만으로 충분치 않자 아저씨는 더 가까이 다가간다. 스트라우드 씨가 몸을 앞으로 내밀고 오기 아저씨의 어깨에 기대어 운다. 나는 오기 아저씨의 옆얼굴을 바라본다. 눈을 감은 아저씨의 얼굴에서 고통이 보인다. 스트라우드 씨가 더 큰 소리로 흐느낀다. 시간이 흐르고, 아무도 움직이지 않는다. 마침내 울음이 잦아들더니 서서히 사라진다. 스트라우드 씨가 몸을 떼고 아저씨를 바라본다.

"직접 말해줘서 고맙네." 스트라우드 씨가 말한다.

아저씨는 간신히 고개를 끄덕인다.

스트라우드 씨는 소매로 얼굴을 닦더니 억지로 미소를 짓는다. "이 제 우리에게 공통점이 생겼군."

오기 아저씨가 무슨 말이냐는 표정으로 스트라우드 씨를 바라본다.

"음, 끔찍한 공통점이지." 스트라우드 씨가 말을 잇는다. "우리 둘 다 자식을 잃었어. 이제야 자네 고통을 알겠네. 이건…… 이건 마치 세상 최악의 클럽에 가입한 기분이야."

이번에는 오기 아저씨가 일격을 당한 듯이 움찔한다.

"그 끔찍한 동영상이 이 일과 연관이 있을까?" 스트라우드 씨가 묻 는다.

나는 오기 아저씨가 대답하기를 기다리지만 아저씨는 멍한 표정이 다. 그래서 내가 대신 대답한다.

"경찰에서 틀림없이 동영상을 조사할 겁니다."

"당연히 그래야지. 설사 그 애가 성기 노출을 했다고 해도……."

"하지 않았습니다."

스트라우드 씨가 날 바라본다.

"거짓말이었습니다. 그 엄마는 행크가 학교 주변을 어슬렁거리는 게 싫었던 겁니다."

스트라우드 씨의 눈이 커진다. 나는 다시 애도의 단계를 생각한다. 부정은 분노에게 재빨리 자리를 내줄 수 있다. "그 여자가 지어낸 말 이라고?"

“네.”

그의 표정은 변하지 않지만 체온이 올라가는 것을 느낄 수 있다. “그 여자 이름이 뭔가?”

“말씀드릴 수 없습니다.”

“그 여자 짓일까?”

“그 여자가 행크를 죽였냐고요?”

“그래.”

나는 솔직하게 대답한다. “아뇨.”

“그럼 누군가?”

나는 수사팀이 이제 막 꾸려졌고 '할 수 있는 일은 뭐든 할 것이다' 라는 진부한 소리를 늘어놓는다. 나는 스트라우드 씨에게 오늘 밤에 함께 있어줄 사람이 있는지 묻는다. 스트라우드 씨는 동생이 있다고 대답한다. 오기 아저씨는 거의 아무 말 없이 문가에 서서 발 앞쪽을 들었다 내리기를 반복한다. 난 스트라우드 씨를 최대한 진정시키지만 그렇다고 보모 노릇을 할 수는 없다. 아저씨와 나는 이 집에 있을 만큼 있었다.

“다시 한 번 고맙네.” 스트라우드 씨가 현관에서 우리에게 말한다.

지금까지 진부한 소리를 실컷 늘어놓고도 부족하다는 듯이 나는 이렇게 말한다. “삼가 조의를 표합니다.”

오기 아저씨가 먼저 밖으로 나가 걸어가기 시작한다. 나는 아저씨를 따라잡으려고 서둘러 걸어간다.

“왜 그러세요?”

“아무것도 아니다.”

"갑자기 아무 말도 안 하셨잖아요. 경찰서에서 문자로 새로운 소식이라도 보낸 줄 알았어요."

"아냐."

아저씨는 차를 향해 손을 뻗더니 문을 연다. 우리는 차에 올라탄다.

"그럼 왜 그러신 거예요?" 내가 묻는다.

오기 아저씨는 앞 유리창 너머로 스트라우드 씨의 집을 노려본다. "그자가 내게 한 말 들었니?"

"스트라우드 씨요?"

아저씨는 계속 현관을 노려본다. "이제 자기와 내게 공통점이 생겼다는 말." 아저씨의 얼굴이 살짝 떨린다. "이제야 내 고통을 알겠다는 말."

아저씨의 목소리에는 경멸이 가득 담겨 있다. 아저씨의 숨소리가 거칠어지고 가빠진다. 나는 어떻게 해야 할지, 어떤 반응을 보여야 할지 몰라서 그저 기다린다.

"난 아름답고 생기 넘치는 열일곱 살짜리 딸, 장래가 촉망되는 아이를 잃었어. 그 애는 내 전부였다, 냅. 알겠니? 내가 사는 이유였다고."

이제 아저씨는 날 노려본다. 나는 아저씨와 눈을 마주치며 움직이지 않는다.

"아침에 일어나면 다이애나를 깨워서 등교시켰지. 매주 수요일에는 초콜릿칩 팬케이크를 만들어 주고, 어릴 때는 토요일 아침마다 암스트롱 다이너에서 아침을 먹었어. 단둘이서. 그런 다음 실버먼의 가게에 가서 고무나 형광색 천으로 된 머리 끈, 얼룩덜룩한 무늬가 있는 집게 핀을 샀지. 그 애는 핀을 모았거든. 나는 아무것도 모르는 아빠였어. 내가 뭘 알겠니? 사고가 난 뒤로 그 애의 방을 치우는데 그 핀들이 거기 그대로 있더구나. 모두 버렸다. 그 애가 중학교 1학년 때 류머티즘열에 걸렸을 때는 세인트 바나바스 병원에서 여덟 밤을 연달아 의자에서 잤지. 밤을 새며 아이를 지켜보고, 하느님께 아이가 아프지 않게 해달라고 간절히 기도했다. 그 애가 참가한 하키 시합, 콘서트, 무용 대회, 졸업식, 학부모의 날 행사에 한 번도 빠짐없이 참석했어. 그 애의 첫 데이트가 있던 날에는 너무 긴장돼서 극장까지 몰래 따라갔지. 그 애가 외출하는 저녁이면 안 자고 기다렸어. 안전하게 귀가한 걸 확인해야만 잘 수 있었거든. 그 애가 대학에 제출할 에세이를 쓰는 일도 도와줬다. 대학에 응시하기도 전에 죽어버리는 바람에 아무도 읽을 일이 없게 됐지만. 나는 그 애가 태어난 후로 매일매일 있는 힘껏 그 애를 사랑했어. 그런데 저자가⋯⋯." 아저씨는 스트라우드 씨의 집을 향해 그 말을 내뱉는다. "감히 자기와 내게 공통점이 생겼다는 거야. 그러니까 뭐야, 힘들 때 아들을 내팽개친 주제에 자기가 내 고통을 안다고?"

"내"라고 말할 때 아저씨는 손으로 가슴을 친다. 그러고는 말을 멈추고 조용해지더니 눈을 감는다.

아저씨에게 뭔가 위로의 말, 다시 말해 스트라우드 씨는 방금 아들의 사망 소식을 들었고 그러니까 조금 이해해 주자는 식의 말을 하고 싶은 마음이 없지는 않다. 하지만 그보다는 아저씨의 심정이 정확히 이해가 되고, 그렇게 너그러울 필요는 없다는 생각이 더 강하게 든다.

아저씨는 눈을 뜨더니 다시 스트라우드 씨의 집을 바라본다. "이 사건을 새로운 시각에서 봐야 할지도 몰라."

"어떻게요?"

"지금껏 톰 스트라우드는 어디에 있었지?"

나는 아무 말도 하지 않는다.

"자기 말로는 서부에서 낚시 용품 사업을 했다고 했어." 오기 아저씨가 말을 잇는다.

"뒷마당에 사격장이 있고요." 내가 덧붙인다.

이제 우리 둘 다 그의 집을 바라본다.

"또 가끔씩 이 마을로 돌아왔다고 했지. 아들과 친분을 쌓으려고 말이야. 비록 아들은 그런 아버지를 거부했지만."

"그래서요?"

아저씨는 잠시 뜸을 들이더니 숨을 길게 내쉬며 말한다. "그러니까 어쩌면 15년 전에도 돌아왔을지도 몰라."

"좀 억지스러운데요."

"그래." 아저씨가 동의한다. "하지만 당시 톰의 소재를 파악해서 나쁠 건 없지."

CHAPTER
18

다 시 집으로 돌아가니 옆집에 사는 월쉬 부부가 마당에 나와 있다. 나는 사람 좋은 미소를 한껏 지어 보인다. 미혼 남자도 전혀 위험하지 않답니다, 라고 말하듯이. 두 사람은 내게 손을 흔든다.

물론 저들도 리오의 비극적인 이야기를 알고 있다. 사람들 말로는 우리 마을의 전설이란다. 제2의 스프링스틴을 꿈꾸는 누군가가 〈리오와 다이애나에게 보내는 찬가〉라는 노래를 작곡하지 않은 게 놀라울 정도다. 그렇기는 해도 다들 자기에게는 그런 비극이 일어나지 않을 거라고 생각한다. 그게 인간의 본성이다. 사람들이 이런 이야기를 시시콜콜 알고 싶어 하는 이유는 단지 추악한 인간성 때문이 아니라 ─분명 그런 면도 있기는 하지만─그런 일이 자기들에게는 절대 일어나지 않을 거라는 사실을 확인하고 싶어서다. 그 애들은 술을 너무 많이 마셨다. 마약을 했다. 무모한 짓을 했다. 가정교육을 제대로 받지 않았다. 부모가 제대로 감시하지 않았다. 이유가 뭐든 우리에게는 절대 그런 일이 일어나지 않을 것이다.

부정은 단지 애도의 단계만이 아니다.

아직 베스 래슐리에게서는 아무 연락이 없다. 정말 성가시군. 나는 앤 아버 경찰서에 전화해 칼 레그라는 형사를 바꿔달라고 한다. 그러고는 레그 형사에게 현재 내가 심장 전문의 베스 플레처 겸 래슐리를 찾고 있는데 병원으로 전화해도 직원이 이런저런 핑계만 댄다고 설명한다.

"그 의사가 범죄에 연루됐습니까?" 레그 형사가 묻는다.

"아뇨. 그냥 이야기 좀 하려고요."

"제가 직접 병원으로 찾아가 보죠."

"고맙습니다."

"걱정 마세요. 만난 후에 전화 드리죠."

집 안은 조용하다. 옛 기억은 모두 잠들었다. 2층으로 올라가 손잡이를 잡아당기니 다락으로 올라가는 사다리가 내려온다. 사다리를 올라가며 다락에 마지막으로 갔던 때가 언제인지 생각한다. 네 물건을 다락으로 옮길 때 아버지를 도와드린 것 같은데 기억이 안 나. 어쩌면 아버지가 나더러 쉬라고 하고 당신 혼자 했는지도 모르겠어. 네 죽음은 갑작스러웠지만 아버지의 죽음은 그렇지 않았어. 아버지와 내게는 시간이 있었어. 아버지는 당신의 운명을 받아들였지. 비록 나는 부인했지만. 숨이 멎었을 때 아버지는 대부분의 물건을 이미 다 처분한 뒤였어. 옷은 기부했고, 방에 있던 짐은 상자에 넣어 다 치웠지.

저승사자가 오기 전에 아버지가 주변 정리를 모두 마친 터라 나는 할 일이 없었어.

다락에서는 당연히 퀴퀴한 냄새가 나고 후끈하다. 숨을 쉬기가 힘들다. 영화에서처럼 상자와 낡은 궤짝이 잔뜩 쌓여 있을 줄 알았는데 거의 보이지 않는다. 바닥에는 마룻널이 서너 개만 깔린 터라 분홍색 단열재가 훤히 드러나 있다. 저 단열재는 또렷이 기억난다. 어릴 때 너와 난 여기 올라와서 마룻널만 밟고 다니는 놀이를 했잖아. 분홍색 단열재를 밟았다가는 천장을 뚫고 내려가 아래층으로 떨어질 테니까. 정말로 그랬을지는 모르지만 아버지가 늘 그렇게 말씀하셨지. 어릴 때 난 그게 너무 무서웠어. 단열재가 모래 늪이고, 거길 밟으면 가라앉아서 영원히 사라질 것 같았거든.

하지만 현실에서는 절대 모래 늪을 마주칠 일이 없지, 안 그래? 영화나 텔레비전에서는 자주 등장하지만 실제로는 모래 늪에 빠지거나 빠져서 죽었다는 사람의 이야기는 들어본 적이 없어.

머릿속으로 그런 생각을 하고 있을 때 구석에 있는 상자 하나가 눈에 들어왔어. 그거뿐이야, 리오. 딱 상자 하나. 아버지가 물건에 집착하지 않는 성격이라는 건 너도 알 거야. 네 옷들은 다 버렸어. 네 장난감도 다 버렸어. 버리기는 아버지에게 널 애도하는 과정의 일부였지. 몇 번째 단계에 속하는지는 몰라도. 아마도 받아들이기 단계였을 거야. 비록 받아들이기는 마지막 단계고, 아버지에게는 물건을 버린 후에도 처리해야 할 감정이 산더미처럼 쌓여 있었지만. 아버지가 감정적인 사람이라는 건 알았지만 가슴을 들썩이고, 어깨를 떨고, 괴로움을 못 이겨 대성통곡하며 온몸으로 우는 모습을 보니까 무서웠어. 저러다가 아버지의 몸이 정말로 두 동강 나는 건 아닌지, 끝없는 고통으로 인해 아버지의 몸이 쪼개지는 건 아닌지 걱정스러웠지.

아니, 엄마 소식은 영영 듣지 못했어.

아버지가 엄마에게 연락해서 네가 죽었다고 알렸을까? 모르겠어. 난 한 번도 묻지 않았어. 아버지도 내게 말하지 않았고.

난 상자를 열고 아버지가 남겨둔 물건을 확인해. 그러자 문득 이런 생각이 들었어. 네가 이 상자를 열 일이 없다는 건 아버지도 당연히 알고 있었어. 당신이 열 일이 없다는 것도 알고. 그렇다면 이 안에 뭐가 들었든지, 아버지가 뭘 남겨두었든 간에 이건 내게만 의미 있는 물건이라는 뜻이야. 언젠가 내가 이 물건을 원할 거라고 생각해서 남겨두었다는 뜻이지.

상자는 테이프로 봉해져 있는데 테이프가 잘 안 뜯겨. 나는 주머니에서 열쇠를 꺼내 뾰족한 끝으로 테이프를 가른 다음 상자를 열고 안을 들여다봐. 뭐가 들어 있을지 예상조차 할 수 없어. 난 널 알아. 네가 어떤 삶을 살았는지 알아. 네가 죽을 때까지 우리는 한방을 썼어. 네 삶에서 내가 모르는 엄청난 사건 같은 건 없다고.

하지만 상자 속 맨 위에 놓인 사진을 보니 새삼스럽게 멍한 기분이 들어. 그건 우리 넷을 찍은 스냅 사진이야. 너와 다이애나, 모라와 나. 당연히 이때가 기억나. 다이애나의 집 뒤뜰에서 찍은 사진이야. 그 애의 열일곱 번째이자 생애 마지막 생일이었어. 따뜻한 10월 저녁이었지. 온종일 식스 플래그스 그레이트 어드벤처(뉴저지주 잭슨에 있는 놀이공원—옮긴이)에서 놀고 온 뒤였지. 경찰이었다가 은퇴한 오기 아저씨 친구가 그 놀이공원을 후원하는 회사에서 일했는데 패스트 패스를 무제한으로 이용할 수 있는 팔찌를 구해다 줬어. 줄을 서지 않고 롤러코스터를 타는 거야. 리오, 기억나니? 그날 너와 다이애나에 관한 기억은 별로 없어. 우린 따로 떨어져서 놀았으니까. 너와 다이애나는 주로 아케이드에서 놀았고—네가 게임에서 이겨서 다이애나에게 피카추 인형을 준 기억이 나—모라와 나는 무시무시한 롤러코스터를 타고 또 탔어. 그날 모라는 배꼽티를 입고 있어서 내 입이 바짝 말랐지. 너와 다이애나는 루니 툰에 나오는 캐릭터와 바보 같은 사진을 찍었어. 어떤 캐릭터였더라? 분명…… 그래, 두 번째 사진에 나와 있네. 나는 그 사진을 꺼내서 봐. 너와 다이애나는 물을 뿜어대는 식스 플래그스 분수 앞에서 트위티를 가운데 두고 서 있어.

그러고 나서 2주 후에 너희 둘 다 죽었지.

나는 우리 넷이 찍은 사진을 좀 더 들여다봐. 이미 어두워진 후에 찍은 사진이야. 우리 뒤쪽에는 생일 파티에 온 다른 아이들이 뒤섞여 있어. 우리 넷은 녹초가 됐을 거야, 아마도. 힘든 하루를 보냈으니까. 모라는 내 무릎에 앉아 있고, 우리 몸은 한창 사귀는 10대 아이들답게 여기저기 뒤엉켜 있어. 넌 다이애나 옆에 앉아 있지. 다이애나는 웃고 있지 않아. 넌 몽롱해 보여. 눈이 멍하고 흐리멍덩해. 또…… 심란해 보이는 것도 같아. 그때는 몰랐어. 난 내 삶에 취해 있었으니까. 모라와 하키와 일류 대학 진학만이 내 관심사였지. 내 앞날에 행복이 보장되어 있다고 믿었어. 비록 현실적인 계획은 전혀 없고, 무슨 일을 하고 싶은지도 전혀 몰랐지만. 그저 내가 크게 성공할 거라고만 생각했지.

초인종이 울린다.

나는 사진을 다시 상자에 넣고 일어나지만 천장이 너무 낮다. 허리를 굽힌 채 다락 입구로 걸어간다. 사다리를 내려오는 동안 초인종이

다시 울린다. 그리고 또 울린다. 성질 급하시네.

"나가요!"

나는 그렇게 외치며 빠르게 계단을 내려가 창밖을 내다본다. 현관 앞에는 고등학교 동창 데이비드 레이니브가 서 있다. 그가 입은 고급 양복은 한 치의 오차도 없이 그의 몸에 딱 맞는 듯하다. 나는 현관문을 연다. 에르메스 넥타이를 딱히 졸라매지도 않았는데 데이비드의 얼굴은 창백하고 일그러져 있다.

"행크 소식 들었어."

나는 굳이 어떻게 알았는지 묻지 않는다. 요즘 같은 인터넷 시대야말로 나쁜 소문은 빨리 퍼진다는 옛 속담을 실감 나게 한다.

"사실이야?"

"수사 중인 사건이라서 말할 수 없어."

"나무에 목을 맨 채 발견됐다던데."

데이비드의 얼굴 전체에 슬픔이 새겨져 있다. 지난번 농구장에서 내가 행크에 대해 물었을 때 데이비드가 도와주려고 했던 일이 기억난다. 지금 이런 상황에서 내가 꼭 빡빡하게 굴어야 할까? "일이 이렇게 돼서 유감이야."

"행크가 자살한 거야, 아니면 살해된 거야?" 데이비드가 묻는다.

이번에도 나는 말할 수 없다고 하려 했지만 데이비드의 얼굴이 이상하게 절박해 보인다. 이제 보니 단지 그 사실을 확인하러 온 게 아니라 그 이상의 뭔가가 있는 듯하다.

"살해됐어."

데이비드는 눈을 질끈 감는다.

"뭐 아는 거라도 있어?" 내가 묻는다.

데이비드는 눈을 뜨지 않는다.

"데이비드?"

"나도 잘 모르겠어." 마침내 데이비드가 입을 연다. "하지만 그런 것 같아."

CHAPTER
19

데 이 비 드 는 새로 생긴 막다른 골목 맨 끝에 자리한 대저택에 산다. 실내 수영장이 있고, 공식 무도회장이 있고, 800개의 화장실과 쓸모없는 공간이 대부분인 100만 평짜리 저택 말이다. 저택 곳곳이 벼락부자라고 외쳐댄다. 진입로로 들어가는 대문에는 지나치게 화려한, 연을 날리는 아이 금속 조각이 장식되어 있다. 너무 새것으로 보이는 물건들로 고택 분위기를 풍기려 한다. 너무 고심하고 애쓴 흔적이 있으며 조잡하다. 하지만 어디까지나 내 생각이다. 나는 데이비드를 오랫동안 알고 지냈다. 데이비드는 늘 좋은 친구였고, 자선 단체에도 넉넉히 기부한다. 우리 마을을 위해 자기 시간과 에너지를 쓴다. 나는 이 친구가 아이들과 함께 있는 모습을 본 적이 있는데 데이비드는 허세를 부리는 아빠가 아니다. 그러니까 쇼핑몰이나 공원에서 유난스럽게 아이를 돌보면서 사람들로 하여금 '세상에, 정말 자상한 아빠네'라는 인상을 주지만, 실은 그저 남들에게 보여주기 위해서라는 게 느껴지는 경우가 아니라는 말이다. 무엇보다 나는 크게 상심한 데이비드의 얼굴을 보면서 그가 행크와 어떤 우정을 쌓아왔는지 기억한다. 그렇게 의리를 지키는 남자야말로 제대로 된 남자다. 그러니 이 집을 꾸민 데이비드나 그의 아내의 취향이 내 마음에 안 든다고 해도 무슨 상관인가? 자기 생각에서 벗어나자. 남을 함부로 판단하지 말자.

우리는 대략 대학교 체육관만 한—이것도 판단하는 걸까?—차고로 들어간다. 데이비드는 날 옆문으로 안내하더니 몇몇 집에서 지하실이라고 부르는 공간으로 내려간다. 하지만 이 지하실에는 홈시어터와 와인 저장고가 있다. 그러니 다른 용어를 써야 할 것이다. 지하층? 데이비드는 작은 방으로 들어가더니 전등 스위치를 켠다. 오른쪽 구석에 대형 다이얼이 달린 1.2미터 높이 구식 금고가 있다.

"정말로 네가 이번 사건의 담당 형사가 아닌 거지?"

데이비드가 세 번째로 그렇게 묻는다. "아니라니까. 그게 왜 그렇게 중요해?"

데이비드는 허리를 숙이고 다이얼을 돌린다. "행크가 내게 이걸 보관해 달라고 했어."

"최근에?"

"아니. 8, 9년 전에. 혹시 자기가 살해되면 이걸 믿을 수 있는 사람에게 주라고 했어. 경찰이나 수사에 연관된 사람에게는 주지 말라고도 했고." 데이비드가 날 돌아본다. "내가 얼마나 난처한 상황인지 알겠지?"

나는 고개를 끄덕인다. "난 경찰이니까."

"맞아. 하지만 내가 말했듯이 이걸 받은 게 8, 9년 전이야. 그때 행크는 이미 꽤 정신이 나간 상태였어. 난 별일 아니라고 생각했지. 그 냥 미쳐서 지껄이는 헛소리일 거라고. 하지만 행크는 꽤 단호했어. 그 래서 약속했지. 혹시라도 행크가 살해되면 올바른 대처를 하겠다고. 그게 정확히 무슨 뜻인지는 생각해 본 적 없어. 왜냐하면, 그러니까, 그건 그냥 두서없는 헛소리에 불과했으니까. 그런데 이제는……."

데이비드가 마지막으로 다이얼을 돌리자 딸각 소리가 난다. 데이비 드는 손잡이를 향해 손을 뻗으며 뒤돌아서 날 올려다본다. "널 믿어, 냅. 넌 경찰이지만 왠지 행크가 너한테는 이걸 줘도 된다고 했을 것 같아."

데이비드는 금고를 열더니 안쪽으로 손을 뻗어 그 안에 든 물건들 을—엿보지 않아서 뭐가 들었는지는 모른다—뒤지더니 캠코더 테이 프를 꺼낸다. 그걸 보자 강렬한 기시감이 들고, 내 기억은 과거로 감 긴다(말장난은 용서하시길). 고등학교 2학년 때 아버지가 너한테 캐논 PV1 디지털 비디오 캠코더를 사 준 일이 기억나. 넌 좋아서 어쩔 줄 을 몰랐지. 한동안 닥치는 대로 찍어댔어. 넌 감독이 되고 싶어 했어, 리오. 다큐멘터리를 만들 거라는 말도 했지. 그 생각을 하니 새삼스럽 게 마음이 아프다.

데이비드가 건네준 캠코더 테이프는 빨간색 플라스틱 케이스에 들 어 있는데 '맥스웰, 60분'이라고 적혀 있어. 정확히 네가 쓰던 테이프 야. 물론 그 시절에는 너 말고도 맥스웰 테이프를 쓰는 사람이 많았 어. 꽤 흔한 테이프였지. 하지만 오랜 세월이 흐른 지금에 와서 다시 보니까……

"이 테이프에 뭐가 찍혔는지 봤어?" 내가 묻는다.

"행크가 보지 말라고 했어."

"짐작 가는 건?"

"없어. 행크가 자기 대신 안전하게 보관해 달라고 했어."

나는 잠시 테이프를 빤히 바라본다.

"아마 이번 사건과 관계없을 거야." 데이비드가 말한다. "행크가 성기 노출을 한 동영상 때문이라며."

"그 소문은 거짓이야."

"거짓말이라고? 왜, 누가 그런 거짓말을 해?"

데이비드는 행크의 친구다. 나는 데이비드에게 빚을 졌다. 그래서 수잰 핸슨의 바보 같은 동기에 대해 짧게 말해준다. 데이비드는 고개를 끄덕이고 금고를 닫은 뒤, 다이얼을 돌린다.

"너한테 이 테이프를 재생할 수 있는 장비는 없겠지?" 내가 묻는다.

"없을 거야, 응."

"그럼 이걸 볼 수 있는 곳을 찾아야겠네."

전화기 너머에서 엘리가 말한다. "밥이 지하실에서 옛날에 쓰던 캐논 캠코더를 찾았어. 지금도 작동할 거래. 하지만 충전해야 해."

나는 놀라지 않는다. 원래 엘리와 밥은 어떤 물건도 버리지 않는다. 안 버리는 정도가 아니라 모든 물건을 아주 완벽하게 정리해 두기 때문에 설사 10년 동안 처박아 둔 낡은 캠코더라고 해도 깔끔하게 라벨을 붙여두고, 충전 코드까지 잘 보관해 뒀으리라.

"10분 안에 갈 수 있어."

"저녁 먹고 갈 거야?"

"테이프에 뭐가 찍혔는지에 달렸어."

"그래, 맞아, 그러겠다." 날 잘 아는 엘리는 내 목소리가 심상치 않다는 것을 눈치챈다. "별일 없어?"

"만나서 얘기해."

내가 먼저 전화를 끊는다.

데이비드 레이니브가 양손으로 운전대를 잡고 운전한다. "유난 떨고 싶지는 않지만, 행크와 가까운 친척이 없으면 수사가 끝나고 행크의 시신을 피니 장례식장으로 보내줄래? 그쪽 사람들에게는 내가 비용을 낼 거라고 말해줘." 데이비드가 말한다.

"행크 아버지가 우리 마을로 돌아오셨어." 내가 데이비드에게 상기시킨다.

"아, 맞다." 데이비드가 눈살을 찌푸리며 말한다. "깜빡했네."

"스트라우드 씨가 행크의 장례도 안 치러줄 거 같아?"

데이비드는 어깨를 으쓱인다. "그 사람은 늘 행크를 실망시켰어. 이제 와서 아들을 챙겨줄 거라고 생각할 이유가 없잖아."

좋은 지적이다. "알아볼게."

"그리고 괜찮다면 익명으로 처리할 수 있게 해줘. 농구장에 있던 친구들을 장례식장에 데려가서 조의를 표하게 해. 행크는 조의를 받을 자격이 있어."

우리가 뭘 받을 자격이 있고 없는지 난 모르겠지만 아무래도 상관없다.

"행크가 알면 고마워할 거야." 데이비드가 말을 잇는다. "행크는 죽은 사람들을 추모하는 데 열심이었어. 자기 엄마," 여기서 그의 목소리가 부드러워진다. "네 동생과 다이애나에게도 그랬지."

나는 아무 말도 하지 않는다. 우리는 잠시 침묵을 지킨다. 내 손에는 캠코더 테이프가 들려 있다. 나는 방금 데이비드가 한 말을 골똘히 생각하다가 묻는다. "그게 무슨 뜻이야?"

"뭐가?"

"행크가 죽은 사람을 추모했다는 말. 내 동생하고 다이애나에게도 그랬다는 말."

"정말 몰라서 물어?"

난 데이비드를 바라본다.

"행크는 리오와 다이애나 일로 큰 충격을 받았어."

"그건 '추모했다'라는 것과는 다르지."

"진짜로 모른다고?"

내 대답을 듣고 싶어서 묻는 질문이 아닐 것이다.

"행크는 매일 똑같은 경로로 산책했어. 너도 그건 알지?"

"응. 벤저민 프랭클린 중학교 옆에 있는 길에서 시작했잖아."

"산책이 끝나는 지점이 어딘지 알아?"

갑자기 차가운 손가락이 내 목덜미를 쓸어내리는 듯하다.

"기차선로야." 데이비드가 말한다. "행크는 정확히 거기서 산책을 마쳤어. 왜 거기가 끝인지는…… 음, 너도 알 거야."

귓가가 웅웅거린다. 내 말소리가 아득히 멀리서 들려오는 듯하다. "그러니까 매일 행크는 나이키 기지 옆에서 출발해서……," 나는 더듬거리지 않으려고 노력한다. "리오와 다이애나가 죽은 곳까지 간 거야?"

"너도 아는 줄 알았어."

나는 고개를 젓는다.

"가끔은 산책하는 데 걸리는 시간을 재기도 했어. 두어 번쯤……. 좀 이상했지." 데이비드가 말한다.

"뭐가?"

"차로 몇 분이 걸리는지 잴 수 있도록 나한테 차로 데려다 달라는 부탁도 했어."

"나이키 기지에서 마을 반대쪽에 있는 선로까지 차로 데려다 달라고?"

"응."

"왜?"

"이유는 말 안 했어. 종이에 막 계산을 하더니 혼자 중얼거리더라고."

"뭘 계산해?"

"모르겠어."

"어쨌거나 산책의 출발점에서 끝까지 가는 데 얼마나 걸리는지 알아내려고 애썼다는 거지?"

"애써?" 데이비드는 잠시 뜸을 들이더니 이렇게 말한다. "그보다는 집착했다고 하는 편이 맞을 거야. 선로 근처에서 행크를 본 적은, 글쎄, 서너 번밖에 없었어. 내가 기차를 타고 맨해튼으로 갈 때였을 거야. 기차가 행크 옆으로 지나갔는데 행크는 늘 울고 있었어. 행크는 그 애들을 생각한 거야, 냅. 죽은 사람들을 추모하고 싶어 했다고."

나는 이 사실을 받아들이려 한다. 데이비드에게 좀 더 자세히 얘기해 달라고 하지만 그게 전부다. 행크와 리오, 행크와 음모론 클럽, 행크와 렉스, 모라, 베스, 행크와 과거의 다른 무엇과의 연결 고리에 대해 혹시 아는지 묻지만 여전히 아무것도 알아내지 못한다.

데이비드 레이니브가 엘리와 밥의 집 앞에 차를 세운다. 나는 고맙다고 인사하고, 우리는 악수를 한다. 데이비드는 행크에게 적절한 장례식을 치러주는 데 문제가 생기면 자신이 언제든 나설 준비가 되어 있다고 다시 한 번 말한다. 나는 고개를 끄덕인다. 데이비드는 뭔가 더 부탁하고 싶은 듯한 표정이지만 그냥 털어버리고 이렇게 말한다.

"테이프에 뭐가 녹화되었는지 내게 말해줄 필요는 없어."

나는 차에서 내린 후 데이비드가 떠나는 모습을 지켜본다.

엘리와 밥이 사는 집의 잔디는 마치 곧 PGA 투어 골프 대회라도 열리려는 듯 깔끔하게 손질되어 있다. 화분들이 좌우 대칭으로 놓여 있어서 집 오른쪽 절반은 왼쪽 절반을 거울에 그대로 비춘 듯하다. 밥이 현관문을 열고 함박웃음을 지으며 맞이하더니 나와 힘차게 악수한다.

밥은 업무용 부동산 쪽에서 일하는데 정확히 무슨 일을 하는지는 모르겠다. 아주 괜찮은 친구고, 나는 그를 위해서라면 대신 총에 맞아줄 수 있다. 단둘이서 서너 번 야그스 스포츠 바에 가서 대학 농구 토너먼트전이나 아이스하키 플레이오프 중계를 보기도 했다. 하지만 솔직히 말해서 우리는 엘리가 없다면 전혀 친해질 수 없는 사이다. 우리 둘 다 그 사실에 개의치 않는다. 조금이라도 성적으로 끌리지 않으면 남자와 여자는 친구가 될 수 없다고들 하지만, PC충(과도하게 정치·사회·도덕적 올바름을 추구하는 사람—옮긴이) 소리를 들을 각오로 말

251

하자면 그건 개똥 같은 소리다.

엘리는 평소보다 조심스럽게 다가와 내 볼에 키스한다. 모라의 엄마를 만난 뒤로 우리 사이에 풀어야 할 문제가 있음을 우리 둘 다 아는 것이다. 하지만 지금은 더 중요한 문제가 있다.

"작업실에 캠코더를 가져다 놓았어." 밥이 말한다. "아직 충전은 안 됐지만 코드를 플러그에 꽂아두었으니까 작동할 거야."

"고마워."

"냅 아저씨!"

아홉 살 리아와 일곱 살 켈시가 두 어린 소녀만이 가능한 통통 튀는 걸음으로 모퉁이를 쏜살같이 돌아 나온다. 그러고는 역시 두 어린 소녀만이 가능한 방식으로 날 꼭 껴안는다. 사랑스러운 포옹으로 날 공격하는 듯하다. 리아와 켈시를 위해서라면 난 총에 맞는 것보다 더한 일도 할 수 있다. 상대에게 총알을 퍼부어 줄 수 있다.

두 아이의 대부이자 다른 피붙이가 한 명도 없는 남자로서 나는 리아와 켈시를 맹목적으로 사랑하고, 온갖 응석을 다 받아준다. 보다 못한 엘리와 밥이 날 나무랄 정도로. 나는 얼른 아이들에게 학교생활이 어떤지 묻고, 아이들은 신나게 대답한다. 난 바보가 아니다. 이 아이들은 나이를 먹을 테고 곧 이렇게 쏜살같이 모퉁이를 달려 나오지 않을 테지만 그래도 괜찮다. 내 가정을 이루지 못하고, 삼촌이 될 기회도 놓쳤다는 사실이 가슴 아프지 않은지 궁금해하는 사람도 있을 것이다.

우린 조카들에게 아주 좋은 삼촌이 돼주었을 거야, 리오.

엘리가 내게서 아이들을 떼어낸다. "자, 얘들아, 이제 그만. 냅 아저씨는 작업실에서 아빠와 할 일이 있어."

"무슨 일인데?" 켈시가 묻는다.

"중요한 일이야." 밥이 대답한다.

리아: "무슨 중요한 일?"

켈시: "경찰 일이에요, 냅 아저씨?"

리아: "나쁜 사람들을 잡는 거예요?"

"그렇게 거창한 일은 아니란다." 나는 그렇게 대답했다가 아이들이 '거창한'이라는 말을 알아들을지 의문을 품는다. 게다가 '거창한 일은 아니란다'는 거짓말일 수 있으므로 그 말을 했다는 사실이 마음에 안 들어서 이렇게 덧붙인다. "그냥 이 테이프를 봐야 해."

"와아아, 함께 봐도 돼요?" 리아가 묻는다.

엘리가 날 구해준다. "당연히 안 되지. 너희들은 어서 부엌에 가서 식탁을 차리렴."

아이들은 조금 투덜대다가 부엌으로 가고, 밥과 나는 차고에 있는 작업실로 간다. 문 위에 '밥의 작업실'이라는 간판이 달려 있다. 나무에 새겨서 만들었는데 글자마다 색이 다르다. 예상대로 밥의 작업실은 집수리 비디오를 찍어도 될 정도로 깔끔하다. 공구는 크기순으로 일정한 간격을 둔 채 벽에 걸려 있고, 목재와 파이프는 뒤쪽 벽에 완벽한 피라미드 모양으로 쌓여 있다. 천장에는 형광등이 달려 있다. 일일이 라벨이 부착된 플라스틱 함에는 못, 나사, 파스너, 이음쇠 들이 보관되어 있고 바닥에는 퍼즐처럼 맞춰서 사용하는 고무 매트가 깔려 있다. 실내 물건은 모두 중간색이라서 마음이 편안해진다. 먼지나 톱밥처럼 이곳의 아늑한 분위기를 깰 만한 것은 전혀 없다.

나는 못 하나 박을 줄 모르지만 밥이 왜 여기를 좋아하는지 알겠다.

작업대에 놓인 캠코더는 네가 쓰던 것과 똑같은 캐논 PV1이야. 혹시 저게 진짜 네가 썼던 캠코더는 아닐까? 전에 말했듯이 아버지는 네 물건을 거의 다 버렸어. 어쩌면 그 캠코더가 여차저차해서 엘리와 밥의 손에 들어가게 됐는지도 몰라. 누가 알겠어? 캐논 PV1은 렌즈를 위로 한 채 똑바로 서 있다. 밥은 캠코더를 돌려서 테이프 투입구 버튼을 누르더니 내게 손을 내밀며 테이프를 달라고 한다. 나는 그에게 테이프를 건넨다. 밥은 테이프를 밀어 넣고 뚜껑을 닫는다.

"준비됐어. 이 재생 버튼만 누르면 돼." 밥은 그렇게 말하며 버튼을 가리킨다. "그럼 여기에서 볼 수 있어." 그러고는 무언가를 잡아당기자 캠코더 옆쪽으로 경첩에 달린 작은 스크린이 나타난다.

이 모두가 널 떠오르게 해서 마음이 착잡해.

"난 부엌에 있을 테니까 도움이 필요하면 말해."

"고마워."

밥은 문을 닫고 나가며 다시 집 안으로 들어간다. 더 시간을 끌 이유가 없다. 나는 재생 버튼을 누른다. 지글거리는 화면이 나오더니 이윽고 캄캄해진다. 보이는 것은 오른쪽 구석에 찍힌 날짜뿐이다.

리오와 다이애나가 죽기 일주일 전이다.

카메라를 들고 있는 사람이 걸어가고 있는지 화면이 흔들린다. 흔들림이 더 심해지는 것으로 보아 이제는 뛰고 있는 듯하다. 아직은 아무것도 알아볼 수 없다. 그저 어둠뿐이다. 무슨 소리가 나는 듯한데 희미하다.

음량 조절기를 찾아 최대로 높인다.

흔들림이 멈췄지만 화면은 여전히 어두워서 아무것도 알아볼 수 없다. 명암을 최대로 높여도 소용이 없어서 더 잘 보이도록 작업실 조명을 끈다. 이제 차고는 으스스해지고, 어둠 속 연장들은 더 위협적으로 보인다. 나는 작은 캠코더 화면을 뚫어지게 바라본다.

그러자 과거에서 온 목소리가 들린다. "녹화하고 있어, 행크?"

나는 심장이 멎는다.

그건 네 목소리야.

행크가 말한다. "응, 녹화하고 있어."

그러자 또 다른 목소리가 들린다. "하늘을 찍어야지, 행크."

모라다. 멎었던 내 심장이 이제는 폭발한다.

나는 몸의 중심을 잡으려고 양손을 작업대에 올린다. 모라는 흥분한 듯하다. 저 말투가 생생히 기억난다. 이제 화면이 위쪽으로 올라간다. 지금까지 행크는 렌즈를 땅으로 향하게 한 모양이다. 행크가 카메라를 올리자 나이키 기지의 불빛이 보인다.

이번에도 리오가 말한다. "그 소리 아직 들려?"

"응. 근데 희미해."

렉스 목소리 같다.

리오: "좋아, 조용히 해보자."

그러자 모라의 목소리가 들린다. "젠장, 저거 봐! 지난주하고 똑같아."

"맙소사. 네 말이 맞아, 모라." 리오가 다시 말한다.

여기저기서 숨을 헉 들이쉬는 소리가 나더니 흥분한 목소리가 흘러나온다. 나는 누구 목소리인지 알아내려고 한다. 리오는 확실하고, 모라, 렉스, 행크…… 그리고 또 다른 여자 목소리가 있다. 다이애나일까? 아니면 베스? 나중에 다시 테이프를 돌려서 더 자세히 들어봐야겠다. 나는 이들을 놀라게 한 대상이 무엇인지 보이길 바라며 실눈으로 화면을 바라본다.

그때 나도 그것을 본다. 하늘에서 내려와 지상에 떠 있는 듯하다. 나도 그들과 함께 숨을 헉 들이쉰다.

헬리콥터다.

날개 돌아가는 소리를 들으려고 음량을 높이지만 이미 최대치로 올라가 있다. 마치 내 속마음을 읽은 듯 행크가 내게 알려준다.

"시코르스키 블랙 호크. 스텔스 헬리콥터야. 소음이 거의 없어."

"믿을 수가 없어." 이건 베스 목소리 같다.

화면이 작은 데다 작업실 불까지 끈 탓에 정확히 무슨 일이 벌어지고 있는지 잘 보이지 않는다. 하지만 이것만은 확실하다. 헬리콥터 한 대가 나이키 기지 위에 떠 있다.

헬리콥터가 내려오기 시작하자 모라가 속삭인다. "더 가까이 가보자."

렉스: "그럼 들킬 거야."

모라: "들키라지."

베스: "난 모르겠어……."

모라: "가자, 행크."

행크가 움직이자 화면이 다시 흔들리고, 그들은 기지로 다가가는 듯하다. 한순간 행크가 넘어졌는지 카메라가 바닥을 비춘다. 누가 행크를 도와주려고 손을 내미는데 그때…… 그때 내 스포츠 점퍼의 하얀 소매가 보인다. 카메라가 다시 위로 올라오면서 행크는 모라의 얼굴에 초점을 맞춘다. 내 온몸이 움찔한다. 모라의 갈색 머리카락은 마구 헝클어져 있고, 눈동자는 흥분으로 반짝거리며, 그 매력적인 미소는 살짝 미친 사람 같다.

"모라……."

내 입에서 저절로 그 이름이 나온다.

캠코더의 작은 스피커에서 리오의 목소리가 들린다. "쉬, 멈춰."

헬리콥터가 착륙한다. 잘 보이지는 않지만 날개가 계속 돌아가고 있는데도 믿을 수 없을 만치 조용하다. 내가 정확히 뭘 보는지 잘 모르겠지만 헬리콥터의 문이 옆으로 열리는 듯하더니 언뜻 밝은 오렌지색이 보인다. 사람일 수도 있고, 아닐 수도 있다. 아마 사람일 것이다.

밝은 오렌지색을 보니 죄수복이 떠오른다.

누가 나뭇가지를 밟는 듯한 소리가 난다. 행크가 카메라를 오른쪽으로 홱 돌리고 렉스가 소리친다. "여기서 나가자!"

그러더니 화면이 암전된다.

나는 빨리 감기 버튼을 누른다. 하지만 그게 전부다. 더는 녹화되어 있지 않다. 나는 앞으로 감아 헬리콥터가 등장하는 화면을 다시 본다. 한 번 더 본다. 리오의 목소리를 듣거나 모라의 얼굴을 볼 때마다 여전히 힘들다.

테이프를 네 번째로 다시 볼 때 새로운 생각이 떠오른다. 이 시간 속에 나를 넣어본다. 그날 밤 나는 어디 있었지? 난 음모론 클럽의 회원이 아니다. 당시에는 이 클럽을 대수롭지 않게 생각했다. 이 '비밀 그룹'이 (내 생각에는) 귀여움과 유치함 사이, 무해함과 (내가 심통이 났을 때는) 한심함 사이의 어딘가에 있다고만 생각했다. 이건 너만의 게임이자 비밀이었어. 그건 이해해.

하지만 너희들은 어떻게 이런 엄청난 일을 내게 비밀로 할 수가 있지?

넌 내게 뭐든 말했잖아.

나는 그때로 돌아가 본다. 그날 밤 나는 어디 있었지? 네가 죽던 날처럼 그날도 금요일이었어. 금요일은 하키 시합이 있는 날이지. 그날 저녁에 어느 팀과 경기를 했더라? 기억이 안 나. 우리 팀이 이겼나? 집에 돌아오니 네가 있었던가? 기억이 안 나. 그날 밤에 모라를 만난 건 확실해. 우린 숲의 공터로 갔지. 지금도 그날 모라의 헝클어진 머리카락과 매력적인 미소와 흥분으로 반짝거리던 눈동자가 생각나. 하지만 그날 밤은 뭔가가 달랐어. 사랑을 나눌 때도 뭔가 더 짜릿했지. 당시에는 이상하다고 생각하지 않았을 거야. 모라는 거친 걸 좋아했으니까. 아마 나는 이기적이게도 내가 너무 잘나서 그런다고 생각했겠지. 고등학교 3학년 운동선수인 나는 그렇게 나 자신에게만 빠져 있었어.

그렇다면 내 쌍둥이 동생은?

나는 다락에서 발견한 그 사진을 다시 생각해. 우리 넷이서 찍은 사진. 몽롱하고 멍한 너의 표정. 네게 무슨 일이 일어나고 있었어, 리오. 아주 중요하고, 아마 누가 봐도 알 수 있는 일이었을 거야. 하지만 자기중심적인 놈이었던 난 그걸 몰랐고, 넌 죽었어.

나는 카메라의 코드를 뽑는다. 내가 이걸 가져간다 해도 밥은 분명 개의치 않으리라. 하지만 테이프를 어떻게 할 것인지 잘 생각해야 한다. 성급하게 행동하고 싶지 않다. 정신 건강에 무슨 문제가 있었든지 간에 행크는 이 사건이 중요하다는 걸 알았기 때문에 테이프를 숨겨두었다. 행크에게는 편집증이 있었고, 아마도 정신이 온전하지 못했을 테지만 그래도 난 행크의 뜻을 따르고 싶다.

그러니 이 테이프를 들고 누구에게 가야 할까?

정부에게 넘길까? 뮤즈 검사나 매닝에게 말할까? 아니면 오기 아저씨에게?

중요한 일부터 하자. 우선 이 테이프를 복사하고, 원본은 안전한 장소에 둬야 한다.

나는 머릿속으로 정리하면서 이 일의 아귀를 맞춰본다. 낡은 나이키 기지는 정부의 통제를 받았다. 전혀 위험하지 않은 농업 센터로 위장해서 원래 목적을 숨겼다. 그래, 여기까지는 알겠어. 심지어 너희들이 그날 밤에 무언가를 봤고, 그게 대중에게 알려졌다가는 기지가 공개 조사를 받아야 할 정도라는 사실도 알겠어.

거기서 한 걸음 더 나아갈 수도 있어. 심지어 그들이—여기서 '그들' 이란 기지에서 일하는 '악당들'이지—왜 너와 다이애나를 죽이고 싶어 했는지도 알 것 같아. 비록 테이프에서 다이애나 목소리는 못 들었지만. 다이애나도 그 현장에 있었을까? 모르겠다. 어쨌든 너희 둘 다 결국에는 죽었어.

질문: 왜 다른 아이들은 살려두었을까?

가능한 답: '그들'은 렉스와 행크, 베스에 대해 몰랐다. '그들'은 너와 다이애나만 알았던 거야. 그래, 그렇게 생각하니까 약간 이해가 된다. 많이는 아니지만. 그래도 약간이라도 이해가 되는 쪽을 택할게. 모라

도 이 방정식에 추가할 수 있어. 어찌된 일인지 '그들'은 모라의 존재를 알아냈어. 그래서 모라는 도망쳐서 숨어 살았지. 동영상을 보니까 분명 너와 모라가 리더였어. 그러니까 아마 너희 둘은 다시 기지를 찾아가서 뭔가 무모한 짓을 했을 거야. 넌 잡히고, 모라는 도망쳤지.

다 납득이 돼.

하지만 여전히 납득이 안 가는 점이 있어. 다른 아이들은 어떻게 된 거지? 렉스와 행크와 베스는 예전과 똑같은 삶을 살았어. 그 애들은 숨지 않았어. 15년이 지난 후에 기지의 악당들이 다시 조사했을까? 15년 후에 무슨 일이 생겨서 갑자기 그들이 그 애들의 존재를 알게 됐을까?

이를테면 어떤 일?

모르겠다. 톰 스트라우드의 소재가 의심스럽다고 말한 걸 보면 오기 아저씨가 뭔가 아는지도 모른다. 톰 스트라우드가 정확히 언제 웨스트브리지로 돌아왔는지 알아봐야 할지도 모른다.

생각은 이쯤 해두자. 난 여전히 무언가를 놓치고 있다. 그리고 지금 당장 해야 할 일은 따로 있다.

엘리와 대면하기.

모라의 엄마가 엘리를 통해 내게 연락한 일이 우연일 리 없다. 엘리는 무언가를 알고 있다. 내가 반쯤은 무시하고 싶던 깨달음이다. 오늘은 충격적인 일을 충분히 겪은 터라 고맙지만 더는 사양하고 싶다. 하지만 만약 내가 엘리를 믿을 수 없다면, 만약 엘리가 내게 거짓말을 했고 내 편이 아니라면 난 대체 누구를 믿는다는 말인가?

나는 심호흡을 하고 작업실 문을 연다. 제일 먼저 리아와 켈시의 옷

음소리가 들린다. 내가 이 가족을 다분히 이상적이고, 너무 완벽하게 여기고 있다는 건 알지만 그래도 내게는 그렇게 보인다. 한번은 엘리에게 어떻게 그런 가정을 만들 수 있었는지 물어본 적이 있는데 그때 엘리는 이렇게 대답했다. "우리 둘 다 몇 번의 전쟁을 겪었기 때문에 이제는 가정을 지키려고 맞서 싸우지." 이해가 가기도 하지만 확실히는 모르겠다. 엘리는 부모님의 황혼 이혼을 겪으며 많이 힘들어했다. 어쩌면 그래서일 수도 있고, 모르겠다. 우리가 타인의 속내를 어찌 속속들이 알겠는가.

나는 엘리와 밥의 삶에 균열된 곳이 있는지 찾아본다. 하지만 내 눈에 보이지 않는다고 해서 아예 없다는 뜻은 아니다. 또 엘리와 밥이 그런 균열을 숨겼다고 해서 덜 훌륭하거나 덜 인간적인 부부가 되는 것도 아니다.

아버지의 말씀이 떠오른다. 사람에게는 누구나 꿈과 희망이 있다.

나는 부엌으로 들어가지만 엘리는 거기 없다. 의자 하나가 비어 있다. 밥이 날 돌아보며 말한다. "엘리는 일이 생겨서 방금 나갔어. 자네 저녁은 챙겨뒀고."

창밖을 내다보니 엘리가 차를 향해 걸어가고 있다. 나는 얼른 핑계를 대고 엘리를 잡으러 뛰어나간다. 그녀가 차 문을 열고 올라타기 직전에 내가 외친다. "모라가 어디 있는지 알아?"

그 말에 엘리는 동작을 멈추고 날 돌아본다. "아니."

나는 그녀의 눈을 똑바로 바라본다. "모라의 엄마는 널 통해 내게 연락했어."

"그래."

"왜 너지, 엘리?"

"내가 아무 말도 안 하겠다고 약속했으니까?"

"누구에게?"

"모라에게."

그 이름이 나올 줄 알았지만 그래도 얼굴을 한 대 맞은 기분이다. "네가," 나는 엘리의 말을 받아들이느라 잠시 말문이 막힌다. "모라에게 약속했다고?"

내 휴대전화가 울린다. 오기 아저씨다. 나는 전화를 받지 않는다. 지금 무슨 일이 일어나든 간에, 엘리가 내게 무슨 말을 하든 간에 이제 우리 사이는 예전 같지 않으리라. 내 삶에서 버팀목이 되어주는 사람들은 극소수다. 내겐 가족도 없고, 극소수의 사람만 내 세상에 들인다.

그런데 방금 내게 가장 소중한 사람이, 말하자면 내 발밑에 있던 깔개를 잡아당겨 버렸다.

"나 가봐야 해. 쉼터에 응급 상황이 발생했어."

"넌 오랫동안 내게 거짓말을 했어."

"아냐."

"내게 말 안 했잖아."

"말 안 하기로 약속했다고."

나는 상처 받은 내색을 하지 않으려고 애쓴다. "난 네가 절친한 친구라고 생각했어."

"맞아. 하지만 너와 절친하다고 해서 다른 사람과 한 약속을 깨야 한다는 뜻은 아냐."

휴대전화가 계속 울린다. "어떻게 이런 일을 내게 숨길 수 있지?"

"우리가 비밀이 없는 사이는 아니잖아." 엘리가 말한다.

"무슨 소리야? 난 널 철석같이 믿는다고."

"하지만 너도 나한테 전부 다 말하는 건 아니잖아. 안 그래, 냅?"

"아니. 난 네게 전부 다 말해."

"개소리." 놀랍게도 엘리가 속삭이듯 으르렁거린다. 어른들이 화가 났지만 아이를 깨우고 싶지 않을 때 쓰는 말투다. "내게 숨기는 게 한둘이 아니면서."

"무슨 소리야."

엘리의 눈동자가 번뜩인다. "그럼 트레이 얘기를 해볼까?"

나는 "누구?"라고 물을 뻔한다. 그 정도로 이번 수사와 그날 밤의 진실을 알아낼 수 있다는 가능성, 그리고 하고많은 사람 중에 하필 가장 절친한 친구가 날 배신했다는 사실에 골몰해 있다. 하지만 이내 야구 방망이로 트레이를 두들겨 팬 일이 떠오른다.

엘리가 날 뚫어지게 바라본다.

"난 거짓말하지 않았어." 내가 말한다.

"그저 내게 말 안 했을 뿐이겠지."

나는 아무 말도 하지 않는다.

"트레이를 병원에 입원하게 만든 사람이 너라는 사실을 내가 모를 거 같아?"

"그건 너와 아무 상관없는 일이야."

"나도 공범이야."

"아니, 그렇지 않아. 그건 내가 책임져야 할 일이야."

"너 진짜 그렇게 멍청하니? 세상에는 옳은 일과 그른 일을 가르는

선이 있어, 냅. 넌 나까지 그 선을 넘게 만들었어. 넌 법을 어겼다고."

"개쓰레기를 처벌하기 위해서야. 피해자를 돕기 위해서라고. 우리가 해야 하는 일이 그거 아냐?"

엘리가 고개를 젓는다. 그녀의 양 볼이 분노로 달아오른다. "넌 정말 이해를 못하는구나, 그렇지? 경찰이 다친 남자와 학대받던 여자 사이에 연관성이 있을지 모른다고 생각해서 날 찾아왔을 때 난 거짓말을 해야만 했어. 너도 알지? 그러니까 좋든 싫든 나도 공범이야. 넌 날 끌어들였고, 내게 진실을 말해주는 배려조차 하지 않았어."

"널 위험하게 하지 않으려고 그런 거야."

엘리는 고개를 젓는다. "정말 그게 다야, 냅?"

"무슨 말이야?"

"어쩌면 넌 내가 말릴 걸 알았기 때문에 내게 말하지 않았는지도 몰라. 네가 하는 짓이 잘못됐다는 걸 알기 때문에 말하지 않았을 수도 있고. 내가 쉼터를 만든 이유는 학대받는 사람들을 돕기 위해서지 학대하는 사람들을 상대로 자력 구제를 하기 위해서가 아니라고."

"너한테 책임지라고 안 해. 그 결정을 내린 사람은 나야." 내가 다시 한 번 말한다.

"우리 모두 결정을 내려." 이제 엘리의 목소리는 차분하다. "넌 트레이가 맞아도 싸다고 결정을 내렸지. 난 모라와 약속을 지키기로 결정을 내렸고."

내가 고개를 젓는데 휴대전화가 다시 울린다. 이번에도 오기 아저씨다.

"그래도 그건 내게 말했어야 했어, 엘리."

"그쯤 해둬."

"뭐라고?"

"너도 날 보호하려고 트레이 일을 말하지 않았잖아."

"그래서?"

"나도 같은 마음으로 그런 거야."

휴대전화가 계속 울린다. 받아야 한다. 내가 전화기를 귀에 대는 동안 엘리는 차에 올라탄다. 엘리를 붙잡으려다가 밥이 현관문 옆에 서서 수상쩍다는 표정으로 우리를 바라보고 있다는 걸 알아차린다.

엘리와 이야기하는 건 다음으로 미뤄야겠다.

"왜요?" 내가 전화기에 대고 외친다.

"드디어 앤디 리브스와 연락이 닿았다." 아저씨가 말한다.

군사 기지의 '농업 전문' 사령관. "그래서요?"

"러스티 네일이라는 술집 아니?"

"해컨색에 있는 동네 술집이잖아요. 맞죠?"

"예전에는 그랬지. 거기서 한 시간 후에 리브스를 만나거라."

CHAPTER

20

나 는 기술력이 가장 떨어지지만 제일 빠른 방법으로 캠코더 테이프를 복사한다. 그저 캠코더의 작은 스크린에 테이프를 재생하면서 휴대전화로 녹화한 것이다. 화질은 생각했던 것만큼 나쁘지 않지만 촬영상을 받을 수준도 아니다. 내 클라우드에 복사본을 올리고, 안전을 기하기 위해 내 이메일 계정으로도 하나 보낸다.

나 말고 다른 사람에게도 보내야 할까?

그래. 문제는 누구에게 보내느냐는 것이다. 데이비드 레이니브가 떠오르지만 혹시라도 추적을 당하게 되면—맞다, 난 편집증이다—그 친구를 위험에 빠뜨리고 싶지 않다. 엘리에게 보낼까도 싶지만 마찬가지다. 게다가 잘 생각해야 한다. 다음번에 엘리를 만났을 때 어떻게 할지 아직 결정하지 않았다.

그렇다면 답은 뻔하다. 오기 아저씨. 하지만 아무런 경고도 없이 아저씨의 컴퓨터에 이 동영상을 보내고 싶지는 않다.

나는 아저씨에게 전화한다.

"러스티 네일에 도착했니?" 아저씨가 묻는다.

"가는 길이에요. 아저씨한테 메일로 동영상 하나 보내려고요."

나는 데이비드 레이니브가 찾아온 일과 그 후의 일을 말한다. 아저씨는 아무 말도 하지 않는다. 내 이야기가 끝나자 나는 아저씨에게 듣고 있는지 묻는다.

"경찰서 메일로는 보내지 말거라."

"알았어요."

"내 개인 메일 주소 알지?"

"네."

"그래, 거기로 보내라." 한동안 침묵이 이어지더니 아저씨가 헛기침을 하며 말한다. "다이애나…… 다이애나는 그 동영상에 없었다고 했지?"

아저씨는 다이애나의 이름을 말할 때마다 늘 저런 목소리야, 리오. 난 널 잃었어. 쌍둥이 동생. 억장이 무너지지, 당연히. 하지만 아저씨는 하나뿐인 자식을 잃었어. 아저씨가 다이애나의 이름을 말할 때는 늘 고통스럽게 쉰 목소리야. 마치 말하는 동안 누가 아저씨를 주먹으로 계속 내려치는 듯이. 음절마다 새로운 상처가 실려 있어.

"동영상에서 다이애나의 모습이 보이거나 목소리가 들리지는 않았지만 화질이 별로예요. 아저씨는 제가 놓친 걸 발견할 수도 있죠."

"난 여전히 네가 잘못된 길로 간다고 생각한다."

나는 그 말을 생각해 본다. "저도 그렇게 생각해요."

"그런데?"

"현재로서는 이게 유일한 길이에요. 그러니 계속 길을 따라가면서 어디로 이어지는지 봐야죠."

"그게 네 계획인가 보구나."

"별로 좋은 계획은 아니죠."

"그래, 좋은 계획은 아니다." 아저씨가 동의한다.

"앤디 리브스에게 뭐라고 하셨어요?"

"너에 대해서 말이냐?"

"제가 만나려고 하는 이유에 대해서요, 네."

"아무 말도 안 했다. 내가 뭐라고 하겠니? 나도 그 이유를 모르는데."

"제 계획의 일부예요. 아까 말한, 별로 좋지 않은 계획요."

"계획이 아예 없는 것보다는 낫겠지. 그 동영상을 살펴보마. 뭔가 나오면 연락하지."

러스티 네일은 삼목처럼 보이는 비닐 사이딩으로 외벽을 시공하고 빨간 문이 달린 주택을 개조한 술집이다. 나는 'EBNY-IVRY'라고 적힌 번호판이 달린 노란색 포드 머스탱과 측면에 '베르겐 카운티 노인복지관'이라고 적힌, 버스보다는 작고 밴보다는 큰 차량 사이에 주차한다. 여기가 동네 술집이냐고 물었을 때 예전에는 그랬다는 오기 아저씨의 대답이 무슨 뜻인지 모르겠다. 겉으로 보기에는 예전과 똑같아 보인다. 유일한 변화라면 널찍한 휠체어 통로가 생겼다는 점이다. 예전에는 저런 시설이 없었다. 나는 계단을 올라가 육중한 빨간색 문을 연다.

제일 먼저 눈에 띄는 점은 손님들의 나이가 많다는 것이다.

그냥 많은 정도가 아니다. 평균 연령이 여든은 되는 듯하다. 아마 노인 복지관에서 단체로 왔나 보다. 재미있군. 노인들은 슈퍼마켓과 경마장, 카지노로 단체 여행을 다닌다.

술집이라고 해서 못 간다는 법은 없지.

두 번째로 눈에 띄는 것은 실내 한가운데 놓인 하얀색 고급 피아노 다. 리버라치(화려한 스타일로 유명했던 미국의 피아니스트 겸 가수—옮긴이)도 너무 화려하다고 생각했을 법한 이 피아노는 테두리가 은색으로 되어 있고, 팁을 넣을 수 있는 유리병이 놓여 있다. 빌리 조엘이 따로 없군. 소설을 쓴다는 부동산 중개사가 해군인 데이비와 어디선가 술을 아껴가며 조금씩 마시고 있을 것만 같다(빌리 조엘의 노래 〈피아노 맨(The Piano Man)〉의 가사—옮긴이). 하지만 거기에 들어맞는 사람은 보이지 않는다. 그저 온갖 보행 보조기와 지팡이와 휠체어만 보일 뿐이다.

피아노 연주자는 〈스위트 캐럴라인(Sweet Caroline)〉을 뚱땅뚱땅 연주한다. 저 노래는 결혼식과 스포츠 행사에 단골로 등장하면서 남녀노소에게 두루 사랑받게 되었다. 노인들은 열정적으로 노래를 따라 부른다. 음정도 틀리고 높낮이도 없이 부르지만 개의치 않는다. 보기 좋은 광경이다.

저들 중 누가 앤디 리브스인지 모르겠다. 머릿속으로는 60대 중반에 짧게 깎은 스포츠머리, 절도 있는 몸가짐을 갖춘 사람일 거라고 예상한다. 거기에 해당하는 노인이 서너 명 있는 듯하다. 나는 안쪽으로 들어간다. 건장한 젊은 남자 예닐곱 명이 눈에 띄는데 잔뜩 경계하는 경비원처럼 날 힐끔거린다. 바텐더거나 노인들의 거동을 돕는 복지관 직원일 것이다.

피아노 연주자는 눈을 들더니 내게 고개를 끄덕인다. 스포츠머리를 하지도 않았고, 몸가짐에 절도가 넘치지도 않는다. 목까지 내려오는 금발은 1970년대에 유행했던 스타일이고, 피부는 밀랍 같은데 아무래도 박피를 많이 한 듯하다. 그는 내게 피아노 근처 자리에 앉으라고 고갯짓한다. 노인들은 하나가 된 목소리로 우렁차게 노래한다. "빰빠빠, 살면서 이렇게 행복한 적은 없었지."

"없었지, 없었지, 없었지……."

나는 의자에 앉는다. 노인 하나가 내게 팔을 두르더니 어서 노래하라는 듯이 팔꿈치로 슬쩍 친다. 나는 아주 시큰둥하게 "이렇게 좋은 날이"라고 따라 부르며 누군가, 기왕이면 앤디 리브스가 내게 다가오기를 기다리지만 그런 일은 일어나지 않는다. 나는 실내를 둘러본다. 비아그라 광고에 나올 법한, 행복하고 건강해 보이는 노인 네 명을 찍은 포스터가 있는데 그들의 가슴 위로 '화요일 오후 빙고 게임—음료값 3달러'라고 적혀 있다. 바에서는 복지관 직원 또는 바텐더로 추정되는 젊은 남자 서너 명이 일렬로 늘어놓은 플라스틱 컵에 빨간색 음료를 따른다.

〈스위트 캐럴라인〉이 끝나자 노인들은 환호와 함성을 보낸다. 난 평범해 보이지만 실은 매우 괴상한 이 상황이 즐거운 나머지 다음 노래가 기대될 정도였으나, 피아노 연주자는 자리에서 일어나 "잠깐 쉬겠습니다"라고 말한다.

노인들이 격하게 실망감을 표시한다.

"딱 5분만요. 바에 음료수가 준비되어 있습니다. 다음 신청곡을 생각해 두세요, 네?"

그 말에 관객들은 조금 누그러진다. 연주자는 대형 브랜디 잔처럼 생긴 유리병에서 재빨리 돈을 꺼내더니 내게 다가온다. "뒤마 형사?"

나는 고개를 끄덕인다.

"앤디 리브스요."

제일 먼저 알아차린 것은 숨소리가 많이 섞인 그의 목소리다.

혹은 속삭이는 듯한 목소리.

리브스는 내 옆자리에 앉는다. 나는 그의 나이를 짐작해 본다. 비록 이상한 화장을 해서 얼굴이 반짝거리기는 해도 많아야 50대 중반으로밖에 보이지 않는다. 하지만 생각해 보면 군사 기지가 폐쇄된 지 불과 15년밖에 안 되었다. 50대 중반을 넘어야 할 이유가 없다.

나는 주위를 둘러보며 말문을 연다. "여긴……."

"여기가 왜요?"

"농림부와는 아주 거리가 먼 듯하군요."

"맞는 말이오." 리브스는 양손을 활짝 편다. "뭐라고 말해야 할지 모르겠군. 난 변화가 필요했소."

"그럼 이제 더는 정부를 위해 일하지 않는 겁니까?"

"난, 어디 보자, 7년 전에 은퇴했소. 그때까지 25년간 농림부에서 일했지. 퇴직금을 두둑이 받고 이제는 취미 생활에 매진하고 있소."

"피아노 연주 말이군요."

"그렇소. 그렇다고 여기가 내 목표는 아니오. 여긴, 음, 그냥 출발점이지."

나는 그의 얼굴을 뜯어본다. 구릿빛 피부는 햇볕에 그을린 결과가 아니라 화장품을 발랐거나 일광욕실에서 선탠을 하며 인위적으로 만든 것이다. 헤어라인 부근에 아주 창백한 피부가 드문드문 보인다.

"그렇군요."

"예전 웨스트브리지 사무실에 피아노가 있었소. 거기서 늘 피아노를 연주하곤 했지. 스트레스가 심할 때 긴장 완화에 도움이 됐소." 리브스는 자세를 고쳐 앉더니 이를 슬쩍 내보이며 미소 짓는다. 이가 어찌나 큼직하고 새하얀지 피아노 건반으로 써도 되겠다. "그래, 뭘 도와드릴까, 형사님?"

나는 곧장 본론으로 들어간다. "그 군사 기지에서 무슨 일을 하셨죠?"

"군사 기지?"

"예전에는 군사 기지였죠. 나이키 미사일 관제탑이었으니까요."

"아, 그랬지." 리브스는 경이롭다는 표정으로 고개를 절레절레 흔든다. "참 대단한 과거가 있는 곳이오. 안 그렇소?"

나는 아무 말도 하지 않는다.

"하지만 그건 우리가 그곳으로 이사하기 몇 년 전의 일이었소. 우리가 갔을 때는 군사 기지가 아니라 그저 사무실 단지였소."

"미 농림부를 위한 사무실 단지요."

"그렇소. 우리 임무는 식품, 농업, 천연 자원, 농촌 개발, 그리고 그와 관련된 문제를 공공 정책, 가장 유용한 과학, 효과적인 관리에 기반해 주도하는 것이었소."

미리 연습해 둔 말처럼 들린다. 아마 미리 연습했기 때문이리라.

"왜 거기였습니까?" 내가 묻는다.

"뭐라고요?"

"농림부 사무실은 워싱턴 DC 인디펜던스가에 있습니다."

"본부는 거기였소, 물론. 우린 지부요."

"하지만 왜 하필 그런 숲속에 있는 기지를 사용했죠?"

"안 될 건 또 뭐요?" 리브스가 양 손바닥을 위로 향한 채 들어 올린다. "아주 좋은 곳이잖소. 우리가 하는 일은, 음, 여기서 자랑을 하거나 실제보다 부풀려서 말하고 싶지는 않지만 우리 연구의 대부분은 극비리에 진행됐소." 리브스가 몸을 앞으로 내민다. "〈대역전〉이라는 영화를 본 적 있소?"

"에디 머피, 댄 애크로이드, 제이미 리 커티스." 내가 대답한다.

리브스는 내가 그 영화를 알고 있다는 사실에 매우 기뻐한다. "바로 그거요. 기억할지 모르겠지만 거기서 듀크 형제가 오렌지 주스 시장을 궁지에 몰아넣으려고 했소."

"그랬죠."

"그 방법이 뭔지 기억하시오?" 내가 기억한다는 표정을 짓자 리브스가 씩 웃는다. "듀크 형제는 공무원을 매수해서 농림부 월간 작물 보고서의 견본을 손에 넣으려고 하지. 농림부요, 뒤마 형사. 바로 우리란 말이오. 우리 연구는 대부분 그 정도로 중요하다오. 당연히 프라이버시와 엄중한 경비가 필요하지."

나는 고개를 끄덕인다. "그래서 그렇게 철책을 두르고 출입 금지 간판을 달았군요."

"그렇소." 리브스는 다시 양손을 활짝 편다. "우리 실험을 하기에 예전 군사 기지보다 더 안성맞춤인 곳이 또 어디 있겠소?"

"그 간판을 무시한 사람이 있었나요?"

처음으로 리브스의 얼굴에 미소가 스치는 듯하다. "무슨 말이오?"

"무단 침입자가 있었냐는 말입니다."

"가끔씩 학생들이 술을 마시거나 마리화나를 피우려고 몰래 숲으로 들어오곤 했소." 리브스가 최대한 무심하게 말한다.

"그러면요?"

"무슨 뜻이오?"

"학생들이 출입 금지 간판을 무시했나요?"

"뭐 그런 셈이었소."

"간판을 무시하고 뭘 했나요?"

"아무 짓도 안 했소. 그냥 간판을 지나서 기지 안으로 들어왔소."

"그런 학생들은 어떻게 했습니까?"

"그냥 내버려 뒀소."

"내버려 뒀다고요?"

"그곳이 사유지라고 말하기는 했을 거요."

"했을 거라고요? 말을 했다는 겁니까, 안 했다는 겁니까?"

"가끔은 말하기도 했을 거요, 아마."

"정확히 뭐라고 하셨나요?"

"무슨 말이오?"

"차근차근 설명해 주세요. 학생 하나가 출입 금지 간판을 지나서 기지 안으로 들어왔습니다. 어떻게 하셨습니까?"

"그걸 왜 묻는 거요?"

나는 약간 퉁명스럽게 대답한다. "그냥 질문에 대답해 주시죠."

"그 학생에게 돌아가라고 말할 거요. 무단 침입이라고 알려주면서."

"그 말을 누가 하나요?"

"무슨 소린지 모르겠군."

"리브스 씨가 직접 하나요?"

"당연히 난 아니오."

"그럼 누구죠?"

"경비병이 할 거요."

"그 사람들은 숲을 지키나요?"

"뭐라고?"

"출입 금지 간판은 기지 철책에서 50미터쯤 떨어져 있습니다."

앤디 리브스는 그 말을 생각한다. "아니, 경비병들은 그렇게 멀리 떨어져 있지 않았소. 그들은 기지 주변을 지키는 데 더 집중했을 거요."

"그러니까 당신들은 무단 침입자가 철책에 도달한 후에야 그 사실을 알았겠군요."

"대체 그게 무슨 상관……."

"무단 침입하는 학생들은 어떻게 적발하셨나요?" 나는 질문을 바꾼다. "경비병의 눈에만 의존했습니까? 아니면 CCTV가 있었나요?"

"CCTV가 서너 대 있었던 것 같은데……."

"'있었던 것 같다'고요? 기억이 안 나십니까?"

나는 고의적으로 그의 인내심을 시험하고 있다. 리브스가 손톱으로 테이블 표면을 톡톡 친다. 긴 손톱이 눈에 들어온다. 그러더니 그가 이를 드러내며 씩 웃고는 다시 속삭인다. "작작하시오, 뒤마 형사."

"네, 알겠습니다. 죄송합니다." 나는 그렇게 말하고 고개를 갸웃한다. "그럼 이렇게 여쭤보죠. 왜 한밤중에 스텔스 블랙 호크가," 이 대목에서 나는 손가락을 까닥거려 작은따옴표를 붙인다. "'미 농림부 사무실 단지'에 착륙했죠?"

요즘 유행하듯이 마이크라도 떨어뜨리고 싶었다.(연설이나 공연을 한 후에 일부러 마이크를 떨어뜨리는 행동으로 자신의 말이나 공연이 훌륭했다는 확신을 나타낸다—옮긴이)

앤디 리브스는 이런 질문이 나올 줄 전혀 예상치 못했는지 입을 떡 벌린다. 비록 금세 다물기는 하지만. 눈빛이 심각해지고 환한 미소가 사라지더니 입을 꾹 다문 채 점점 더 차가운 표정으로 변한다.

"무슨 말인지 모르겠군." 리브스가 속삭인다.

나는 그가 먼저 꼬리를 내리도록 무섭게 노려보지만 리브스는 아랑곳하지 않고 내 눈을 바라본다. 마음에 안 든다. 숨기는 게 있으면 상대의 눈을 똑바로 못 본다고들 하는데, 너무 잘 보는 것도 문제가 있는 법이다.

"15년이나 지났습니다, 리브스 씨."

그는 나를 계속 바라본다.

"당신들이 무슨 짓을 했든 상관없습니다." 나는 애걸하는 말투로 말하지 않으려고 노력한다. "그저 내 동생에게 무슨 일이 있었는지 알고 싶을 뿐입니다."

리브스는 똑같은 성량과 똑같은 억양으로 똑같은 말을 되풀이한다. "무슨 말인지 모르겠소."

"내 동생 이름은 리오 뒤마죠."

리브스는 그 이름을 생각하는 척, 기억 속에서 그 이름을 건져 올리는 척한다.

"다이애나 스타일스라는 여학생과 함께 기차에 치여 사망했습니다."

"아, 오기의 딸 말이군." 사람들이 남의 비극을 말할 때면 그러듯이 앤디 리브스가 고개를 절레절레 흔든다. "당신 동생은 다이애나와 함께 죽은 남학생이로군."

리브스는 그 사실을 이미 알고 있었다. 그가 안다는 걸 나도 알고, 내가 안다는 걸 리브스도 안다.

"동생이 죽었다니 안됐소."

그의 목소리에서 거드름이 뚝뚝 떨어진다. 수북이 쌓인 팬케이크에서 흘러내리는 메이플 시럽처럼. 당연히 일부러 저러는 것이다. 내게 반격하려고.

"말했다시피 당신들이 그 기지에서 뭘 했든 상관없습니다. 그러니 내가 이 일을 캐는 걸 원치 않으면 그냥 사실을 말해주면 됩니다. 다만."

"다만 뭐요?"

"다만 당신이 내 동생을 죽였다면 얘기가 달라지죠."

리브스는 미끼를 물지 않는다. 대신 보란 듯이 손목을 들고 시계를 본다. 그러고는 다시 피아노 쪽으로 어슬렁어슬렁 걸어가는 노인들을 바라본다. "휴식 시간이 끝났소."

리브스가 자리에서 일어난다.

"가시기 전에."

나는 그렇게 말하고 휴대전화를 꺼낸다. 액정에 이미 동영상이 떠 있고, 화면은 헬리콥터가 처음 나타나는 부분에서 멈춰져 있다. 나는 재생 버튼을 누르고 리브스가 볼 수 있도록 전화기를 들어 올린다. 가짜로 만든 구릿빛 얼굴인데도 안색이 창백해진다.

"이게 대체 뭔지 모르겠군." 리브스는 그렇게 말하지만 목소리가 흔들린다.

"잘 아실 텐데요. 시코르스키 블랙 호크 스텔스 헬리콥터가 당신이 농림부 사무실 단지라고 주장하는 건물 위에 떠 있는 장면입니다. 좀 더 지켜보면 몇 분 뒤에 헬리콥터가 착륙할 겁니다. 그다음에는 오렌지색 죄수복을 입은 남자가 헬리콥터에서 내리는 장면을 볼 수 있고요."

약간 과장된 말이기는 하다. 실제로 보이는 건 오렌지색 점에 불과하니까. 하지만 약간의 과장이면 충분하다.

"그걸 어떻게 증명⋯⋯."

"당연히 증명할 수 있습니다. 여기 날짜가 찍혀 있고, 건물과 주변 풍경도 아주 독특한 편이죠. 지금은 음량을 줄여서 안 들리지만 계속 설명이 들어가 있습니다." 역시 과장이다. "이 동영상을 찍은 학생들은 자기들이 정확히 어디에 있고, 무엇을 목격했는지 상세히 설명했습니다."

리브스가 다시 날 노려본다.

"그리고 하나 더." 내가 말한다.

"뭐요?"

"이 동영상에서 남학생 세 명의 목소리를 들을 수 있는데 셋 다 의문의 죽음을 당했죠."

한 노인이 외친다. "어이, 앤디, 〈기도하며 살자(Livin' on a Prayer)〉도 신청할 수 있나?"

"마돈나는 질색이야." 다른 노인이 말한다.

"그건 〈기도처럼(Like a Prayer)〉이지, 멍청아. 〈기도하며 살자〉는 본 조비 노래야."

"네가 뭔데 나더러 멍청이래?"

앤디 리브스는 두 노인을 무시하고 날 돌아본다. 가면은 사라지고, 속삭임은 더 거칠어진다. "그 동영상의 복사본은 없소?"

"네." 나는 무표정한 눈으로 그를 바라보며 말한다. "난 복사도 안 하고 여기에 올 정도로 멍청하거든요."

리브스가 이를 악문 채 말한다. "만약 당신이 주장하는 대로 저 동영상에 그런 내용이 담겼다면, 어디까지나 '만약'이오, 저 동영상을 유출할 경우 연방법 위반에 해당하는 범죄로 징역형에 처해질 수 있소."

"앤디?"

"뭐요?"

"내가 무서워하는 걸로 보입니까?"

"저 동영상 유출은 반역 행위요."

나는 손으로 내 차분한 얼굴을 가리키며 그런 협박에 어떤 식으로 든 겁먹지 않았음을 나타낸다.

"감히 동영상을 다른 사람에게……."

"그만해요, 앤디. 그렇게 걱정하다가는 잘생긴 얼굴에 주름 생기 겠어요. 내가 알고 싶어 하는 사실을 말해주지 않으면, 난 기필코 이걸 다른 사람들에게 보여줄 겁니다. 트위터와 페이스북에 다 올릴 거예요. 당신 이름과 함께." 나는 펜과 종이를 들고 이름을 쓰는 척한다. "리브스의 철자가 어떻게 됩니까? e가 두 갠가요, 아니면 ea인가요?"

"난 당신 동생 일과 아무 상관없소."

"그럼 내 여자 친구는요? 그 친구 이름이 모라 웰스죠. 모라하고도 아무 상관없다고 말할 겁니까?"

"맙소사." 앤디 리브스는 천천히 고개를 젓는다. "당신 정말 전혀 모르는군."

갑자기 자신감에 넘치는 리브스의 태도가 마음에 안 든다. 나는 뭐라고 대답해야 할지 몰라서 그냥 "그러니까 말해줘요"라고 말한다.

또 다른 노인이 외친다. "〈믿음을 잃지 마라(Don't Stop Believin')〉를 연주해 주게, 앤디. 우린 그 노래를 좋아해!"

"시나트라!"

"저니야!"

후자에 동의하는 중얼거림이 들린다. 한 노인이 "작은 마을의 소녀가"라고 노래하자 또 다른 노인이 답한다. "외로운 세상에서 살고 있었지."

"잠깐만 기다려 주세요, 여러분." 리브스는 사람들의 관심을 즐기는 좋은 사람 행세를 하며 손을 흔들고 미소 짓는다. "에너지를 아껴 둬요."

그러더니 날 돌아보고 허리를 숙여 내 귀에 속삭인다. "그 동영상을 유출했다가는 당신과 당신이 사랑하는 사람들을 모조리 죽여버릴 거요, 뒤마 형사. 알아들었소?"

"똑똑히요." 나는 고개를 끄덕이고는 팔을 뻗어 그의 불알을 꽉 쥔다.

리브스의 비명에 밤공기가 산산이 부서진다.

노인 서너 명이 깜짝 놀라 벌떡 일어난다. 내가 불알에서 손을 떼자 리브스는 부두 바닥에 내던져지는 물고기처럼 바닥에 털썩 쓰러진다.

복지관 직원인 젊은 남자들이 날 향해 달려온다. 나는 뒤로 물러서서 방패가 되어주는 배지를 내밀며 경고한다.

"움직이지 마세요. 경찰 수사입니다."

노인들은 이 상황이 마음에 안 드는 눈치다. 복지관 직원 세 명도 마찬가지다. 그들이 날 에워싸면서 다가온다. 나는 휴대전화를 꺼내 재빨리 사진을 찍는다. 노인들이 내게 호통을 친다.

"지금 이게 무슨 짓인가……? 내가 10년만 젊었어도……. 이런 짓을 하다니……. 〈기도하며 살자〉는 노래도 모르나!"

한 노인이 바닥에 무릎을 꿇고 다친 리브스를 살펴보려 하자 복지관 직원들이 내게 가까이 다가온다.

이쯤 해서 마무리 지어야겠다.

나는 다가오는 직원들에게 허리에 찬 총을 보여준다. 총을 뽑지는 않지만 보여주는 것만으로도 그들의 발걸음이 느려진다.

한 노인이 내게 두 주먹을 휘두르며 말한다. "경찰에 신고할 거야!"

"마음대로 하세요."

"당장 여기서 나가게."

나도 그 말에 동의한다. 5초 뒤에 나는 그곳을 나온다.

CHAPTER

21

노 인 들 이 경찰에 날 신고할까 봐 걱정되지는 않아, 리오. 앤디 리브스는 회복될 거고, 회복된 후에는 그 일을 경찰에 신고하고 싶어 하지 않을 거야.

그보다는 리브스의 협박이 더 걱정돼. 네 사람, 그러니까 너와 다이애나, 렉스, 행크가 살해됐어. 그래, 이제부턴 그 단어를 쓸 거야. 사고사니 자살이니 하는 주장은 잊어. 넌 살해됐어, 리오. 그리고 난 절대 그냥 넘어가지 않을 거야.

난 엘리에게 전화한다. 엘리가 전화를 받지 않자 짜증이 난다. 전화기에 저장된, 아까 찍은 리브스의 사진을 확인한다. 바닥에 쓰러진 그의 얼굴은 고통으로 일그러졌지만 선명하게 잘 찍혔다. 나는 사진을 첨부해서 엘리에게 문자 메시지를 보낸다.

모라 어머니께 아는 얼굴인지 물어봐.

집으로 차를 몰다가 하루 종일 아무것도 안 먹었음을 깨닫고, 우회전해서 암스트롱 다이너로 향한다. 그곳은 24시간 영업한다. 다이너 창문 너머로 근무 중인 버니가 보인다. 차에서 내리자 휴대전화가 울린다. 엘리다.

"나야." 그녀가 말한다.

"응."

이렇게 인사하는 걸 보니 우리 사이가 정말 서먹해졌나 보다.

"어디야?"

"암스트롱."

"30분 안에 갈게."

그리고 전화가 끊긴다. 나는 차에서 내려 다이너 쪽으로 걸어간다. 10대 후반, 20대 초반으로 보이는 여자 둘이 다이너 앞에 서서 담배를 피우며 수다를 떤다. 하나는 금발이고 하나는 갈색 머리인데, 둘다 SNS 유명인 또는 리얼리티 프로그램에 나오는 스타처럼 생겼다. 딱 그렇게 생겼다. 나는 여자들을 지나치고, 그들은 담배를 깊이 빨아들인다. 나는 걸음을 멈추고 뒤돌아서 두 여자를 바라본다. 그들이 내 시선을 느낄 때까지. 여자들은 잠시 계속 이야기하다가 나를 바라본다. 나는 움직이지 않는다. 마침내 그들의 말소리가 잦아든다.

금발이 인상을 쓰며 말한다. "뭐예요?"

"그냥 식당으로 들어가야겠죠? 남의 일에는 신경 *끄고*요. 하지만 이 말은 꼭 하고 싶군요."

둘 다 날 미친 사람 보듯 바라본다.

"제발 담배 피우지 마세요."

갈색 머리가 양손을 허리에 올린다. "우리 알아요?"

"아뇨."

"그럼 경찰이나 뭐 그런 거예요?"

"네. 하지만 이건 내 직업과 상관없습니다. 우리 아버지는 담배 때문에 폐암으로 돌아가셨어요. 그러니까 난 당신들을 그냥 지나칠 수도 있고, 아니면 당신들의 목숨을 구하려고 노력할 수도 있죠. 아마 당신들은 내 말을 무시할 겁니다. 하지만 내가 계속 노력하면 언젠가 한 번쯤은, 누군가는 담배 피우는 걸 멈추고 내 말을 생각할 겁니다. 어쩌면 아예 끊을 수도 있고요. 그러니 부탁입니다. 아니, 빌게요. 제발 담배 피우지 마세요."

나는 그렇게만 말한다.

그리고 다이너로 들어간다. 계산대를 지키고 있던 스타브로스가 나와 하이파이브를 하며 구석 테이블을 향해 고갯짓한다. 나는 요리를 싫어하는 미혼 남자라서 여기서 자주 저녁을 먹는다. 뉴저지주에 있는 대부분의 다이너가 그렇듯이 여기 메뉴판도 성경책만큼이나 두껍다. 버니는 그냥 특별 메뉴를 가져다주고, 쿠스쿠스를 곁들인 연어를 가리키며 내게 윙크한다.

나는 창밖을 내다본다. 담배를 피우던 두 여자는 아직 밖에 있다. 나를 등진 갈색 머리의 손에는 여전히 담배가 들려 있다. 금발은 험악한 표정으로 날 바라보지만 손에서 담배가 사라져 있다. 난 그녀에게 양 엄지를 들어 보이고, 금발은 고개를 돌려 날 외면한다. 아마 이미 담배를 다 피웠을 테지만 그래도 나는 이 일을 승리로 받아들인다.

음식을 다 먹었을 때 엘리가 들어온다. 엘리를 본 스타브로스의 얼굴이 환해진다. 누군가에게 후광이 비친다는 건 진부한 표현이지만 적어도 엘리는 자기가 있는 곳의 선의와 품위, 미덕의 평균치를 끌어 올린다.

그 점을 감사히 여기기는 이번이 처음이다.

엘리가 칸막이 좌석 맞은편에 들어가 앉더니 한쪽 발을 들어 엉덩이 밑에 집어넣는다.

"모라 엄마에게 보내라고 한 사진 받았어?" 내가 묻는다.

엘리는 고개를 끄덕인다. "아직 웰스 부인에게서 답장이 안 왔어."

그러더니 눈을 깜빡이며 눈물을 참는다.

"엘리?"

"너한테 말 안 한 게 또 있어."

"뭔데?"

"2년 전에 한 달간 워싱턴에 머무른 적이 있어."

나는 고개를 끄덕인다. "노숙자들을 위한 세미나 때문이었지."

엘리는 코웃음 치는 듯한 소리를 낸다. "한 달이나 계속되는 세미나가 어디 있어." 그러고는 냅킨을 집어 들어 눈가를 닦는다.

난 그 말을 어떻게 받아들여야 할지 몰라서 아무 말도 하지 않는다.

"그건 그렇고 이 일은 모라와 아무 상관없어. 난 그냥……."

난 엘리의 팔에 손을 얹는다. "무슨 일인데 그래?"

"너는 내가 아는 가장 좋은 사람이야, 냅. 난 전적으로 널 믿어. 하지만 이 이야기는 하지 않았어."

"뭘 말이야?"

"밥……."

나는 미동도 하지 않는다.

"밥의 직장에 여자 동료가 있어. 야근이 잦아졌고, 그래서 어느 날 내가 밥을 놀라게 하려고 회사에 찾아갔더니 둘이서……."

가슴이 철렁 내려앉는다. 나는 뭐라고 말해야 할지 모르고, 엘리 역시 내게 어떤 말도 듣고 싶어 하지 않을 듯해서 그저 엘리의 팔을 잡은 손에 힘을 준다. 위로의 말을 건네고 싶지만 기회는 이미 날아가 버렸다.

한 달간의 세미나라니. 맙소사.

가장 친한 친구가 그렇게 힘든 시기를 보냈는데 난 전혀 몰랐다.

참 대단한 형사다.

엘리는 눈물을 훔치고 억지로 미소를 짓는다. "이젠 괜찮아. 밥이랑 잘 얘기했어."

"더 얘기하고 싶어?"

"아니, 지금은 아냐. 지금은 모라 이야기를 하려고 왔어. 내가 그 애와 한 약속에 대해서."

버니가 다가오더니 엘리 앞에 메뉴판을 내려놓고는 윙크하고 간다. 나는 어떻게 이야기를 이어나가야 할지 모르겠고, 엘리도 그렇다. 그래서 마침내 이렇게 말문을 연다. "모라에게 약속을 했다고 했지?"

"응."

"언제?"

"리오와 다이애나가 죽던 날 밤."

또다시 얼굴을 강타당하는 기분이다.

버니가 다가와 엘리에게 뭘 주문할 건지 묻는다. 엘리는 디카페인

커피를 시킨다. 나는 간신히 민트 티를 달라고 말한다. 버니가 바나나 푸딩도 먹겠냐고, 정말 맛있다고 권하지만 우리 둘 다 거절한다.

"그날 밤, 리오와 다이애나가 죽기 전에 모라를 본 거야? 아니면 죽은 뒤에?"

엘리의 대답을 들은 나는 다시 어지러워진다. "둘 다."

뭐라고 말해야 좋을지 모르겠다. 아니면 내 입에서 무슨 말이 나올지 두렵거나. 엘리는 창밖 너머로 주차장을 바라본다.

"엘리?"

"이제부터 모라와 한 약속을 깰 거야. 하지만 냅?"

"왜?"

"넌 내가 하려는 이야기가 듣기 싫을 거야."

"리오와 다이애나가 죽은 뒤의 일부터 이야기할게."

손님은 점점 줄어들지만 우리는 개의치 않는다. 버니와 스타브로스는 새 손님이 올 때마다 식당 반대편으로 안내하며 우리가 다른 사람을 신경 쓰지 않고 이야기할 수 있게 해준다.

"모라가 우리 집에 왔어."

나는 엘리가 계속 말하기를 기다리지만 그녀는 더 이상 말하지 않는다.

"그날 밤에?"

"응.

"몇 시에?"

"새벽 3시쯤에. 당시 우리 부모님은 별거 중이었고 아빠는…… 아빠는 날 행복하게 해주려고 차고를 내 침실로 개조해 주셨어. 고등학생에게는 꽤 근사한 선물이었지. 친구들은 아무 때나 날 찾아올 수 있었어. 다른 사람을 깨우지 않고 내 방에 들어올 수 있으니까."

당시 엘리의 방문이 늘 열려 있다는 소문을 듣기는 했지만 그건 엘리와 내가 친해지기 전, 내 동생과 엘리의 단짝인 다이애나가 선로에서 주검으로 발견되기 전이다. 새삼 놀랍다는 생각이 든다. 성인이 된 후로 내 인생에서 가장 든든한 친구는 엘리와 오기 아저씨인데, 둘과의 관계는 그날 밤의 비극에서 시작되었다.

"어쨌든 처음 노크 소리를 들었을 때는 별생각 없었어. 친구들이 술을 진탕 마셨거나 이런저런 이유로 집에 갈 수 없으면 날 찾아오곤 했으니까."

"전에도 모라가 온 적 있었어?" 내가 묻는다.

"아니, 한 번도 없었어. 전에도 말했지만 난 늘 모라가 약간 어려웠어. 그 애는 다른 애들보다 뭐랄까, 더 멋있어 보였어. 더 성숙하고, 세상 경험이 많은 듯했지. 무슨 말인지 알지?"

나는 고개를 끄덕인다. "근데 왜 널 찾아갔을까?"

"나도 그걸 물어봤어. 하지만 처음에는 모라가 완전히 제정신이 아니었어. 극도로 불안정해서 울고불고 난리였지. 정말 이상했어. 왜냐하면 아까도 말했듯이 모라는 늘 매사에 초연해 보였으니까. 그 애를 진정시키는 데 족히 5분은 걸렸어. 온몸이 진흙투성이여서 누군가의 공격을 받았나 보다 했어. 옷이 찢어진 곳이 없는지 살피기까지 했지. 강간 트라우마 수업에서 그렇게 하라고 읽었거든. 어쨌든 일단 진정되자 모라는 순식간에 원래 모습으로 돌아왔어. 정말로 그랬어. 마치 누가 모라의 뺨을 때리면서 '정신 차려!'라고 말한 것처럼."

"그래서 어떻게 했어?"

"침대 밑에 숨겨뒀던 파이어볼 위스키를 땄지."

"네가?"

엘리는 고개를 절레절레 흔든다. "정말 날 다 안다고 생각하는구나."

'명백한 착각이었지.'

"어쨌든 모라는 위스키를 거절하더니 머리를 좀 식혀야 한다면서 잠시 우리 집에 머물러도 되겠냐고 물었어. 나는 당연히 된다고 했지. 솔직히 말하면 모라가 날 선택했다는 사실에 으쓱하기도 했어."

"그게 새벽 3시였다고?"

"그쯤 됐을 거야, 응."

"그럼 아직 리오와 다이애나 소식을 못 들었겠네?"

"응."

"모라가 그 일을 말해줬어?"

"아니. 그냥 은신처가 필요하다고만 했어." 엘리가 몸을 앞으로 내민다. "그러더니 내 눈을 똑바로 보면서 약속하라고 했어. 가끔씩 모라가 얼마나 진지한지 알지? 자기가 여기 있다는 말을 누구에게도, 심지어 너한테도 하지 않겠다고 약속하라고 했어."

"콕 집어서 나라고 말했어?"

엘리는 고개를 끄덕인다. "처음에는 너희 둘이 심하게 다툰 줄 알았는데 모라가 너무 겁에 질려 있었어. 모라가 날 찾아온 건, 음, 내가 워낙 믿음직해서라고 생각했지. 사실 난 모라와 별로 친하지 않았어. 그래서 계속 의문이 들었지. 왜 날 찾아왔을까? 이제야 알겠어."

"뭘?"

"왜 나한테 왔는지. 너도 모라 엄마가 하는 말 들었지? 그들은 모라를 찾고 있었어. 당시에는 그걸 몰랐지. 하지만 모라는 자기와 가까운 사람들이 감시를 당하거나 질문을 받으리라는 걸 알았던 거야."

나는 고개를 끄덕인다. "그래서 집에 갈 수 없었지."

"맞아. 아마 모라는 그들이 너를 감시하거나 네 아빠에게 캐물을 거라고 생각했을 거야. 모라를 찾고 싶다면 모라와 친한 사람들부터 찾아갈 테니까."

그제야 나도 깨닫는다. "그리고 넌 사실상 모라의 친구가 아니었고."

"바로 그거야. 모라는 그들이 날 찾아오지 않을 거라고 생각한 거야."

"그들은 대체 뭘 쫓고 있던 걸까? 왜 모라를 찾아다녔지?"

"모르겠어."

"안 물어봤어?"

"물어봤지. 하지만 모라가 말해주지 않았어."

"그래서 그냥 포기했다고?"

엘리는 미소에 가까운 표정을 짓는다. "모라가 얼마나 설득력 있는지 잊었어?"

아, 기억난다. 이해가 간다.

"나중에서야 알았어. 모라가 자기 엄마에게 아무것도 말해주지 않았듯이 내게도 같은 이유로 전혀 말해주지 않았다는걸."

"널 보호하기 위해서."

"응."

"네가 아무것도 모르면 그들에게 아무 말도 할 수 없으니까."

"모라는 또 내게 약속하라고 했어, 냅. 자기가 돌아올 때까지 이 일을 아무에게도 말하지 않겠다고 맹세하라고. 난 그 약속을 지키려고 노력했어, 냅. 네가 화난 거 알아. 하지만 내게 약속하라고 말하던 모라를 생각하면…… 난 약속을 지키고 싶었어. 약속을 깼다가 큰일이 날까 봐 정말로 두렵기도 했고. 솔직히 말하면 지금도, 이렇게 앉아 있는 동안에도 약속을 깨는 건 잘못이라는 생각이 들어. 그래서 네게 말하고 싶지 않았어."

"근데 왜 마음이 바뀌었지?"

"너무 많은 사람이 죽어가고 있어, 냅. 모라도 그중 한 명이 아닐까 의문이고."

"모라가 죽었다고 생각해?"

"모라의 엄마와 난…… 우린 그 일 이후로 자연스럽게 가까워졌어. 모라가 맨 처음에 베니건스로 걸었던 전화 있지? 그것도 내가 도와준 거야. 너한테 얘기할 때는 아주머니가 그 부분을 빼버렸어. 날 보호하려고."

난 뭐라고 말해야 좋을지 알 수 없다. "그 오랜 세월 동안 넌 내게 거짓말을 했어."

"넌 너무 집착하고 있었어."

저 말이 또 등장한다. 엘리는 내가 집착한다고 하고, 데이비드 레이니브는 행크가 집착했다고 했다.

"내가 모라와 약속한 일을 말했다가, 뭐랄까, 네가 어떻게 나올지 알 수 없었어."

"넌 내 반응을 걱정할 입장이 아냐."

"그럴 수도 있지. 하지만 약속을 깨뜨릴 입장도 아니었어."

"여전히 이해가 안 가. 모라가 너희 집에서 며칠이나 지낸 거야?"

"이틀 밤."

"그다음엔?"

엘리는 어깨를 으쓱인다. "집에 와보니까 모라가 사라지고 없었어."

"쪽지 같은 것도 남기지 않고?"

"아무것도 없었어."

"그다음엔?"

"더 아무것도 없었지. 그 후로 모라를 본 적도, 연락이 온 적도 없어."

무언가 앞뒤가 맞지 않는다. "잠깐, 리오와 다이애나가 죽었다는 사실은 언제 알았어?"

"그 애들이 발견된 다음 날 소식을 들었어. 다이애나 집에 전화해서 다이애나를 바꿔달라고 했더니," 이 대목에서 엘리는 다시 눈물을 글썽인다. "다이애나 엄마의 목소리가……."

"오드리 아줌마가 전화로 말해줬어?"

"아니. 내게 집으로 와달라고 했어. 하지만 목소리에서 알 수 있었지. 나는 다이애나네 집까지 계속 뛰어갔어. 아줌마는 날 부엌 식탁 의자에 앉히고 소식을 전해줬어. 아줌마의 이야기가 끝나자 나는 모라에게 물어보려고 집으로 갔지. 하지만 모라는 사라진 뒤였어."

여전히 앞뒤가 맞지 않는다. "하지만…… 넌 모라가 그 일과 연관이 있다는 걸 알았을 거야, 그렇지?"

엘리는 대답하지 않는다.

"모라는 리오와 다이애나가 죽던 날 널 찾아왔어. 넌 틀림없이 어떤 연결 고리가 있다고 생각했을 거야."

엘리는 천천히 고개를 끄덕인다. "우연이 아닐 거라고 생각하긴 했어, 맞아."

"그런데도 아무에게도 말 안 했어?"

"난 모라와 약속했어, 냅."

"네 단짝이 죽었어. 그런데 어떻게 그걸 비밀로 할 수가 있지?"

엘리는 고개를 숙인다. 나는 잠시 멈췄다가 말을 잇는다.

"넌 우리 학교에서 가장 책임감이 강한 아이였어. 네가 약속을 지키려 했다는 거 알겠어. 충분히 이해가 가. 하지만 다이애나가 죽은 걸 알고도 어떻게……."

"우리 모두 그걸 사고사라고 생각했어, 기억해? 아니면 이상한 동반 자살이거나. 비록 난 그렇게 생각한 적은 없지만. 어쨌든 모라가 그 일과 연관이 있다고는 생각하지 않았어."

"말도 안 돼. 네가 그렇게 어리숙할 리 없어. 어떻게 그 일을 아무에게도 말 안 할 수가 있지?"

엘리가 다시 고개를 숙이고, 나는 깨닫는다. 엘리는 무언가를 숨기고 있다.

"엘리?"

"말했어."

"누구한테?"

"돌이켜 보면 모라는 정말 머리가 좋았어. 내가 무슨 말을 할 수 있겠어? 난 그 애가 어디 있는지도 모르는데."

"누구한테 말했는데?"

"다이애나의 부모님."

나는 몸이 얼어붙는다. "오기 아저씨랑 오드리 아줌마한테?"

"응."

"오기 아저씨……." 더는 충격 받을 일이 없을 거라는 내 예상은 빗나갔다. "모라가 네 집에 머물다 갔다는 걸 아저씨가 안다고?"

엘리가 고개를 끄덕이고, 나는 다시 현기증을 느낀다. 넌 이 세상에 믿을 수 있는 사람이 있니, 리오? 엘리는 내게 거짓말을 했어. 오기 아저씨도 내게 거짓말을 했어. 또 누가 있지? 엄마지, 당연히. 엄마는 금방 오겠다고 하고 돌아오지 않았어.

아버지도 거짓말을 했을까?

너도?

"오기 아저씨는 뭐라고 했어?" 내가 묻는다.

"고맙다고 했어. 그러고는 내게 모라와의 약속을 지키라고 했지."

아저씨를 만나야겠다. 아저씨 집으로 찾아가서 대체 무슨 일이 벌어지고 있는지 알아내야겠다. 하지만 아까 엘리가 했던 다른 말이 떠오른다.

"모라를 두 번 만났다고 했잖아."

"뭐?"

"모라를 리오와 다이애나가 죽은 뒤에 만났는지, 죽기 전에 만났는지 물었을 때 넌 둘 다라고 했어."

엘리는 고개를 끄덕인다.

"죽은 뒤의 일을 얘기했으니까 죽기 전의 일도 말해줘."

엘리가 시선을 돌린다.

"왜 그래?" 내가 묻는다.

"지금부터가 네가 싫어할 이야기야."

그 녀 는 암스트롱 다이너 맞은편 길에 서서 창가에 앉은 그들을 지켜본다.

15년 전, 총성과 함께 고요한 밤이 산산조각 난 후 그녀는 도망쳐서 두 시간 동안 숨어 있었다. 위험을 무릅쓰고 밖으로 나와 주차된 차들과 거기에 탄 남자들을 봤을 때, 그녀는 확실히 깨달았다. 그리고 버스 정류장으로 갔다. 어떤 버스든 상관없었다. 그저 저들에게서 멀어지고 싶었다. 웨스트 브리지에서 출발하는 버스는 모두 뉴어크나 뉴욕이 종점이다. 일단 거기까지만 가면 친구들에게 연락해 도움을 청할 수 있다. 하지만 한밤이라서 그 시간까지 운행하는 버스는 극히 드물었다. 게다가 카림 광장 근처의 기차역으로 갔을 때는 주차된 차들 근처에서 그들을 발견했다. 그 후로 이틀간 엘리네 집에 머물렀다. 그다음에는 리빙스턴에 사는 미술 선생님 휴 워너의 지하실 겸 작업실에 사흘간 숨어 있었다. 워너 선생님은 미혼이고 말총머리를 했으며, 늘 마리화나 냄새를 풍겼다. 그 후로는 계속 이동했다. 알파벳 시티에 워너 선생님의 친구가 있어서 이틀간 그 집에 머물렀다. 그녀는 머리를 자르고 금발로 염색했다. 서너 주 동안 센트럴 파크에서 외국인 관광객을 따라다니며 현금을 훔쳤는데 비번이던 코네티컷주 형사에게 하마터면 잡힐 뻔하면서 그만두기로 마음먹었다. 한 거지에게서 브루클린에 가짜 신분증을 만들어 주는 남자가 있다는 이야기를 듣고 신분증 네 개를 샀다. 완벽하진 않았지만 임시로 직장을 얻기에는 충분했다. 그 후로 3년간 그녀는 미국 각지를 돌아다녔다. 신시내티에서는 작은 식당에서 웨이트리스로 일했고, 버밍엄에서는 피글리위글리에서 계산원으로 일했다. 데이토너 비치에서는 비키니를 입고 콘도 이용권을 팔았는데 관광객의 돈을 훔칠 때보다 더 비참한 기분이 들었다. 길거리와 공원에서 노숙하기도 하고, 체인 모텔에서도(늘 깨끗했다) 자고, 이상한 남자들 집에서도 잤다. 계속 이동하는 한 안전하리라는 걸 알고 있었다. 그들은 그녀에게 지명 수배를 내릴 수 없다. 거리에 수배 중이라는 포스터도 없었다. 그들은 그녀를 찾고 있지만 인원이 많지 않다. 대중은 그들을 도울 수 없다. 그녀는 온갖 종교 단체에 가입해 이기적인 목사들이 떠들어 대는 교리를 열렬히 숭배하는 척하면서 숙소와 음식, 보호를 구했다. 외딴곳에 있는 '젠틀맨 클럽'—정말 이상한 완곡어법이다. 그곳은 클럽이 아니고, 손님들은 신사도 아닌데 말이다—에서 스트립 댄서로 일하기도 했다. 보수는 두둑했지만 사람들의 주목을 너무 많이 끌었다. 두 번 강도를 당하고, 두들겨 맞기도 하고, 어느 날 밤에는 큰 위험에 처하기도 했다. 그녀는 그 일을 털어버리고 계속 클럽에서 일했다. 대신 칼을 소지하기 시작했다. 덴버 외곽에 있는 주차장에서 두 남자가 그녀를 공격했다. 그녀는 한 명의 배를 칼로 푹 찔렀다. 그의 입에서 피가 흘러나왔다. 그녀는 도망쳤다. 어쩌면 남자는 죽었을지도 모른다. 진실은 끝내 알 수 없었다. 가끔씩 경비가 심하지 않은 지방 대학 캠퍼스를 어슬렁거렸고, 심지어 청강도 했다. 밀워키 교외에서 잠시 정착하려 했고, 공인 중개사 자격증까지 땄다. 하지만 고객과 집 계약을 체결하기 직전에 변호사가 그녀의 신분증에 문제가 있다는 사실을 알아차렸다. 댈러스에서는 쇼핑몰에 있는 세무사 사무실에서 일하며 세금 정산 업무를 봤다. 그 사무실은 직원들이 진짜 세무사인 척했지만, 사실 그녀는 코트야드 메리어트 호텔에서 3주간 교육을 받았을 뿐이었다. 너무 외로움에 지친 탓이었는지 이때 처음으로 앤 해넌이라는 동료와 진짜 친구가 되었다. 앤은 아주 재미있고 마음씨가 따뜻한 사람이었다. 둘은 룸메이트가 돼서 함께 더블데이트도 하고, 영화도 보러 가고, 심지어 샌 안토니오로 함께 휴가를 가기도 했다. 앤 해넌은 그녀가 사실을 털어놓을 수 있을 정도로 믿음이 가는 첫 번째 사람이었지만, 물론 둘의 안전을 위해 사실을 말하지는 않았다. 어느 날 회사로 출근하는데 대기실에서 신문을 읽고 있는 양복 차림의 두 남자가 눈에 들어왔다. 대기실에는 종종 사람들이 있지만 이 남자들은 이상해 보였다. 창문 너머로 앤이 보였다. 늘 미소 짓는 그녀의 친구가 웃지 않고 있었다. 그래서 그녀는 다시 달아났다. 그렇게 느닷없이. 앤에게 전화해서 작별 인사를 하지도 않았다. 그해 여름에는 알래스카주의 통조림 공장에서 일했다. 그런 다음 석 달 동안 아껴가며 모은 돈으로 스캐그웨이에서 시애틀까지 운행하는 크루즈를 타고, 하선하는 각 도시에서 즐길 수 있는 당일치기 투어 티켓을 팔았다. 그 과정에서 친절한 남자들도 서너 명 만났지만 대부분은 불친절했다. 대부분은 친절과 아주 거리가 멀었다. 세월이 흐르면서 그녀가 모라 웰스라는 걸 알아보는 사람과 마주친 적이 두 번 있었다. 한 번은 로스앤젤레스에서, 한 번은 인디애나폴리스에서. 지금 생각해 보면 당연한 일이다. 인생의 대부분을 거리나 공공장소에서 보내면 누군가가 알아볼 수밖에 없다. 알아본다고 해서 큰일이 나는 것도 아니다. 그녀는 상대에게 사람 잘못 봤다고 말하거나 다른 사람인 척하지 않았다. 미리 준비해 둔 사연이 있었는데 주로 대학원 공부 중이라고 했다. 그러고는 상대가 시야에서 사라지자마자 그곳을 떴다. 그녀에게는 늘 대안이 있었고, 가장 가까운 트럭 휴게소가 어디인지 알고 있었다. 그녀와 같은 외모의 소유자에게는 그편이 가장 쉬운 이동 수단이기 때문이다. 남자들은 반드시 그녀를 태워준다. 가끔은 일찌감치 휴게소에 가서 운전사들이 먹고, 이야기하고, 교류하는 모습을 지켜보며 가장 안전해 보이는 사람이 누군지 찾아내려 한다. 보면 알 수 있다. 틀릴 수도 있고. 아무리 친절해 보여도 여자 운전사에게는 태워달라고 하지 않는다. 길 위의 여자들은 의심하는 법을 배웠기 때문에 혹시라도 경찰에 신고할까 봐 두려웠다. 이제 그녀에게는 가발과 처방전 없이 구입한 안경이 수두룩했다. 누가 그녀의 인상착의를 말한다 해도 그 정도 분장이면 충분했다.

　나이를 먹을수록 왜 세월이 더 빨리 흐르는 것처럼 느껴지는지 분석하는 이론은 숱하게 많다. 가장 인기 있는 이론은 가장 뻔한 이론이기도 한데 나이를 먹을수록 한 해가 인생에서 차지하는 비율이 줄어든다는 것이다. 열 살 때는 한 해가 인생의 10퍼센트를 차지한다. 쉰 살이 되면 한 해가 2퍼센트를 차지한다. 하지만 그녀는 이 설명을 단번에 일축하는 이론을 읽은 적이 있다. 그 이론에 따르면 정해진 일과 속에서 살 때, 새로운 것은 전혀 배우지 않을 때, 삶의 패턴 속에 틀어박힐 때 시간은 훨씬 빨리 흐른다. 시간을 늦추는 비결은 새로운 경험을 하는 것이다. 휴가를 떠난 일주일이 순식간에 지나갔다고 농담을 할지 몰라도, 곰곰이 생각해 보면 사실 그 일주일은 힘들고 단조로운 직장 일을 하면서 보낸 일주일보다 훨씬 길게 지속되는 듯하다. 휴가가 너무 빨리 지났다고 불평하는 이유는 그때가 좋았기 때문이지 시간이 더 빠르게 흐르는 듯해서가 아니다. 시간을 늦추고 싶으면 이 이론을 따라야 한다. 하루가 오래가길 바란다면 무언가 다른 일을 하라. 이국적인 곳으로 여행을 하라. 새로운 것을 배워라.

한마디로 지금까지 그녀의 삶이 그랬다.

렉스를 만나기 전까지는. 다시 총성이 울리기 전까지는. 행크가 죽기 전까지는.

창문 너머로 망연자실한 냅의 얼굴이 보인다. 그를 다시 보는 건 15년만이다. 그녀 인생에서 가장 중요한 가정. 가지 않은 길. 그녀는 감정이 흘러넘치도록 내버려 둔다. 감정과 싸우지 않는다.

심지어 빛 속으로 나가기까지 한다.

모라는 주차장 조명 아래 서서 움직이지 않는다. 그렇게 눈에 띄게 자신을 드러낸 채 냅이 고개를 돌려 창문 너머로 그녀를 발견할 수 있는 기회를 준다.

그녀는 10초간 기다린다. 하지만 아무 일도 일어나지 않는다. 그래서 10초를 더 기다린다.

하지만 냅은 창밖을 내다보지 않는다.

모라는 몸을 돌려 다시 어둠 속으로 사라진다.

"**다 이 애 나 와** 내겐 계획이 있었어." 엘리가 말문을 연다.

다른 손님은 두 테이블뿐이고, 그나마 카운터 반대편에 멀찌감치 떨어져 있다. 나는 앞서가지 않으려고, 속단하지 말고 이야기부터 들으려고, 일단 듣고 나중에 생각하려고 무진 애를 쓴다.

"돌이켜 보면 우리는 진부할 정도로 흔히 볼 수 있는 친구 사이였어. 나는 학생회 회장이었고, 다이애나는 부회장이었지. 축구 팀 공동 주장이었고, 부모님들은 넷이서 저녁을 함께 먹을 정도로 친한 친구였어." 엘리가 고개를 들어 날 본다. "오기 아저씨, 데이트 많이 하셔?"

"별로."

"최근에 오기 아저씨가 여자 친구랑 남쪽으로 여행 갔다고 하지 않았어?"

"이본느. 함께 힐턴 헤드에 다녀오셨지."

"거기가 조지아주에 있든가?"

"사우스캐롤라이나주 외곽의 섬이야."

"그래서 어떻게 됐어?" 엘리가 묻는다.

아저씨가 뭐라고 하셨더라? "잘 안 될 거 같아."

"유감이네."

나는 아무 말도 하지 않는다.

"아저씨 옆에는 누가 있어야 해. 다이애나는 아빠가 저렇게 혼자 사는 걸 원치 않을 거야."

나는 버니와 눈이 마주치지만 그녀는 우리를 방해하지 않으려고 시선을 돌린다. 누군가 낡은 주크박스를 튼다. 티어스 포 피어스의 노래가 '다들 세상을 지배하고 싶어 한다'는 사실을 상기시켜 준다.

"리오와 다이애나가 죽기 전에 모라를 봤다면서." 나는 다시 본론으로 돌아가려 한다.

"그 이야기를 하려는 참이야."

나는 기다린다.

"그러니까 다이애나와 난 학교 도서관에 있었어. 넌 아마 기억 못할 테지만—기억할 이유가 없지—일주일 뒤에 성대한 가을 댄스파티가 열릴 예정이었지. 다이애나는 그 파티 기획위원회 회장이었어. 나는 부회장이었고."

엘리의 말이 맞다. 전혀 기억나지 않는다. 매년 가을에 열리는 댄스파티. 모라는 가고 싶어 하지 않았을 테고, 난 관심이 없었을 것이다.

"내 기억이 틀릴 수도 있어." 엘리가 말한다.

"괜찮아."

"어쨌든 다이애나에게는 그 파티가 아주 중요했어. 한 달 넘게 그 파티에 공을 들였으니까. 파티 주제를 두고 둘 중 뭐로 할지 결정을 못 했어. 하나는 파티장을 유원지처럼 꾸미는 거였고, 다른 하나는 동화 속 배경처럼 꾸미는 거였지. 그래서 다이애나는 둘 다 하자고 했어." 엘리는 먼 곳을 바라보고, 그녀의 입가에 미소가 살짝 감돈다. "나는 결사 반대였지. 다이애나에게 반드시, '반드시' 주제를 하나만 골라야 한다고 말했어. 안 그랬다가는 뒤죽박죽일 테니까. 난 멍청하고 한심한 완벽주의자라서 기껏 파티 주제로 뭘 골라야 할지를 두고 내 단짝과 마지막 대화를 나눴어."

엘리가 말을 멈춘다. 나는 엘리가 진정하도록 기다려 준다.

"우린 그 일로 옥신각신했고, 열기가 점점 고조됐지. 그때 모라가 들어오더니 다이애나에게 뭐라고 말했어. 나는 두 가지 주제를 다 선택한다는 다이애나의 말에 화가 난 터라 처음에는 둘이 무슨 이야기를 하는지 자세히 듣지 않았어. 하지만 모라는 다이애나에게 그날 밤 어디에 함께 가자고 그랬고, 다이애나는 싫다고 했어. 이제 지겹다는 식으로 말했지."

"뭐가 지겹다는 거야?" 내가 묻는다.

"말 안 했어. 그러더니 다이애나가 우리 둘에게……."

엘리는 다시 말을 멈추고 날 바라본다.

"뭐라고 했는데?" 내가 묻는다.

"그 패거리가 다 지겹다고 했어."

"'패거리'라면……?"

"당시에는 그게 누구를 말하는지 아무 관심이 없었어. 어떻게 하나의 댄스파티에 두 개의 주제를 섞자는 생각을 할 수 있을까에만 골몰하고 있었거든. 온갖 게임 도구가 있고, 땅콩과 팝콘을 파는 유원지처럼 꾸미는 것과 동화 속 배경처럼 꾸미는 걸 섞자니. 난 전자가 좋았고, 후자는 어떻게 꾸미자는 건지 짐작도 안 갔어. 동화 속 배경이라는 게 대체 무슨 뜻이냐고? 하지만 졸업 앨범을 보고 나니까 다이애나가 말한 그 패거리가 음모론 클럽 회원들이었을 거라는 생각이 들더라. 모르겠어. 하지만 네가 싫어할 거라는 이야기는 그게 아냐."

"그럼 뭔데?"

"다이애나가 그다음에 한 말."

"뭐라고 했는데?"

"다이애나는 2주 뒤, 그러니까 가을 댄스파티가 끝날 때까지는 비밀로 하고 싶어 했어. 자기가 파티 기획 위원장이니까. 그러면서 리오와 리오 친구들이 지겹다고 했어. 우리에게 비밀을 지키겠다고 맹세하라고 하더니 리오와 헤어질 거라고 했어."

나도 모르게 이 말이 튀어나온다. "뭔 개소리야."

이번에는 엘리가 침묵한다.

"다이애나와 리오는 아무 문제 없었어." 내가 말한다. "그래, 물론 둘 다 고등학생이었지만……."

"리오는 변했어, 냅."

나는 고개를 젓는다.

"다이애나 말로는 더 침울해졌대. 벌컥벌컥 화를 내곤 한다고 그랬어. 3학년 때는 다들 과도기였어. 파티에 가거나……."

"리오도 그랬을 뿐이야. 다른 문제는 없었어."

"아냐, 냅. 리오는 괜찮지 않았어."

"우린 한방을 썼어. 난 리오에 관해서 모르는 게 없었다고."

"하지만 음모론 클럽에서 무슨 일이 벌어지고 있는지는 몰랐잖아. 리오와 다이애나의 사이가 안 좋다는 것도 몰랐고. 네 잘못이 아냐. 네게는 모라와 아이스하키가 있었어. 그때 넌 아직 어렸고······."

내 얼굴을 보자 엘리가 말끝을 흐린다. 그리고는 다시 말을 잇는다.

"그날 밤에 무슨 일이 있었든······."

나는 엘리의 말을 자른다. "'무슨 일이 있었든'이라니? 나이키 기지는 비밀을 감추고 있었어. 리오와 모라, 그리고 잘은 모르지만 음모론 클럽의 다른 아이들은 그게 뭔지 알아냈지. 리오가 마약에 취해 있었든지 다이애나가 일주일 뒤에 리오와 헤어질 생각이었든지 말든지 상관없어. 그 애들 모두 뭔가를 봤어. 이제 내게는 그 증거가 있다고."

"알아. 난 네 편이야." 엘리가 부드럽게 말한다.

"그런 거 같지 않은데."

"냅?"

나는 엘리를 바라본다.

"어쩌면 넌 이 일을 그냥 묻어야 할지도 몰라." 마침내 엘리가 말한다.

"천만에. 그럴 일은 절대 없어."

"어쩌면 모라는 네가 찾아주기를 원치 않을 수도 있어."

"모라를 위해서 하는 게 아냐. 리오를 위해서지."

하지만 주차장으로 나와 엘리의 볼에 키스하고, 그녀가 차에 타는 모습을 지켜보고 있으니 생각 하나가 잿더미에서 다시 타올라 쉽사리

꺼지지 않는다. 어쩌면 엘리의 말이 맞을지 모른다는, 이 일을 묻어야 할지도 모른다는 생각이다.

나는 엘리가 차를 빼는 모습을 지켜본다. 그녀는 뒤돌아보지도, 내게 손을 흔들지도 않는다. 예전에는 늘 잘 가라고 손을 흔들었는데. 그런 걸 알아차리는 내가 바보 같지만 어쩔 수 없다. 이런 의문이 든다. 약속을 지켰다고는 해도 엘리는 내게 15년간 그 일을 숨겨왔다. 이제 엘리가 짐을 덜었으니 우리 사이의 신뢰도 한 단계 더 높아지지 않을까?

그럴 것 같지는 않다.

나는 아까 담배를 피우던 여자들을 찾아 주차장을 둘러보지만 그들은 진작 가고 없다. 그런데도 여전히 누군가의 시선이 느껴진다. 누군지 모르겠다. 누구든 상관없다. 엘리의 말이 독수리의 날카로운 발톱처럼 내 머리를 할퀸다.

"어쩌면 이 일을 그냥 묻어야 할지도 몰라. 모라는 네가 찾아주기를 원치 않을 수도 있어."

난 정확히 뭘 하려는 거지?

정의 구현을 위해서 무슨 짓이든 다 하겠다는 내 선언은 고귀하고 용감하다. 하지만 그렇다고 해서 정의 구현이 옳다는 뜻은 아니다. 몇 명이 더 죽어야 내가 물러설까? 내가 모라를 찾아냄으로써 그녀와 다른 사람들을 위험에 빠뜨리는 건 아닐까?

나는 고집스럽고 단호하다. 하지만 무모하거나 자살 충동을 느끼지는 않는다.

이 일을 묻어야 할까?

여전히 누가 날 지켜보는 느낌이 들어서 뒤를 돌아본다. 길 아래쪽에 있는 저지 마이크 샌드위치 가게 앞 나무 뒤에 누가 서 있다. 별일은 아닌 듯하지만 지금 내 편집증은 극에 달한 상태다. 나는 허리춤에 찬 권총에 손을 올린다. 총을 뽑지는 않고 그냥 차고 있다는 사실만 알린다.

그러고는 나무를 향해 걸어가는데 휴대전화가 진동한다. 발신자 표시 제한 번호다. 나는 방향을 바꿔 내 차로 걸어간다. "여보세요?"

"뒤마 형사님?"

"네."

"앤 아버 경찰서의 칼 레그입니다. 지난번에 닥터 플레처라는 심장 전문의를 찾아달라고 하셨죠?"

"만나셨나요?"

"아뇨. 하지만 알려드려야 할 정보가 몇 가지 있습니다. 여보세요, 듣고 있습니까?"

나는 차에 올라탄다. "듣고 있습니다."

"미안합니다. 전화가 끊긴 줄 알았어요. 닥터 플레처 병원을 방문해서 실장과 이야기했습니다."

"캐시 말이군요."

"네. 그 여자를 아십니까?"

"통화할 때 비협조적이었습니다."

"실제로도 싹싹한 성격은 아니었지만 우리가 좀 몰아붙였죠."

"고맙군요, 칼."

"같은 경찰끼리는 도와야죠. 어쨌든 지난주에 갑자기 닥터 플레처가 병원으로 전화해서 안식년 휴가를 내겠다고 했답니다. 그러고는 예약 잡힌 진료를 모두 취소하거나 닥터 폴 심슨에게 넘겼다는군요. 닥터 심슨은 동업자입니다."

나는 나무를 바라본다. 아무런 인기척이 없다. "전에도 그런 적이 있었다고 하던가요?"

"아뇨. 캐시 말에 따르면 닥터 플레처는 개인적인 이야기는 전혀 안 하는 사람이지만 환자들에게는 매우 헌신적이었답니다. 이렇게 갑자기 진료를 취소하는 일은 그녀답지 않다고 하더군요. 그다음에는 남편과 얘기를 해봤습니다."

"남편은 뭐라던가요?"

"두 사람은 별거 중이라서 부인이 어디에 있는지 전혀 모른답니다. 부인에게서 안식년 휴가를 낼 거라는 전화를 받았다고 하더군요. 남편도 그녀답지 않은 일이라고 했습니다만 별거 이후에, 남편 표현대로 하자면 부인이 '자아를 찾는 중'이었다고 합니다."

나는 차에 시동을 걸고 주차장에서 빠져나온다. "알았습니다, 칼. 고마워요."

"물론 당신이 더 조사할 수 있을 겁니다. 여자의 통화 내역이나 신용 카드 사용 내역 같은 거 말입니다."

"네, 그래야겠네요."

다만 그렇게 하려면 영장 발부 같은 합법적 절차를 거쳐야 하는데 내가 과연 그런 과정을 거치고 싶은지 잘 모르겠다. 나는 다시 한 번 칼 레그에게 고맙다고 말하고 전화를 끊는다. 그런 다음 오크가에 있는 오기 아저씨의 아파트 쪽으로 차를 몬다. 머리를 식히고 충분히 생각해야 하기 때문에 일부러 천천히 운전한다.

아저씨는 그날 밤 모라가 엘리의 집에 갔다는 사실을 알고 있었다.

그게 정확히 무슨 의미일까? 잘 모르겠다. 아저씨는 추가 조사를 했을까? 그 일과 관련해서 어떤 조치를 취했을까?

무엇보다 왜 아저씨는 그 이야기를 내게 하지 않았을까?

휴대전화가 다시 진동한다. 이번에는 내 상사인 뮤즈 검사다.

"내일 아침 9시까지 내 사무실로 와." 뮤즈 검사가 말한다.

"무슨 일입니까?"

"9시까지야."

그녀는 전화를 끊는다.

미치겠군. 러스티 네일에 있던 노인네가 정말로 내가 앤디 리브스의 고환을 공격했다고 신고했나? 지금 그걸 걱정해 봐야 아무 소용 없다. 나는 오기 아저씨의 단축 번호를 누른다. 아저씨는 전화를 받지 않는다. 놀랍게도 내가 행크의 동영상 복사본을 보낸 이후로 아저씨에게서는 연락이 없다.

벌써 오크가로 접어드는 모퉁이가 나온다. 머리를 식히기는 글렀다. 나는 벽돌 아파트 뒤쪽 주차장으로 들어간 다음 차 시동을 끈다. 차 안에 앉아서 차창 밖 허공을 응시한다. 전혀 도움이 안 된다. 차에서 내려 아파트 앞쪽으로 돌아간다. 가로등 불빛은 흐릿한 호박색이다. 100미터 앞에 대형견을 산책시키는 중년 여자가 보인다. 그레이트 데인 같다. 처음에는 여자의 실루엣만 보인다. 그러다가 여자의 손에 담배처럼 생긴 물건이 들려 있는 걸 알았을 때 나는 한숨을 쉬며 여자를 나무랄지 말지 고민한다.

관두자. 나는 성가시게 충고하는 오지랖 넓은 사람이지 적극적인 금연 전도사는 아니다.

개똥을 치우려고 손에 비닐봉지를 든 채 허리를 숙이는 여자를 바라보고 있자니 다른 것이 시선을 끈다.

노란색 자동차.

적어도 노란색으로 보인다. 호박색 가로등 불빛 아래서는 하얀색이나 크림색, 심지어 연한 은색까지도 전혀 다른 색으로 변하는 경우를 종종 봤다. 나는 인도로 올라가 서둘러 노란색 자동차 쪽으로 걸어간다. 중년 여자를 재빨리 지나칠 때 철저한 위선자가 되지 않는다고 해서 손해 볼 일은 없다는 생각이 든다.

"제발 담배 피우지 마세요." 내가 말한다.

여자는 그저 지나가는 나를 바라볼 뿐이다. 저 정도면 양반이다. 난 온갖 반응을 다 겪었다. 채식주의자라는 한 흡연가는 육식이 담배나 니코틴보다 내 몸에 훨씬 더 해롭다고 설교한 적도 있다.

자동차는 정말로 노란색이다. 그것도 포드 머스탱.

러스티 네일 앞에 주차되어 있던 차와 똑같다.

자동차로 다가가 번호판을 확인한다. 'EBNY-IVRY'.

그때는 별생각 없었는데 이젠 알겠다.

에보니와 아이보리(Ebony and Ivory). 피아노 건반을 가리키는 용어다.

이 노란색 머스탱은 앤디 리브스의 차다.

나는 또다시 손을 뻗어 권총을 만진다. 이유는 모른다. 가끔씩 그런다. 앤디 리브스는 지금 어디에 있을까? 답은 뻔하다.

오기 아저씨의 집.

난 왔던 길을 되돌아가 아저씨 집으로 달려간다. 아까 그 중년 여자를 다시 지나치자 그녀가 고맙다고 말한다.

가래가 껴서 탁한 목소리다. 나는 걸음을 멈춘다.

"난 이미 늦었지만요." 그렇게 말하는 그녀의 눈빛이 어둡다. "하지만 당신의 친절한 말은 고맙게 생각해요. 앞으로도 계속 그렇게 하세요."

나는 몇 가지 대답을 생각하지만 전부 다 경박하기 짝이 없고, 하나같이 이 순간을 망치기만 할 것이다. 그래서 그냥 고개를 끄덕이고 다시 내 길을 간다.

이 아파트 단지는 구식이고 실용적으로 지어져서 건물에 예쁜 이름 따위는 붙어 있지 않다. 길을 따라 왼쪽에서 오른쪽으로 A동, B동, C동이 있고 그 뒤로 D동, E동, F동이 있다. 그다음에는 짐작하다시피 G동, H동, I동이다. 각 건물에는 네 가구가 사는데 1층에 두 가구(1호, 2호) 2층에 두 가구(3호, 4호)가 있다. 오기 아저씨는 G동 2호에 산다. 나는 재빨리 인도로 올라가 왼쪽으로 돌아간다.

그러다가 하마터면 그와 마주칠 뻔한다.

앤디 리브스가 오기 아저씨의 집에서 나오며 내게 등을 돌린 채 현관문을 닫고 있다. 나는 다시 인도를 내려가 리브스의 시야에서 벗어난다. 그러다가 리브스가 이 길로 내려와 나를 보게 될 것임을 깨닫는다.

그래서 인도에서 내려와 덤불 뒤에 숨는다. 내 뒤에 있는 E동 1호의 창문을 힐끗 봤더니 머리카락이 잔뜩 부푼 흑인 여자가 날 내다보고 있다.

끝내주네.

난 안심하라는 뜻으로 미소를 지어 보이지만 그녀는 안심하는 것 같지 않다.

나는 종종걸음으로 D동을 향해 이동한다. 누가 911에 신고할까 봐 걱정되지는 않는다. 그들이 여기 도착할 때쯤이면 이 상황은 끝난 뒤일 것이다. 게다가 난 경찰이고, 오기 아저씨는 경찰 서장이다.

예상대로 앤디 리브스는 방금 전까지 내가 서 있던 길을 느긋하게 걸어 내려온다. 그가 오른쪽을 봤다면 날 발견했을 수도 있지만, 난 고장 난 가로등 뒤에 몸을 감추고 있다. 휴대전화를 꺼내 다시 오기 아저씨에게 전화했더니 곧바로 음성 사서함으로 넘어간다.

불길하다.

앤디 리브스가 아저씨에게 무슨 짓이라도 했다면? 저자를 이대로 그냥 보내야 할까?

머리가 윙윙 돌아간다. 내게는 두 개의 선택지가 있다. 가서 아저씨 상태를 확인하거나 앤디 리브스를 막아서거나. 나는 결정을 내리고 D동을 돌아 아저씨 집으로 달려간다. 그런 결정을 내린 경위는 이렇다. 만약 지금 서둘러 아저씨 집으로 가서 아저씨에게…… 무슨 문제가 생긴 걸 발견한다면 다시 밖으로 나가서 느긋하게 걸어가는 앤디 리브스를 차에 타기 전에 붙잡을 수 있을 것이다. 설사 내가 한발 늦어서 앤디 리브스를 놓친다 해도 그는 눈에 확 띄는 노란색 포드 머스탱을 타고 도망갈 것이다. 더 말할 필요도 없겠지?

아저씨의 집은 창문이 캄캄하다. 불이 다 꺼졌다는 뜻이다. 이것도 불길하다. 나는 현관문으로 달려가 주먹으로 쾅쾅 두드린다.

"워워, 진정해라. 문 열렸다."

안도감이 온몸에 흘러넘친다. 저건 오기 아저씨 목소리다.

나는 손잡이를 돌리고 문을 연다. 집 안은 불이 다 꺼져 있다. 아저씨는 내게 등을 돌린 채 어둠 속에 앉아 있다. 그러더니 뒤돌아보지도 않고 말한다. "무슨 생각으로 그런 거냐?"

"뭘요?"

"정말로 리브스를 폭행했니?"

"불알을 꽉 잡기는 했죠."

"맙소사, 제정신이냐?"

"그자가 절 위협했어요. 사실상 아저씨도 위협했고요."

"뭐라고 했는데?"

"저와 제가 사랑하는 사람들을 모두 죽이겠다고요."

아저씨는 한숨을 쉰다. 하지만 여전히 날 돌아보지 않는다. "앉아라, 냅."

"불 좀 켤 수 있어요? 귀신 나올 거 같아요."

아저씨는 팔을 뻗어 테이블 램프를 딸칵 켠다. 환한 조명은 아니지만 그 정도면 충분하다. 나는 늘 앉는 자리로 가서 앉는다. 아저씨는 그대로 앉아 있다.

"제가 리브스의 불알을 잡은 건 어떻게 아셨어요?"

"리브스가 방금 왔다 갔다. 화가 잔뜩 났어."

"그랬겠죠."

그제야 아저씨 손에 들린 술잔이 눈에 들어온다. 아저씨는 그런 나를 바라보며 말한다. "너도 한잔하거라."

"전 괜찮아요."

"네가 보낸 동영상 말이다, 아이들이 헬리콥터를 촬영한 동영상."

"그게 왜요?"

"다른 사람에게 보여주면 안 된다."

왜냐고 물을 필요도 없다. 그래서 나는 다른 길로 접근한다. "보셨어요?"

"응."

"아저씨 생각을 꼭 듣고 싶네요."

아저씨는 땅이 꺼져라 한숨을 내쉰다. "고등학생 패거리가 출입 금지 경고를 무시하고서 정부 부지에 착륙하는 헬리콥터를 촬영했더구나."

"그게 다예요?"

"내가 놓친 게 있니?"

"동영상 속에서 말하는 아이들이 누군지 아시겠어요?" 내가 묻는다.

아저씨는 곰곰이 생각한다. "확실히 알아들은 목소리는 네 동생뿐이다."

"다이애나는요?"

아저씨는 고개를 젓는다. "다이애나는 동영상에 없었어."

"꽤 확신하시네요."

아저씨는 잔을 들어 입으로 가져가다 말고 생각을 바꿔 다시 내려놓는다. 그러고는 멍한 눈빛으로 내 너머의 과거를 바라본다. "다이애나가 죽기 전 주말에 우리 부부와 그 애는 필라델피아에서 대학을 둘러봤다. 다이애나와 오드리, 그리고 나 이렇게 셋이서 함께 다녔지. 우리는 빌라노바, 스워스모어, 해버퍼드 대학을 방문했어. 셋 다 마음

314

에 들었지. 다이애나는 해버퍼드가 너무 작고, 빌라노바는 너무 크다고 생각하긴 했지만. 일요일에 집에 돌아왔을 때 다이애나는 스워스모어와 애머스트 대학 중에서 하나를 선택하려고 했다. 애머스트는 그해 여름에 둘러본 대학이었어." 아저씨는 여전히 멍한 눈빛이고, 목소리에는 아무 감정도 실려 있지 않다. "다이애나가 어느 대학을 지원하기로 결정했는지 난 끝내 알지 못했어. 다이애나가 죽던 날 밤에 그애의 책상에는 두 대학의 원서가 모두 놓여 있었지."

아저씨는 길게 술을 들이켠다. 나는 잠시 기다렸다가 말한다.

"아저씨, 저들은 기지에서 일어난 일을 감추고 있어요."

내 예상과 달리 아저씨는 부인하지 않고 고개를 끄덕인다. "그런 것 같더구나."

"놀라지 않으세요?"

"외딴 곳에 가시철조망까지 두르고 정부 기관 행세를 한 거 말이냐? 아니, 냅, 놀랍지 않다."

"앤디 리브스가 동영상에 대해 물었죠?" 내가 묻는다.

"응."

"뭐래요?"

"네가 절대 그 동영상을 유출하지 않게 해야 한다고 했어. 그건 반역죄나 마찬가지고, 국가 안전 보장의 문제라고."

"분명 리오와 다이애나 일과 연관되어 있어요."

아저씨는 눈을 감고 고개를 젓는다.

"맞아요, 아저씨. 그 애들은 기지에 관한 비밀을 알아냈고, 그래서 일주일 뒤에 죽었다고요."

"아니. 그 일과는 아무 연관도 없다. 적어도 네가 말한 식으로는 아냐."

"진심이세요? 이 모든 일이 그저 기막힌 우연이라고요?"

아저씨는 술잔 바닥에 답이 있다는 듯 술잔을 내려다본다. "넌 훌륭한 수사관이야, 냅. 내가 널 훈련시켰기 때문에 하는 말이 아니다. 넌 머리가 좋고…… 여러 면에서 뛰어나지. 다른 사람들은 못 보는 걸 봐. 하지만 가끔은 기본으로, 확실한 사실들로 돌아가야 해. 억측은 그만두고 사실만 봐야 해. 우리가 확실히 아는 사실들만 봐야 한다는 말이다."

나는 기다린다.

"첫째, 리오와 다이애나는 군사 기지에서 멀리 떨어진 선로에서 숨진 채 발견되었어."

"그건 설명할 수 있어요."

아저씨는 한 손을 들어 날 막는다. "당연히 그렇겠지. 넌 그 아이들의 시신이 옮겨졌다거나 하는 식으로 말할 테지. 하지만 지금은 사실만 나열해 보자꾸나. 추측은 제외하자." 아저씨가 손가락을 들어 올린다. "첫 번째 사실, 리오와 다이애나의 시신은 군사 기지에서 멀리 떨어진 곳에서 발견됐다. 두 번째 사실," 아저씨는 손가락을 하나 더 들어 올린다. "검시관은 달리는 기차와 부딪쳐서 생긴 외상이 유일한 사인이라고 결론 내렸다. 이야기를 계속하기 전에 이 두 가지는 분명한 사실이지?"

나는 고개를 끄덕인다. 전적으로 동의해서가 아니라—기차와 충돌한 여파가 워낙 커서 이전에 생긴 외상이 감춰졌을 수 있다—아저씨의 말을 끝까지 듣고 싶어서다.

"이제 네가 발견한 캠코더 테이프를 살펴보자. 그게 진짜라고 가정하자. 합성이라고 생각할 이유가 없으니까. 두 아이가 죽기 일주일 전에 리오는 군사 기지 위에 떠 있는 헬리콥터를 봤다. 그 일 때문에 리오가 죽었다는 게 네 가설이지? 그 애들이 동영상을 찍는 자리에 다이애나는 없었다는 사실을 명심하거라."

"리오가 다이애나에게 말했을 거예요." 내가 반박한다.

"아니."

"아니라고요?"

"다시 한 번 말하지만 증거만 생각해라, 냅. 증거만 생각하면 너도 나처럼 다이애나는 절대 몰랐다는 결론을 내릴 거다."

"이해가 안 가는데요."

"간단해." 아저씨가 내 눈을 바라본다. "리오가 네게 헬리콥터에 대해 말했니?"

나는 입을 벌렸다가 다문다. 아저씨가 무슨 말을 하려는지 알겠다. 나는 천천히 고개를 젓는다.

"네 여자 친구 모라는 어떠냐? 모라는 그 동영상 속에 있었어. 내 말 맞지?"

"네."

"모라가 네게 헬리콥터 얘기를 했니?"

"아뇨."

아저씨는 내가 그 사실을 완전히 받아들이도록 잠시 기다렸다가 말을 잇는다. "그다음에는 독극물 보고서가 있지."

그 보고서에 뭐라고 적혔는지 알고 있다. 두 사람의 체내에서는 환각제, 알코올, 마약이 검출됐다. "그 보고서가 왜요?"

아저씨는 분석적인 말투로, 전혀 과장 없이 말하려 하지만 마음이 아파서인지 거친 목소리가 나온다. "넌 다이애나와 오랫동안 알고 지냈어."

"그렇죠."

"심지어 친구라고도 할 수 있지."

"맞아요."

"사실," 이제 아저씨 목소리는 약간 반대 신문하는 변호사 같다. "네가 다이애나를 리오에게 소개해 줬잖니."

꼭 그렇지는 않다. 둘을 만나게 해주기는 했지만 적극적으로 소개하지는 않았다. 하지만 지금은 말꼬리를 잡고 늘어질 때가 아니다. "요점이 뭐예요, 아저씨?"

"세상 모든 아버지는 딸에 관해서라면 바보가 되지. 나도 다르지 않았을 거야. 내 딸을 위해 태양이 뜨고 진다고 생각했지. 가을이면 다이애나는 축구를 했어. 겨울에는 치어리더를 했고. 그밖에도 열두 가지 특별 활동에서 두각을 나타냈지." 아저씨는 빛 속으로 몸을 내민다. "난 경찰이다. 바보가 아니야. 특별 활동을 열심히 하는 아이들도 얼마든지 마약을 하거나 문제를 일으킬 수 있다는 걸 안다. 하지만 다이애나가 파티를 좋아했다고 할 수 있니?"

나는 곧바로 대답할 수 있다. "아뇨."

"아니지." 아저씨는 내 대답을 반복한다. "엘리에게 물어봐라. 다이애나가 술이나 마약을 한 적이 있는지……." 아저씨는 말을 멈추고 눈을 감는다. "그날 밤, 리오가 다이애나를 데리러 왔을 때 난 집에 있었다. 내가 문을 열어주고 리오와 악수했지. 그리고 알았다."

"뭘요?"

"리오가 마약에 취해 있다는걸. 그때가 처음이 아니었어. 한마디하고 싶었다. 다이애나를 못 나가게 하고 싶었어. 하지만 그 애는 그저 애원하는 눈으로 날 보더구나. 너도 알 거다. '제발 난리 피우지 마세요, 아빠'라고 말하는 듯한 눈빛 말이다. 그래서 그냥 그 애를 보내줬어."

아저씨 말대로 아저씨는 그날 그 자리에 있었다. 리오와 악수하고, 딸을 바라보고, 딸의 표정을 보면서. 그때 딸이 못 나가게 막았더라면 어떻게 됐을까 하는 후회가 늘 아저씨를 따라다닐 것이다.

"이제 사실을 가려냈으니, 냅, 네가 말해보거라. 어떤 게 더 그럴듯하니? 죽기 일주일 전에 한 고등학생이 헬리콥터를 촬영했다는 이유로 CIA 요원들이 그 애와 여자 친구를 납치해서―만약 CIA 요원들이 촬영 사실을 알았다면 왜 일주일이나 기다렸다가 죽였을까?―마을 반대편 선로로 끌고 가 달리는 기차 앞으로 밀쳤다는 거창한 음모 이론이 그럴듯하니, 아니면 마약과 술을 좋아하는 남학생과 그 애의 여자 친구가 파티에서 심하게 취했다가 지미 리치오 사건이 기억나서 함께 선로 반대편으로 점프하려고 하다가 사고가 났다는 가설이 그럴듯하니?"

아저씨는 날 바라보며 대답을 기다린다.

"너무 많은 걸 빼버리셨네요." 내가 말한다.

"아니, 냅, 네가 너무 많이 집어넣었어."

"렉스는 어쩌고요. 행크도…….”

"15년 뒤의 일이다.”

"그리고 그날 밤 모라가 숨어 있었던 걸 아시잖아요. 엘리에게 들으셨죠? 왜 제게 말 안 하셨어요?”

"그걸 대체 언제 말했어야 하지? 그때 넌 고등학교 3학년이었어. 네가 대학생이 됐을 때 말했어야 할까? 경찰 대학을 졸업했을 때? 카운티 형사로 승진했을 때? '네가 옛날에 사귄 여자 친구가 집에 가기 싫어서 엘리 방에 머물렀다' 같은 쓸데없는 사실을 대체 언제 말했어야 하지?”

진심으로 하는 말인가? "모라는 겁을 먹고 숨어 있었어요.” 나는 소리 지르지 않으려고 노력한다. "리오와 다이애나가 죽던 날 밤에 무슨 일이 있었던 거라고요.”

아저씨는 고개를 젓는다. "이 일은 그만 묻어라. 그게 모두를 위한 길이야.”

"네, 안 그래도 계속 그런 말을 듣고 있어요.”

"널 사랑한다, 냅. 진심이다. 널 마치…… 아니, 아들처럼 사랑한다고는 하지 않겠다. 그건 너무 주제넘은 말일 테니까. 또 좋은 친구이자 정말 보고 싶은 네 아버지에게도 모욕이고, 내 딸에게도 모욕일 거야. 하지만 널 정말로 사랑한다. 네게 좋은 멘토이자 친구가 되려고 열심히 노력했다.”

"그 이상으로 잘해내셨어요.”

아저씨는 의자에 등을 기댄다. 그러고는 빈 술잔을 옆 테이블에 내려놓는다. "우리 둘 다 아끼는 사람을 여럿 잃었어. 너에게 무슨 일이 일어난다면 난 도저히……. 넌 젊다, 냅. 똑똑하고 친절하고 너그럽지. 젠장, 데이팅 사이트의 프로필 같구나."

이제 아저씨는 미소를 짓고, 나도 미소 짓는다.

"넌 네 삶을 살아야 해. 답이 뭐든 간에 넌 지금 아주 위험한 사람들을 건드리고 있어. 그들은 널 해칠 거야. 나도 해칠 거고. 리브스가 그랬다면서, 네가 아끼는 사람들을 모두 해칠 거라고. 네가 맞고 난 틀리다고 치자. 그 애들이 무언가를 봤고, 난 잘 모르겠지만 그들이 다이애나와 리오를 죽였다고 치자. 왜 그랬을까? 두 아이들이 영원히 침묵하도록 하기 위해서였겠지. 그리고 그들이 15년을 기다렸다고 치자. 왜 기다렸을까? 역시 난 모르겠다. 어쨌든 그들은 살인 청부업자를 고용해서 렉스의 뒤통수에 두 발을 박았어. 그러고는 행크를 죽이고 편리하게도 동영상 탓으로 돌렸지. 이 모두가 리오와 다이애나가 약에 취했다는 내 이론보다 정말로 더 논리적으로 들리니? 모르겠다. 어쩌면 그럴 수도 있겠지. 하지만 리브스와 그의 심복들이 정말로 끔찍하고 위험해서 지금까지 많은 사람을 죽였다고 치자. 네 이론이 맞다고 치자고."

나는 고개를 끄덕인다.

"너와 나는 그렇다 치자, 냅. 그자들이 우릴 막기 위해 엘리를 노리지 않겠니? 엘리의 두 딸을 노리지 않겠어?"

나는 리아와 켈시를 떠올린다. 두 아이의 미소 짓는 얼굴이 보이고, 목소리가 들리고, 날 껴안는 팔이 느껴진다.

그러자 마음이 진정된다. 난 이 언덕을 정신없이 빠르게 내려가고 있었다. 하지만 아저씨의 말을 들으니 고삐를 살짝 당기게 된다. 좀 전에 내가 스스로에게 했던 말을 명심하려 한다. 성급히 행동하지 말자. 생각하고 또 생각하자.

"늦었다." 아저씨가 말한다. "오늘 밤에는 더 이상 아무 일도 일어나지 않을 테니 가서 자거라. 내일 아침에 이야기하자."

CHAPTER
24

나 는 집으로 차를 몰지만 잘 생각은 추호도 없다.

아저씨가 한 말, 엘리와 아이들이 위험해질 수 있다는 말을 생각한다. 거기에 어떻게 대비해야 할지 모르겠다. 내가 겁먹을 리 없다고 말하기는 쉽지만 현실적으로 생각해야 한다. 내가 실제로 이 사건을 해결할 가능성이 얼마나 될까?

희박하다.

리오와 다이애나의 죽음에 관한 진실을 알아낼 뿐 아니라, 범인에게 유죄 판결을 받아내는 건 둘째 치고 고소할 수 있을 정도로 증거를 충분히 확보할 수 있는 가능성은 얼마나 될까?

한층 더 희박하다.

반대로 나 또는 나와 가까운 누군가가 진실을 알아내겠다는 내 맹목적 결심 때문에 끔찍한 일을 당할 가능성은 얼마나 될까?

사실 답은 이미 알고 있다.

잠자는 사자를 건드릴 가치가 있을까?

잘 모르겠다. 정말로 그냥 덮는 편이 현명할 것이다. 넌 죽었어, 리오. 지금 내가 무슨 짓을 해도, 아무리 추악한 진실을 파낸다 해도 그 사실은 변함이 없을 거야. 넌 여전히 죽은 채 내 곁에 없겠지. 똑똑하게도 나는 그 사실을 알아. 그런데도 미련이 남아.

나는 노트북에서 인터넷 창을 연다. 앤디 리브스라는 이름과 뉴저지주를 뜻하는 'NJ', '피아노'를 입력한다. 한 개의 결과가 나온다.

피아노 맨 앤디의 팬클럽에 오신 걸 환영합니다.

팬클럽 웹사이트다. 나는 링크를 클릭한다. 그렇다, 앤디 리브스는 다른 연주자들처럼 개인 홈페이지를 가지고 있다. 스팽글 재킷으로 보이는 옷을 입고, 소프트 포커스로 찍은 얼굴 사진이 나와 있다.

세계적으로 유명한 피아니스트 앤디 리브스는 재능 있는 가수이자 코미디언, 다방면에 걸친 엔터테이너로 사랑하는 팬들에게서 '제2의 피아노 맨'이라는 별명을…….

맙소사.

나는 대충 훑어본다. 앤디는 '가끔씩' '결혼식이나 회사 행사, 생일 축하 파티, 유대인 성인식' 같은 '격조 높은' 파티에서 연주를 한다. 페이지 중간에 이렇게 적혀 있다.

제2의 피아노 맨 팬클럽에 가입하고 싶으세요? 우리 소식지를 받아보세요!

그 아래 이메일을 기입하는 곳이 있다. 난 이 팬클럽에 가입할 생각은 없다.

페이지 왼쪽 밑에 홈, 약력, 사진, 연주 목록, 스케줄 등등이 적힌 버튼이 있다.

나는 '스케줄'을 클릭해서 오늘 날짜가 나올 때까지 스크롤을 내린다. 오후 6시까지 러스터 네일에서 공연을 하고, 밤 10시부터 헝커헝커라는 클럽에서 연주할 예정이라고 되어 있다.

휴대전화가 진동한다. 엘리에게서 온 문자다.

안 자?

나는 양 엄지를 움직인다. 이제 겨우 10시야. 응.

잠깐 좀 걸을래?

좋지. 내가 데리러 갈까?

점이 움직이더니 엘리의 메시지가 뜬다.

이미 걷고 있어. 벤저민 프랭클린 운동장에서 봐.

5분 뒤 나는 텅 빈 벤저민 프랭클린 중학교 운동장으로 들어간다. 엘리와 밥의 집은 여기서 멀지 않다. 다른 학교 운동장처럼 여기도 조명이 환히 밝혀졌지만 엘리는 보이지 않는다. 나는 주차하고 차에서 내린다.

"여기야."

운동장 왼쪽에는 전형적인 학교 놀이터가 있다. 그네, 미끄럼틀, 암벽 등반용 벽, 그물, 구름사다리. 그리고 바닥에는 고무 매트가 깔려 있다. 엘리는 그네에 앉아 있다. 발을 굴러서 앞으로 나가기는 해도 아주 조금 움직이는 정도라서 진짜 그네를 탄다기보다 달래주려고 어르는 듯한 느낌이다.

엘리에게 걸어가는 동안 바닥에서 올라오는 삼나무 냄새가 점점 강해진다. "괜찮아?" 내가 묻는다.

엘리는 고개를 끄덕인다. "그냥 집에 들어가기 싫어서."

나는 뭐라고 해야 할지 몰라서 그저 고개를 끄덕인다.

"난 어릴 때 놀이터를 좋아했어. 사방치기 기억나?"

"아니."

"못 들은 걸로 해. 실없는 소리였어. 어쨌든 난 여기 자주 와."

"이 놀이터에?"

엘리는 고개를 끄덕인다. "밤에. 이유는 모르겠어."

나는 엘리 옆에 있는 그네에 앉는다. "몰랐네."

"응, 우린 서로에 대해 많이 알아가고 있어."

나는 그 말을 생각한다. "글쎄."

"무슨 뜻이야?"

"넌 나에 대해 다 알고 있어, 엘리. 내가 트레이를 때렸다는 말을 안 했어도 넌 그게 내가 한 짓이라는 걸 알고 있었어."

엘리는 고개를 끄덕였다. "그렇지."

"다른 사건도 마찬가지야. 로스코랑 브랜던, 그리고 이름을 잊어버린 얼리샤의 남자 친구도."

"콜린."

"맞아."

"그러니까 넌 나에 대해 다 알아. 전부 다."

"그 말은 넌 나에 대해 모르는 것도 있다는 뜻이야?"

나는 대답하지 않는다.

"맞아. 난 네게 다 말하지 않았어." 엘리가 말한다.

"날 못 믿겠어?"

"아니라는 거 알잖아."

"그럼 뭐야?"

"그냥 나만의 비밀을 갖는 거지. 너한테 밥 이야기를 하지 말았어야 했어. 이제 넌 밥을 미워하면서 그이를 해치려고 할 테니까."

"그런 생각이 아주 없진 않아." 내가 고백한다.

엘리는 미소를 짓는다. "그러지 마. 넌 몰라. 밥은 오늘 아침에 네가 칭찬했던 바로 그 사람이야."

나는 그 말에 동의하지 않지만 그걸 말해봐야 무슨 소용이 있을까.

엘리는 밤하늘을 올려다본다. 별은 몇 개 없지만 왠지 더 많은 듯하다. "모라 어머니에게서 연락이 왔어. 네가 보낸 사진 속 남자 말이야, 자기를 신문했던 남자래. 창백한 피부에 속삭이듯 말하는 남자."

나는 놀라지 않는다. "아까 그 남자를 만났어."

"그 사람이 누군데?"

"이름은 앤디 리브스." 나는 군사 기지 옆으로 난 길을 향해 턱짓을 한다. "리오와 다이애나가 죽었을 때 군사 기지 책임자였어."

"그 남자와 얘기했어?"

나는 고개를 끄덕인다.

"뭐래?"

"내가 사랑하는 사람들을 다 죽여버리겠다고 협박했어."

난 엘리를 바라본다.

"그 일을 덮으라고 제안하는 사람이 한 명 더 늘었네." 엘리가 말한다.

"제안?"

그녀는 어깨를 으쓱인다.

"제안은 아니지만 맞아. 너나 오기 아저씨와 같은 말을 했지."

"오기 아저씨. 네가 사랑하는 또 다른 사람이네."

나는 고개를 끄덕인다.

"그래서 생각 중이야?"

"뭘? 수사를 그만두는 거?"

"응."

"그래."

엘리가 실눈으로 기지 옆 길을 바라본다.

"왜?" 내가 묻는다.

"어쩌면 내가 재고해야 할지도 몰라."

"무슨 소리야?"

"이제 와서 네가 이 일을 덮을 거라고는 생각하지 않아."

"너나 네 딸들이 위험해진다면 덮을 수 있어."

"아니, 그 반대야."

"무슨 뜻이야?" 내가 묻는다.

"너한테 이 일을 덮으라고 한 사람은 나라는 거 알아. 하지만 그건 그 징그러운 남자가 우리 애들을 협박하기 전이지. 이젠 그 일을 덮고 싶지 않아. 그랬다가는 그자가 늘 우릴 따라다닐 거야. 난 늘 뒤를 살피게 될 거라고."

"내가 이 일을 덮으면 그자는 널 따라다니지 않을 거야."

"퍽도 그러겠다." 엘리가 비웃는다. "렉스와 행크를 봐."

렉스와 행크는 그들에게 더 직접적인 위협이었다고, 둘은 15년 전 기지 위에 떠 있던 헬리콥터를 직접 목격했다고 반박할 수 있지만 그래 봐야 엘리의 생각은 바뀌지 않으리라. 나는 엘리의 말이 무슨 뜻인지 안다. 엘리는 두려움 속에서 살고 싶지 않은 것이다. 내가 이 일을 알아서 해결하고, 자신은 그 방법을 알고 싶지 않은 것이다.

이제 엘리는 발을 더 세게 구른다. 그네는 앞뒤로 움직이고, 엘리는 탄성을 이용해 그네가 앞으로 나올 때 우아하게 뛰어내린다. 완벽하게 착지하는 체조 선수처럼 의기양양하게 양팔을 들어 올린 채. 나는 엘리를 무척 아끼지만 처음으로 내가 여전히 그녀를 모르고 있음을 깨닫는다. 그러자 더욱더 엘리에게 마음이 쓰인다.

"넌 내가 지켜줄 거야." 내가 말한다.

"알아."

조금 전 '제2의 피아노 맨 앤디' 웹사이트에서 본 스케줄이 기억난다. 그는 헝커헝커 클럽에서 연주할 것이다. 거기가 뭐 하는 곳인지는 몰라도.

오늘 밤 그 클럽에 가서 그자와 결판을 내야겠다.

"하나 더 있어." 엘리가 말한다.

"뭔데?"

"베스 래슐리가 어디 있는지 단서를 찾은 거 같아. 고등학교 때 베스 부모님이 파 힐스에 작은 유기농 농장을 구입하셨거든. 마침 내 사촌 메를도 거기 살아서 그 농장에 찾아가 보라고 부탁했어. 메를 말이 울타리 옆문이 잠겨 있었대."

"별일 아닐 수도 있어."

"그거야 그렇지. 내일 내가 직접 찾아가 볼 생각이야. 다녀와서 알려줄게."

"고마워."

"그래." 엘리는 숨을 길게 내쉬더니 학교를 바라본다. "우리가 이 학교를 다니던 때가 까마득한 옛날 같지 않아?"

나도 엘리와 함께 학교를 바라본다. "아득하지."

엘리는 조그맣게 큭큭거린다. "그만 가야겠다."

"차로 데려다줄까?"

"아니. 그냥 걸을래."

헝 커 헝 커 (Hunk—A—Hunk—A)는 '품위 있는 여성들을 위한 섹시
한 남자 댄서들의 고품격 쇼'를 공연한다고 선전한다. 요즘에는 '스
트립 클럽'이라는 말을 사용하지 않기 때문이다. 오늘 밤 특별 연주
자는 딕 새프트우드인데 아마 가명일 것이다. 클럽 주차장 뒤쪽 구석
에 노란색 포드 머스탱이 주차되어 있다. 안에 들어가 봐야 아무 소
용없으므로 나는 출구와 머스탱이 잘 보이는 곳에 차를 세운다. 버스
두 대와 대형 밴 여러 대가 주차된 것으로 보아 단체 관광객이라도
온 모양이다.

　이곳을 드나드는 사람들을 관찰하면서 새삼 뻔한 사실을 깨닫는다.
여자들은 여기에 혼자 오지 않는다. 스트립 클럽에 다니는 남자들처
럼 혼자 들어가거나 나오는 여자는 한 명도 없다. 이곳의 여자 손님들
은 단체로, 주로 떼를 지어 오는데 다들 신이 나 있고 이미 약간 흥분
한 상태다. 전부는 아니더라도 대다수가 처녀 파티 일행인 듯하다. 버

스와 대형 밴도 그래서 있는 듯하고. 책임감 있게 운전사를 따로 두고서 깨끗하면서도 지저분하게 논다.

시간이 늦어지자 클럽에서 나오는 여자들은 눈에 거슬릴 정도로 취해 있다. 시끄럽게 떠들어 대고, 비틀거리고, 침도 질질 흘리고, 서로 발에 걸려 넘어지고, 서로를 부축한다. 그래도 꼭 함께 붙어 다니고, 낙오자가 생기면 다시 합류하기를 기다렸다가 앞으로 걸어간다. 퇴근하는 서너 명의 남자 스트리퍼도 눈에 띈다. 비록 옷을 다 입고 있어도 그들은 쉽게 눈에 띈다. 다들 인상을 쓰고 엉덩이는 꽉 조이고 으스대며 걷는다. 대부분 헐렁한 체크무늬 셔츠를 입었는데 단추는 거의 채우지 않았고, 왁스를 바른 가슴은 가로등 불빛에 번들거린다.

이런 클럽에 왜 피아니스트가 필요한지 모르겠다. 하지만 휴대전화로 잠깐 검색해 보니(그건 그렇고 헝커헝커 클럽은 자체 앱이 있다) 여기서 '테마가 있는 이벤트'를 하는데 연미복을 입은 댄서가 '스타인웨이 그랜드 피아노'로 연주하는 고전 음악에 맞춰 춤을 추는 '세련된 공연'이라고 한다.

나는 다른 사람을 함부로 평가하지 않아, 리오.

자정이 막 넘었을 때 턱시도를 입은 앤디 리브스가 클럽에서 나온다. 지금은 내숭을 떨거나 체면을 따질 이유가 없다. 나는 차에서 내려 리브스의 차로 다가간다. 날 발견한 리브스의 표정은 전혀 즐거워 보이지 않는다.

"여긴 무슨 일이오, 뒤마?"

"나도 예명으로 불러주시죠. 딕 섀프트우드."

리브스는 웃지 않는다. "날 어떻게 찾아냈소?"

"당신 팬 페이지의 소식지요. 난 제2의 피아노 맨 팬클럽의 열성 회원이거든요."

리브스는 이 말에도 웃지 않고 다시 차를 향해 걸어간다.

"당신과 할 말 없소." 그러더니 잠시 생각한 후에 다시 덧붙인다. "당신이 그 테이프 원본을 가져왔다면 몰라도."

"그럴 리가요. 하지만 이젠 그만합시다, 앤디."

"무슨 뜻이오?"

"당신이 사실대로 말해주지 않으면 지금 당장 그 동영상을 이메일로 보낼 거라는 뜻입니다." 나는 엄지를 전송 버튼에 댄 채 전화기를 들어 올린다. 물론 거짓말이다. "먼저《워싱턴 포스트》에 있는 친구에게 연락한 다음 다른 친구들에게도 연락할 겁니다."

리브스가 날 죽일 듯이 노려본다.

"정 그렇다면 어쩔 수 없죠." 나는 한숨을 쉬며 말하고는 전송 버튼을 누르려고 한다.

"잠깐만."

나는 엄지를 전송 버튼 위에 둔 채 동작을 멈춘다.

"내가 기지에 대해 사실대로 말해주면 이 일을 덮겠다고 약속할 거요?"

"그러죠." 내가 말한다.

리브스가 내게 한 발짝 다가온다. "당신 동생의 기억에 걸고 맹세할 수 있소?"

이 일에 널 끌어들이다니 실수하는 거지만 그래도 맹세했어. 단서를 달 수도 있지. 리브스나 그의 심복들이 네 죽음과 연관이 있으면 그 동영상을 온갖 SNS에 퍼뜨릴 뿐 아니라 반드시 한 놈씩 죽여버릴 거라고.

맹세 따위는 걱정 안 해. 앞으로 리브스가 말해줄 사실을 세상에 알려야 한다면 난 기꺼이, 신나게 알릴 거야.

"좋소. 일단 어디 들어가서 이야기합시다." 앤디 리브스가 말한다.

"전 여기도 좋습니다."

리브스는 수상쩍다는 눈으로 주차장을 둘러본다. 술에 취한 낙오자 서너 명만 있을 뿐 우리 대화를 엿들을 사람은 거의 없다. 하지만 리브스는 아마 평생을 CIA 같은 은밀한 정부 기관 소속으로 보냈을 테고, 따라서 저런 편집증이 이해는 간다.

"그럼 내 차에라도 탑시다." 리브스가 제안한다.

나는 그의 손에서 자동차 키를 낚아채 조수석에 탄다. 리브스는 운전석에 앉는다. 우리 둘 다 전방을 바라본다. 앞쪽에는 낡은 나무 울타리가 펼쳐졌는데, 주먹다짐을 많이 한 부랑자의 이처럼 군데군데 널빤지가 빠졌거나 널빤지에 금이 갔다.

"말해보시죠."

"우린 농림부 소속이 아니오."

리브스가 그 말만 하고 침묵을 지키자 내가 말한다. "네, 짐작은 했습니다."

"그럼 나머지는 간단하지. 그 기지에서 일어난 일은 극비요. 이젠 당신도 알 거요. 당신 생각이 맞소. 내가 맞다고 인정해 줄 테니 그걸로 만족하시오."

"근데 그게 그렇지가 않아서요."

"우린 당신 동생이나 다이애나 스타일스와는 아무 상관 없소."

나는 '어서 본론으로 들어가시죠'라는 표정으로 그를 바라본다. 앤디 리브스는 어떻게 할지 심각하게 고민하는 척한다. 그러더니 지금부터 자신이 하는 말을 누구에게도 절대 발설하지 않겠다고 다시 한번 약속하게 한다. 혹시 이 사실이 알려지면 자신은 부인할 것이며, 자기가 하는 말은 이 자동차 밖으로 나가서는 안 된다는 등등의 말과 함께.

나는 다음 이야기를 듣기 위해 그의 말에 다 동의한다.

"그때 상황이 어땠는지 알 거요." 앤디 리브스가 이야기를 시작한다. "15년 전이니까 9·11이 터진 지 얼마 안 됐을 때요. 이라크전쟁과 알카에다의 시기지. 이 일을 그 맥락에서 이해해 주시오."

"알겠습니다."

"테리 프레먼드라는 남자를 기억하시오?"

머릿속을 뒤져보니 기억이 난다. "시카고 교외에 살던 부잣집 백인 소년인데 테러리스트가 됐죠. 엉클 샘 알카에다. 그 친구를 그런 식으로 불렀죠. FBI에서 선정한 가장 위험한 인물 열 명에 포함됐고요."

"지금도 그렇소." 앤디 리브스가 설명한다. "15년 전에 미국으로 돌아온 프레먼드는 소수 정예로 이뤄진 테러 조직을 만들었소. 그들은 미국 본토에서 역사상 최악의 테러를 성공시킬 뻔했지. 제2의 9·11사건으로 불릴 만한 일이었소." 앤디 리브스는 고개를 돌려 내 눈을 본다. "그자가 공식적으로 어떻게 됐는지 기억하시오?"

"연방 수사관들이 자기를 쫓는다는 걸 알고 캐나다로 도망쳐서 다시 시리아인지 이라크로 도망갔다고 들었습니다."

"맞소." 앤디 리브스는 천천히, 아주 조심스럽게 말한다. "'공식적' 으로는 그랬지."

리브스가 날 계속 빤히 바라본다. 난 죄수복으로 추정했던 오렌지 색 점을 떠올린다. 안전한 장소, 비밀 유지의 필요성, 아무도 볼 수 없 는 밤에 소리 없이 착륙하는 헬리콥터를 생각한다.

"당신들이 프레먼드를 생포했군요. 생포해서 그 기지로 데려왔고요."

당시에 그런 소문이 파다했잖아, 안 그래? 기억나는 게 하나 더 있 어, 리오. 네가 말해준 건데 언제인지는 모르겠어. 분명 고등학교 때 일 거야. 넌 언론에서 '테러와의 전쟁'이라고 명명한 작전에 푹 빠져 있었어. 그때 네가 말해줬지. 미군이 적국 전투원을 외국에 있는 어둡 고 냉혹한 곳으로 데려가 입을 열게 한다고. 일반적인 포로수용소가 아니라…….

"군사 기지." 나는 소리 내어 말한다. "거기가 블랙 사이트(해외에 있 는 미국의 비밀 군사 기지로 테러범들에게 가혹한 고문을 가한다고 알려져 있다—옮긴이)였군요."

앤디 리브스는 다시 앞 유리창 너머를 바라본다. "우리에게는 아프 가니스탄, 리투아니아, 태국 같은 나라에 솔트 핏, 브라이트 라이트, 쿼르츠 같은 암호명의 블랙 사이트가 있었소." 그가 말끝을 흐린다. "인도양의 어떤 섬에도 CIA 감옥이 있었는데 예전에 승마 학교였던 곳이지. 심지어 쇼핑몰의 점포를 세내서 쓴 적도 있소. 등잔 밑이 어 두운 법이니까. 블랙 사이트는 테러와의 전쟁에서 결정적인 역할을 한다오. 그곳에 아주 중요한 외국인 억류자를 붙잡아 두고 강도 높은 신문을 할 수 있으니까 말이오."

강도 높은 신문.

"그런 자들은 외국에 잡아둬야 하는 법이오." 리브스가 말을 잇는다. "우리가 상대하는 적국 전투원은 대부분 외국인이니 미국으로 데려올 이유가 없지. 그자들을 데려오려면 법적으로 복잡해져. 하지만 미국 본토 밖에서 적국 전투원을 신문하면, 뭐랄까, 일이 쉬워진다오. 당신이 강도 높은 신문을 반대하든 찬성하든 상관없소. 하지만 강도 높은 신문으로 유용한 정보를 얻을 수 없다거나, 목숨을 구할 수 없다는 거짓말로 위안을 삼지는 마시오. 둘 다 가능하니까. 그건 사람들이 자기 위안으로 삼는 도덕에 불과해. '전 고문에 반대해요'라고 그들은 말하지. '아, 그러세요? 수천 명을 도륙한 괴물을 두들겨 패서 당신 아이의 목숨을 구할 수 있다면 어떻게 할 겁니까? 고문하시겠어요?'라고 물으면 그들은 대답을 못 해. '물론이죠. 제 도덕적 신념을 위해 아이를 희생하겠어요'라고 대답하지 못한단 말이오. 그래서 '어차피 고문으로는 문제가 해결되지 않아요' 같은 말로 의기양양한 합리화를 하는 거요."

앤디 리브스는 고개를 돌린다. 그의 얼굴은 무섭도록 진지해 보인다.

"고문으로 문제가 해결된다오. 그게 고문의 끔찍한 점이지."

리브스가 열을 내며 이야기하는데도 그와 단둘이 캄캄한 차 안에 앉아 있으니 등골이 오싹하다. 전에도 저런 모습을 본 적이 있다. 너무 끔찍한 비밀이고 무시무시한 자백인데도 일단 말해도 된다고 생각하면, 한번 마음먹고 말하기 시작하면 안도감에 미친 듯이 다 말하게 된다.

"문제는 뻔했소. 외국까지 갈 것도 없지. 여기 미국에도 테러 조직이 있소. 그때도 그랬고 지금도 그렇소. 당신이 상상하는 것보다 훨씬 더 많지. 대부분이 미국 시민으로 폭력과 대량 학살에 흥분하는 한심한 허무주의자들이오. 하지만 그놈들을 여기 미국에서 체포하면 권리며 정당한 법적 절차며 변호사가 뒤따르지. 놈들은 입을 안 열 테고 어쩌면, 어디까지나 가정이지만, 엄청난 테러가 터지기 직전일 수도 있소."

"그래서 당신들은 용의자를 잡아다가 스텔스 헬리콥터에 태우고 그 기지에 데려가서 신문했군요." 내가 말한다.

"그 기지보다 더 좋은 곳이 있소?"

나는 아무 말도 하지 않는다.

"그 억류자들…… 그들은 오래 머물지 않았소. 우린 그 기지를 연옥이라고 불렀지. 그들을 천당으로 보낼지 외국에 있는 지옥으로 보낼지 거기서 결정할 수 있으니까."

"그걸 어떻게 결정합니까?"

리브스는 고개를 돌려 날 똑바로 바라본다. 그가 줄 수 있는 대답은 그것뿐이고, 내게 필요한 대답도 그것뿐이다.

"이제 내 동생 이야기로 넘어가죠."

"당신 동생 이야기는 없소. 이게 이야기의 끝이오."

"아뇨, 친구. 그렇지 않아요. 내 동생과 그 애의 친구들은 미국 시민이 불법적으로 억류되는 동영상을 찍었습니다."

리브스의 안색이 어두워진다. "우린 많은 사람을 구했소."

"내 동생은 아니죠. 다이애나도 그렇고요."

"우린 그 일과 아무 상관없소. 당신이 보여주기 전까지는 그 테이프

338

의 존재조차 몰랐다고."

나는 리브스가 거짓말을 하는지 알아내려고 그의 표정을 읽으려 하지만 그는 아마추어가 아니다. 그렇기는 해도 속이는 기색은 아니다. 리브스가 정말로 그 테이프의 존재를 몰랐을까? 어떻게 그럴 수가 있지?

나는 마지막 카드를 내놓는다.

"그 테이프의 존재를 몰랐다면서 왜 모라를 찾아다닌 겁니까?"

"누구?"

이번에는 거짓말을 한다는 걸 쉽게 알아차릴 수 있다. 나는 인상을 쓴다.

"당신은 모라의 엄마를 신문했습니다. 그냥 신문한 정도가 아니죠. 아마 웰스 부인을 블랙 사이트로 데려갔을걸요? 그리고 당신이 거기서 한 짓을 웰스 부인이 기억하지 못하도록 무슨 짓을 하지 않았나요?"

"무슨 소린지 모르겠소."

"웰스 부인에게 당신 사진을 보여줬어요, 앤디. 자신을 고문한 사람이 당신이 맞다고 확인해 줬습니다."

리브스는 다시 고개를 돌려 앞 유리창을 바라보더니 천천히 고개를 젓는다. "당신은 몰라."

"다 털어놓기로 약속하지 않았습니까. 이런 식으로 자꾸 날 엿 먹이면……."

"수납함을 열어보시오." 리브스가 내 말을 자른다.

"뭐라고요?"

앤디 리브스는 한숨을 쉰다. "수납함이나 빨리 열어보시오."

나는 팔을 뻗어 수납함을 여는 버튼을 찾기 위해 잠깐 고개를 돌린다. 하지만 그 찰나의 순간으로 충분하다. 리브스의 주먹이—어디까지나 내 추측이다. 실제로 보지는 못했으니까—내 왼쪽 관자놀이와 광대뼈 사이를 정통으로 가격한다. 그 충격으로 내 머리 오른쪽이 차에 부딪히고 이가 흔들린다. 얼얼한 느낌이 볼을 타고 목까지 흘러내린다.

리브스가 수납함에 손을 넣는다.

머릿속이 아직 빙빙 돌지만 생각 하나가 수면으로 떠오른다.

총. 이자는 총을 꺼내려는 거야.

리브스의 손이 금속 물체를 잡는다. 뭔지 모르겠지만 알 필요도 없다. 나는 내가 처한 상황을 파악하고 양손으로 그의 손목을 잡는다. 나는 양손을 다 쓰고 있는 반면 리브스는 한쪽 손이 자유롭다. 그는 그 자유로운 손으로 내 갈비뼈에 짧은 펀치를 퍼붓는다.

나는 그의 손목을 놓지 않는다.

리브스는 몸을 돌리며 손목을 비틀어 내 손아귀에서 빠져나가려고 한다. 혹은…… 그렇다, 리브스는 내게 총구를 겨누려고 한다. 나는 한쪽 손을 미끄러뜨려서 그의 손가락을 덮친다. 방아쇠를 잡은 손가락은 없다. 이제 나는 리브스의 손가락을 꽉 누른다. 총을 내게 겨눌 수는 있어도 방아쇠를 잡지 않았으니 날 해칠 수 없다.

그게 지금 내 생각이다. 내가 리브스의 손가락을 잡고 있으니 그는 내게 총을 쏠 수 없다고. 난 안전하다고.

하지만 비극적이게도 그 생각은 틀렸다.

리브스가 한 번 더 손목을 비튼다. 순간적으로 차가운 금속이 내 정수리를 때린다. 하지만 아주 짧은 순간이다. 그제야 나는 그것이 총이 아니라는 걸 깨닫는다. 총이라기에는 너무 길다. 지휘봉처럼 생겼다. 전기가 치지직 하는 소리가 나더니 동시에 고통이 느껴진다. 다른 모든 걸 사라지게 하는 고통, 더는 느끼고 싶지 않아서 움찔하게 되는 고통이다.

내 팔에 전기가 흐르더니 힘이 쭉 빠진다.

앤디 리브스는 흐늘흐늘해진 내 손아귀에서 자신의 손목을 쉽게 빼낸다. 그러더니 환하게 웃으며 그 장치로—전기 충격봉인지 전자 소몰이 막대인지 모르겠다—내 가슴을 찌른다.

나는 경련을 일으킨다.

리브스가 다시 찌른다. 내 몸의 근육은 이제 힘을 쓰지 못할 것이다.

리브스가 뒷좌석으로 손을 뻗어 무언가를 꺼낸다. 나는 그게 무엇인지 볼 수 없다. 타이어를 갈 때 쓰는 지렛대인가? 야구 방망이? 모르겠다. 영영 모를 것이다.

리브스가 그걸로 내 머리를 내려친다. 한 번 더 내려친다. 그러자 모든 것이 사라진다.

CHAPTER
26

아 주 이상한 방식으로 의식이 돌아온다.

몸을 옴짝달싹할 수 없는 꿈을 꿔본 적 있는가? 위험한 상황에서 달아나려고 하지만 발을 내디딜 때마다 허리까지 쌓인 젖은 눈 속을 걸어가는 듯하다. 지금 내 기분이 그와 비슷하다. 움직이고 싶고, 달리고 싶고, 도망치고 싶은데 온몸이 납으로 감싸인 듯 꼼짝할 수 없다.

눈을 끔뻑끔뻑 떠보니 내가 누워 있고, 파이프와 대들보가 보인다. 천장이다. 오래된 지하실의 천장. 나는 갑작스럽게 움직이지 않고 그대로 누워 있으려고 애쓴다.

주위를 살피려고 고개를 돌려본다.

하지만 돌아가지 않는다.

머리를 전혀 움직일 수 없다. 단 1센티미터도. 마치 내 머리를 바이스 안에 넣어 꽉 고정시킨 듯하다. 나는 안간힘을 쓰며 더 노력한다. 어림없다. 전혀 움직이지 않는다. 몸을 일으켜서 앉으려고 하지만 난 테이블 같은 곳에 묶여 있다. 양팔은 양쪽 옆구리에 딱 붙어 있다. 두 다리도 꽁꽁 묶여 있다.

옴짝달싹할 수 없다. 나는 철저히 무력하다.

리브스의 속삭이는 듯한 목소리가 들린다. "그 테이프 원본이 어디에 있는지 말해, 냅."

이제는 대화가 통하지 않는다. 나는 그 사실을 금세 깨닫는다. 따라서 아무런 대꾸도 하지 않은 채 냅다 도와달라고 외친다. 최대한 크게. 내가 계속 소리 지르자 리브스가 내 입에 재갈을 물리며 말한다.

"소용없어."

리브스가 콧노래를 부르며 무언가를 하고 있는데 고개를 돌려서 볼 수가 없다. 수도꼭지를 트는 소리, 양동이 같은 데 물을 받는 소리가 들린다. 이윽고 수도꼭지를 잠그는 소리가 난다.

"왜 네이비실이 훈련 과정에서 물고문을 뺐는지 아나?" 리브스가 묻는다. 내가 대답하지 않자—입에 재갈이 물려서 대답할 수도 없지만—그가 말을 잇는다. "훈련 받는 군인들이 자제력을 너무 빨리 잃어서 사기가 떨어졌기 때문이야. CIA 신입 요원들은 평균 14초를 버티다가 교관에게 멈춰달라고 빌었지."

앤디 리브스가 내 옆으로 와서 선다. 나는 그의 미소 짓는 얼굴을 올려다본다. 리브스는 이 일을 즐기고 있다.

"우린 외국인 억류자들과도 심리 게임을 하곤 했지. 그들에게 눈가리개를 씌우고 무장한 경비병들에게 데려오게 해. 가끔은 희망을 줬다가 박살 내기도 하고, 가끔은 탈출구가 전혀 없다는 사실을 알려주지. 상대가 누구냐에 따라 방식이 달라져. 하지만 오늘 밤에는 그런

연출을 할 여유가 없어, 냅. 다이애나 일은 유감이야. 정말로 그렇게 생각해. 하지만 내 탓은 아니니까 넘어가자고. 자넨 이미 테이블에 결박되어 있어. 상황이 아주 나빠지리라는 걸 자네도 이미 알 거야."

리브스가 내 발치로 걸어간다. 나는 눈으로 리브스를 따라가려 하지만 그는 이내 내 시야에서 사라진다. 나는 패닉에 빠지지 않으려고 애쓴다. 크랭크가 돌아가는 듯한 소리가 나고, 내가 누워 있는 테이블이 기울기 시작한다. 머리가 바닥에 부딪쳐도 좋으니 차라리 테이블에서 미끄러지면 좋으련만, 몸이 너무 꽁꽁 묶여 있어서 중력은 손톱만큼도 작용하지 않는다.

"머리를 내리고 발을 올려야 목구멍이 활짝 열리고 콧구멍에 물이 쉽게 차. 끔찍하겠지? 자네 예상보다 훨씬 더 끔찍할 거야."

리브스가 다시 내 시야로 들어와 내 입에서 재갈을 뺀다.

"테이프가 어디 있는지 말할 텐가?"

"내가 안내하죠."

"아니, 그렇게는 안 돼."

"당신 혼자서는 가져갈 수 없어요."

"거짓말. 난 전에도 그런 말을 숱하게 들었어, 뒤마 형사. 이제 자넨 이야기를 지어낼 거야. 아마 내가 처음 한두 번 고문할 때마다 새로운 이야기를 지어내겠지. 그래서 고문에 반대하는 사람들은 고문을 믿을 수 없다고들 하지. 자넨 절박해. 고문을 멈추려고 무슨 말이든 할 거야. 하지만 내겐 안 통해. 나는 온갖 속임수를 다 알거든. 결국 자넨 무너질 거야. 결국 내게 진실을 말할 거라고."

아마 그럴 것이다. 하지만 한 가지는 확실하다. 일단 테이프를 손에 넣으면 리브스는 날 죽일 것이다. 다른 친구들을 죽였듯이. 그러니까 무슨 일이 있어도 버텨야 한다.

마치 내 마음을 읽은 듯이 리브스가 말한다. "자백하게 될 거야. 설사 그로 인해 죽는다 해도. 필리핀과 전쟁을 치렀을 때 죄수들을 고문했던 군인이 앞으로 자네가 경험할 일을 이렇게 표현했다네. '그의 고통은 필시 익사하고 있는데도 익사할 수 없는 사람의 고통이었을 겁니다.'"

앤디 리브스는 내게 수건을 보여준다. "준비됐나?" 그러더니 내 얼굴을 수건으로 덮고, 나는 앞을 볼 수 없다.

수건으로 내 얼굴을 누른 것도 아니고 그저 올려두었을 뿐인데도 난 이미 살짝 숨이 막히는 듯하다. 다시 머리를 움직여 보지만 꼼짝도 하지 않는다. 가슴이 들썩이기 시작한다.

'진정해.'

나는 스스로를 타이르며 진정하려고 노력한다. 천천히 호흡하면서 앞으로 닥칠 일에 준비한다. 필시 어느 순간이 되면 숨을 참아야 할 것이다.

몇 초가 지나지만 아무 일도 일어나지 않는다.

내 호흡은 전혀 규칙적이지 않다. 거칠고 고르지 못하다. 나는 소리를 들으려고, 어떤 소리든 들으려고 안간힘을 쓴다. 하지만 앤디 리브스는 말하지도, 움직이지도 않고, 어떤 행동도 하지 않는다.

시간이 좀 더 흐른다. 얼마나 흘렀을까? 30초? 40초?

어쩌면 모두 리브스의 허풍인지도 모른다는 생각이 든다. 이건 그냥 심리 게임, 상대가 스트레스를 받게 하는 게임인지도 모른다.

그때 찰싹 하는 소리가 들린다. 그러더니 1초 후에 수건으로 물이 스며들기 시작한다.

입가가 축축해지자 나는 입을 다물고 눈도 감고 숨을 멈춘다.

더 많은 물이 스며든다. 졸졸 새어 나오던 물줄기가 점차 굵어진다.

콧구멍에 물이 차기 시작한다. 나는 긴장한 채 입을 계속 꽉 다문다.

점점 더 많은 물이 흘러내린다. 나는 머리를 움직이려고 한다. 고개를 들거나 물의 맹공격에서 도망칠 방법을 찾아내려 한다. 하지만 움직일 수 없다. 이제 콧구멍은 물로 가득 찬다. 나는 패닉에 빠진다. 더는 숨을 참을 수 없고, 입과 코에서 물을 빼내야 한다. 방법은 하나뿐이다. 숨을 내쉬어야 한다. 하지만 수건이 막고 있다. 그래도 나는 여전히 숨을 내쉬려고 한다. 물을 바깥으로 내보내려 한다. 처음 1초, 어쩌면 2초 동안은 효과가 있다. 나는 계속 숨을 내쉬려고 한다. 폐를 비워서 물이 들어오지 못하게 하려 한다. 하지만 들어오는 물의 양이 너무 많다. 그리고 더 큰 문제는 따로 있다.

사람은 계속 숨을 내쉴 수만은 없다.

몸 안에서 숨이 다 빠져나가면, 날숨이 바닥나면—이게 끔찍하다—결국에는 숨을 들이마셔야 한다.

지금 내가 바로 그 지점에 있다.

숨을 다 내쉬자 물이 다시 들어와 콧구멍과 입을 가득 채운다. 어쩔 수 없다. 내 안에서 산소가 고갈되어 가고, 그 고통이 다른 모든 것을 압도한다. 계속 숨을 참으니 죽을 것 같지만 나는 무엇이 기다리고 있는지 알고 있다. 숨을 들이마셔야 한다. 산소가 들어가야 한다. 하지만 산소는 없다. 물뿐이다. 그것도 많은 양의 물. 숨을 들이쉬니 수문이 열린다. 물이 코와 입으로 신나게 들어온다. 막을 도리가 없다. 들숨과 함께 물이 입으로 들어와 기도로 내려간다.

산소는 없다.

내 몸은 경련을 일으킨다. 나는 몸을 위아래로 흔들면서 발길질을 하려 한다. 머리를 마구 흔들려 한다. 하지만 몸이 꽁꽁 묶여 있다. 물로부터 도망칠 수 없다. 물은 양이 줄어들지도, 속도가 느려지지도 않는다. 상황은 점점 악화될 뿐이다.

그저 물이 멈췄으면 하고 '바라는' 정도가 아니다. 물이 멈춰야 한다고 '생각하는' 정도도 아니다.

'반드시' 멈춰야 한다.

물속에 갇힌 듯하지만 그보다 더 나쁘다. 나는 움직일 수가 없다. 콘크리트 속에 갇혀 있다. 나는 익사하고 있어, 리오. 익사하면서 질식하고 있어. 이성적인 생각이 모두 사라진다. 분별력의 작은 일부가 무너지고, 정신에 영원히 사라지지 않을 금이 가기 시작한다. 저 금은 절대 사라지지 않으리라.

몸의 모든 세포가 산소를, 단 한 번의 들숨을 갈구한다. 하지만 산소는 없다. 나는 숨이 턱턱 막히고, 물이 더 많이 들어온다. 숨을 참고 싶지만 반사적으로 구역질이 나와서 어쩔 수 없이 숨을 들이쉬고 내쉰다. 목구멍과 기도에 물이 찬다.

'제발, 하느님. 숨 쉬게 해주세요……'

나는 죽어가고 있다. 이제는 그걸 알 수 있다. 내 안의 원시적인 부분이 포기하고, 항복하고, 얼른 죽음이 찾아와 이 일이 끝나기를 바란다. 하지만 그렇게 되지 않을 것이다. 내 몸은 마구 흔들리고 경련한

다. 고통스럽다

환청이 들린다.

누군가가 멈추라고, 남자에게서 물러나라고 외치는 환청이다. 내 몸 구석구석이 산소 부족에 시달리지 않고 어떻게든 이 상황에서 탈출해야 한다는 생각에 골몰하지 않았다면, 난 그 목소리가 여자 목소리라는 걸 알았으리라. 내 눈동자가 뒤집히기 시작하자 뇌 속 깊은 곳 어딘가에서 빵 터지는 소리가 들린다.

그러더니 빛이 보인다.

난 죽어가고 있어, 리오. 죽어가면서 환상을 보고 있어. 죽기 전에 마지막으로 본 것은 세상에서 제일 아름다운 얼굴이었어.

모라의 얼굴.

끈 이 풀리자 나는 옆으로 돌아누워 공기를 들이마신다.

몸이 마비되어 한동안 그 일 말고는 아무것도 할 수 없다. 숨을 헉 들이쉬며 삼키지 않으려고 한다. 입과 콧구멍에서 쏟아진 물이 바닥에 웅덩이를 이루고, 앤디 리브스의 머리에서 흘러나온 선홍색 피를 묽게 한다. 하지만 난 거기에는 전혀 관심이 없다. 오로지 공기에만 관심이 있다.

이내 몸에 다시 힘이 생긴다. 날 구해준 사람이 누구인지 보려고 고개를 들지만 난 이미 죽었거나 너무 오랫동안 뇌에 산소가 공급되지 않았나 보다. 어쩌면 난 아직 물고문을 받는 중이고, 그래서 정신이 이상해졌는지도 모른다. 왜냐하면 아직도 환영이, 아니, 신기루가 보이기 때문이다.

모라다.

"여기서 나가야 해." 모라가 말한다.

나는 아직도 내 눈을 믿을 수가 없다. "모라? 난……."

"나중에, 냅."

모라가 내 이름을 부르니 기분이 이상하다.

나는 정신을 차리고 이제 어떻게 해야 할지 생각해 내려 하지만 '일단 제자리에서 사태를 파악한다'는 작전은 깨끗이 포기한다.

"걸을 수 있겠어?"

나는 고개를 끄덕인다. 두 번째 걸음을 내디뎠을 때에는 다시 현실로 돌아오고, 한 번에 하나씩 하자고 마음먹는다.

'일단 여기서 나가야 해.' 1층에 도착하자 나는 이곳이 허물어진 창고임을 깨닫는다. 놀라울 정도로 주위가 조용하지만 아마도…… 지금 몇 시지? 내가 리브스를 만난 때가 자정이니까 지금은 틀림없이 한밤중이거나 새벽일 것이다.

"이쪽으로." 모라가 말한다.

우리는 밤하늘 속으로 나간다. 내 호흡이 약간 이상하다. 평소보다 빠르다. 또다시 숨을 못 쉬게 될까 봐 아직도 두렵다는 듯이. 구석에 주차된 리브스의 노란색 머스탱이 눈에 들어오지만 모라는—모라라는 게 아직도 믿기지 않는다—다른 차를 향해 날 이끌더니 왼손에 든 자동차 키를 누른다. 오른손에는 총이 들려 있다.

나는 조수석에, 모라는 운전석에 탄다. 모라가 시동을 걸고 후진한다. 2분 뒤 우리는 가든 스테이트 공원 도로를 따라 북쪽으로 향한다. 나는 모라의 옆모습을 바라본다. 이렇게 아름다운 피조물은 본 적이 없는 듯하다.

"모라……?"

"급할 거 없어, 냅."

"누가 리오를 죽였지?"

모라의 아름다운 볼을 따라 눈물이 흘러내린다.

"아마 내가 죽였을 거야."

우 리 는 다시 웨스트브리지로 돌아온다. 모라는 벤저민 프랭클린 중학교 운동장에 차를 세운 뒤 말한다.

"휴대전화 줘봐."

놀랍게도 전화기는 아직 내 주머니에 들어 있다. 나는 지문 인식으로 잠금장치를 해제한 뒤 모라에게 전화기를 건넨다. 그녀의 두 엄지가 액정 위를 날아다닌다.

"뭐 하는 거야?"

"넌 경찰이니까 이런 전화기는 추적이 가능하다는 거 알잖아, 안 그래?"

"응."

"일종의 추적 방지용 VPN을 까는 중이야. 이렇게 하면 넌 다른 주에 있는 걸로 보일 거야."

나는 그런 프로그램이 있는 줄도 몰랐지만 놀라지 않는다. 모라의 두 엄지가 춤을 다 추더니 그녀가 다시 내게 전화기를 건네고 차에서 내린다. 나도 따라 내린다.

"여긴 왜 온 거야, 모라?"

"다시 보고 싶어서."

"뭘?"

하지만 모라는 말없이 군사 기지 옆으로 난 길을 향해 걷기 시작하고, 나는 그녀를 뒤따른다. 여전히 검은 표범처럼 걷는 모라를 보지 않으려고 노력하지만 나도 모르게 자꾸 눈길이 향한다. "아, 네가 정말 보고 싶었어." 어둠 속으로 걸어 들어가며 모라가 뒤돌아서 말하고는 다시 몸을 돌려 계속 걸어간다.

별일 아니라는 듯이.

나는 아무 말도 하지 않는다. 할 수가 없다. 하지만 몸 구석구석이 활짝 열리는 기분이다.

나는 모라를 따라잡기 위해 발걸음을 재촉한다.

오늘 밤에는 보름달이 떠서 달빛이 넉넉하다. 익숙한 길로 접어들자 여러 그림자가 우리의 얼굴을 스쳐 간다. 우리는 침묵을 지킨다. 어둠이 침묵을 요구하기 때문이기도 하고, 이 숲이 예전에 우리의 밀회 장소였기 때문이다. 오늘 밤이야말로 그때의 기억이 떠오를 거라고 생각할 것이다. 모라와 함께 걸어가는 오늘 밤이야말로 옛 기억이 날 에워싸고, 내 어깨를 두드리고, 바위와 나무 뒤에서 날 비웃을 거라고 생각할 것이다.

하지만 그렇지 않다.

오늘 밤에 난 과거로 돌아가지 않는다. 속삭임이 들리지 않는다. 이상하게도 옛 기억은 숨어서 나오지 않는다.

"너도 그 캠코더 테이프 알고 있지." 모라가 말한다. 반쯤 묻듯이 말하지만 질문이라기보다 진술이다.

"언제부터 날 미행했어?" 내가 묻는다.

"이틀 됐어."

"난 그 테이프에 대해 알아. 너도 알아?"

"난 거기에 찍혔어, 냅."

"아니, 그 말이 아니라 행크가 그 테이프를 가지고 있었다는 걸, 데이비드 레이니브에게 그 테이프를 금고에 보관하라고 한 걸 알았냐고."

모라는 고개를 젓는다. 저 앞쪽 낡은 철조망이 눈에 들어온다. 모라는 오른쪽으로 방향을 확 튼다. 언덕 아래로 뻗은 계단 서너 단을 깡충깡충 뛰어 내려가더니 나무 옆에서 걸음을 멈춘다. 나도 그곳으로 간다. 우리는 다시 기지 쪽으로 다가간다.

모라가 걸음을 멈추더니 낡은 철조망을 바라본다. 나도 걸음을 멈추고 모라의 얼굴을 바라본다.

"그날 밤 여기서 기다렸어. 이 나무 뒤에서." 모라는 땅을 내려다본다. "나는 이 자리에 앉아서 철조망을 바라봤지. 내게는 리오가 준 마리화나가 있었어. 네가 준 휴대용 술병도." 모라가 내 눈을 바라보고, 나는 가슴이 쿵 내려앉는다. "그 술병, 기억해?"

그건 시걸 할아버지의 차고 세일에서 구입한, 낡고 찌그러진 진회색 술병이다. 'A Ma Vie de Coer Entier'라고 새겨진 글귀가 희미하게 남아 있는데 15세기 프랑스어로 '평생 내 심장을 가져간 그대'라는 뜻이다. 어디서 구하셨냐고 물었지만 할아버지는 기억하지 못했다. 할머니까지 불러서 물어봤으나 두 분 다 그런 술병을 가지고 있었다는 사실조차 기억 못 했다. 그런 점이 왠지 마법 같고 비현실적으로 느껴졌다. 마치 나만이 발견하기로 되어 있는 요술 램프를 발견한 듯이. 그래서 3달러에 그 술병을 사서 모라에게 줬다. 모라는 아주 기뻐하면서 "낭만과 알코올이 결합된 선물이네?"라고 말했다.

"이렇게 완벽한 남자 친구가 또 어디 있어?"

"맞아." 모라는 그렇게 말하고는 날 껴안고 열렬히 키스했다.

"기억나." 나는 현실로 돌아와 그렇게 말하고 다시 덧붙인다. "그러니까 넌 마리화나와 술병을 들고 이 나무 옆에 앉아 있었어. 또 누가 있었지?"

"나 혼자였어."

"음모론 클럽 회원들은?"

"그 클럽을 알아?"

나는 반쯤 어깨를 으쓱인다.

모라는 기지 쪽을 돌아본다. "그날 밤에는 안 만나기로 했어. 내 생각에 그 헬리콥터를 보고 녹화한 후로 몇몇 아이들이 겁에 질린 거 같아. 그 전까지는 다 장난이었는데 그날 밤에 현실이 된 거지. 어쨌든 난 그," 이 대목에서 모라는 손가락으로 인용 부호를 넣는다. "'클럽'의 정식 회원은 아니었어. 내 유일한 친구는 리오뿐이었지. 리오는 그날 밤 다이애나와 약속이 있었고. 그래서 혼자 여기 올라와서 이 나무에 기대앉아 있었어. 마리화나와 휴대용 술병에 든 잭 다니엘스를 벗 삼아서."

모라는 나무에 등을 기댄 채 그대로 내려가서 땅에 앉는다. 아마 그날 밤과 같은 자세이리라. 그녀의 얼굴에 미소가 살짝 감돈다. "난 널 생각하고 있었어. 네 게임을 보러 갔다면 좋았을 거라고 생각했지. 널 만나기 전에는 스포츠라면 질색이었지만, 스케이팅하는 네 모습을 지켜보는 건 좋았어."

나는 뭐라고 대답해야 할지 몰라서 그냥 가만히 있는다.

"어쨌든 난 홈경기만 갈 수 있었는데 그날 밤은 원정 경기였지. 결승전인가 그랬을 거야."

"파시패니 힐스 고등학교."

모라는 큭큭 웃는다. "네가 기억할 줄 알았어. 어쨌든 상관없었어. 몇 시간만 지나면 우린 함께 있을 테니까. 난 그저 너보다 약간 먼저 이 숲에 도착했을 뿐이야. 요즘 애들은 그걸 '몸 풀기'라고 하더라. 그래서 난 계속 마셨고, 약간 슬펐던 기억이 나."

"왜 슬펐어?"

모라는 고개를 젓는다. "그건 중요치 않아."

"말해봐."

"곧 끝날 테니까."

"뭐가?"

모라는 앉은 자리에서 고개를 들어 날 본다. "너랑 나."

"잠깐만. 여기 앉아 있을 때 그걸 이미 알고 있었단 말이야?"

모라는 고개를 젓는다. "여전히 둔하구나, 냅. 난 앞으로 무슨 일이 벌어질지 전혀 몰랐어."

"그럼⋯⋯."

"우리가 결국 헤어지리라는 걸 알았다는 뜻이야. 오래 못 갈 사이였지. 곧 졸업할 테고, 여름이 지나면…….”

“난 널 사랑했어.”

나도 모르게 그 말이 불쑥 튀어나온다. 모라는 깜짝 놀라지만 이내 평정을 되찾는다.

“나도 널 사랑했어, 냅. 하지만 넌 좋은 대학에 입학하기 위해 떠날 예정이었고, 화려한 삶이 널 기다리고 있었어. 거기에 내가 들어갈 자리는 없었을 거라고. 맙소사, 너무 진부하네.” 모라는 말을 멈추고 눈을 감더니 고개를 흔들며 생각을 떨쳐낸다. “이제 와서 그 이야기를 다시 하면 뭐 해.”

맞는 말이다. 나는 모라를 다시 본론으로 돌아가게 한다. “그래서 넌 여기 혼자 앉아서 마리화나를 피우고 술을 마셨다고?”

“응. 그리고 약간 취해 있었어. 심하게는 말고 살짝. 그리고 이 기지를 바라보고 있었지. 거기는 항상 쥐 죽은 듯이 조용했는데 갑자기 소리가 들렸어.”

“무슨 소리?”

“모르겠어. 남자들의 고함. 자동차 시동이 걸리는 소리. 그래서 난 일어났어.” 모라는 나무에 등을 기댄 채 그대로 일어선다. “그리고 무슨 일인지 알아내자고 마음먹었지. 마지막으로 이번 일의 진상을 파악해 보자고. 음모론 클럽의 영웅이 되자고. 그래서 철조망 쪽으로 다가갔어.”

모라는 기지를 향해 걷고, 나는 그녀를 따라간다.

“그래서 뭘 봤어?”

“출입 금지 간판이 점점 많이 보였어. 아예 기지 주위를 감싼 듯했

357

지. 모두 새빨간 색으로 적혀 있었어. 기억해?"

"응."

"마치 '지금이 마지막 기회야. 돌아가지 않으면 죽는다'라고 말하는 듯하더라. 간판이 철조망 바로 옆에 있어서 거기를 지나 기지 안으로 들어가는 게 늘 두려웠지. 하지만 그날 저녁에는 발걸음을 늦추지 않았어. 거의 뛰다시피 했지."

이제 우리는 그곳으로, 그날 밤으로 돌아간다. 빨간 간판들이 있던 곳을 지날 때는 나도 모르게 머뭇거린다. 우리는 보이지 않는 장벽을 지나 녹슨 철조망 쪽으로 전진한다. 모라는 모서리 기둥 위쪽을 가리킨다.

"저기 CCTV가 있었어. 그들이 나를 보고 있을지 모른다고 생각했던 기억이 나. 하지만 난 잔뜩 취한 상태라 겁나는 게 없었어. 그냥 계속 달리다가……."

모라가 걸음을 늦추더니 멈춰 선다. 한 손으로 목을 감싼다.

"모라?"

"내가 여기를 지날 때 불이 켜졌어."

"불?"

"스포트라이트 말이야. 강한 빛이 쏟아지는 대형 조명. 어찌나 눈이 부신지 손을 들어 눈을 가려야 할 정도였어." 이번에도 모라는 똑같이 한다. 손을 들어 보이지 않는 빛으로부터 눈을 가린다. "하나도 안 보였어. 난 빛 속에 얼어붙은 채 어떻게 해야 할지 몰랐어. 그때 총성이 들렸지."

모라는 손을 내린다.

"너한테 쏜 거야?"

"응. 그런 거 같아."

"무슨 말이야? 그런 거 같다니?"

"처음에는 그렇게 시작됐을 거라고." 모라의 목소리가 한 옥타브 올라간다. 두려움과 후회가 묻어나는 목소리다. "난 멍청한 고등학생처럼 철조망을 향해 달려갔고, 경고 간판도 무시했어. 내가 덫을 건드렸든지 그들이 날 발견했든지 아무튼 그들은 간판에 적힌 대로 했어. 내게 총을 쏜 거야. 그러니까, 그래, 그들은 날 겨냥해서 총을 쐈을 거야."

"그래서 어떻게 했어?"

"뒤돌아서 달렸지. 내 머리 바로 옆 나무에 총알이 박히는 소리가 들렸어. 하지만 보다시피 난 살아남았어. 한 발도 안 맞았지."

모라는 고개를 들고 내 눈을 똑바로 바라본다.

"리오." 내가 말한다.

"나는 계속 달렸고, 그들은 계속 총을 쐈어. 그러다가……."

"그러다가 뭐?"

"여자 비명 소리가 들렸어. 나는 나무들 사이로 최대한 빠르게 달리고 있었어. 총에 맞지 않으려고 최대한 몸을 숙이고서. 하지만 비명을 들었을 때 뒤돌아봤지. 여자의 비명이었어. 환한 불빛 속에서 누군가의, 아마 남자일 거야, 실루엣이 보였어……. 또다시 한바탕 총성이 들리고 다시 여자 비명이 들렸어. 다만 이번에는…… 이번에는 누구 목소리인지 알 수 있었지. 목소리는 '리오!'라고 외쳤어. '리오, 도와줘.' 하지만 그 말이 채 끝나기도 전에 또다시 총성이 들렸어."

나는 어느새 숨을 죽이고 있다.

"그다음에는…… 그다음에는 어떤 남자가 사격을 중지하라고 외쳤지……. 정적……. 쥐 죽은 듯한 정적이 흘렀어……. 그러더니 아마, 나도 잘은 모르겠어, 아마 누군가가 소리쳤을 거야. '이게 대체 무슨 일이야…….' 그러더니 또 다른 사람이 외쳤어. '여학생이 하나 더 있습니다. 그 애를 찾아야 해요…….' 하지만 정말로 그렇게 말했는지는 잘 모르겠어. 내 머릿속 생각이었는지, 정말로 그렇게 말했는지. 왜냐하면 난 달리고 있었으니까. 멈추지 않고 계속 달리고……."

모라는 내 도움이 필요하다는 듯이, 하지만 자신을 돕지 않는 게 나을 거라는 듯이 날 바라본다.

나는 움직이지 않는다. 움직일 수가 없다.

"그들이…… 그들이 리오와 다이애나를 그냥 쐈다고?"

모라는 대답하지 않는다.

나는 멍청한 말을 한다. "그리고 넌 그냥 달아났고?"

"뭐?"

"네가 뛴 건 이해가 돼. 위험으로부터 도망친 거지. 하지만 안전해졌을 때 왜 경찰에 신고하지 않았어?"

"신고해서 뭐라고 해?"

"두 사람이 총에 맞는 걸 봤다고 하면 되지 않을까?"

모라가 내게서 시선을 홱 돌린다. "그랬어야 할지도 모르지."

"별로 좋은 대답은 아닌데."

"나는 약에 취해 있었고, 무서웠고, 반쯤 실성한 상태였어. 그 애들이 총에 맞아 죽었는지 살았는지도 확실히 몰랐다고. 게다가 리오는 보지 못했어. 목소리도 듣지 못했고, 그저 다이애나의 목소리만 들었지. 난 패닉 상태였어. 이해하지? 그래서 한동안 숨어 있었어."

"어디에?"

"마을 야외 수영장 뒤에 있던 돌 오두막 기억해?"

나는 고개를 끄덕인다.

"캄캄한 오두막에 앉아 있었어. 얼마나 있었는지 모르겠어. 거기서 호바트가 보이는데 검은색 대형차들이 천천히 지나가더라. 내 편집증인지 몰라도 그들이 날 찾고 있다고 생각했어. 그러다가 어느 순간 너희 집에 가야겠다고 마음먹었지."

전혀 몰랐던 사실이다. 하지만 오늘 밤에 알게 된 사실들은 전부 다 그렇다. "우리 집에 왔었다고?"

"너희 집이 내 목적지였어, 그래. 하지만 너희 집 앞에 갔더니 모퉁이에 또 검은색 대형차가 주차되어 있었어. 자정이 넘은 시간이었지. 양복 입은 남자 둘이 차에 앉아서 너희 집을 지켜보고 있더라. 그래서 알았지. 저들이 철저히 대비하고 있다는걸." 모라가 내게 다가온다. "내가 경찰에 신고했다고 치자. 경찰에 전화해서 기지의 군인들이 누군가를 쏜 것 같다고 말했다 쳐. 사실 난 무슨 일이 벌어졌는지 자세히 알지도 못해. 하지만 내 이름을 말해야 해. 경찰은 내게 기지 근처에서 뭘 했냐고 물어볼 거야. 난 거짓말을 하거나 거기서 마리화나를 피우고 술을 마셨다고 말해야 해. 내가 신고할 때쯤에는 기지 사람들이 이미 다 정리한 뒤일 거야. 정말로 모르겠어?"

"그래서 그냥 달아난 거야?"

"응."

"엘리네 집으로?"

모라는 고개를 끄덕인다. "하루 이틀 기다리면서 일이 어떻게 되는지 지켜보자고 생각했어. 어쩌면 저들이 날 잊어버릴지 모른다고. 하지만 물론 그런 일은 없었어. 난 그들이 엄마를 신문할 때 바위 뒤에서 지켜보고 있었어. 그러다가 리오와 다이애나의 시신이 발견됐다는 뉴스를 보고…… 비로소 알았지. 뉴스에는 그 애들이 총에 맞았다는 얘기가 전혀 없었어. 마을 반대편에서 기차에 치였다고만 했지. 그럼 이제 어떻게 되는 거야? 난 어떻게 해야 할까? 증거는 사라졌어. 누가 내 말을 믿어주겠어?"

"난 믿어줬을 거야. 왜 나한테 안 왔어?"

"맙소사, 냅, 몰라서 물어?"

"나한테 말해줄 수 있었잖아, 모라."

"그럼 네가 어떻게 했을까? 성질 급한 열여덟 살짜리 고등학생인 네가." 모라는 잠시 날 노려본다. "너한테 말했더라면 너도 죽었을 거야."

우리는 우두커니 서 있고, 그 말의 시비를 가리지 않는다.

"이제 그만 돌아가자." 모라가 몸을 부르르 떨며 말한다.

차 로 돌아가자 내가 말한다. "내 차를 클럽에 두고 왔어."

"내가 전화했어."

"응?"

"클럽에 전화해서 차종과 번호판을 알려주고, 너무 취해서 운전할 수 없으니까 내일 가지러 간다고 했어."

모라는 모든 걸 생각해 두었다.

"집에 가면 안 돼, 냅."

어차피 집에 갈 생각은 없다. 모라가 차에 시동을 건다.

"그럼 어디로 갈 거야?" 내가 묻는다.

"안전한 곳이 있어."

"그럼 그날 밤 이후로," 이걸 어떻게 표현해야 할지도 모르겠다. "계속 도망 다닌 거야?"

"응."

"왜 하필 지금일까, 모라? 왜 15년이나 지난 뒤에 음모론 클럽 회원들을 죽이는 걸까?"

"모르겠어."

"하지만 넌 렉스가 총에 맞을 때 함께 있었지?"

모라는 고개를 끄덕인다. "최근 3, 4년은 긴장이 풀린 상태였어. 이제는 날 쫓지 않을 거라고 생각했지. 증거는 하나도 없고, 기지는 오래전에 폐쇄됐어. 내가 뭐라고 한들 아무도 믿어주지 않을 거야. 돈도 거의 떨어졌고, 그래서 안전한 방법을 찾고 있었어……. 일이 어떻게 돌아가는지 안전하게 지켜볼 수 있는 방법. 어쨌든 난 모험을 감행했지만 렉스는 나만큼이나 과거를 덮어두고 싶어 했어. 자기 부업을 도와줄 사람이 필요했고."

"남자들을 음주운전으로 잡아넣는 일이지?"

"렉스는 훨씬 더 고상하게 말하긴 했지만, 맞아."

우리는 짐 존스턴의 스테이크 하우스 근처에서 아이젠하워 공원 도로로 빠진다.

"렉스가 살해되던 날 밤의 CCTV를 봤어."

"그 남자는 냉정한 프로였어."

"그런데도 넌 도망쳤어."

"아마도."

"'아마도'라니?"

"렉스가 쓰러진 걸 봤을 때 난 그들이 우릴 찾아냈고, 이젠 나도 죽었구나 생각했어. 그날 밤 나도 거기에 있었으니까. 내가 진짜 타깃이었다고 생각했어. 하지만 어쩌면 그들은 음모론 클럽에 대해 알고 있었는지도 몰라. 충분히 가능성이 있어. 그래서 렉스가 총에 맞자마자 나는 재빠르게 움직였어. 하지만 남자는 이미 총구를 내게 겨누고 있었지. 난 운전석으로 뛰어들어 차에 시동을 걸고 미친 듯이 빠져나왔어……."

"그런데?"

"그런데 아까 말했듯이 그 남자는 프로야." 모라는 어깨를 으쓱인다. "얼마든지 날 죽일 수 있었다고."

"남자가 일부러 놔줬다고 생각해?"

모라도 그 답을 알지 못한다. 우리는 이스트 오렌지의 허름한 모텔 뒷마당에 차를 세운다. 모라는 여기 묵지 않는다. 그저 전형적인 속임수라고 그녀는 말한다. 모텔에 주차해 두면 경찰 또는 다른 누군가가 차를 발견하거나 차를 근거로 모텔을 수색해도 그녀는 거기에 없다. 거기서 400미터 정도 떨어진 다른 모텔에 묵고 있다. 차는 훔친 거라고 한다. 조금이라도 수상한 낌새가 느껴지면 훔친 차를 버리고 다른 차를 훔칠 거라고 한다.

"지금은 이틀에 한 번씩 숙소를 옮겨."

우리는 모라의 방으로 들어가 침대에 앉는다.

"너한테 나머지 이야기도 해주고 싶어."

모라가 이야기를 들려주는 동안 나는 그녀를 바라본다. 기시감은 전혀 없다. 나는 숲에서 모라와 사랑을 나누던 고등학생이 아니다. 나는 그녀의 눈 속에서 길을 잃지 않으려고 애쓰지만 전부 그 안에 있다. 과거, 가정, 가지 않은 길. 모라의 눈 속에서 네가 보여, 리오. 한때 잘 알았고 늘 그리웠던 삶이 보여.

모라는 리오가 죽던 날 밤 이후로 어디를 전전했는지 말해준다. 모라가 살아온 삶을 듣기가 괴롭지만 그래도 말을 자르지 않고 듣는다. 이젠 내가 느끼는 감정이 뭔지도 모르겠다. 신경이 밖으로 노출된 듯하다. 모라의 이야기를 다 듣고 나니 새벽 3시다.

"좀 쉬자." 모라가 말한다.

나는 고개를 끄덕인다. 모라는 욕실로 들어가 샤워를 한 뒤 머리에 수건을 감고 목욕 가운 차림으로 나온다. 그녀에게 달빛이 정통으로 떨어지고, 나는 이보다 더 아름다운 광경은 본 적이 없는 듯하다. 욕실로 들어가 옷을 벗고 샤워를 한다. 허리에 수건 한 장만 두른 채 밖으로 나가니 불이 다 꺼져 있고, 머리맡 테이블에 불빛이 약한 램프만 켜져 있다. 그 옆에 모라가 서 있다. 젖은 머리에 둘렀던 수건은 사라졌지만 여전히 목욕 가운 차림이다. 모라가 날 바라본다. 더는 아닌 척할 수 없다. 나는 재빨리 방을 가로지른다. 우리 둘 다 알지만 말하지 않는다. 나는 모라를 껴안고 뜨겁게 키스한다. 모라도 내게 키스하고, 그녀의 혀가 꿈틀거리며 내 입속으로 들어온다. 모라는 내 허리에 두른 수건을 잡아당기고, 나는 그녀의 목욕 가운을 양쪽으로 홱 젖힌다.

이건 지금껏 내가 했던 어떤 섹스와도 다르다. 갈망이자 치유이며, 잡아 뜯고 찢는다. 거칠면서 사랑스럽고, 부드러우면서 가혹하다. 춤이자 싸움이다. 탐욕스럽고 강렬하며, 흉폭하고, 견딜 수 없을 만치 부드럽다.

섹스가 끝나자 우리는 산산이 부서진 채 휘청거리며 침대에 쓰러진다. 완전히 다른 사람이 된 것처럼. 아마 정말로 그럴 것이다. 모라는 몸을 움직여 내 가슴에 머리를 대고, 내 배에 손을 올린다. 우리는 아무 말도 하지 않는다. 계속 천장을 바라보다가 마침내 눈이 감긴다.

잠들기 전에 마지막으로 한 생각은 아주 단순하다.

'날 떠나지 마. 다시는 날 떠나지 마.'

동 이 틀 무렵에 우리는 다시 사랑을 나눈다.

모라가 내 위로 올라오고, 우리는 서로에게서 눈을 떼지 못한다. 이 번에는 더 천천히, 더 감정을 담아, 편안하게, 자신을 솔직히 드러낸 다. 섹스가 끝나고 말없이 허공을 바라보는데 휴대전화에서 문자 알 림 소리가 난다. 뮤즈 검사의 문자다. 내용은 간단하다.

잊지 마. 9시 정각이야.

나는 모라에게 문자를 보여준다. "내 상사야."

"함정일 수 있어."

나는 고개를 젓는다. "리브스와 만나기 전부터 정해진 약속이야."

나는 계속 누워 있고, 모라가 고개를 홱 돌려 내 가슴에 턱을 올린 다. "사람들이 앤디 리브스를 발견했을까?"

나도 그 점이 궁금하던 차다. 일은 이렇게 진행될 것이다. 처음에는 누가 노란색 차를 발견하고 곧바로 경찰을 부른다. 경찰은 그 부근을 수색할 테고, 결국에는 시신을 발견할 것이다. 리브스의 수중에 자기 이름으로 된 신분증이 있을까? 아마 있을 것이다. 없다면 자동차 번호판을 추적해 이름을 알아내겠지. 그다음에는 리브스의 연주 스케줄을 알아내고, 그가 전날 밤에 헝커헝커에서 연주를 했다는 사실도 알아낼 것이다. 그런 클럽에는 주차장에 CCTV가 있기 마련이다.

그 CCTV에 내가 찍혔을 테고.

내 차도 함께. CCTV를 뒤져보면 내가 리브스와 함께 그의 노란색 포드 머스탱에 타는 장면이 있을 것이다.

나는 피해자가 생전에 마지막으로 본 사람이 될 것이다.

"가는 길에 그 창고를 지나갈 수 있어. 경찰이 있는지 살펴보자." 내가 말한다.

모라는 내게서 몸을 굴려 침대에서 일어난다. 나도 똑같이 하려고 하지만 나도 모르게 동작을 멈추고, 경외에 가까운 마음으로 그녀의 아름다움에 감탄한다.

"왜 네 상사가 오늘 아침에 널 오라고 했을까?"

"굳이 그 이유를 짐작하고 싶지 않지만 아마 좋은 일은 아닐 거야."

"그럼 가지 마."

"안 가면?"

"나랑 도망가자."

내 생애 최고의 제안이다. 하지만 난 도망치지 않는다. 더구나 지금은. 나는 고개를 젓는다. "이 일을 끝내야 해."

모라는 대답 대신 옷을 입는다. 나도 옷을 입는다. 우리는 밖으로 나간다. 모라는 어젯밤 그 모텔로 돌아가는 길을 안내한다. 우리는 주변을 둘러보고 감시 차량이 없다는 걸 확인한 뒤에 모험을 감행하기로 한다. 전날 밤 탔던 차에 올라타 280번 도로 쪽으로 간다.

"그 창고로 가는 길, 기억해?" 내가 묻는다.

모라는 고개를 끄덕인다. "창고는 어빙턴에 있어. 공원 도로 옆에 있는 포도밭에서 멀지 않아."

모라는 280번 도로에서 가든 스테이트 공원 도로로 넘어가 다음 출구인 사우스 오렌지가로 빠진다. 상점과 식당이 일렬로 늘어선 낡은 번화가를 지나 공장 지대로 들어선다. 뉴저지주의 다른 많은 공장 지대처럼 여기도 지금은 쇠락했다. 기업은 떠나고, 생산 공장은 문을 닫는다. 원래 그런 법이다. 대개는 신기술이 발전하면서 새로운 건물을 짓는다. 하지만 때로는 여기처럼 창고와 공장 들이 그냥 버려져 파손되거나 붕괴되어 과거의 영광을 암시하는 씁쓸한 폐허가 된다.

주위에는 사람도, 자동차도, 인기척도 전혀 없다. 디스토피아 영화에서 폭탄이 떨어진 뒤의 장면을 찍은 세트장 같다. 우리는 딱히 속도를 줄이지 않고 노란색 머스탱을 지나친다.

아직 아무도 오지 않았다. 우리는 안전하다. 당분간은.

모라는 차를 돌려 다시 공원 도로로 들어간다. "약속 장소가 어디야?"

"뉴어크. 하지만 샤워하고 옷부터 갈아입어야 해."

모라가 한쪽 입꼬리를 올리며 미소 짓는다. "얼굴은 아주 좋아 보이는데?"

"만족스러워 보이는 거지. 그거랑은 달라."

"알겠어."

"아주 심각한 회의가 될 거야." 나는 내 얼굴을 가리킨다. "그러니까 실실 웃는 이 표정을 없앨 방법을 찾아내야 한다고."

"잘해봐."

우린 사랑에 빠진 바보들처럼 미소 짓는다. 모라가 내 손에 자신의 손을 포갠 채 묻는다. "그럼 어디로 갈까?"

"헝커헝커로. 거기서 내 차를 타고 집으로 가야겠어."

"알았어."

우리는 잠시 침묵을 즐긴다. 그러다가 모라가 부드러운 목소리로 말한다. "너한테 전화하려고 했다가 몇 번이나 그냥 끊었는지 몰라."

"왜 그랬어?"

"전화한들 어떻게 됐겠어? 1년 뒤, 5년 뒤, 10년 뒤에 만나자고? 너한테 전화해서 사실대로 말했다면 지금 넌 어디에 있을까?"

"모르겠어."

"나도야. 그래서 전화기를 든 채 앉아서 머릿속으로 상상만 했지. 내가 사실대로 말했다면 넌 어떻게 했을까? 넌 어디에 있을까? 난 널 안전하게 지켜주고 싶었어. 만약 내가 집으로 돌아가 사실대로 말했다면 누가 날 믿어줬을까? 아무도 믿어주지 않았을 거야. 누군가 날 믿어줬다면, 경찰이 내 이야기를 진지하게 받아들였다면 기지 사람들은 날 죽여야 했을 거고, 안 그래? 그러다가 이런 식으로 생각하기 시작했어. 그날 밤 숲에는 나 혼자 있었어. 난 도망쳐서 몇 년간 숨어 있었고. 그러니 어쩌면 기지 사람들이 리오와 다이애나의 죽음을 내게 뒤집어씌우지 않을까? 그 사람들에게 그 정도 일은 식은 죽 먹기 아닐까?"

나는 모라의 옆얼굴을 바라보다가 입을 연다. "나한테 말 안 한 게 뭐야?"

모라는 조금 지나칠 정도로 조심스럽게 방향 지시등을 켜더니 다시 운전대에 손을 올리고, 전방에서 눈을 떼지 않는다. "설명하기 좀 힘들어."

"해봐."

"난 오랫동안 떠돌며 살았어. 이동하고 숨고 마음 졸이면서. 성인이 된 후로 거의 늘 그렇게 살았지. 그것만이 내가 아는 삶이야. 끊임없이, 서둘러 이동하는 삶. 도망치고 숨는 데 너무 익숙해져서 긴장을 푸는 게 잘 안 돼. 그쪽과는 거리가 멀어. 난 그것도 괜찮았어. 위협을 받으면서 살아남으려고 애쓰는 거. 하지만 속도를 늦췄더니 또렷이 보이더라……."

"뭐가?"

모라는 한숨을 쉰다. "내 삶은 텅 비어 있었어. 나는 가진 것도, 친구도 없었어. 그게 내 팔자인가 싶기도 했지. 계속 이동하는 한 난 괜찮아. 내가 어떤 일을 겪을 뻔했는지 생각하는 게 더 고통스러워." 모라는 운전대를 잡은 손에 힘을 준다. "넌 어때, 냅?"

"뭐가?"

"지금까지 네 삶은 어땠어?"

'네가 있었다면 훨씬 나았을 거야'라고 말하고 싶지만 그러지 않는다. 대신 내가 창고까지 걸어갈 수 있도록 두 블록 떨어진 곳에 내려달라고 한다. 그래야 CCTV에 모라가 찍히지 않는다. 물론 거기에 CCTV가 있을 가능성도 있지만, 그 CCTV까지 조사할 때쯤이면 이 일은 끝났을 것이다. 결말이 어떻든 간에.

내가 내리기 전에 모라는 내가 그녀에게 연락할 때 사용해야 하는 또 다른 앱을 보여준다. 추적을 피할 수 있고, 메시지는 도착하고 5분 후에 완전히 삭제된다. 모라는 앱을 설치한 후 내게 휴대전화를 건넨다. 나는 차 문을 향해 손을 뻗는다. 모라에게 절대 달아나지 않겠다고, 무슨 일이 있어도 또다시 그냥 사라져 버리지 않겠다고 약속하라는 말이 목구멍까지 올라왔지만 그건 나답지 않은 짓이다. 그래서 그냥 모라에게 키스한다. 여운이 남는 부드러운 키스.

"감정이 복잡해." 모라가 말한다.

"나도."

"그리고 그걸 다 느끼고 싶어. 널 경계하고 싶지 않아."

우리 둘 다 서로에게 마음이 열리고 통하는 이 기분을 잘 알고 있다. 우린 더 이상 고등학생이 아니고 나는 욕정과 갈망, 위험, 향수가 뒤섞인 이 잠재적 감정으로 인해 관점이 왜곡될 수 있다는 사실도 알고 있다. 하지만 지금 우리에게는 해당되지 않는다. 나도, 모라도 그걸 알고 있다.

"네가 돌아와서 반가워." 나는 그렇게 말한다. 아마 살면서 내가 한 말 중 가장 절제된 표현이리라.

모라가 다시 내게 키스한다. 이번에는 더 열렬히. 덕분에 내 온몸으로 그 키스를 느낄 수 있다. 마침내 모라가 날 밀어낸다. 너무 정직해도 안 된다는 옛 노래처럼.

"뉴어크 사무실 근처에서 기다릴게." 모라가 말한다.

나는 차에서 내리고, 모라는 떠난다. 내 차는 내가 주차해 둔 곳에 그대로 서 있다. 헝커헝커는 당연히 닫혀 있다. 주차장에는 내 차 말고도 차 두 대가 더 있다. 저 차의 주인들도 술을 너무 마셔서 차를 두고 간다고 말했을까? 오기 아저씨에게 모라가 돌아왔고, 리브스는 죽었다는 사실을 알려야 한다.

집으로 차를 몰며 나는 휴대전화로 아저씨에게 전화한다. 아저씨가 전화를 받자 내가 말한다. "뮤즈 검사가 9시까지 자기 사무실로 오래요."

"무슨 일인데?" 아저씨가 묻는다.

"말 안 해요. 근데 먼저 아저씨께 할 말이 있어요."

"말해보거라."

"8시 45분에 마이크네 가게에서 만날 수 있을까요?"

마이크네 가게는 뮤즈 검사 사무실에서 멀지 않은 카페다.

"그러자."

내가 우리 집 진입로에 들어서서 차를 세우는 동안 아저씨는 전화를 끊는다. 내가 비틀거리며 차에서 내리자 웃음소리가 들린다. 고개를 돌려보니 옆집에 태미 월쉬가 서 있다.

"어머나, 이게 누구예요." 태미가 인사한다.

나는 그녀에게 손을 흔든다. "안녕하세요, 태미."

"뜨거운 밤이라도 보냈어요?"

"그냥 야근 좀 하느라고요."

하지만 태미는 내 얼굴에 다 적혀 있다는 듯이 미소 짓는다. "그래요. 알았어요, 넵."

나도 저절로 미소가 지어진다. "안 믿으시네요."

"손톱만큼도요. 하지만 잘됐어요."

"고맙습니다."

굉장한 24시간이었어, 리오. 그렇지?

나는 샤워하면서 이번 일을 다시 정리해 본다. 이제는 진실을 꽤 많이 알고 있어. 하지만 여전히 무언가가 빠져 있어, 리오. 그게 뭘까? 아니면 내가 생각이 너무 많은 걸까? 그 기지는 끔찍한 비밀을 감추고 있었어. 그곳은 사실 아주 위험한 테러리스트들을 데려와 고문하는 블랙 사이트였던 거야. 그 비밀을 지키기 위해서라면 정부는 살인도 불사할까? 대답이 너무 자명해서 물으나 마나 한 질문이야. 당연히 그러겠지. 그래서 그날 밤, 그들의 심사를 거스르는 일이 벌어졌어. 철조망을 향해 달려가던 모라 때문일 수도 있고, 너와 다이애나를 먼저 발견했을 수도 있어. 어느 쪽이든 그들은 패닉 상태에 빠졌지.

총이 발사됐어.

너와 다이애나는 총에 맞았어. 리브스의 부하들은 어떻게 했을까? 경찰에 전화해서 너희를 죽였다고 인정할 순 없었을 거야. 절대 안 되지. 그랬다가는 불법으로 진행 중이던 작전이 밝혀질 테니까. 그렇다고 너희 둘이 사라진 것처럼 꾸밀 수도 없었어. 그러면 너무 많은 의문이 남고 경찰, 특히 오기 아저씨가 끝까지 그 일을 파헤칠 테니까. 그들에게는 고전적인 방식의 위장이 필요했어. 지미 리치오가 그 선로에서 죽은 사건은 유명했지. 물론 나는 자세한 내막은 모르지만, 아마 그들은 너희 시신에서 총알을 빼낸 다음 트럭에 실었을 거야. 기차와 충돌해서 시신은 완전히 훼손되었고, 덕분에 검시를 해도 아무런 단서가 나오지 않았겠지.

앞뒤가 완벽하게 맞아떨어져. 이제 난 모든 답을 알아낸 거야, 그렇지?

다만.

다만 15년 뒤에 렉스와 행크가 살해되었다는 사실은 어떻게 설명해야 할까?

어떻게 끼워 넣어야 하지?

이제 음모론 클럽 회원들 중에서 딱 두 명만 남았어. 숨어 있는 베스와 모라.

그건 무슨 의미일까? 모르겠어. 하지만 아마 오기 아저씨에게는 짚이는 부분이 있을 거야.

희한하게 커피숍으로도 피자 가게로도 보이지 않는 마이크 커피숍 앤드 피제리아는 뉴어크 중심가, 브로드가와 윌리엄가가 만나는 모퉁이에 자리하고 있다. 오기 아저씨는 빨간색 대형 차양이 달린 그 가게의 창가 자리에 앉아 아침 9시가 되기도 전에 피자를 먹는 남자를 바라보고 있다. 피자 조각은 징그럽게 커서 보통 크기 종이 접시가 냅킨처럼 보일 지경이다. 아저씨가 그 친구에게 뭔가 비아냥거리는 말을 하려는 찰나, 내 얼굴을 보고 마음을 바꾼다.

"무슨 일이냐?"

돌려서 말할 이유가 전혀 없다. "리오와 다이애나는 기차에 치여서 죽은 게 아니에요. 총에 맞아서 죽었죠."

역시 아저씨는 "뭐?"라든가 "무슨 소리냐?", "그 애들 시신에서는 총알이 나오지 않았어" 같은 흔해빠진 부정의 말을 하지 않는다. 내가 괜히 하는 말이 아님을 아는 것이다.

"말해보거라."

나는 그냥 말한다. 먼저 앤디 리브스에 대해서. 아저씨는 내 말을 자르고 반박하고 싶어 하는 눈치다. 그렇다고 해서 리브스나 그의 부하들이 다이애나와 리오를 죽였다는 뜻은 아니라고, 그가 날 물고문한 이유는 블랙 사이트와 관련된 비밀을 지키고 싶어서라고. 하지만 아저씨는 내 말을 자르지 않는다. 역시나 날 너무 잘 알기 때문이다.

그다음에는 모라가 날 구해준 일을 말한다. 리브스가 죽은 사건은 잠시 건너뛴다. 나는 전적으로 아저씨를 믿지만, 나중에 아저씨가 여기서 내가 한 말을 증언해야 하는 난처한 입장에 처하게 할 이유가 없다. 한마디로 내게서 모라가 리브스를 쐈다는 말을 듣지 않는 한 아저씨는 법정에 서서 증언할 수 없다.

나는 이야기를 계속한다. 연로한 멘토에게 내 말은 강력한 펀치가 되어 날아간다. 잠시 멈춰서 아저씨에게 숨을 돌리고 회복할 시간을 주고 싶지만, 그래 봐야 상황은 더 악화될 뿐이다. 또 아저씨는 내가 그러기를 원치 않을 것이다. 그래서 난 그저 계속 펀치를 날린다.

아저씨에게 모라가 들은 비명에 대해 말한다.

총성과 그 뒤에 이어진 정적에 대해 말한다.

내 이야기가 끝나자 아저씨는 의자에 등을 기댄 후 창밖을 바라보며 눈을 두 번 깜빡이더니 이렇게 말한다.

"그래, 이제 진실을 알게 됐구나."

나는 아무 말도 하지 않고, 우리는 그대로 앉아 있다. 진실을 알

앉으니 기분이 달라지기를 기다린다. 하지만 그 남자는 여전히 엄청나게 큰 피자 조각을 먹고 있다. 자동차는 여전히 브로드가를 달리고, 사람들은 여전히 일하러 간다. 아무것도 바뀌지 않았다.

리오와 다이애나는 여전히 죽었다.

"끝났니?" 아저씨가 묻는다.

"뭐가 끝나요?"

아저씨는 모든 것이라고 답하듯이 양팔을 벌린다.

"아직 끝나지 않은 기분이에요." 내가 말한다.

"무슨 뜻이지?"

"리오와 다이애나를 위해 정의를 실현해야 해요."

"그자가 죽었다면서."

그자. 아저씨는 앤디 리브스라고 말하지 않는다. 만약을 대비해서.

"그날 밤 기지에는 다른 사람들도 있었어요."

"그 사람들을 전부 잡겠다는 거냐?"

"아저씨는 안 그러고 싶으세요?"

아저씨는 고개를 돌린다.

"방아쇠를 당긴 사람이 있어요. 아마 리브스는 아닐 거예요. 누군가 리오와 다이애나의 시신을, 모르겠어요, 자동차나 트럭에 실었다고요. 누군가가 그 애들의 몸에서 총알을 빼냈고, 누군가가 아저씨 딸의 시신을 선로에 내던졌고…….."

아저씨는 움찔하면서 눈을 감는다.

"아저씨는 정말 훌륭한 멘토였어요. 그래서 제가 이 일을 그냥 넘기지 못하는 거예요. 불의에 맞서 싸운 사람은 아저씨잖아요. 아저씨는 제가 아는 어느 누구보다 나쁜 놈들은 반드시 대가를 치러야 한다고 주장했어요. 우리가 정의를 구현하지 않으면, 아무도 대가를 치르지 않으면 이 세상은 균형이 깨진다고 제게 가르치셨잖아요."

"넌 앤디 리브스를 처벌했어." 아저씨가 말한다.

"그걸로는 부족해요."

나는 몸을 내민다. 그동안 오기 아저씨가 나쁜 놈들을 처벌하는 모습을 숱하게 봐왔다. 내가 첫 번째 '트레이'를 처리하도록 도와준 사람도 바로 아저씨다. 그놈은 짐승만도 못한 파렴치한으로 여자 친구의 여섯 살짜리 딸을 성폭행한 죄로 내게 체포되었다. 하지만 절차상의 문제로 풀려나 다시 집으로, 그 어린아이에게로 가고 있었다. 그래서 아저씨와 내가 그놈을 막았다.

"저한테 말 안 하는 게 뭐예요, 아저씨?"

아저씨는 두 손에 얼굴을 묻는다.

"아저씨?"

아저씨는 손으로 얼굴을 문지른다. 다시 얼굴을 들었을 때는 눈이 충혈되어 있다. "모라가 그 철조망을 향해 달려간 일로 자책한다고 했지?"

"어느 정도는요, 네."

"그 애들이 죽은 게 자기 탓이라는 말도 했고."

"하지만 아니잖아요."

"하지만 그런 심정이잖니, 맞지? 만약 마약에 취해 그렇게 달려가지 않았더라면……. 모라가 그렇게 말한 거 맞지?"

"요점이 뭐예요?" 내가 묻는다.

"넌 모라를 벌주고 싶니?"

난 아저씨와 눈을 마주친다. "대체 무슨 말이에요, 아저씨?"

"그래?"

"당연히 아니죠."

"부분적으로는 모라의 책임인데도?"

"그렇지 않아요."

아저씨는 의자에 등을 기댄다. "모라가 거대하고 밝은 조명이 켜졌다고 했지? 소란스러웠다고. 그런데도 왜 아무도 신고를 하지 않았을까 의아하다고 했지?"

"네."

"너도 그 지역을 알잖니. 메이어 가족이 그 기지 근처에 살지. 그 막다른 골목에 말이다. 칼리노와 브래넘 가족도."

"잠깐만요." 나는 그제야 깨닫는다. "신고 전화를 받으셨어요?"

아저씨는 먼 곳을 바라본다. "도디 메이어. 기지에서 무슨 일이 생긴 것 같다고 도디가 그러더구나. 조명 이야기도 했고. 도디는…… 도디는 학생들 몇몇이 기지에 몰래 들어가서 조명을 켜고 폭죽을 터뜨린 것 같다고 했지."

가슴이 답답해진다. "그래서 어떻게 하셨어요, 아저씨?"

"마침 난 사무실에 있었다. 신고 전화를 받은 경찰관이 나보고 출동하겠냐고 물었지. 늦은 시간이었어. 다른 순찰차는 가정 폭력 신고 전화를 받고 출동한 상황이었지. 그래서 난 그러겠다고 했어."

"그래서 어떻게 됐나요?"

"내가 기지에 도착했을 때는 조명이 다 꺼져 있었어. 문 옆에 있던…… 픽업트럭이 눈에 들어오더구나. 곧 어딘가로 출발하려는 듯했고, 뒤쪽 짐칸에 방수포가 덮여 있었지. 나는 철조망에 달린 벨을 눌렀어. 앤디 리브스가 나오더구나. 늦은 시간이었지만 농림부 부지에 왜 아직도 사람이 많은지 묻지 않았어. 네가 블랙 사이트 이야기를 꺼냈을 때 난 놀라지 않았다. 거기서 정확히 무슨 일이 벌어지는지는 몰랐지만, 당시에는 바보같이 우리 정부가 아직 좋은 일을 한다고 믿었지. 그래서 앤디 리브스가 나왔을 때 나는 신고 전화가 들어왔다고 말했다."

"리브스가 뭐라고 하던가요?"

"사슴 한 마리가 철조망으로 뛰어들어서 경보가 울리고 불이 켜졌다고 했어. 경비병 하나가 놀라서 총을 쐈다고. 그건 총성이었다고. 경비병이 사슴을 죽였다면서 트럭 짐칸의 방수포를 가리켰지."

"그 말을 믿으셨어요?"

"모르겠다. 완전히 믿지는 않았어. 하지만 그곳은 정부 기밀을 다루는 곳이었어. 그래서 그냥 넘어갔지."

"그다음에는요?"

이제 아저씨의 목소리는 아주 멀리서 들리는 듯하다. "집에 갔다. 내 근무 시간이 끝났으니까. 침대에 누웠고 몇 시간 뒤에……." 아저씨는 어깨를 으쓱이며 나머지 생각을 떨쳐냈지만 난 그냥 넘어갈 마음이 없다.

"다이애나와 리오가 죽었다는 전화를 받으셨군요."

아저씨가 고개를 끄덕인다. 이제는 눈가가 젖어 있다.

"두 사건이 연관되어 있다는 걸 모르셨어요?"

아저씨는 잠시 생각한다. "아마 연관성을 보고 싶지 않았을 거다. 아까 네게 모라에 대해 물었듯이 그건 내 탓이 아냐. 그저 내 실수를 합리화하려고 그러는지 몰라도, 두 사건이 연관되어 있다는 생각은 못 했다."

휴대전화가 울린다. 시간을 보니 9시 10분이다. 뮤즈 검사에게 온 문자를 확인한다.

대체 어디 있는 거야??!!

나는 답장을 입력한다. **곧 도착합니다.**

그러고는 자리에서 일어난다. 아저씨는 바닥을 내려다보고 있다.

"약속 시간에 늦었구나. 어서 가보거라." 아저씨는 날 보지도 않고서 말한다.

나는 망설인다. 어떤 의미에서는 이로써 많은 게 설명된다. 오랫동안 그 일에 대해 말을 아끼고, 그저 약에 취한 고등학생 둘이서 멍청한 짓을 저질렀을 뿐이라고 주장하면서 그 일에 무심하던 아저씨의 태도가. 아저씨는 자기 딸의 죽음과 그날 밤 자신이 기지를 방문한 일을 도저히 연관시킬 수 없었다. 왜냐하면 그랬다가는 그날 밤에 자신이 아무런 조치도 취하지 않았다는 죄책감을 덤으로 안고 살아야 하기 때문이다. 몸을 돌려 출입문으로 걸어가는 동안 이런 의문이 든다. 내가 이 일을 아저씨에게 다 떠넘기고, 아저씨를 다시 산산조각 낸 건 아닐까? 이제부터 아저씨는 밤마다 눈을 감으면 픽업트럭 짐칸에 덮여 있던 방수포가 보이고, 그 아래 뭐가 있었을지 의아해하는 건 아닐

까? 아니면 아저씨는 무의식적으로 이미 그러고 있었을까? 아저씨가
딸의 죽음과 관련해서 더 뻔한 설명을 그토록 쉽게 받아들인 이유는
자신이 그때 적극적으로 개입하지 않았다는 사실을 직면할 수 없었기
때문일까?

휴대전화가 울린다. 뮤즈 검사다. "거의 다 왔습니다." 내가 말한다.

"대체 무슨 짓을 한 거야?"

"왜요? 무슨 일입니까?"

"빨리 오기나 해."

CHAPTER
31

에 식 스 카운티 검사 사무실은 마켓가에서 베테랑 법원이라 불리는 건물 안에 있다. 나는 여기서 일하기 때문에 이 건물을 잘 안다. 뉴저지주 형사 재판의 3분의 1 이상이 진행되는 이곳은 늘 말소리로 웅웅거린다. 건물로 들어가는데 휴대전화에서 낯선 알람 소리가 들린다. 아까 모라가 설치한 새 앱에서 나는 소리다. 나는 모라가 보낸 메시지를 확인한다.

다시 창고 앞을 지나는데 경찰이 노란색 머스탱을 발견했어.

좋지 않은 일이다, 당연히. 하지만 내가 벌인 일련의 사건들을 따라 경찰이 날 찾아오려면 아직 시간이 있다. 아마도. 나는 답장을 입력한다.

알았어. 지금 사무실로 들어가려는 참이야.

로렌 뮤즈가 문가에서 날 기다리며 무섭게 째려본다. 체구가 작은 그녀를 두고 양쪽에 양복을 입은 키 큰 남자들이 서 있다. 둘 중 젊은 쪽은 마르고 다부졌으며 눈매가 날카롭다. 나이 든 쪽은 꽤 긴 바가지 머리인데 정수리가 벗어졌다. 배가 튀어나온 탓에 셔츠 단추들이 튕겨나가지 않으려고 안간힘을 쓰고 있다. 우리가 대기실로 들어가자 나이 든 남자가 말한다. "난 특별 수사관 록데일이고, 이쪽은 특별 수사관 크루거요."

FBI다. 우리는 악수를 한다. 물론 크루거는 날 제압하려고 내 손을 꽉 잡는다. 나는 얼굴을 찡그린다.

악수가 끝나자 록데일이 뮤즈 검사를 돌아보며 말한다. "협조해 주셔서 감사합니다, 부인. 이제 자리를 피해주시면 감사하겠습니다."

뮤즈 검사는 그 말이 마음에 안 드는 모양이다. "자리를 피해달라고요?"

"네, 부인."

"여긴 내 사무실이에요."

"저희 수사국에서는 부인의 협조를 고맙게 생각합니다만, 저희는 꼭 뒤마 형사하고만 이야기해야 합니다."

"싫습니다." 내가 말한다.

그들이 날 돌아본다. "뭐라고요?"

"내가 어떤 신문을 받든 뮤즈 검사님이 동석하셨으면 합니다."

"당신은 용의자로 신문받는 게 아닙니다." 록데일이 말한다.

"그래도 검사님이 동석하셨으면 합니다."

록데일은 다시 뮤즈 검사를 돌아본다.

뮤즈 검사가 말한다. "들었죠?"

"부인……."

"부인이라고 부르지 마세요."

"죄송합니다, 뮤즈 검사님. 상사에게 전화를 받으셨죠?"

뮤즈 검사는 이를 악문 채 대답한다. "그랬어요, 네."

뮤즈 검사의 상사라면 뉴저지주 주지사다.

"상사로부터 우리에게 협조하고, 국가 안보에 매우 중대한 이 사안에 있어서 우리에게 전권을 위임하라는 부탁을 받으셨죠?"

내 휴대전화가 진동한다. 재빨리 훔쳐보니 놀랍게도 옆집에 사는 태미가 보낸 문자다.

밴을 타고 온 남자들이 당신 집을 뒤지고 있어요. FBI 점퍼를 입었어요.

놀랍지도 않다. 저들은 캠코더 테이프를 찾고 있는 것이다. 하지만 우리 집에는 없다. 난 테이프를 기지 근처 숲에—달리 어디겠는가—묻었다.

"주지사님에게 연락을 받기는 했지만 지금 뒤마 형사가 내게 법적 자문을……."

"그것과는 무관한 일입니다."

"네?"

"이건 국가 안보에 관한 일입니다. 지금부터 우리가 할 이야기는 일급비밀입니다."

뮤즈 검사는 날 바라본다. "냅?"

나는 생각한다. 오기 아저씨가 제기한 문제들을 생각한다. 우리가 지켜야 할 비밀과 리오의 죽음을 누가 책임져야 하는지, 이 일의 진상을 어떻게 파헤쳐서 완전히 끝내야 하는지.

우리는 문간에 서 있다. 뮤즈 검사와 함께 일하는 직원 넷은 모두 우리 대화를 안 듣는 척한다. 나는 두 명의 특별 수사관을 바라본다. 록데일은 무덤덤한 눈으로 날 바라본다. 크루거는 주먹을 쥐었다가 펴기를 반복하면서 내가 마치 따끈따끈한 개똥이라도 되는 듯이 노려본다.

더는 못 참겠다.

그래서 뮤즈 검사를 돌아보며 직원들도 들을 수 있을 정도로 크게 말한다. "15년 전, 웨스트브리지에 있는 오래된 나이키 기지는 테러 조직과 공모한 혐의를 받은 미국 시민들을 불법으로 감금하고 신문하던 블랙 사이트였습니다. 그런데 죽은 내 쌍둥이 동생을 포함한 고등학생 패거리가 밤에 블랙 호크 헬리콥터가 그 기지에 착륙하는 장면을 촬영했죠. 저들이 제게 원하는 건 그 테이프 원본입니다." 나는 두 특별 수사관을 가리킨다. "사실 지금 저들의 동료가 제 집을 뒤지는 중이고요. 그건 그렇고 테이프는 거기 없습니다."

크루거가 충격과 분노로 눈이 휘둥그레진다. 그러더니 내게 달려들면서 멱살을 잡으려고 손을 뻗는다. 너도 이해해야 해, 리오. 난 싸움을 잘해. 훈련을 많이 받기도 했고, 원래 운동 신경이 발달했지. 하지만 평소였다면 이 요원이 날 거뜬히 때려눕혔을 거야. 그러니 다음에 닥친 일을 어떻게 설명해야 할까? 내가 어떻게 재빨리 팔로 그의 공격을 막았을까? 간단해.

그자는 내 목을 노렸어.

내가 숨 쉴 수 있게 해주는 기관 말이야.

하지만 어젯밤 테이블에 몸이 꽁꽁 묶인 사건 이후로 내 안에 있던 원시적인 무언가가 그런 일이 다시 일어나도록 허락하지 않았지. 본능적이면서도 초자연적인 무언가가 무슨 일이 있어도 내 목을 지키기로 한 거야.

문제는 상대의 주먹을 막는 것만으로는 절대 싸움이 끝나지 않아. 이쪽에서도 주먹을 날려야 해. 그래서 나는 손바닥과 손목이 이어지는 부분으로 그자의 명치를 가격하고, 정통으로 명치를 맞은 크루거는 헉 소리를 내며 한쪽 무릎을 꿇는다. 나는 록데일이 공격할 경우를 대비해 양 주먹을 들어 올린 채 뒤로 폴짝 물러난다. 하지만 그는 날 공격하지 않는다. 그저 놀란 표정으로 바닥에 주저앉은 자신의 동료를 바라볼 뿐이다.

"당신은 방금 연방 요원을 공격했습니다." 록데일이 내게 말한다.

"정당방위였어요!" 뮤즈 검사가 외친다. "당신들 대체 왜 그래요?"

록데일이 뮤즈 검사에게 얼굴을 들이댄다. "당신 부하가 방금 국가 기밀을 발설했다고요. 그건 불법입니다. 특히나 거짓말일 때는요."

"그게 거짓말이라면 어떻게 국가 기밀이 될 수 있죠?" 뮤즈 검사가 소리친다.

내 휴대전화가 다시 진동하고, 엘리에게서 온 메시지를 본 순간 나는 여기서 당장 나가야 한다는 사실을 깨닫는다.

베스를 찾았어.

"저기, 미안합니다. 이제 그만 사무실로 들어가서 이 일을 수습하도록 하죠." 나는 그렇게 말하고 크루거에게 다가가서 손을 내민다. 그는 마음에 안 드는지 내 손을 뿌리치지만, 더는 나와 싸우려는 생각이 없어 보인다. 다 함께 뮤즈 검사의 사무실로 걸어가는 동안 나는 완전히 평화주의자처럼 행동한다. 내게는 계획이 있다. 터무니없을 정도로 간단한 계획이지만 때로는 그런 계획이 최고다. 일단 모두 자리에 앉자 내가 일어나서 말한다. "어, 2분만요."

뮤즈 검사가 말한다. "왜 그래?"

"아무것도 아닙니다." 나는 당황한 표정을 지어 보인다. "화장실 좀 다녀와야겠어요. 금방 올게요."

나는 그들의 허락을 기다리지 않는다. 난 성인이니까. 그러고는 사무실에서 나와 복도를 걸어간다. 아무도 따라 나오지 않는다. 앞에 남자 화장실 문이 보인다. 나는 화장실을 지나 계단으로 간다. 계단을 뛰어 내려가 1층에 도착하자 속도를 늦춰 경보하듯이 걷는다.

뮤즈 검사의 사무실을 나선지 60초도 안 돼서 나는 건물 밖으로 나와 연방 요원들에게서 멀어진다.

이제 엘리에게 전화한다. "베스가 어디 있어?"

"파 힐스에 있는 부모님 농장에. 적어도 내 생각으로는 그런 것 같아. 넌 어디야?"

"뉴어크."

"문자로 주소 보내줄게. 차로 한 시간이 안 걸려."

나는 전화를 끊고 재빨리 마켓가를 걸어간다. 유니버시티가로 접어들어 새 앱을 이용해 모라에게 전화한다. 모라가 안 받지는 않을까, 다시 증발해 버리지 않았을까 걱정되지만 모라는 즉시 전화를 받는다.

　"왜?"

　"어디야?"

　"마켓가에 있는 검사 사무실 앞에 이중 주차했어."

　"동쪽으로 가서 유니버시티가로 우회전해. 옛 친구를 만나러 가야겠어."

CHAPTER
32

모 라 의 차에 탄 후 뮤즈 검사에게 문자를 보낸다.

죄송합니다. 나중에 설명할게요.

"이제 어디로 가?" 모라가 묻는다.

"베스를 만나러."

"찾았어?"

"엘리가 찾았어."

나는 엘리가 보내준 주소를 내비게이션에 입력한다. 목적지까지 38분이 걸린다고 나온다. 우리는 도시를 벗어나 78번 도로를 타고 서쪽으로 향한다.

"베스 래슐리는 이 일에 어떻게 끼어 있을까?" 모라가 묻는다.

"그 애들도 그날 밤에 거기 있었어. 기지 옆에. 렉스, 행크, 베스."

모라는 고개를 끄덕인다. "말이 돼. 그러니까 우리 모두에게는 달아날 이유가 있었던 거야."

"다만 다른 사람들은 달아나지 않았어. 적어도 처음에는. 그 애들은 고등학교를 졸업하고 대학에 갔지. 렉스와 베스는 우리 마을로 돌아오지 않았어. 딱히 숨지는 않았지만 그렇다고 웨스트브리지에서 살고 싶어 하지도 않았지. 행크는, 음, 그 애는 예외였어. 매일 기지에서부터 마을을 가로질러 선로까지 산책했지. 마치 경로를 확인하듯이 말이야. 이제야 알 것 같아. 행크는 그 애들이 기지에서 총에 맞는 장면을 본 거야. 너처럼."

"난 그 애들이 총에 맞는 걸 직접 보지는 않았어."

"알아. 하지만 널 제외하고 음모론 클럽 회원 모두가 그 자리에 있었다고 해보자. 리오, 다이애나, 행크, 베스, 렉스가 그 스포트라이트를 보고, 총성을 듣고, 도망쳤다고 가정해 봐. 아마 행크와 다른 사람들은 리오와 다이애나가 총에 맞는 걸 봤을 거야. 그 애들도 너처럼 겁이 났겠지. 이튿날 두 아이의 시신이 마을 반대편에 있는 선로에서 발견됐다는 소식을 들었을 테고, 틀림없이 어리둥절했을 거야."

모라는 고개를 끄덕인다. "아마 기지 사람들이 시신을 그곳으로 옮겼을 거라고 짐작했겠지."

"맞아."

"하지만 그 애들은 마을을 떠나지 않았어." 모라는 방향을 홱 틀어서 고속도로로 들어간다. "그러니까 리브스와 그 부하들은 행크, 렉스, 베스의 존재를 몰랐다는 뜻이야. 어쩌면 리오와 다이애나만 철조망에 가까이 갔는지 몰라."

말이 된다. "그리고 내 생각에, 리브스의 반응으로 봐서 그는 테이프의 존재도 몰랐어."

"그러니까 나만 살아 있는 목격자라고 생각했겠네. 얼마 전까지는." 모라가 말한다.

"맞아."

"그런데 왜 이제 와서 애들을 죽이는 걸까? 15년이나 지났는데."

그 점을 곰곰이 생각해 보자 가능한 답 하나가 떠오른다. 모라가 날 힐끗 보더니 눈치를 챈다. "뭔데?"

"그 동영상."

"무슨 동영상?"

"행크가 성기 노출을 했다고 주장하는 동영상이 있어."

나는 모라에게 행크의 동영상에 대해 설명한다. 그 동영상이 입소문을 탔고, 많은 사람이 행크의 죽음을 일종의 자력 구제로 생각한다고. 내 말이 끝나자 모라가 말한다. "그러니까 네 생각에는 뭐야, 기지의 누군가가 그 동영상을 보고 그날 밤에 있던 사람이 행크라는 사실을 깨달았다는 거야?"

나는 고개를 젓는다. "별로 설득력이 없지? 만약 그들이 그날 밤에 행크를 봤다면……."

"그게 행크라는 걸 진작 알았겠지."

우린 여전히 뭔가 놓치고 있지만 그게 행크의 동영상과 연관되어 있다는 생각을 떨칠 수가 없다. 15년 동안 세 사람은 안전했다. 그러다가 학교 근처에서 찍힌 행크의 동영상이 입소문을 타게 되었다.

분명 연관이 있다.

붉은 옷을 입은 기수가 그려진 갈색 표지판에 '파 힐스에 오신 걸 환영합니다'라고 적혀 있다. 사실 여기는 농장이 아니다. 서머싯 카운티에 속하는 이 지역은 주위에 이웃이라고는 전혀 없는 넓은 땅에 대궐 같은 저택을 짓고 싶어 하는 부자들을 위한 곳이다. 내가 아는 독지가는 여기에 3홀 골프 코스가 갖춰진 집을 지었다. 또 다른 남자는 여기서 말을 키우고 사과를 재배해 사과주를 만드는 등 취미 삼아 농장 일을 하고 있다.

다시 모라의 얼굴을 바라보니 마음이 벅차다. 나는 손을 뻗어 모라의 손을 잡는다. 모라는 날 보며 미소 짓는다. 뼈에 사무치고, 피가 끓고, 온몸의 신경이 짜릿해지는 미소다. 모라는 내 손을 입으로 가져가더니 손등에 키스한다.

"모라?"

"응?"

"네가 또 달아나야 한다면 나도 함께 갈게."

모라는 내 손을 자신의 뺨으로 가져간다. "널 떠나지 않을 거야, 냅. 그냥 알고 있으라고. 여기 머물든 떠나든, 살든 죽든 다시는 널 떠나지 않아."

우리는 더 이상 아무 말도 하지 않는다. 아는 것이다. 우리는 호르몬 분비가 왕성한 고등학생도 아니고, 비운의 연인도 아니다. 전투를 치르며 흉터가 생기고, 경계할 줄 아는 전사들이다. 따라서 그게 무슨 뜻인지 안다. 가식도, 비밀도, 밀고 당기기도 없다.

엘리의 차는 베스의 집 주소 모퉁이에 세워져 있다. 모라는 엘리의 차 뒤에 주차하고, 우리는 차에서 내린다. 엘리와 모라가 서로 껴안는다. 숲에서 그 사건이 발생하고 모라가 엘리의 방에 숨은 뒤로 15년 만의 만남이다. 둘의 포옹이 끝나자 우린 모두 엘리의 차로 간다. 엘리는 운전석에, 나는 조수석에, 모라는 뒷좌석에 탄다. 엘리가 진입로를 막고 있는 닫힌 대문 앞으로 차를 몬다.

그러고는 인터콤과 연결된 초인종을 누른다. 대답이 없다. 다시 누르지만 여전히 대답이 없다.

저 멀리 하얀 농가가 보인다. 지금껏 내가 본 여느 하얀 농가와 마찬가지로 아름답고 향수를 불러일으킨다. 저기서 살면 삶이 훨씬 단순하고 행복해질 것만 같다. 나는 차에서 내려 대문을 잡아당겨 보지만 꿈쩍도 하지 않는다.

이제 와서 돌아갈 수는 없다. 나는 진입로 옆에 있는 나무 울타리를 올라가 마당으로 뛰어내린다. 엘리와 모라에게는 그 자리에 있으라고 손짓한다. 여기서 농가까지는 평평한 진입로를 따라 200미터쯤 될 것이다. 몸을 숨길 수 있는 나무 같은 것은 전혀 없다. 그래서 나를 그대로 드러낸 채 진입로를 걸어간다.

농가에 가까이 다가가니 차고에 주차된 볼보 스테이션왜건이 눈에 들어온다. 번호판을 확인하니 미시간주 차량이다. 베스는 미시간주 앤 아버에 산다. 형사가 아니더라도 저 차가 베스의 차라는 건 쉽게 알 수 있다.

나는 아직 초인종을 누르지 않는다. 만약 베스가 집 안에 있다면 우리가 왔다는 걸 이미 알 것이다. 나는 집 주위를 돌며 창문을 들여다본다. 그러고는 집 뒤쪽으로 간다.

부엌 창문을 들여다보니 식탁에 앉아 있는 베스가 보인다. 그녀 앞에는 거의 빈 제임슨 위스키 병과 반쯤 채워진 술잔이 놓여 있다.

그리고 무릎에는 라이플총이 있다.

베스는 떨리는 손으로 잔을 비운다. 나는 그녀의 움직임을 지켜본다. 느리면서도 신중하다. 아까 말한 대로 술병은 거의 비었고, 이제는 술잔도 비었다. 어떻게 대처해야 할지 고민하지만 역시나 지금은 시간을 끌 기분이 아니다. 그래서 뒷문으로 다가가 발을 들고 손잡이 바로 위쪽을 찬다. 잘 부러지는 이쑤시개처럼 문이 쉽게 부서진다. 나는 머뭇거리지 않는다. 발로 찼을 때의 추진력을 이용해서 식탁까지의 짧은 거리를 1, 2초 만에 걸어간다.

동작이 느린 베스는 천천히 라이플을 들어 올려 날 겨누지만, 나는 식은 죽 먹기로 그녀에게서 라이플을 빼앗는다.

베스가 잠시 날 올려다본다. "안녕, 냅."

"안녕, 베스."

"빨리 끝내자. 날 쏴."

나 는 총알을 빼서 한쪽으로 던지고, 라이플은 반대쪽으로 던진다. 모라가 깔아준 앱으로 두 사람에게 잘 해결됐다고, 거기 그대로 있으라고 문자를 보낸다. 베스는 반항하는 눈으로 날 바라본다. 나는 베스 맞은편에 있는 의자를 끌고 가서 그녀 앞에 앉은 뒤 묻는다.

"왜 내가 널 쏴야 하지?"

베스는 고등학교 때 이후로 별로 변하지 않았다. 이제 30대인 내 동창은 나이를 먹으며 훨씬 매력적으로 변했다. 그게 성숙한 분위기나 자신감에서 비롯되었는지, 혹은 근육이 붙은 탄탄한 몸매나 볼살이 빠지며 드러난 광대뼈처럼 눈에 보이는 것에서 비롯되었는지는 모르겠다. 다만 지금 베스를 바라보면 학교 오케스트라에서 제1바이올린을 맡아서 연주하거나 졸업식에서 생물학 장학금을 받던 소녀가 그대로 보인다.

"복수해야 하니까." 베스가 혀 꼬부라진 소리로 말한다.

"무슨 복수?"

"아니면 우리가 말 못 하게 하려고? 진실을 감추기 위해서. 그렇다면 정말 말도 안 돼, 냅. 우린 15년 동안 한 마디도 하지 않았어. 난 앞으로도 절대 말하지 않을 거야. 하느님께 맹세해."

이 말을 어떻게 받아들여야 할지 모르겠다. 베스에게 걱정하지 말라고, 널 해치러 온 게 아니라고 말해야 할까? 아니면 계속 긴장하게 만들어서, 이 상황에서 살아남으려면 사실을 말해야 한다고 생각하게 해야 할까?

"네겐 가족이 있어." 내가 말한다.

"아들 둘. 여덟 살하고 여섯 살이야."

베스는 마치 시간이 지날수록 술이 깬다는 듯이 공포가 가득 담긴 눈으로 날 바라본다. 마음이 좋지 않다. 난 그저 진실을 원할 뿐이다.

"그날 밤에 무슨 일이 있었는지 말해줘."

"정말 모르는 거야?"

"정말 몰라."

"리오에게 들은 말 없어?"

"무슨 소리야?"

"너 그날 밤에 하키 시합 있었잖아."

"응."

"네가 시합하러 가기 전에 리오가 아무 말 안 했어?"

전혀 예상치 못한 질문이다. 나는 그때로 돌아가 본다. 그 사건이 일어나던 날 저녁으로. 나는 집에 있었고, 짐도 다 싸두었다. 하키 시합을 하려면 터무니없을 정도로 많은 장비가 필요하다. 스케이트, 스틱, 팔꿈치 보호대, 정강이 보호대, 어깨 보호대, 장갑, 가슴 보호대, 목 보호대, 헬멧. 급기야 아버지는 체크 리스트를 만들어 주셨다. 그걸로 확인해 두지 않으면 난 경기장에 도착한 후에 꼭 아버지에게 전화해서 "마우스 가드를 두고 왔어요" 같은 소리를 했기 때문이다.

그때 넌 어디 있었니, 리오?

이제 생각해 보니까 넌 우리와 함께 현관에 있지 않았어. 아버지와 내가 체크 리스트를 점검할 때 넌 주로 우리와 함께 있다가 차로 날 학교까지 데려가서 버스 타는 곳에 내려주곤 했지. 거의 늘 그랬어.

아버지와 나는 체크 리스트를 점검하고, 넌 날 버스 타는 곳까지 데려다주고.

하지만 그날 저녁은 달랐어. 왜 그랬는지는 기억나지 않아. 하지만 아버지와 내가 체크 리스트 점검을 마쳤을 때 아버지는 네가 어디 있냐고 물었어. 나는 아마 어깨를 으쓱이며 모른다고 했을 거야. 그러고는 널 찾아서 우리 방으로 갔어. 불은 꺼져 있었지만 넌 2층 침대에 누워 있었지.

"나 학교까지 데려다줄 거야?" 내가 물었어.

"아빠한테 부탁할래? 잠깐 누워 있고 싶어."

그래서 아버지가 날 차로 데려다줬어. 그뿐이야. 그게 우리가 나눈 마지막 대화야. 당시에는 대수롭지 않게 생각했어. 나중에 사람들이 동반 자살의 가능성을 제기했을 때 나도 잠시 고민하기는 했어. 네가 했던 말 때문이 아니라 너의 심각한 분위기 때문에. 하지만 그 후로는 그 일에 별 의미를 두지는 않았어. 혹은 의미를 뒀는데도 외면했을 수도 있고. 그날 밤 경찰 자격으로 기지를 방문했던 오기 아저씨처럼.

난 네가 자살했다고 생각하고 싶지 않았고, 그래서 그 일을 잊어버리려고 했을 거야, 아마도. 원래 인간이 다 그래. 자기 서사에 부합하는 것에만 주의를 기울이고, 그렇지 않은 건 그냥 무시하는 경향이 있지.

"리오한테 아무 얘기도 못 들었어." 내가 베스에게 말한다.

"다이애나에 대해 못 들었어? 그날 밤 리오가 계획한 일도?"

"전혀."

베스가 잔에 위스키를 좀 더 따른다. "너희 둘이 친한 줄 알았는데."

"무슨 일이 있었지, 베스?"

"갑자기 그 일이 왜 그렇게 중요해졌어?"

"갑자기가 아니야. 늘 중요했어."

베스는 잔을 들어 그 안에 담긴 술을 바라본다.

"무슨 일이 있었던 거야?"

"진실을 알아봐야 도움이 안 될 거야, 냅. 더 힘들어질 뿐이라고."

"상관없어. 말해줘."

그래서 베스는 이야기를 들려준다.

"이제 내가 유일한 생존자네, 그렇지? 나머지 애들은 다 죽었어. 우린 모두 나름대로 보상을 하려고 했던 것 같아. 렉스는 경찰이 됐고, 나는 심장 전문의가 되어 주로 빈민층을 치료했지. 심장에 문제가 있는 가난한 사람들을 돕기 위해 병원을 개업했어. 심장병 예방 프로그램을 운영하고, 치료하고, 약을 처방하고, 필요하면 수술도 하지. 사람들은 내가 욕심 없이 환자를 지극정성으로 보살피는 의사라고 생각하지만, 사실 내가 선행을 베푸는 이유는 그날 밤에 저지른 짓을 보상하기 위해서인 것 같아."

베스는 오랫동안 식탁을 응시한다.

"우리 모두 다 잘못했지만 주도자가 있기는 했어. 그 애의 아이디어였지. 그 애가 계획을 실행했어. 날 포함한 나머지 아이들은, 우리는 너무 나약해서 그저 그 애가 시키는 대로 했어. 어떤 면에서는 우리가 더 나빠. 어렸을 때 난 학교 불량배들이 싫었어. 하지만 더 싫은 아이가 누구였는지 알아?"

나는 고개를 젓는다.

"불량배 뒤에 서서 지켜보는 아이들이었어. 그게 바로 우리였지."

"주도자가 누구였어?" 내가 묻는다.

베스가 얼굴을 찡그린다. "알잖아."

알고 있다. 너, 리오. 네가 주도자였지.

"리오는 다이애나가 자기랑 헤어지려 한다는 얘기를 들었어. 다이애나가 그 한심한 댄스파티가 끝나기만 기다리고 있다고 말이야. 정말 재수 없지 않아? 리오를 그런 식으로 이용하다니. 맙소사, 내 말투가 꼭 여고생 같네. 어쨌든 처음에 리오는 슬퍼했지만 나중에는 불같이 화를 냈어. 네 동생이 약에 자주 취해 있던 거 알지?"

나는 고개를 반쯤 끄덕인다.

"우리 모두 그러기는 했어. 그런 면에서도 리오가 주도자였지. 내 생각에는 그 일로 리오와 다이애나 사이가 벌어진 것 같아. 리오는 파티를 좋아했지만 경찰의 딸인 다이애나는 파티를 좋아하지 않았어. 어쨌든 리오는 화가 잔뜩 났어. 앞뒤로 서성이면서 다이애나가 천하의 나쁜 년이고, 이 일의 대가를 치르게 해야 한다고 외쳐댔지. 너 음모론 클럽 알지?"

"응."

"나, 리오, 렉스, 행크, 모라. 리오는 우리 클럽 회원들이 다 함께 다이애나에게 복수해야 한다고 했어. 그 말을 진지하게 받아들인 사람은 아무도 없었을 거야. 우린 렉스의 집에서 만나기로 했는데 모라는 오지도 않았어. 이상했지. 왜냐하면 모라는 그날 밤에 사라져 버렸으니까. 난 늘 그 점이 궁금했어. 모라는 우리 계획에 끼지도 않았는데 왜 도망쳤는지."

베스가 고개를 숙인다.

"계획이 뭐였어?" 내가 묻는다.

"다들 주어진 임무가 있었어. 행크는 LSD를 가져오기로 했지."

나는 깜짝 놀란다. "너희 LSD도 했어?"

"아니, 그날 밤이 처음이었어. 계획의 일부였지. 행크와 화학 수업을 같이 듣는 애가 액체 형태의 LSD를 만들어 줬어. 렉스의 임무는, 음, 집을 제공하는 거였지. 우린 렉스의 집 지하실에서 만났어. 내 임무는 다이애나가 그걸 마시게 하는 거였고."

"LSD를?"

베스는 고개를 끄덕인다. "다이애나가 제 손으로 LSD를 마실 리가 없잖아. 대신 다이어트 콜라를 엄청 좋아했기 때문에 그 콜라에 LSD를 섞는 게 내 일이었어. 아까 말했듯이 다들 맡은 임무가 있었어. 리오가 다이애나를 데리러 갔을 때 우린 렉스의 집에 모여서 기다리고 있었지."

오기 아저씨가 이 일을 말한 기억이 난다. 다이애나를 데리러 온 리오가 약에 취해 있었고, 다시 그때로 돌아가 다이애나가 나가지 못하게 막을 수 있기를 간절히 바란다고 했던 말.

"그래서 그다음에는 어떻게 됐어?"

"리오를 따라 렉스의 지하실에 내려온 다이애나는 약간 경계하고 있었어. 그래서 내가 필요했던 거야. 또 다른 여자가 있어야 긴장이 풀리는 법이니까. 우린 술을 마시지 않기로 약속했어. 그러고는 탁구를 치고 영화를 봤지. 물론 다 함께 탄산음료를 마시면서. 우리 음료에는 보드카를 섞었고, 다이애나의 음료에는 행크가 가져온 LSD 혼합물을 넣었어. 다 함께 낄낄거리면서 어찌나 재미있게 놀았는지 하마터면 우리가 왜 거기 모였는지 잊어버릴 뻔했어. 그러다가 다이애나를 봤더니 거의 의식을 잃었더라고. 내가 LSD를 너무 많이 탔나 싶었지. 그 정도로 의식이 없었어. 하지만 뭐 임무는 완수했다고 생각했지. 그걸로 끝이었어."

말을 멈춘 베스는 멍한 표정이다. 나는 베스에게서 다시 이야기를 끌어내려 한다.

"하지만 끝이 아니었잖아."

"응. 끝이 아니었지." 베스는 그렇게 말하더니 내 어깨 너머를 바라본다. 마치 내가 더는 여기에 없고 어쩌면 그녀도 지금 여기 없다는 듯이. "누구 아이디어였는지 모르겠어. 아마 렉스의 아이디어였을 거야. 렉스는 여름 캠프에서 조교로 일했는데 밤에 아이들이 정말로 곤히 자기 때문에 가끔씩 장난을 치려고 잠든 아이들의 침대를 숲으로 가져가서 그대로 놔둔다고 했어. 그러고는 숨어서 킥킥거리면서 깨어나기를 기다렸다가, 잠에서 깨 질겁하는 모습을 지켜보는 거야. 렉스가 들려준 사연들은 하나같이 다 재미있었어. 한번은 렉스가 어떤 애의 침대 밑에 들어가 매트리스를 계속 위로 밀어서, 마침내 비명을 지르면서 깨어난 적도 있었대. 또 한번은 어떤 애의 손을 미지근한 물에 담근 적도 있었지. 침대에서 오줌을 누게 하려고 그랬다는데, 그 아이는 화장실에 갈 것처럼 벌떡 일어나서 덤불 속으로 걸어갔다고 했어. 그래서 리오가, 그래, 틀림없이 리오였어, 리오가 그랬어. 다이애나를 기지가 있는 숲으로 데려가자고."

맙소사…….

"그래서 우린 그렇게 했어. 밖은 아주 깜깜했지. 우린 다 함께 다이애나를 끌고 그 길을 올라갔어. 나는 누가 나서서 그만하자고 말하기를 기다렸지만 아무도 나서지 않더라. 오래된 기암괴석 뒤에 공터가 있는데, 너도 알 거야, 리오는 다이애나를 거기 눕히고 싶어 했어. 거기가 두 사람이 '애정 행각을 벌였던 곳'이거든. 리오는 조롱하는 말투로 계속 그렇게 말했어. 애정 행각을 벌였던 곳이라고. 왜냐하면 다이애나가 절대 끝까지 가도록 허락하지 않았거든. 리오 말로는 그랬어. 그래서 우린 다이애나를 거기에 버렸지. 마치 쓰레기를 버리듯이 말이야. 리오가 다이애나를 내려다보던 눈빛이 생각나. 마치…… 마치…… 모르겠어. 마치 다이애나를 강간이라도 할 듯한 눈빛이었지. 하지만 리오는 그러지 않았어. 다 같이 숨어서 무슨 일이 일어날지 지켜봐야 한다고 했지. 그래서 우린 그렇게 했어. 렉스는 킥킥거렸고, 행크도 그랬지. 다이애나가 어떻게 나올지 지켜보려니까 긴장돼서 그랬을 거야. 리오는 그저 말없이 다이애나를 노려봤어. 난…… 난 그냥 그만두고 싶었어. 집에 가고 싶었지. 그래서 '이 정도면 충분하지 않아?'라고 말하고는 리오를 돌아보면서 말했어. '너 정말로 이러고 싶어?' 리오는 너무 슬픈 표정이었어. 마치…… 불현듯 자신이 무슨 짓을 하는지 깨달은 사람처럼. 리오의 눈에서 눈물이 흘러내렸지. 그래서 내가 말했어. '괜찮아, 리오. 이제 그만 다이애나를 집으로 데려가자'라고. 리오는 고개를 끄덕였고, 행크와 렉스에게 그만 웃으라고 했어. 그러고는 일어나서 다이애나에게 걸어갔지. 그런데…….'

이제는 베스의 눈에서 눈물이 흘러내린다.

"그런데 뭐야?"

"아수라장이 펼쳐졌어. 대형 스포트라이트에 불이 켜지더니 우리를 비췄어. 그러자 마치 누가 얼음물을 양동이째 들이부은 듯이 다이애나가 벌떡 일어나더니 비명을 지르면서 빛을 향해 달려가기 시작했지. 리오가 그 뒤를 따라갔어. 렉스와 행크, 나는 얼어붙은 듯이 제자리에 서 있었고. 빛 속에서 다이애나의 실루엣이 보였는데 그 애는 계속 소리 지르고 있었어. 한층 더 크게. 그러더니 옷을 막 벗기 시작하더라고. 하나도 남김없이. 그러고는…… 그러고는 총성이 들렸어. 난…… 다이애나가 쓰러지는 걸 봤어. 리오가 우리를 돌아보며 외쳤지. '빨리 달아나!' 두 번 말할 필요도 없었어. 우린 도망쳤어. 렉스의 지하실까지 미친 듯이 달렸지. 어둠 속에서 밤새 리오를, 아니면…… 모르겠어, 다른 누군가가 오기를 기다렸어. 그러고는 약속했지. 그날 밤 일어난 일을 누구에게도 말하지 않기로. 우린 그냥 몇 시간 동안 계속 지하실에 숨어서 일이 잘 해결됐기를 바랐어. 실제로 무슨 일이 벌어졌는지 몰랐지. 그날 밤, 심지어 이튿날 아침까지도. 어쩌면 다이애나는 병원에 실려 갔고 아무 문제없을지도 모른다고 생각했어. 그러다…… 그러다 리오와 다이애나가 기차에 치여 죽었다는 소식을 들었고…… 우리는 무슨 일이 생겼는지 곧바로 깨달았어. 그놈들이 두 사람을 총으로 쏘고 기차에 치여 죽은 걸로 위장한 거야. 행크는 경찰서에 가서 말하고 싶어 했어. 하지만 렉스와 내가 말렸지. 우리가 무슨 말을 하겠어. 경찰 서장의 딸에게 LSD를 먹이고 숲으로 데려갔는데 그놈들이 다이애나를 총으로 쐈다고 말할 수는 없잖아. 그래서 우린 계속 그 맹세를 지켰어. 그 일을 아무에게도 말하지 않았지. 그렇게 학교를 졸업하고 마을을 떠났어."

베스는 이야기를 계속한다. 그동안 두려움 속에서 살았고, 스스로가 미웠으며, 우울증과 섭식 장애와 죄책감에 시달리고, 밤이 무섭고, 악몽을 꾸고, 다이애나의 알몸이 보이고, 꿈에서 다이애나에게 경고해 주려고 달려가서 그녀를 붙잡으려고 하지만 다이애나는 계속 빛을 향해 달려간다고. 베스는 계속 떠들어 대면서 울고, 용서를 구하고, 자신은 온갖 불행을 겪어도 싸다고 말한다.

하지만 이제 난 베스의 말을 반은 흘려듣는다.

왜냐하면 내 마음이 빙빙 돌아가며 내가 결코 가고 싶지 않았던 길로 날 데려가기 때문이다. 우리는 각자의 서사에 부합하는 부분만 받아들이고, 그렇지 않은 부분은 무시한다고 했던 말 기억하는가? 지금 난 그러지 않으려고 노력한다. 정신을 집중하려고 노력한다. 하지만 실은 그러고 싶지 않다. 무시하고 싶다. 베스는 내게 경고했다. 내가 진실을 알고 싶어 하지 않을 거라고. 그 말이 어떻게 사실이 되었는지 베스는 상상도 못 할 것이다. 마음 한편으로는 레이놀즈와 베이츠가 처음 우리 집 문을 두드리던 때로 돌아가서 난 렉스를 모르니 그냥 가라고 얼른 말하고 싶다. 하지만 이젠 너무 늦었다. 외면할 수 없다. 그러니 죽이 되든 밥이 되든, 어떤 대가를 치르고서라도 정의를 실현해야 한다.

왜냐하면 이제 나는 알기 때문이다. 진실을 알기 때문이다.

CHAPTER

34

"노 트 북 있어?" 나는 베스에게 묻는다.

베스는 내 말을 듣고 깜짝 놀랐다. 지난 5분간 내 방해 없이 계속 독백을 하던 차였다. 베스가 자리에서 일어나 노트북을 가져와 전원을 켜고는 노트북을 돌려 모니터가 날 향하게 해준다. 나는 인터넷 창을 열고 웹사이트 주소를 입력한다. 사용자 아이디란에 이메일 주소를 입력하고, 비밀번호를 짐작해 본다. 그리고 세 번 만에 비밀번호를 맞힌다. 개인 대화 목록을 내려가다가 내가 찾던 이름을 발견하고 이름과 성, 전화번호를 적는다.

휴대전화에 부재중 전화가 수십 통 와 있다. 뮤즈 검사, 오기 아저씨, 엘리, 그리고 아마 FBI일 것이다. 메시지도 잔뜩 남겨져 있다. 짐작이 간다. 아마 FBI는 그 테이프 때문에 날 찾고 있을 것이다. 경찰은 헝커헝커의 CCTV에서 노란 머스탱에 타는 날 봤을 것이다.

나는 전부 무시한다.

그러고는 필요한 전화를 한다. 웨스트브리지 경찰서에 전화를 하는데 운 좋게 바로 연결된다. 그리고 남쪽 지역에 전화한다. 또 웹사이트에서 알아낸 번호로 전화해서 내가 경찰이라고 밝힌다. 그다음에는 펜실베이니아주에 있는 스테이시 레이놀즈에게 전화한다.

"부탁이 있습니다."

레이놀즈는 잠자코 듣다가 내 이야기가 끝나자 이렇게 말한다. "좋아요. 10분 뒤에 그 영상을 이메일로 보내죠."

"고맙습니다."

전화를 끊기 전에 레이놀즈가 말한다. "그럼 누가 살인 청부업자를 고용해서 렉스를 죽였는지 이제 알고 있나요?"

알고 있다. 하지만 아직 그녀에게 말하지 않는다. 여전히 내 짐작이 틀릴 수 있다.

그다음에는 오기 아저씨에게 전화한다. 아저씨는 전화를 받자마자 이렇게 말한다. "연방 요원이 내 전화를 도청하고 있을 수도 있다."

"상관없어요. 몇 분 뒤에 돌아갈 거예요. 가서 다 말하려고요."

"대체 무슨 일이냐?"

오랫동안 슬픔에 잠긴 이 아버지에게 무슨 말을 해야 할지 잘 모르겠지만 사실대로 말하기로 한다. 너무 많은 거짓말과 너무 많은 비밀이 있었다.

"베스 래슐리를 찾았어요."

"어디서?"

"파 힐스에 있는 부모님 농장에 숨어 있었어요."

"뭐라고 하더냐?"

"다이애나가……." 눈에 눈물이 맺힌다. 맙소사 리오, 대체 무슨 짓을 한 거야? 침대에 누워 있는 널 마지막으로 봤을 때 넌 다이애나 일로 속을 끓이고 있었니? 복수할 계획을 세우고 있었어? 왜 나한테 털어놓지 않았어? 넌 내게 뭐든 다 말했잖아, 리오. 왜 날 외면했니? 아니면 내가 널 외면한 건가? 하키와 학교와 모라에게 너무 빠져서 네 고통을 보지 못한 걸까? 네가 자기 파괴의 길로 들어선다는 걸 몰랐을까?

탓해야 할 사람이 너무 많다. 나도 그중 한 명일까?

"다이애나가 뭐?" 아저씨가 묻는다.

"전 곧 여길 떠날 거예요. 직접 만나서 말씀드리는 게 낫겠어요."

"그렇게 심각하니."

질문이 아니라 진술이다.

나는 대답하지 않는다. 내 목소리를 믿을 수 없다.

그러자 아저씨가 말한다. "나는 집에 있으마. 시간 날 때 오거라."

오기 아저씨를 보자 가슴이 철렁 내려앉는다.

한 시간 동안 여기서 아저씨를 기다렸다. 나는 베스처럼 창가에 앉을 정도로 어리숙하지 않다. 모든 입구가 다 보이는 거실 구석에 앉아 있다. 여기서는 누구도 내게 몰래 다가올 수 없다.

나는 진실을 알지만 내가 틀렸기를 바란다. 그저 시간을 낭비한 것이기를, 해가 지고 밤새 이 농가의 구석에 앉아 있게 되기를, 그러다가 아침이 되어서 깨닫게 되기를 바란다. 내가 실수했고, 어디선가 일을 망쳐서 완전히, 하지만 다행히도 틀렸다는 사실을.

하지만 난 틀리지 않았다. 나는 훌륭한 수사관이다. 최고의 수사관에게 훈련을 받았다.

아저씨는 아직 날 보지 못한다.

나는 총을 겨누고 불을 켠다. 아저씨가 재빨리 날 돌아본다. 나는 꼼짝하지 말라고 말하려 하지만 입이 떨어지지 않는다. 그래서 총으로 아저씨를 겨눈 채 그냥 앉아서 아저씨가 총을 빼지 않기를 바란다. 아저씨가 내 얼굴을 본다. 나도 알고, 아저씨도 알고 있다.

"아저씨가 가입한 데이팅 사이트에 들어가 봤어요."

"어떻게?"

"아저씨 이메일 주소가 아이디더군요."

아저씨가 잘했다는 듯이 고개를 끄덕인다. "비밀번호는?"

"11, 14, 84, 다이애나 생일이죠."

"내가 부주의했구나."

"아저씨의 대화 기록을 살펴봤어요. 이본느라는 여자는 딱 한 명이더군요. 이본느 쉬프린. 그분 전화번호도 거기 있었어요."

"이본느에게 전화했니?"

"네. 아저씨와 딱 한 번 데이트했다고 하시더군요. 점심 식사 데이트요. 아저씨는 친절했지만 그분 말대로라면 눈에 슬픔이 가득했대요."

"이본느는 좋은 여자 같더구나." 아저씨가 말한다.

"힐턴 헤드에 있는 시 파인 리조트에도 전화해 봤어요. 혹시 몰라서요. 아저씨는 거기에 방을 예약한 적이 없더군요."

"내가 호텔을 착각했을 수도 있지."

"정말 그렇게까지 하셔야 했어요, 아저씨?"

아저씨는 고개를 절레절레 흔든다. "그 애들이 다이애나에게 무슨 짓을 했는지 베스에게 들었니?"

"네."

"그럼 이해하겠구나."

"제 동생을 죽이셨어요?"

"내 딸을 위해 정의를 실현했다."

"리오를 죽였어요?"

하지만 아저씨는 순순히 대답하지 않는다.

"그날 저녁 나는 넬리네 가게에서 치킨 파르메산을 사 가지고 왔지. 오드리는 학부모 회의에 가서 집에는 다이애나와 나뿐이었다. 다이애나는 심란해 보였어. 평소에는 넬리네 가게의 치킨 파르메산을 정신 없이 먹어치우는데 그날은 깨작거리더구나." 아저씨는 그때를 회상하며 고개를 갸웃한다. "그래서 난 무슨 일이냐고 물었지. 그랬더니 리오와 헤어지고 싶다고 하더구나. 우린 그런 이야기를 나눌 수 있을 정도로 가까운 사이였다, 냅."

아저씨는 날 바라보고, 나는 아무 말도 하지 않는다.

"나는 다이애나에게 언제 헤어질 거냐고 물었다. 그랬더니 아직 잘 모르겠지만 댄스파티가 끝난 후가 될 거라고 하더구나. 난……." 아저씨는 눈을 감는다. "난 결정은 네가 하는 거지만 그건 리오에게 부당한 일 같다고 했다. 리오가 싫어졌다면 하루 빨리 헤어지라고. 알겠니, 냅? 그때 내가 아무 말도 하지 않았더라면, 다이애나 일에 신경을 껐더라면……. 난 리오가 약에 취해 다이애나를 데리러 온 걸 봤고, 바보같이…… 맙소사, 내가 왜 그 애를 그냥 보냈을까? 매일 밤 나는 침대에 누워서 그렇게 자문한단다. 비참하고 끔찍하고 텅 빈 삶을 살면서 매일 밤 그렇게 자문해. 침대에 누워서 그 장면을 떠올리고 또 떠올리면서 하느님께 그날 밤으로 돌아가서 다이애나를 못 나가게 할 수만 있다면 이것도 바치고, 저것도 하고, 어떤 고통이든 달게 받겠다면서 온갖 거래를 하지. 가끔씩 하느님은 너무 잔인해. 그분은 내게 세상에서 가장 멋진 딸이라는 축복을 내렸어. 나도 알아. 그게 얼마나 깨지기 쉬운 행운인지. 나는 엄격하면서도 딸에게 충분한 자유를 주는, 균형 잡힌 훈육을 하려고 열심히 노력했다. 망할 놈의 외줄 타기를 했지.”

아저씨는 몸을 부들부들 떤다. 나는 아저씨를 계속 총으로 겨눈다.

“그래서 어떻게 하셨어요, 아저씨?”

“예전에 너한테 말한 대로야. 주민의 신고 전화를 받고 기지로 갔더니 앤디 리브스가 날 안으로 안내했다. 뭔가 큰일이 났다는 걸 알 수 있었어. 다들 얼굴이 하얗게 질려 있더구나. 처음에는 리브스가 트럭 뒤에 있는 시체를 보여줬지. 기지에 억류하고 있던 남자의 시체였어. 아주 유명한 미국인이라고 하더구나. 그자가 철조망 너머로 도망쳤고, 그들은 위험을 감수할 수 없었다고 했어. 기지에 있었다는 게 알려지면 안 되는 사람이었기 때문에 그들은 시신을 없애고 그자가 다시 이라크나 그쪽으로 도망갔다고 말할 생각이었어. 리브스는 이 모두가 극비 사항이라고 했지. 나도 이게 국가 기밀이라는 걸 깨달았어. 리브스는 날 믿어도 되는지 알고 싶었던 거야. 그래서 난 리브스에게 날 믿으라고 했다. 그러자…… 그러자 리브스가 보여줄 게 하나 더 있다고 하더구나."

아저씨 얼굴이 조금씩 무너지기 시작한다.

"리브스는 날 데리고 숲으로 갔어. 그의 부하 둘이 따라왔지. 다른 두 명이 이미 거기에 있었어. 우리 앞쪽에 말이다. 리브스가 손전등을 켜자 땅바닥에 벌거벗은……."

고개를 드는 아저씨의 눈에서 분노가 보인다.

"……그리고 우리 딸 옆에서 그 애의 손을 잡고 미친 듯이 울고 있는 사람이 있었어. 리오였지. 내가 망연자실해서 두 아이를 내려다보는 동안 리브스가 설명해 주더구나. 트럭에 태운 죄수가 탈옥했고, 그래서 스포트라이트를 켰다고. 감시탑을 지키던 경비병들이 숲을 향해 총을 쐈다고 했어. 거기는 원래 사람이 있어서는 안 될 곳이야. 밤이었고, 사방에 출입 금지 간판이 걸려 있었지. 경비병들은 도망치는 죄수를 사살했어. 하지만 한창 전투가 벌어지는 와중에 다이애나가 미친 듯이 비명을 질러대며 벌거벗은 채 그들을 향해 달려왔지. 그래서 신입 경비병이 너무 놀라서 방아쇠를 잡아당긴 거야. 그 친구의 잘못은 아니었어. 우리는 거기 우두커니 서 있었다. 내가 바닥에 주저앉았을 것 같지? 어린 딸이 죽어서 누워 있으니 나도 바닥에 털썩 앉아서 그 애를 껴안고 몇 시간 동안 울고 싶었어. 하지만 그러지 않았다."

아저씨는 날 바라본다. 나는 무슨 말을 해야 할지 몰라서 아무 말도 하지 않는다.

"리오는 계속 흐느끼고 있었어. 나는 아주 차분하게 리오에게 물었지. 무슨 일이 있었냐고. 리브스는 부하들에게 돌아가라고 눈짓했어. 리오는 소매로 눈물을 닦더니 자기랑 다이애나가 숲속에서 한창 애정 행각을 벌였고, 진도를 더 나가려고 하는 중이었다고 하더구나. 그래서 다이애나가 옷을 벗었는데 그때 스포트라이트가 켜지는 바람에 다이애나가 깜짝 놀라서 패닉에 빠졌다고. 리브스도 거기서 리오의 말을 듣고 있었어. 내가 리브스를 봤더니 그가 고개를 젓더구나. 그도 네 동생의 얼굴에서 나와 같은 걸 본 거야. 리오는 거짓말을 하고 있었어. 리브스가 내게 'CCTV가 있습니다'라고 속삭였지. 난 네 동생을 바닥에서 일으켰고, 우리는 CCTV를 보기 위해 함께 기지로 갔다. 리브스는 먼저 네 여자 친구가 찍힌 테이프를 보여주더구나. 그 애도 CCTV에 찍힌 거야. 리브스는 내게 아는 사람이냐고 물었고, 나는 너무 놀라서 나도 모르게 대답하고 말았지. 모라 웰스라고. 리브스는 고개를 끄덕이더니 다른 테이프를 보여줬어. 다이애나가 보이더구나. 그 애가 소리를 지르며 달리고 있었어. 겁에 질린 듯이 눈을 휘둥그레 뜨고, 몸에 불이 붙은 사람처럼 옷을 벗고 있었어. 내 어린 딸은 그렇게 생의 마지막 순간을 보냈다, 냅. 겁에 질려 비명을 질러대면서. 그 애의 가슴에 총알이 박히는 게 보이더구나. 그 애는 바닥으로 쓰러졌고, 뒤이어 리오가 달려왔어. 리브스는 테이프를 멈췄어. 난 리오를 돌아봤지. 이제 리오는 몸을 움츠리고 있었어. '왜 넌 옷을 하나도 벗지 않았지?' 내가 그렇게 묻자 리오가 울더구나. 자기 둘이 너무 사랑했네 어쩌네 하는 이야기를 지어냈어. 하지만 난 알고 있었지. 다이애나가 리오와 헤어지려 했다는걸. 난 한마디도 하지 않았다. 그 애를 이해한다는 듯이 말이야. 난 경찰이고, 리오는 범인이었어. 난 그 애를 설득했다. 가슴이 무너져 내렸어. 산산이 부서졌지만 난 이렇게 말했지. '괜찮아, 리오. 그냥 사실대로만 말하렴. 어차피 검시하면 나올 거야. 다이애나에게 무슨 약을 먹였지?' 난 계속 물었고, 아직 어린 리오는 이내 사실대로 털어놓더구나."

"뭐라고 하던가요?"

"그냥 장난이었다고 계속 말했어. 다이애나를 해칠 생각은 없었다고. 그냥 다이애나에게 복수하기 위한 어리석은 장난이었다고."

"그래서 어떻게 하셨어요?"

"난 리브스를 바라봤다. 그는 마치 우리가 서로를 이해한다는 듯이 고개를 끄덕이더구나. 왜냐하면 난 그를 이해했으니까. 거기는 블랙사이트였고, 정부는 절대 그 사실을 외부에 알리지 않을 터였어. 설사 민간인 몇 명이 죽었다고 해도. 리브스는 사무실에서 나갔어. 리오는 계속 울고 있었지. 나는 리오에게 걱정하지 말라고, 잘될 거라고 말했다. 네가 한 짓은 잘못됐지만 법 제도 안에서 무슨 벌을 얼마나 받겠냐고 했지. 처벌은 가벼웠을 거야. 결국 리오는 여자 친구의 음료에 LSD를 몰래 탔을 뿐이야. 별일 아니라고. 최악의 상황이라고 해봐야 검찰이 리오를 과실 치사로 기소하고, 보호 관찰 처분을 받는 거야. 내가 리오에게 이런 이야기를 한 이유는 그게 사실이기 때문이지. 그렇게 말하면서 나는 총을 꺼내 리오의 이마에 대고 방아쇠를 당겼다."

나는 마치 그 현장에 있는 듯이 몸을 움찔했어, 리오. 마치 아저씨가 냉정하게 널 죽이는 동안 내가 아저씨 바로 옆에 서 있다는 듯이.

"리브스가 사무실로 돌아왔고, 내게 집에 가라고 하더구나. 뒤처리는 자기가 하겠다고. 하지만 난 떠나지 않고 그들과 함께 남았다. 우리 딸의 옷을 찾아서 입혔어. 그 애가 알몸으로 발견되는 게 싫었거든. 우리는 시신을 픽업트럭 뒤에 싣고 마을을 가로질러 기차선로로 갔다. 우린 준비가 됐어. 다이애나의 시신을 선로로 던진 사람은 나다. 나는 거대한 엔진이 아름다운 우리 딸을 짓밟는 장면을 지켜봤지. 눈도 깜빡이지 않았고, 움찔하지도 않았다. 기왕이면 시신이 처참하게 망가지기를 바랐어. 심하게 훼손될수록 더 좋았지. 그런 다음 집에 가서 전화가 걸려 오기를 기다렸다. 그게 다야."

나는 아저씨에게 욕을 퍼붓고 싶다. 때리고 싶다. 하지만 모두가 너무 무의미하고, 철저한 낭비로 느껴진다.

"아저씨는 훌륭한 수사관이지만 리오에게서 사실을 다 자백 받지는 못했죠, 안 그래요?"

"그래. 리오는 친구들을 보호했어."

나는 고개를 끄덕인다. "웨스트브리지 경찰서에도 전화했어요. 신입 경관 질 스티븐스가 전화를 받더군요. 그 친구가 아저씨에게 보고서를 제출했는데도 아저씨가 그 사건을 조사하지 않았다는 점이 늘 마음에 걸렸거든요. 하지만 사실 아저씨는 조사를 하셨어요, 그렇죠?"

"농구장 옆에서 행크를 찾아냈다. 동영상 사건으로 꽤 흥분한 상태더구나. 난 늘 행크를 딱하게 여겼기 때문에 그날 밤 우리 집에 묵으라고 했다. 우린 함께 텔레비전으로 닉스 경기를 봤지. 경기가 끝나고 다른 방에 잠자리를 마련해 주는데 행크가 들어오더니 서랍장 위에 있는 다이애나 사진을 보고 완전히 정신이 나가더구나. 막 울면서 계속 자기 탓이라고 말했고, 용서해 달라고 빌었어. 처음에는 이걸 어떻게 받아들여야 할지 몰랐다. 행크가 또 발작을 일으켰나 생각했지. 그런데 행크가 그러는 거야. '그 LSD를 만들지 말았어야 했어요.'"

"그래서 알게 되셨군요."

"행크는 거기까지만 말하고 입을 다물더구나. 자기가 너무 많이 말했다는 걸 깨달았다는 듯이. 그래서 난 행크를 설득해야 했어. 아주 힘들었지. 하지만 결국에는 그날 밤 일을 털어놓았다. 행크와 렉스와 베스가 무슨 짓을 했는지. 넌 자식이 없으니 내 심정을 이해할 수 없을 거다. 하지만 내가 생각하기에 그 애들은 모두 다이애나를 죽였어. 내 아이를 살해한 거야. 내 딸이자 삶이었던 아이를. 그런데 그 세 아이는 그 후로 15년을 더 살았어. 내 아이가, 내 세상이 땅속에서 썩어가는 동안 그들은 숨 쉬고 웃고 자라서 어른이 됐지. 내가 왜 그런 짓을 했는지 정말로 모르겠니?"

알고 싶지 않다. "아저씨는 행크를 제일 먼저 죽였어요."

"그래. 아무도 찾지 못할 곳에 시신을 숨겨두었지. 그리고 그 애 아버지를 찾아간 거야. 아들에게 무슨 일이 생겼는지 톰이 알아야 한다고 생각했어. 그 뒤에 행크의 시신을 나무에 매달았고, 동영상 때문에 죽인 것처럼 보이도록 아래를 잘랐다."

"그 전에 펜실베이니아주에도 다녀오셨죠." 아저씨는 철저하게 임무를 완수했다. 먼저 상황을 파악하고, 렉스의 사생활을 조사하다가 그의 비리를 알게 되어 그걸 이용했다. 바텐더 핼이 범인의 외모를 설명하던 표현이 생각난다. 덥수룩한 수염, 긴 머리, 주먹코. 다이애나의 생애 마지막 생일 파티에서 오기 아저씨를 잠깐 만났던 모라 역시 범인을 그렇게 설명했다. "아저씨는 변장하고 심지어 걸음걸이까지 바꿨어요. 하지만 렌터카 영업소의 CCTV 테이프를 분석했더니 아저씨와 키 그리고 몸무게가 같았어요. 목소리도요."

"내 목소리가 어때서?"

부엌으로 이어진 문이 열리고 모라와 엘리가 걸어 나온다. 나는 그들이 여기 남는 걸 원치 않았지만 두 사람은 고집을 부렸다. 엘리는 만약 자기들이 남자였다면 내가 내쫓지 않았을 거라고 말했다. 맞는 말이었다. 그래서 지금 두 사람은 여기 있다.

모라가 날 보며 고개를 끄덕인다. "같은 목소리야."

"모라는 렉스를 죽인 남자가 프로라고 했어요." 나는 어서 이 일을 끝내고 싶어서 말한다. "하지만 그런 프로가 모라를 놓아줬죠. 그게 첫 번째 단서였어요. 아저씨는 모라가 다이애나에게 일어난 일과 아무 연관이 없다는 걸 알았어요. 그래서 모라를 죽이지 않은 거죠."

그걸로 끝이다. 더는 할 말이 없다. 아저씨를 의심하게 만든 다른 증거들을 말할 수도 있다. 내가 말한 적이 없는데도 아저씨는 렉스가 뒤통수에 두 발을 맞았다는 사실을 알았고, 앤디 리브스는 날 테이블에 묶어놓았을 때 다이애나를 죽인 것은 후회했지만 리오에 대해서는 한 마디도 하지 않았다. 하지만 모두 중요치 않다.

"그래서 이제 어떻게 되는 거냐, 냅?" 아저씨가 묻는다.

"아저씨는 총을 가져오셨죠?"

"네가 이 주소를 알려줬잖니." 아저씨는 고개를 끄덕이며 말한다. "내가 왜 여기 왔는지 알 거야."

자신의 딸을 해친 마지막 사람인 베스를 죽이려고 온 것이다.

"널 향한 내 감정은, 그때도 그렇고 지금도 진짜다. 우리는 슬픔으로 하나가 됐지. 나와 너, 네 아버지. 말이 안 된다는 거 안다. 아마 역겹다고 생각……."

"아뇨, 이해해요."

"사랑한다."

나는 가슴이 무너진다. "저도 사랑해요."

아저씨의 손이 주머니로 간다.

"안 돼요."

"널 쏘는 일은 없어."

"알아요. 그래도 안 돼요."

"이 일을 끝내게 해다오, 냅."

나는 고개를 젓는다. "안 돼요, 아저씨."

나는 거실을 가로질러 아저씨의 주머니에서 총을 꺼내 한쪽으로 던진다. 아저씨를 말리고 싶지 않은 마음도 있다. 이번 일이 멋진 자살로 끝나게 두자. 멋지고 깔끔하고 완전한 결말이다. 편히 잠드시길. 누군가는 이제야 내가 깨달았다고, 아저씨가 자력 구제에 대해 잘못 가르쳤다고, 법 제도가 늘 정의를 실천하지 않는다고 해서 내 힘으로 문제를 해결해야 한다는 뜻은 아니라고, 내가 트레이에게 한 짓은 아저씨가 리오, 행크, 렉스에게 한 짓처럼 잘못되었다고 말할 것이다. 또 내가 아저씨의 자살을 막은 것은 이 일을 법 제도에 맡기고 싶어서라고, 이런 일은 몇몇 사람의 열정이 아니라 법이 결정하게 해야 한다는 것을 마침내 내가 깨달았다고 생각할 것이다.

아니면 아저씨에게 수갑을 채우는 동안 난 자살이 너무 쉬운 출구임을 깨닫는지도 모른다. 아저씨가 자살한다면 그걸로 끝이고, 빠른 총알로 끝내기보다는 늙은 경찰이 그 모든 옛 기억과 함께 감옥에서 썩어가도록 하는 편이 훨씬 더 비참할 것임을 깨닫는지도 모른다.

어느 쪽이 맞는지가 중요한가?

나는 마음이 아프고 망연자실하다. 순간적으로 수중의 총을 떠올리며 널 따라가는 일이 얼마나 쉬운지 생각해, 리오. 하지만 그 생각은 오래가지 않아.

엘리가 이미 경찰에 신고했다. 경찰에게 끌려가면서 아저씨는 나를 돌아본다. 내게 하고 싶은 말이 있을 테지만 난 듣고 싶지 않다. 들을 자신이 없다. 난 아저씨를 잃었다. 어떤 말을 들어도 그 사실은 바뀌지 않으리라. 나는 몸을 돌려 뒷문으로 걸어 나간다.

모라가 서서 들판을 바라보고 있다. 나는 그녀 뒤에 선다.

"말하지 않은 게 하나 더 있어." 모라가 말한다.

"상관없어."

"그날 그 일이 있기 전에 학교 도서관에서 다이애나와 엘리를 만났어."

알고 있다, 당연히. 엘리에게서 이미 들은 이야기다.

"다이애나는 댄스파티가 끝나면 리오와 헤어질 거라고 했어. 난 아무 말도 하지 말았어야 했어. 그게 무슨 대수라고. 혼자만 알고 있었어야 했어."

이미 짐작하고 있었다. "네가 리오에게 말했지."

그래서 알게 된 거지, 리오?

"리오는 심하게 화를 냈어. 다이애나에게 복수할 거라고 했지. 하지만 난 끼고 싶지 않았어."

"그래서 그날 밤 숲속에 너 혼자 있던 거로군."

"내가 리오에게 아무 말도 하지 않았더라면…… 이 일은 일어나지 않았을 거야. 내 탓이야."

"아니, 그렇지 않아."

그 말은 진심이다. 나는 모라를 바짝 끌어당겨 키스한다. 누구 잘못인지 탓하는 게임을 계속할 수도 있어, 리오, 안 그래? 다이애나가 너와 헤어지고 싶어 한다는 말을 전한 모라의 잘못이야. 그때 네 곁에 있어주지 않은 내 잘못이야. 오기 아저씨 잘못이고 행크, 렉스, 베스의 잘못이야. 젠장, 그 기지를 블랙 사이트로 허가한 미합중국 대통령의 잘못이야.

하지만 그거 알아, 리오? 난 더 이상 상관없어. 사실 난 네게 이야기하는 게 아냐. 넌 죽었어. 난 널 사랑하고 그리워할 거야. 하지만 네가 죽은 지 자그마치 15년이야. 그 정도면 충분히 오랫동안 슬퍼하지 않았어? 그래서 이제 널 놔주고 좀 더 현실적인 걸 붙잡을 생각이야. 이젠 진실을 알아. 내 품에 안긴 이 강하고 아름다운 여인을 바라보고 있자니 마침내 진실이 날 자유롭게 해줘.

감사의 말

책 서두에 나오는 작가의 말을 읽었다면 이 이야기가 내 어린 시절과 관련되었음을 알 것이다. 1960년대와 1970년대 리빙스턴 추억담을 다룬 페이스북 페이지는 매우 귀중한 자료였다. 특히 돈 벤더에게 감사하고 싶다. 그는 뉴저지주 미사일 기지와 관련된 모든 일에 정통하며 인내심이 넘친다. 그 외에도 감사할 사람들은 다음과 같고, 순서와 관계없다. 앤 소피 브리외, 앤 암스트롱 코벤 MD, 로저 하노스, 린다 페어스타인, 크리스틴 볼, 제이미 냅, 캐리 스웨토닉, 다이앤 디세폴로, 리사 에어바흐 반스, 존 팔시, 그리고 내 기억 속에서 잊혀가는 서너 분이 더 있지만 그분들은 너그럽고 멋지기 때문에 날 용서해줄 것이다.

프랑코 카데두, 사이먼 프레이저, 앤 해넌, 제프 코프먼, 베스 래슐리, 코리 미스티슨, 앤디 리브스, 이본느 쉬프린, 마샤 스타인, 톰 스트라우드에게도 감사하고 싶다. 이분들(혹은 이분들의 가족)은 이 책에 이름이 나오는 대가로 내가 선택한 자선 단체에 후한 기부를 해주셨다. 앞으로도 이런 일에 관심 있는 분이라면 www.HarlanCoben.com에 적힌 세부 사항을 참고해 주시기 바란다.

옮긴이_ 노진선

숙명여자대학교 영어영문학과를 졸업했고 전문 번역가로 활동하고 있다. 옮긴 책으로 피터 스완스의 《죽여 마땅한 사람들》, 캐서린 아이작의 《유 미 에브리싱》, 요 네스뵈의 《스노우맨》, 《레오파드》, 《레드브레스트》, 《네메시스》 등 〈해리 홀레〉 시리즈와 엘리자베스 길버트의 《먹고 기도하고 사랑하라》, 존 그린의 《거북이는 언제나 거기에 있다》 등이 있다.

사라진 밤

초판 1쇄 발행 2020년 7월 17일
초판 3쇄 발행 2022년 3월 2일

지은이 | 할런 코벤
옮긴이 | 노진선
발행인 | 강봉자, 김은경

펴낸곳 | (주)문학수첩
주소 | 경기도 파주시 회동길 503-1(문발동633-4) 출판문화단지
전화 | 031-955-9088(대표번호), 9530(편집부)
팩스 | 031-955-9066
등록 | 1991년 11월 27일 제16-482호

홈페이지 | www.moonhak.co.kr
블로그 | blog.naver.com/moonhak91
이메일 | moonhak@moonhak.co.kr

ISBN 978-89-8392-827-6 03840

「이 도서의 국립중앙도서관 출판예정도서목록(CIP)은 서지정보유통지원시스템 홈페이지(http://seoji.nl.go.kr)와 국가자료종합목록 구축시스템(http://kolis-net.nl.go.kr)에서 이용하실 수 있습니다. (CIP제어번호 : CIP2020027488)」

* 파본은 구매처에서 바꾸어 드립니다.